Fritz Senn · *Nicht nur Nichts gegen Joyce*

FRITZ SENN

Nicht nur Nichts gegen Joyce

AUFSÄTZE ÜBER JOYCE
UND DIE WELT
1969–1999

HERAUSGEGEBEN VON
FRIEDHELM RATHJEN

HAFFMANS VERLAG

Umschlagzeichnung von Friedrich Karl Waechter
Frontispiz von F. W. Bernstein
Umschlagrückseite von Hans Traxler

1. Auflage, Frühling 1999

Satz: Fotosatz Reinhard Amann, Aichstetten
Herstellung: Ebner Ulm
ISBN 3 251 00427 1

Inhalt

Ochlokinetisches Vorwort des Herausgebers

Hier also folgt der Fröhlichen WisSENNschaft zweiter Teil: dieses Kompendium der gewitzten wie gelehrten Verständlichkeit ist angetreten, den 1983 erstmals publizierten Band *Nichts gegen Joyce* zu ergänzen und zu erweitern. Leserlockendes Lob des Autors ist praktisch überflüssig, denn der Name Fritz Senn spricht für sich, insonderheit in Joyce-Kreisen, wo *Fritzerland* eine Großmacht wäre – ginge es denn um Machtfragen. Hugh Kenner steht nicht allein mit seiner Meinung, Senn sei nicht nur der beste lebende *Joyce critic*, sondern wahrscheinlich der beste, den es je gegeben habe. Die ›Frankfurter Allgemeine Zeitung‹ überschrieb einen Artikel: »Fritz Senn sieht sogar aus wie James Joyce«. Gegen solche Nachreden setzt sich der Betroffene verständlicherweise zur Wehr, bestreitet auch, daß er sein »ganzes Leben« Joyce »gewidmet« habe: »Dabei kann von Widmung keine Rede sein. Es ist einfach eine stete Faszination.«

Es hat Versuche gegeben, aus dem Titel *Nichts gegen Joyce* ein unterschwelliges »Nichts als Joyce« herauszulesen. Auch das ist falsch, wie *Nicht nur Nichts gegen Joyce* in seiner zweiten Hälfte zeigt: Senn hat sich ebenso inspirierend wie über Joyce auch über den Rest der Welt geäußert, über antike und moderne Autoren, über Phrasendrusch und letzte Dinge, über Sprache und über Sprachen. Vergessen wir nicht die exakte Wissenschaft von der Ochlokinetik, die Fritz Senn begründet hat. Es soll Leute geben, die behaupten, Senns Aufsatz zur Ochlokinetik habe ihr Leben verändert – und dies so schwärmerisch tun, daß sie gar nicht merken, wie sehr sie ihrem Gesprächspartner im Weg herumstehen.

Stehenbleiben gilt nicht, Senns Sprache ist Bewegung. Was alle Aufsätze eint, das ist nicht nur der immer unaufgeregt-anregende Sennton, sondern das ist auch die fortwährende Beschäftigung mit dem Prinzip des Über-Setzens, in vielerlei Sinn. Aus Übersetzprozessen entsteht Kultur. Senn behauptet gern, er sei kein praktizierender Übersetzer, könne nur *über* das Übersetzen sprechen, doch das stimmt allenfalls in oberflächlicher Hinsicht. Fortwährend übersetzt er uns die Welt – und Joyce – in die fruchtbare Illusion der Verstehbarkeit, und zwar bei guter Sicht; der Blick bleibt klar, gerät nie in den Dunst des Jargons oder den Nebel des Ungefähren. Fährmann Senn setzt nicht zuletzt uns Leser an neue Ufer über. Eine große Freude ist es, mit Fritz Senn in einem Boot zu sitzen.

F. R.

es gibt immer andere Worte

EIN PREIS HAT SEINEN PREIS

Rede bei der Entgegennahme der Johann-Jakob-Bodmer-Medaille 1998

Wenn einem, wie mir, öffentlich etwas geschenkt wird, so wird einem, wie es das Ritual will, nichts geschenkt, wie mir jetzt. Der Preis für den Preis ist nicht sonderlich hoch: man wird lediglich in gehoben kultivierte Verlegenheit gebracht, die es mit rhetorischer Nonchalance zu überspielen gilt. Mir wird nicht mehr abverlangt, als mich ein paar Minuten lang geistreich zu drehen und zu wenden, ein wenig an der Krawatte herumzufingern und nebenbei ein paar tiefschürfende Weisheiten abzusondern, also meinen reichlich gemischten Gefühlen Ausdruck zu verleihen.

Jetzt also folgt der verliehene Ausdruck.

Es ist ein Ausdruck von, zunächst, Dankbarkeit für all das, was im Hintergrund vorgeschlagen, diskutiert, verworfen und in Bewegung gesetzt worden ist. Dazu kommt gleichwohl etwas Erstaunen, warum man gerade auf mich gekommen ist. Die hätten ja auch jemand anders auswählen können; es kann ja nicht so sein, daß die Preisträger immer die richtigen sind, aber die Fußballtrainer, z. B., fast immer die falschen.

Eine Begründung haben wir eben in wohlwollenden Euphemismen vernommen. Ich habe gut aufgepaßt, und manches scheint mir durchaus glaubwürdig. Ich hätte es selber besser nicht sagen können, allerdings wohl auch nicht selber gesagt. Es hat sich gut angehört.

Und so trete ich, mit etwas Genugtuung, einigem Befremden, aber hoffentlich mit lässiger Würde in die Fußstapfen meiner doch etwas vielseitigeren Vorgänger. Allen, die das möglich gemacht haben – der Stadt Zürich, der Kommission – bin ich dankbar, wie auch all denen, die einen Abend für unsere Zusammenkunft geopfert haben (das James Joyce Pub, wo wir uns nachher treffen, kann nicht der einzige Antrieb gewesen sein).

Wenn ich den Sinn der Bodmer-Medaille recht verstehe, so kommt sie denen zu, die nicht primär selber (und ich verwende hier amerikanischen Slang) »kreativ« sind und aus der Tiefe ihres eigenen Genius Neues zutage fördern, sondern denen, die sich im kulturellen Unterbau bewegen, also Mediatoren, Übersetzerinnen, Vermittlern, Kommentatoren, Scholiasten, Rezensenten, Lehrerinnen, Unterweisenden. Unsere Aufgabe ist dem Wesen nach sekundär. Wir – und ich gehöre nun amtlich beglaubigt dazu – spielen in der zweiten Liga, bestenfalls. Das ist keine schlechte Liga und, wie wir glauben, eine notwendige. Wir stehen in einer langen Tradition, und es ist sicher auch sie, eben diese Tradition, die heute ausgezeichnet wird.

Als Kulturträger, nicht -produzenten (die Kultur ist oben, wir unten helfen sie tragen), sind wir heute gewissermaßen unter uns und feiern uns selber, wohl auch im Bewußtsein, daß wir allmählich – angesichts unserer wirtschaftlichen Entbehrlichkeit – unter Artenschutz gestellt gehörten. Wir scharen uns zusammen, um uns gegenseitig zu bestätigen. Dies ist ein schöner Anlaß: eine Schulter wäscht die andere.

Daß man, wie ich es jetzt vorführe, dankbar, etwas erstaunt, ja auch geschmeichelt und ergriffen sein kann, heißt nun aber nicht, es ließe sich nicht auch ehrlich hinter die Kulissen blicken. Es ist gerade mein Gebiet, eben Joyce, der den Sinn schärft für all das andere, die Kehrseiten. Mit anderen Worten, und es gibt immer andere Worte, es ließe sich all das, was an mir als eine Art von

Hingabe gelobt worden ist, auch als Ersatzhandlung auffassen, also eine andauernde Beschäftigung, die mich irgendwie über die Runden gebracht hat.

Ich spreche hier nur für mich, aber vielleicht nicht nur, wenn ich gestehe, daß wir (einige von uns) uns vielleicht nicht so intensiv mit Kunst, Tönen, Bildern, Abstraktionen oder in meinem Fall Buchstaben abgeben würden, wenn wir mit dem Leben, dem wirklichen dort draußen, besser zurechtkämen.

Das mag auch für die Künstler gelten. Vielleicht, sicher zum Teil, entsteht ja Kultur aus unseren Dachschäden. Aber, wie gesagt, das geht niemand was an und bleibt unter uns.

Auch bei Joyce stoßen wir auf die Frage nach unserer Motivation: Warum tun wir, was wir tun, was wir freiwillig unternehmen? Wenn wir es wüßten, täten wir's wohl nicht. Es mag wohl ein Grund sein, warum sich ein paar von uns, und es ist weltweit eine zunehmende Zahl, dem schwierigsten aller Bücher von Joyce zuwenden, *Finnegans Wake*: Ein Werk, bei dem man nie so recht weiß, warum, wenn überhaupt.

Ich schleiche mich hoffentlich geschickt um ein paar heiße Breie, um eine Rührung darüber zu verbergen, daß es letztlich ein Glück war, eine Beschäftigung gefunden zu haben, die lange genug anhalten konnte und von der sich etwas weiterreichen läßt, aber auch, daß Initiative einzelner Personen (an dieser Stelle ist vor allem Herr Dr. Robert Holzach zu würdigen) und günstige Umstände zur Einrichtung unserer Joyce-Stiftung geführt haben, die auch etwas Zürcher Allgemein-Kulturgut geworden ist. Auf Grund eben solcher seltsamer Verkettungen stehe ich jetzt hier.

Ich nehme nicht an, daß hier ein Volkshochschulvortrag zu James Joyce erwartet worden ist. Aber als hilfreicher

Mensch biete ich jetzt (zum Mitschreiben) hilfreiche Ratschläge an, wie man zu einer Auszeichnung kommt, ein im Grunde ganz einfaches Verfahren.

Beschäftigen Sie sich über Jahre mit etwas, was niemand sonst tut und was die meisten abschreckt, und gleich gelten Sie in Ihrem Heimatdorf als Autorität und werden bei Gelegenheit festlich vorgezeigt. Mit Vorteil sucht man sich etwas, was die meisten unbehaglich macht, wie etwa »meinen« Autor: Joyce eignet sich vorzüglich, da er, wie Erfahrung zeigt, unmittelbar zu Rechtfertigungen verleitet. Viele unserer Besucher betreten die Stiftung mit vorauseilendem Bekenntnis, sie hätten Joyce leider noch nicht gelesen, würden das aber nächste Woche nachholen (als würden wir sie je danach beurteilen).

Wenn Sie dann weiterhin, wie in meinem Fall, die eigene Unsicherheit nie ganz verdrängen können und allmählich einsehen, daß Selbstvertrauen nicht abrufbar in einem Konto angelegt werden kann, dann achten Sie darauf, daß solche Einsicht in die eigene Beschränkung von der Umwelt als entwaffnende Bescheidenheit ausgelegt wird. (Das hat auch heute wieder hervorragend geklappt.) Weiterhin lassen Sie sich Ihr Hobby als Stiftung oder Forschungsstätte institutionalisieren. Und dann, mit nur etwas Ausdauer und recht viel Glück, zudem einer Prise Senilität, frei zugeliefert von der Natur selber, werden Sie bald einmal selber auf so einem Podium stehen und sich eine Rede ausdenken müssen und nicht wissen, wie Ihnen widerfährt.

Diesem Rezept wird nur exemplarische, keine allgemeine, Gültigkeit unterstellt. Denn so viele hätten hier oben keinen Platz, und so viele Johann-Jakob-Bodmer-Medaillen gibt es auch wieder nicht.

(1998)

eine kleine Stelle, aufgegriffen, weitet sich aus

»Gestaltung, Umgestaltung«

GESTALTUNG, UMGESTALTUNG

Am 13. Januar 1941 starb James Joyce nach einer scheinbar erfolgreichen Operation morgens um 2 Uhr 15 im Schwesternhaus zum Roten Kreuz in Zürich und wurde zwei Tage später im Friedhof Fluntern beigesetzt. 25 Jahre später wurde im selben Friedhof ein von der Stadt gespendetes Ehrengrab eingeweiht.

Nun wird er gefeiert. Ein halbes Jahrhundert nach seinem Tod müssen die Medien Passendes absondern, Bedeutsames, wenn möglich etwas abgehoben. Wegen der bloßen Zahl 50 ist Joyce nicht neu aufzuwerten. Er war eigentlich immer unter den Klassenersten, es gab keine Flaute zwischendurch. Joyce ist ein Name, im Englischen sogar ein Adjektiv geworden: *Joycean* scheint literarische Neuerungen aufzurufen, aber auch das, was wir übereifrigen Leser ihm und Schriftstellern überhaupt antun. Er ist ein Klassiker. Was hat er nur falsch gemacht? Nun, unter anderm hat er das menschliche Falschmachen selber zu einem seiner Themen erhoben, die unvollkommene Welt, die Mißverständnisse, unser Scheitern und doch nicht Verzagen. Darum paßt er womöglich so gut in unser Jahrhundert und kann dafür sprechen.

Gefreut hätte es ihn wohl schon, das ganze Feiern, als sein gutes Recht. Er hätte sich vermutlich geziert zurückgehalten, und doch war er andererseits wieder gar nicht zurückhaltend: Wer als 19jähriger dem großen Meister Henrik Ibsen in einem Geburtstagsbrief gutachtend auf die Schulter klopft, wer sich in Zürich mit Dante vergleicht und mit Shakespeare, wer einen erst entstehenden Roman ausgerechnet *Ulysses* nennt und es damit ungebeten mit Homer aufnimmt, stellt sein damals noch recht mattes Licht nicht unter den Scheffel.

In einem späteren Anflug von ähnlicher Unbescheidenheit soll er gesagt haben, er könne mit der Sprache alles tun. Was aber gleichwohl nur aussagt, daß er alles tun konnte, *was* er konnte, und das ist in der Tat mehr, als vielleicht sonst ein Zeitgenosse (oder Nachfahre) aufzuweisen hat. Aber er lernte recht bald, das nicht zu versuchen, was seine Stärke nicht war: etwa die lyrische Dichtung, die er nach *Chamber Music* bald aufgab (er setzte nur noch einmal nach mit *Pomes Penyeach*, eine Art späte Dreingabe). Er schrieb, nach einer anfänglichen Phase, keine Essays oder Abhandlungen, keine Gedanken zur Welt oder zur Zeitgeschichte. Er versuchte sich nicht an Abenteuerromanen, Gesellschaftskritik, Liebesgeschichten, historischen Gemälden, Reiseschilderungen – es wäre ihm alles nicht gelegen, vielleicht saure Trauben. Auch mit dem Theater wollte es so recht nicht klappen, sein einziges Stück, *Exiles*, wurde erst in den letzten 20 Jahren aufgeführt, mit Erfolgen, die oft eher der Regie zuzuschreiben sind. Dramatik brachte er seltsamerweise durchaus zustande, in der Weihnachtsszene des *Portrait* etwa oder im »Zyklopen«-Kapitel des *Ulysses*. Fast alles von Joyce ist für die Bühne bearbeitet worden, nur eben nicht, wie es in Dublin heißt, sein Schauspiel. Joyce fand offenbar nach wenigen Versuchen heraus, wo er den anderen voran war, in der flexiblen, angereicherten Prosa: da hat er in der Tat alle Register gezogen.

Zum Glück stimmen nicht alle ein in den Chor der Lobpreisungen. Einspruch liegt vor. Wer weiß, vielleicht ist Joyce überbewertet. Ein so selbstsicherer Kritiker wie Marcel Reich-Ranicki weiß es: »James Joyce wird in Deutschland maßlos überschätzt, weil ihn kaum jemand gelesen hat.« Das Rezept ist einfach: Lesen würde helfen gegen maßlose Überschätzung. Schaut nur mal genau hin und nehmt Maß an des Kaisers Kleidern, und die Augen werden euch aufgehen! Nur sagen die Anhänger fast dasselbe: Lest einfach! Gerade die Lektüre – was denn sonst? – hält viele gefangen, daß sie kaum mehr loskommen, ja geradezu aufdringlich andere bekehren.

Was macht einen literarischen Rang aus? Wie beweisen wir unsere, die richtige, Einschätzung? Es bringt nichts, mit Verkaufszahlen zu operieren, Symposien, Lesegruppen, Bloomsdayrituale, Vertonungen, Verfilmungen und eine riesige Sekundärliteratur aufzulisten oder uns gegenseitig Zeugnisse von Autoritäten um die Ohren zu schlagen. Autoritäten haben keine Macht, niemand kann uns literarische Geltung verordnen. (Auch das zeigt die Lektüre von Joyce.)

Insofern sich der Kritiker gegen die bloße Angeberei wendet, der gerade große Namen ausgesetzt sind, trifft er die Sache sicher. Joyce ist halt auch Pseudo-Bildung, die man gern trägt, sich ins Knopfloch steckt. Ein literarisches *must* – aber gerade dies wäre der unergiebigste Einstieg. Niemand muß. Man darf, die Tür steht offen. Gerade Joyce läßt durchsickern, wie wenig gewonnen ist mit einem perfektiven »Ich habe X (Joyce, *Ulysses*) gelesen«; im Gegensatz zum abschließenden Perfekt ist eine andere Zeitform aus dem Englischen weit besser angebracht: *»I am reading.«* Wir sind daran in einem fortlaufenden Prozeß: wir kommen nicht zu Ende.

Gleichwohl: Wie kann man literarische Qualität nachweisen, begründen? Die Zeit urteilt, ein halbes Jahrhundert hat dies bereits getan, aber entschieden ist nichts. Immerhin lassen sich einige Grundzüge notdürftig beschreiben. Unbestritten ist wohl, daß Joyce mit der Sprache umzugehen verstand, daß er einfach mehr drauf hatte als die meisten andern. Er hörte genau hin, konnte den

Leuten, den irischen Landsleuten, aufs Maul schauen und ihre Nuancen wiedergeben, aber auch, fast nach Belieben, pompöse Gestelztheit karikieren oder leise innere Regungen in Worte fassen. Sein Tummelfeld wird die ganze englische Sprache, in dazu noch geschichtlicher Resonanz. Und sogar das Englische sollte bald nicht mehr reichen.

Zudem hat sich Joyce nicht wiederholt, jedes seiner – wenigen – Werke ist einmalig und unverkennbar. Er hat fast jedesmal schockiert. Er war immer progressiv in dem neutralen Sinn, daß er vorausschritt, wo allenfalls noch niemand gegangen war, und er ging nach Ansicht vieler zu weit. Was wohl die theoretischen Pioniere von heute anspricht, ist die eigenwillige Dynamik bei Joyce, eine Neigung nicht zu Dingen, Eigenschaften, Tatbeständen, Wahrheiten, Substantiven, sondern hin zu Bewegung, Umgestaltung. Texte werden zu Vorgängen, Prozessen, internen Übersetzungen.

Ein innewohnendes Motiv bei Joyce ist eine Art Überhandnehmen, der »Übertreibungstrieb«. Er zeigt sich, im Detail wie im Ganzen, darin, daß etwas gering und unscheinbar anhebt und dann allmählich in den Vordergrund gerät, sich nicht nur vergrößert, sondern wandelt, verstellt. So setzte er zum Versuch an, unseren gedanklichen Vorgängen näherzukommen, daraus wurde der »innere Monolog« (und ein Modeetikett). Der *Ulysses* scheint so entstanden zu sein: Zuerst als Keim für eine weitere Kurzgeschichte, der dann später als Idee zu einem Roman aufgegriffen und erweitert wurde, bis er zu einem Prosading auswucherte, auf das kein Gattungswort mehr paßt – der Form nach Roman, im Ansatz auch Epos, mit u.a. einer Rekapitulation englischer Prosastile, von einer sprachlichen Komplexität, die sonst eher Gedichten zusteht; mitunter wie ein Drama angelegt oder ein Seminarprotokoll, eine Zeitung oder einen Warenhauskatalog imitierend; wobei sich ein Teil auch mal als Musik halbwegs selbst vertont – eine vielseitige Form, in der nichts *nicht* unterzubringen wäre. Alles läßt sich auch als Trivialliteratur einordnen: Darstellung trivialen Alltags, in dem nach landläufiger Ansicht fast nichts geschieht (und wir alles wiedererkennen).

Ein recht langer Weg, den niemand vorausgesehen hätte; auch nicht der Autor, der hier wirklich ein *auctor* war, einer, der vermehrt, hinzufügt und umbildet, souverän, aber gleichwohl ein wenig in der Lage des Zauberlehrlings. Die Kräfte, die er rief, die wandelte er um, und am Ende steht *Finnegans Wake*: der Ort, wo sich alle Parallelen zu schneiden scheinen, nur sehen wir sie nicht, die Vernacht- und -nebelung von Sprache, Handlung, Mythen, Music Hall und was immer. Dort ist fast alles verrückt, und das Zurechtrücken in ein Überangebot von zufriedenstellendem Sinn glückt uns mitunter in ganz eigen- und andersartigen Leseerlebnissen und Einsichten, und dann wieder gar nicht.

Zu begreifen ist Joyce allenfalls paradox, als Spiel von Gegensätzen: die Bücher sind schwer zugänglich und gleichzeitig, nach der Meinung des Autors, für alle geschrieben. Sie haben einen unverhohlenen Zug zum Universellen, wo immer das anzutreffen ist, schweifen aus in viele Sprachen (Baskisch, Suaheli oder Schweizerdeutsch, zum Beispiel), wollen enzyklopädisch wirklich alles aufnehmen, nichts auslassen, vom Sündenfall über den Stein der Weisen bis zu Zoten und Kalauern (die es nicht gibt, weil alle Sprache ständig mitspielt). Joyces Werk thematisiert schon Fernsehen und Atomspaltung (was sich in den dreißiger Jahren erst am Horizont abzeichnete) – gerade weil sich darin der Unterschied zwischen Wirklichkeit und Denkbarem oder Phantasierbarem verwischt.

Wo immer das Universale anzutreffen ist? Nun, am ehesten in der Provinz, dem kleinen zufälligen Ort der eigenen Herkunft, in diesem Fall ein Dublin der Jahrhundertwende: alle Abwege führen nach Dublin, und zwar dem katholischen der unteren Mittelklasse, wo sich Geschichtenerfinder und die alltäglichsten schauspielerischen Talente im Pub zusammenfinden und die nähere und weitere Welt begutachten – der Stoff, aus dem die Räume und Zeiten sind, die Joyce stellvertretend andeutet. So ist die amerikanisch-irische Ballade »Finnegan's [Apostroph] Wake« wohl der kleinste Nenner, auf dem sich das kosmisch ausholende *Finnegans* [kein Apostroph] *Wake* apostrophieren läßt. Mikrokosmische Ausstrahlung wäre ein Deutungsansatz. Eine kleine Stelle, aufgegriffen, weitet sich aus. Das alles ist so neu, daß es noch nicht eingeholt ist, und so rührend postmodern, daß Joyce selbst für die allerneuesten Theorien *ex officio* als Kronzeuge herhalten muß und in seinem Werk bestätigt, was er gar nie wissen konnte – und gleichwohl ist alles schon so alt wie der erste Tag, nachzusehen im Buch Guinness oder in der Odyssee von 1922, oder im Volksmund: es gibt nichts Neues unter der Sonne.

Oder wie etwa das gute Buch sagt: »Fantasy! funtasy on fantasy, amnaes fintasies! And there is nihil nuder under the clothing moon« (FW 493). Eine Stelle, die sich zum exemplarischen Überschätzen eignet: wir hören heraus, was beim Prediger »nichts Neues unter der Sonne« oder in älterer Fassung: »Vanitas vanitatum, omnia vanitates«, und »Nihil sub sole novum« heißt. Shakespeares Cleopatra hatte das ewig Alte etwas umgedreht: »There's nothing left remarkable / Beneath the visiting moon.« Joyce scheint das mit anderen Untertönen neu herauszugeben. Die biblische Eitelkeit, *vanitas*, wird zu »Fantasy! funtasy on fantasy, amnaes fintasies«, einer Phantasie, die sich zu *fun* und wohl

Finte wandelt (*fun*, Spaß, Finten und Phantasie sind auch wieder die treibenden Energien von *Finnegans Wake*). Statt *novum* steht *nuder*, eine Variante von *new* mit der Überlagerung *nude*, nackt – im Gegensatz zu *clothing*, also verkleidet, verschleiert. Der Satz tut gerade das, wovon er spricht, besteht fast ausschließlich aus Anklängen (ob wir sie nun wahrnehmen oder nicht); er widerlegt sich gleich noch selber, indem aus »nichts Neuem« immerhin etwas anderes gemacht wird in einer Gestalt, die es *so* noch nicht gegeben hat, einer Neuschöpfung, wo irritierende Elemente noch weiterwirken (was geschieht da eigentlich unter dem Mond?; warum »amnaes«?); oder, mit anderen Worten, es gibt immer wieder frische Reize und etwas Neues darin zu entkleiden. Ein Spiel mit dem neugedrehten Altvertrauten, ein semantischer Striptease mit meist mehr geistvollem *tease* als enthüllendem *strip*.

Alles Eitelkeit; oder eben dichterische Phantasie.

(1991)

JAMES JOYCE MIT SEINEM ANSPRUCH

Die Wahrscheinlichkeit ist groß, daß Joyce von allen in der Irland-Bibliographie aufgeführten Einzelautoren die meisten Einträge hervorrufen wird. Solche Quantität allein scheint schon eine Aussage zu umschließen, niemand weiß genau welche, außer daß mehr Schreibende als gewöhnlich mehr weiterzugeben haben als sonst und daß irgendwo, jenseits von allem institutionalisierten Betrieb, vielleicht etwas zu schwingen begonnen hat. Joyce scheint uns zu aktivieren. Vielleicht daß er, wie oft gehört, publikationsabhängigen Akademikern viele Möglichkeiten bereithält oder aber ganz einfach in seinen Lesern – und allzu viele sind es nie gewesen – ein Mitteilungsbedürfnis weckt. Kein Wunder, daß Joyce mitgeholfen hat, die Nicht-mehr-Selbstverständlichkeit des Lesevorgangs ins Bewußtsein zu bringen. Gerade bei der Joyce-Lektüre mit ihren integrierten Widerständen merken wir eher, daß eine innere Auseinandersetzung stattfindet, wenn diese Auseinandersetzung erschwert wird. Und möglicherweise ist ein weiteres Merkmal, daß uns Joyce derartige Platitüden zu Neuentdeckungen aufgießt. Oft jubelt uns Joyce genau das, was wir schon immer hätten merken können, nur halt nachhaltiger, unter die Haut.

Dabei ist Joyce praktisch der Autor von nur vier Büchern, die wohl am vernünftigsten in chronologischer Reihenfolge erlebt werden, wie sie auch wiederum dem notwendigen Aufwand entspricht: *Dubliners* (1916), *A Portrait of the Artist As a Young Man* (1916), *Ulysses* (1922), *Finnegans Wake* (1939). Zu den weiterhin von Joyce gewollt veröffentlichten Werken zählen sein einziges Schauspiel

Exiles (1918) und die beiden schmalen Gedichtbände *Chamber Music* (1907) und *Pomes Penyeach* (1927). Die Titel allein stecken Bereiche ab: sie erinnern an eine bestimmte Stadt, an Irland, an Verbannung, an Mythos, an die Überlieferung, Musik und Malerei. Die späteren sind nicht auf Anhieb verständlich: *Pomes Penyeach* ist nicht ganz »Poems« und ein wenig »pommes«: Äpfel wurden in der Tat angeboten, »a penny each«, aber auch *Penyeach* schwankt zwischen »Penny« und, vielleicht, »pen«; da spiegelt sich etwas vom mehrdeutigen Joyce. Keines der frühen Werke erschien ohne Behinderung oder Verzögerung; Joyce mußte sich um *Dubliners* mit Verlegern streiten, *Ulysses* wurde in Dijon gesetzt und in Paris privat (und teuer) verlegt. Alle vier Hauptwerke wuchsen in der Werkstatt zu etwas anderem, als was der Autor ursprünglich mit ihnen vorhatte. Nicht zu vergessen, daß glückliche Umstände und der Einsatz von Helfern (Ezra Pound) und Gönnerinnen (Harriet Shaw Weaver) Joyce den Durchbruch überhaupt ermöglichten; es bleibt denkbar, daß die Manuskripte von *A Portrait of the Artist As a Young Man* und *Ulysses* in einem Estrich irgendwo auf ihre Entdeckung zu warten hätten.

Wenn bloße vier Bücher, so an die 2000 bedruckte Seiten, nicht eben ein umfangreiches Lebenswerk, so viel Aufsehen erregen, erstreckt sich unsere Nachfrage auch auf alle Nebenerzeugnisse und macht sie bedeutend; somit liegen heute von Joyce die meisten Briefe, ein paar Rezensionen, Gelegenheitsgedichte, Aufzeichnungen, Notizen vor, ein erheblicher Nachlaß, darunter über sechzig Bände Faksimiles, die das meiste der komplizierten Entstehungsgeschichte der Werke festhalten, Einblicke in die Werkstatt, Dokumente also, die nicht gelesen werden, aber mit denen wir arbeiten können. All dies macht die Primär-Bibliographie schon sehr umfangreich.

Dazu kommt wachsendes Interesse an der Person des Autors. Lebensbeschreibungen entstehen aus Zeugnissen, Erinnerungen, Berichten. Es gibt Aufzeichnungen des Bruders Stanislaus Joyce, von Freunden aus der Zeit von Dublin, Triest, Zürich und Paris. Es scheint, als habe Joyce, nicht ohne einen exhibitionistischen Anflug, mindestens eine Zeitlang alles sorgsam aufbewahrt, was mit seiner Person zu tun hatte, wenngleich er in einer späteren Phase bürgerlicher Ehrbarkeit offenbar einige intime Briefe gern wieder aus dem Verkehr genommen hätte. Ironischerweise richten Versuche der Nachkommen, vom unerheblichen Privaten wegzulenken, die Aufmerksamkeit erst recht darauf und umgeben das unterdrückt Private mit einer Scheinaura von Sensation.

Je nach Mode gilt die Biographie des Autors als einer der wichtigsten Zugänge zum Werk, das damit zur Umgestaltung von Erlebtem geworden ist, oder aber als belanglose Äußerlichkeit, die die selbstgefälligen Texte höchstens stört. Joyce gibt beiden recht: er belegt die Dienlichkeit des biographischen Ansatzes und verstärkt unsere Zweifel daran. Immerhin ist eine Verbindung von Leben und Werk Thema im Werk. Doch in jeder Biographie werden unzulängliche, oft zufällige Überlieferungen ausgewählt, geordnet und in sprachliche Form gebracht: *Bio* wird der *Graphie* untergeordnet. Joyce führt uns dies vor Augen und verdeutlicht die Einsicht in die fiktive Natur (fast) aller Darstellung von Tatsachen. In seinen Büchern werden fiktive Geschehen, Taten und Sachen, zu noch fiktiveren Berichten über die Geschehnisse; sie verfälschen, selbst beim allerbesten Willen zu Objektivität. Nicht umsonst fängt Joyce mit der bruchstückhaften Rekonstruktion eines gerade vergangenen Lebens an (»The Sisters«) und hört mit der archetypischen unzuverlässigen Pan-Biographie *Finnegans Wake* auf, die uns alle verfälschend miteinbezieht.

Seltsamerweise neigen schon die meisten Kurzbiographien von Joyce zu allerlei Abweichungen, indem ihm bald ein Medizinstudium untergeschoben wird, bald eine frühe Heirat, oder aber fast völlige Blindheit. So stößt ihm das zu, was in der Welt, die aus seinen Worten entsteht, an der Tagesordnung ist: sie ist voller Mängel, Fehler, Mißverständnisse, Irrtümer. Eine scheinbar rücksichtslose Umsetzung des Fehlleistungsprinzips. Dies einmal, weil es in der wirklichen Welt auch so zugeht, und Joyce das halt vielfältig radikal zur Sprache bringt, dann aber wohl auch, weil jeder Fehler ökonomisches Deutungsmittel ist, d.h. uns zu berichtigendem Zutun auffordert. Was falsch dasteht, wollen wir zurechtbiegen. Leopold Bloom erinnert an ein Mißverständnis seiner Frau: sie hält »alias« für »a mendacious person mentioned in sacred scripture«. Die »richtige« Lösung wird von uns dazugefügt, wohl Ananias aus der Apostelgeschichte (Arno Schmidt tippte auf Elias); andernfalls gehört unser erfolgloses Raten auch mit zur Bedeutung. Und es geht uns möglicherweise auf, daß Alias in der Tat oft eine lügnerische Person sein kann. Fehler schaffen Beunruhigung, sie provozieren zu Mehraufwand; Wörter, die nicht dastehen, spielen unbezahlt mit. *Finnegans Wake* ist ein einziges fehlerhaftes Universum, wo Gerüchte und Legende allfällige Tatsachen längst zugedeckt haben und sich die Wörter selber irren. Nicht einmal richtig buchstabiert wird mehr. Uns ist überlassen, aus dem einzigen Wort und zugleich einzigen Satz »Onmen« (so FW 612) »on men« zu machen und weiterhin, da es auf eine kirchliche Formel zu folgen scheint, fast notwendig »Amen«. Vielleicht verfällt jemand auf »no man« oder »no men«, niemand, oder denkt an »Omen« (und ergänzend »Nomen est«). Wir sind in die Deutung eingespannt, und so wird aus normativ gar nichts mehr bald mehrdeutig sehr viel (aber längst nicht alles). Joyce verleitet uns zu semantischer Ausbesserung, die der Text selber in Frage stellt.

Beschäftigung mit Joyce besteht darin, relevante Fakten beizubringen, Dinge richtigzustellen, vielleicht ihre Entstehung nachzuweisen, Sprache zu deuten und das Ganze in einen Zusammenhang zu bringen. Dabei möchten wir gern auf einen Kern vorstoßen, eine erste Ursache oder letzte Formel, und da macht es uns Joyce am schwersten und jene Theorien, die derartige Bemühen ohnehin abtun, am allerleichtesten: Joyce ist einer der Ihren.

Auch einer der Iren. Auch Irland ist einer der Schlüssel, die viel hergeben und wenig beitragen. Joyce ist, wenn überhaupt einer, Irischer Dichter, möglicherweise der am meisten irische, der andere hochbegabte Kollegen unverdient zu Ferner Liefen zu degradieren scheint. Gleichwohl ist er vom Etikett Irisch am wenigsten abgedeckt. Bei ihm verfängt nicht einmal das so zutreffende Klischee vom beredten, witzigen Iren. Allen Berichten zufolge hat Joyce im Gespräch kaum brilliert, keine zitierbaren Bonmots geliefert. Seine Arbeitsweise war im Gegenteil bedächtig, zurückgezogen, langsam, zog sich über Notizen, Entwürfe, Revisionen hin, durch allmähliche Zufügungen. Dann aber könnten wir doch viele seiner Sonderbarkeiten als groteske Auswüchse einer Ursituation in der irischen Kneipe ableiten, wo erzählt, disputiert, gestritten, nachgeahmt, die Stimme verstellt, dramatisiert, verulkt, zitiert oder parodiert, in fremden Zungen geredet wird; *Ulysses* baut dies ein und überdreht es noch einmal.

Joyce ist von allen der provinziellste, der über die Umgebung von Dublin (erst noch einem Dublin des unteren Mittelstands einer engen Periode) kaum hinausgekommen scheint und dabei an die Grenzen des Kosmos selber strebt, den Bogen am weitesten spannt, zurück zu Adam und Eva, zum Trojanischen Krieg. Je nach Geschmack führt er seine

Leser zu den Überresten oder Ruinen seines einstigen Dublin oder aber hebt andere in die lauteren durch keine »Wirklichkeit« getrübten Sphären Höherer Textlichkeit empor. Mit der konkreten Wirklichkeit seines Dublin hat Joyce anschaulich viel zu tun, und gleichzeitig hat er alle mimetische Wirklichkeit mit den Anführungszeichen versehen, ohne die sie heutzutage nicht mehr auftreten darf.

Man kommt Joyce nicht bei, noch am ehesten mit Gegensätzen, paradoxen Übertreibungen. Joyce ist ein »sowohl-als-auch«-Schriftsteller; aber keiner der neutralen Mitte, sondern der radikalen Extreme. *Finnegans Wake* drängt solche Extreme oft zusammen und verkörpert verschiedenartige Widersprüche schon im Keim. Ebenso spricht *Finnegans Wake*, mindestens streckenweise, in den vielen Zungen, in die es nicht übertragen werden kann und, wiederum ironischerweise, doch übertragen worden ist. Alle Werke von Joyce sind Sprache, nichts als Sprache, einmal wie sie ausgesprochen wird (und dabei die Sprechenden charakterisiert) oder aber als Anreihung von Buchstaben in einer bestimmten Folge, und wenn nur einer verändert wird, können ganz andere Illusionen zustandekommen. Joyce schreibt nicht nur von Verwandlungen, er inszeniert sie in der Darstellung: im *Portrait* erkennen wir allein an den Merkmalen, die wir Stil nennen, wie weit die Entwicklung von Stephen Dedalus vorangeschritten ist oder in welchen Irrwegen er stecken mag. Der Name Dedalus entstammt, leicht angepaßt, der Mythologie: genauer dem Buch der Verwandlungen des Ovid, den *Metamorphosen*. Solche Metamorphosen erfassen die Schreibweise: »Amen« wird zu »Onmen« und ist damit schon nicht mehr dasselbe. *Finnegans Wake* hält gar nicht mehr still. Der viel solidere *Ulysses* spielt seine Geschehen abwechslungsreich in verschiedenen Programmen durch, bald mehr wirklichkeitsnah, dann eher schauspielhaft wie auf einer unwirklichen Bühne, bald als Erinnerung an vergangene literarische Moden, dann wieder als Simulation von inneren Vorgängen. »Ulysses« ist nicht mehr der ursprüngliche »Odysseus«, aber auch nicht die lateinische Entsprechung »Ulixes«, sondern ein Zwischending, eine kulturelle Mischung, die sich zufällig im Englischen verfestigt hat. Als interne Umsetzungen übertragen sich die Werke selbst fortwährend in etwas anderes. Ein Grund, warum dann die Übersetzung im engeren Sinn besonders problematisch wird; Vorgänge, vor allem spezifisch-mehrdeutige, lassen sich am wenigsten übertragen. Joyce-Übersetzungen bleiben eine faszinierende Unmöglichkeit mit der beständigen Herausforderung, dies praktisch zu widerlegen. Dazu gesellen sich Übersetzungen in andere Medien: Dramatisierungen, Choreographie, Vertonungen, Illustration, Film. Alle derartigen Versuche bleiben zweifelhaft, viele anregend, fruchtbar, verschobene Kunst.

Joyce-Übersetzungen sind wie alle anderen, nur mehr so. Joyce selber auch. Dieses Mehr scheint ihn zu kennzeichnen, Superlative scheinen angebracht. Dazu gehörte schon immer die vehemente Ablehnung, Empörung, Skandal, Zensur. *Finnegans Wake* ist zum mindesten eins der ausgefallensten Bücher, es treibt auf die Spitze, was vorangegangen ist. Kaum fängt Joyce etwas an, scheint es zu wachsen und aus den handelsüblichen Fugen zu geraten. Dies gilt im großen Verlauf: Skizzen städtischen Alltags *(Dubliners)* werden zu einer überlebensgroßen Schilderung eines einzigen Tages aufgebläht (den Hermann Broch nochmals zum Weltalltag der Epoche ausweiten konnte). Joyce ging von glasklaren »Epiphanien« zu Kurzgeschichten über, dann zum Entwicklungsroman *Portrait* und zum Nicht-mehr-Roman *Ulysses*, bis hin zu 600 Seiten verwirrender Vieldeutigkeit und Nichtklassierbarkeit. Der Eskalationstrieb manifestiert sich im kleinsten: in eiligen

Schritten wird die See eine poetische Metapher, »great sweet mother«, ein literarisches Echo, dann zu einem fünfsilbigen, über-homerischen und nicht-klassischen »scrotumtightening sea«. Das schockierte, vorher war wohl kaum je ein Leser in einem Roman auf *scrotum* gestoßen. Und dies alles auf den ersten Seiten des *Ulysses*, eine frühe Lektion, wie um den Leser einzustimmen.

Unsere Formulierungen sind unbeholfene Versuche, scheinbare Erkenntnis mit untauglichen Mitteln in Klappentextmanier zu paraphrasieren. Joyce war einer, der sich mit den konventionellen Arten unvermeidlicher Vereinfachungen immer weniger zufriedengab und die Komplikation alles Existierenden immer anders auszudrücken suchte und auf den somit auch diese Vereinfachung schon wieder nicht zutrifft. Bei alledem bleibt Joyce gleichwohl einer der herkömmlichsten Autoren, ein rückwärtsgewandter, der sich auf Traditionen stützt, sie einarbeitet, sie aufruft (»Ulysses«), umgestaltet, und die bei *Finnegans Wake* gleich so voraussetzt, daß kaum etwas mehr nacherzählt zu werden braucht, sondern nur leicht angetippt werden kann. Es gibt nichts Neues unter der Sonne, oder »nihil nuder under the clothing moon«, welchen Nichtsinn wir eben deswegen einigermaßen »verstehen«, weil wir den bekannten Gemeinplatz gerade anwenden.

So erstehen banalste Weisheiten in neuer Aneckung. Joyce könnte uns nahebringen, was Linguisten auch merken, wieviel wir bei der Aufnahme von sprachlicher Mitteilung jeweils ausschließen, Bedeutungen, die nicht passen und uns gewöhnlich gar nicht einfallen. »Locks and keys« (»Schloß und Riegel«) enthält »Schlüssel« (keys), aber keine »Klaviertasten«; im musikalisch ausgerichteten »Sirenen«-Kapitel jedoch klingen solche Tasten mit hinein, so wie dort »bar« nicht allein an Theke, sondern auch an Takt erinnert. Joyce verwendet Bedeutungen, die sonst ohne

Bewußtsein ausgeschlossen werden, oder durch Sinnmagnetisierung. Ähnlich, mit Unterschwelligem, Doppeldeutigkeiten, Wortspielen, mit nicht ganz Wahrgenommenem, arbeitet mitunter schon die so ganz auf praktische Wirkung angelegte Werbung, als mit den ureigenen Mitteln des elitären Selbstzweckwerks *Finnegans Wake*. Wobei fraglich wird, ob die Bezeichnung »Wortspiel« noch viel Sinn hat, denn sie scheint das als Ausnahme auszugrenzen, was bei Joyce immer mehr zum Normalfall wird.

Auch hier ist Vorsicht geboten und Widerspruch. Wenn wir Mehrdeutigkeit euphorisch zelebrieren, artet das alles gern allzu modisch in lautes Bekenntnis unbeschränkter Relativität aus, die nun auch wieder zu relativieren wäre. Denn um überhaupt zu bedeuten, darf auch *Finnegans Wake* nicht alles heißen. Jede einzelne Stelle hält mehr an Sinn fern, als sie sich weltumfassend einverleibt. Auch die vielberufene Unbestimmtheit bei Joyce entsteht gerade in einem Gerüst von oft recht präzisen Andeutungen, oft räumlichen und zeitlichen Koordinaten, die Quellenforschung, Dokumentation, Kommentierungen ermöglichen, ja voraussetzen. Gerade wo wir bei *Finnegans-Wake*-Stellen Erfolg haben, was oft mit Aha-Erlebnissen gleichzusetzen ist, scheint dieser auf der äußerst präzisen Fassung des Ungefähren zu beruhen.

Auf jeden Fall kommt viel auf uns Leser an, und die NachJoyceTheorie hat denn auch den Leser als längst überfälligen Mitgestalter aufgewertet. Ohne uns Leser läuft nichts, da blieben die Texte nur tote Ansammlungen von Zeichen. Viele Joyce-Figuren sind Leser, die Geschriebenes / Gedrucktes deuten, mißverstehen und in ihrem Bild ausweiten. Im April 1932 berichtete Joyce seinem angehenden amerikanischen Verleger über sein Buch *Ulysses* und gab dem Brief ein resigniertes lateinisches Zitat bei, »Habent sua fata libelli!« Das Schicksal des noch kaum zehn

Jahre alten Buchs war in der Tat erwähnenswert, von Zufälligkeiten geprägt. Ob er es bedacht anwenden wollte oder nicht, Joyce hatte im Zitat des sonst unbekannten Terentianus Maurus etwas beim Wickel, das über das Geschick des Gegenstands, der (Schmuggel)-Ware *Ulysses* hinausging; denn der lateinische Verfasser zielte auf die Leser der Bücher ab, in deren Kopf sich der Bücher Schicksal erst bestimmt: »Pro captu lectoris habent sua fata libelli!« Wie der Leser sie faßt, erfaßt, »kapiert«, was ihm entgeht, das schränkt ihre Wirkung ein oder aber das weitet sie subjektiv und vom Verfasser nicht rückrufbar aus. Gerade das ist mit dem *Ulysses* geschehen: Leser waren entrüstet, begeistert, verändert, verdutzt, oder aber angeregt; im Lauf der Zeit bedeutet das Buch immer mehr.

Am meisten Leseaufwand verlangt natürlich *Finnegans Wake*. Es verleitet uns sogar zur Rückkehr zu gemeinsamem inspirativem Lesen in Gruppen. Das Buch stellt sich naiv gleich so, als wäre es uns bereits gegenwärtig, und am Ende ufert es aus in eine neue Runde: Also lesen, nichts als weiterlesen! Gleichzeitig ist es das Werk mit der wohl größten unmittelbaren Ausstrahlung, d.h. Ausstrahlung auf seine Nichtleser. Seine bloße Existenz genügt als Anstoß. Die meisten kennen das Buch nicht und wissen zuviel davon – vom Hörensagen, durch Osmose. Man kann darüber je nachdem banalste oder einsichtige Aussagen von sich geben, gerade ohne die vertiefende Auseinandersetzung, die *Finnegans Wake* so dringlich verlangt. Klugen Kritikern kann ein einziges Beispiel ausreichen, um freiheraus Prinzipien zu exerzieren. Kein Buch macht es uns so schwer, es zu lesen, und so leicht, es mitredend auszulassen – auch das ein Superlativ. Selbst ohne direkte Berührung beunruhigt und bewegt das Werk. Mangelnde Berührung beweisen schon die häufigen falschen Schreibweisen des Titels *Finnegan's Wake* m i t dem Apostroph, der nicht immer wohlmeinenden Setzern zur Last zu legen ist, sondern auch wieder dartut, wie scheinbar Falsches und vermeintlich Richtiges gestaltend ineinandergreifen. Auch wer nie über den Titel hinausgelesen hätte, könnte einiges vom Sosein des Buches ableiten.

Um mit einem weiteren Superlativ aufzuhören: Joyce ist einer der anspruchsvollsten Autoren. Er ist anmaßend, unbescheiden, stellt große Ansprüche an unsere Ausdauer, Beweglichkeit, an Wissen und Stehvermögen, er ließe uns letztlich wenig Zeit für irgend etwas anderes. Er spricht die vielfältigsten Leser an, macht süchtig; anders gedreht will er, scheint es, buchstäblich alles ansprechen, nichts weglassen, den höchsten Ansprüchen gerecht werden. Der *Ulysses* soll auch niedrige Instinkte ansprechen. Analog unverhältnismäßige Ansprüche werden an Joyce gestellt, als verträte er mindestens unser Jahrhundert. Ansprüche, die er nicht erfüllen und von denen er wenig ahnen konnte. Er muß herhalten als Beispiel für die Theorien jeder Saison. Der überzogene Anspruch zeigt sich auch daran, daß seine Kandidatur als phallozentrischer Prügelknabe selbst in den 80er Jahren noch aktuell sein konnte. Seine Molly Bloom ist ein Paradebeispiel des überhöhten Erwartungsdrucks; eine Dubliner Hausfrau, über die wir eine Menge erfahren und die uns in der fiktiven Wirklichkeit eine Stunde lang ihre Gedanken preisgibt, erschien von Anfang an überlebensgroß, eine eigenwillige Penelope, eine Gaea-Tellus, das Ewig Weibliche, eine Schlampe, ein männliches Klischee, die neue emanzipierte Frau und dann wiederum eine gigantische Projektion all dessen, was an einem »Frauenbild« alles falsch sein darf. Und so bleibt Frau Marion Bloom, bewundert viel und neu gescholten, eine Frau, auf die vielleicht am meisten Ansprüche projiziert werden. Es fragt sich, warum, von allen Tausenden auch bloß fiktiven, aus nichts weiter als

Buchstaben bestehenden Gestalten, gerade sie? Und warum gerade Joyce?

All die vielen Nichtantworten auf solche und weitere Fragen füllen unsere Bibliographien.

(1988)

JAMES JOYCE, BRIEFSTELLER

Nein, ein herausragender Briefschreiber war er nicht, Joyce, seine Briefe haben nicht den eigenständigen Wert, der anderen Sammlungen zukommt. Seine Briefe sind nicht auf Literatur angelegt, nicht für die Nachwelt geschrieben – und doch wiederum auch nicht ohne jeden Gedanken an diese Nachwelt: ein wenig behielt er sie schon im Auge, ganz unbeobachtet glaubte er sich möglicherweise nie.

So ist von Joyce viel beschriebenes Papier hinterlassen, und alles ist uns wichtig und teuer, vor allem seine zahlreichen Notizen, Aufzeichnungen, Entwürfe, Korrekturen, Vorstufen zu seinem Werk. All das ist heute untergebracht in über sechzig Archivbänden, die die Entstehung des ja nicht umfangreichen Werks dokumentieren, genetische Studien erlauben und Einblicke verschaffen in die Arbeitsweise oder gar in die schöpferischen Vorgänge, die sich uns natürlich fast ganz verschließen.

Auch zahlreiche Briefe sind erhalten, weltweit zerstreut, doch gesammelt (unvollständig) in drei Bänden, eine großzügige Auswahl davon auch auf deutsch in der Frankfurter Ausgabe von Suhrkamp (übersetzt von Kurt Heinrich Hansen); daneben liegt eine handliche Auswahl von Rudolf Hartung vor (suhrkamp taschenbuch 253). Einige weitere Briefe von Joyce werden wohl noch ans Licht kommen und leider immer mehr als Wertgegenstände gehandelt werden. Schon die kleinste Notiz oder Postkarte hat heutzutage ihren Marktwert: so wird fast alles unweigerlich in falsche Hände geraten – in jene von Investoren anstatt von Forschern.

Joyce schrieb seine Briefe im allgemeinen für den jeweiligen Tag, oft aus ganz konkreten Anlässen. Man würde diese Briefe nicht um ihrer selbst willen lesen, als Kunststücke. Sie brauchen einen Kommentar, sie verweisen auf Lebensumstände und die im Entstehen begriffenen Werke.

Es gibt Ausnahmen. Einmal, in den dreißiger Jahren, schickte Joyce seinem jungen Enkel als Geschenk etwas Schokolade aus Frankreich, sogenannte »Katzen« aus Beaugency, und erzählte ihm die damit verbundene Sage von einer Teufelsbrücke: wie der Teufel, der die Brücke baut und die übliche Seele als Lohn fordert, mit einer Katze, die als erste die Brücke passieren muß, abgespeist wird. Diese Fassung der Teufelsbrückensage ist so schlicht und anmutig, daß sich daraus ein illustrierbares Kinderbuch herstellen ließ, *Die Katze und der Teufel.* So ist Joyce, ohne es je zu ahnen, zu einem Kinderbuchautor geworden, ein Brief hat sich verselbständigt.

In Joyces Werken kommen Briefe häufig vor, sein Dublin ist eine Stadt nicht nur von Rednern, sondern auch von Korrespondenten, fast alle Figuren schreiben oder erhalten Briefe, Postkarten, Telegramme. Frühmorgens findet Leopold Bloom zwei Briefe und eine Postkarte auf dem Flurboden. Zu schaffen macht ihm vor allem der an »Mrs Marion Bloom« gerichtete Umschlag (nach damaligem Gebrauch eine Verletzung des patriarchalischen Namensrechts, die korrekte Anrede hätte »Mrs Leopold Bloom« gelautet; der Ehemann ist umgangen worden). Er erfährt dann von Molly, die den Brief nur halb versteckt und damit vorzeigt, daß am Nachmittag der Unternehmer einer Konzerttour zu einer Gesangsprobe vorsprechen wird. Dieser Besuch beschäftigt ihn den ganzen Tag und gibt einen wichtigen Teil der Handlung ab. Bloom seinerseits korrespondiert heimlich mit einer unbekannten Partnerin, die er nie zu Gesicht bekommen hat oder bekommen will;

er verwendet dazu ein Pseudonym, »Henry Flower«, und tarnt seine Antwort an sie als Geschäftsbrief. Wir beobachten ihn als gewiegten Strategen bei der Komposition dieser Antwort, er verstellt seine Schrift und versteckt sich hinter griechischen e's (ϵ), vermutlich etwas, was er einigen Geschichten über Sherlock Holmes entnommen hat, wo geheimnisvolle Dokumente gleichfalls mit griechischen e's verstellt werden. Briefe schreiben heißt, wie Joyce zeigt, eine bestimmte Rolle übernehmen, in diesem Fall die des geheimnisvollen (wenn auch nicht sonderlich entschlossenen) Liebhabers. Wie wir auch erfahren, hat Bloom in seinen Gedanken schon höhergestellte Damen mit anzüglichen Briefen zu verwirren versucht, wohl mehr eine Angelegenheit von Wunschvorstellungen als von ausgeführten Taten. Auch nicht abgeschickte, ja nicht geschriebene Briefe bestimmen unser Leben mit.

Briefe werden geschrieben, gelesen, oft nur flüchtig übergangen, oft ausgiebig studiert und kommentiert, zur Post gebracht, usw. Im *Ulysses* schreibt Milly Bloom an ihre Eltern, Stephen Dedalus schickt in einer grandiosen Geste ein Telegramm nur ein paar Straßenzüge weit, um eine Vereinbarung im Pub abzusagen; in seiner Tasche trägt er zwei Leserbriefe an Zeitungen, die ihm sein Vorgesetzter mitgegeben hat: der angehende Dichter findet sich zum Briefträger mißbraucht, zum bloßen Übermittler von Botschaften.

Im letzten Werk, *Finnegans Wake*, haben die beiden entgegengesetzten Brüder eben diese Rollen: Shem (wie James), der Abseitige, Außenstehende, Bohème, Künstler, poète maudit, verfaßt unzüchtige Briefe und Werke, die wiederum an die seines Verfassers erinnern. Der Gegenpol Shaun, der Karrieremann, der Bourgeois, Politiker, Priester, Geschäftsmann, die personifizierte Institution, kann aus all dem Gewinn schlagen; gelegentlich wird er zum

»briefdragger«. *Finnegans Wake*, das letzte – abstruse, extreme – Buch, ist in gewissem Sinn selber ein geheimnisvolles Dokument, das aufgefunden worden ist und sich allen Entschlüsselungen nie öffnet. Mitunter scheint es nichts weiter als ein Brief entfernter Verwandter aus Amerika mit den trivialsten aller Mitteilungen, aber doch wieder suggestiv und unheimlich; dann aber nähert sich das verschmutzte, lückenhafte, unleserliche Schriftstück voll eigenartiger Zeichen auch wieder aller Literatur schlechthin. *Finnegans Wake* macht mannigfachen Gebrauch vom Umstand, daß *litterae* einst bloße Buchstaben waren, dann aber Briefe bedeuteten (wie noch in *»lettres«*) und schließlich sogar das ganze Schrifttum bezeichnen konnten *»Literatur«*: alle Literatur, hoch oder trivial, erhaben oder schamlos, ist im Grunde nur eine Veranstaltung von Buchstaben in verschiedener Reihenfolge, die sich bei *Finnegans Wake* besonders ungebärdig verhalten und keinem eindeutigen Sinn mehr unterordnen. Etwa folgender Gruß an die Eltern, wo eine frohe Weihnachtsbotschaft, »With our best youlldied greedings to Pep and memmy«, sich nicht nur in »best Yuletide greetings« auflöst, sondern wo den Adressaten unverfroren auch der Tod gewünscht wird, und dies gleich in Vergangenheit (»died«) und Zukunft (»you'll die«); »greed« deutet dazu auf Begierde. Wie das Beispiel zeigt, können Gefühle und Motivationen in Briefen gemischt auftreten.

Natürlich machen sich die Figuren bei Joyce auch Gedanken *über* das Schreiben, darüber, wie die Gedanken in Worte zu fassen sind. Auch Briefe haben ihre Konventionen. Molly Bloom nachts im Bett macht sich über die Hilfsmittel der Zeit lustig, die Briefsteller, die den weniger Bewanderten die Sorgen der Formulierung abnahmen und fertige Wendungen bereithielten. Sie selber hält es eher mit der Kürze:

... just a few words not those long crossed letters Atty Dillon used to write to the fellow that was something in the four courts that jilted her after out of the ladies letterwriter when I told her to say a few simple words he could twist how he liked not acting with precipat precip itancy with equal candour the greatest earthly happiness answer to a gentlemans proposal affirmatively my goodness theres nothing else (U 18.740)
[DEUTSCH: bloß ein paar Worte nicht diese ellenlangen Briefe wie Atty Dillon die immer wieder schrieb an diesen Burschen der irgendwas in den Four Courts war der sie dann später sitzengelassen hat alles aus dem Briefsteller für Damen wo ich ihr doch gesagt hatte sie soll bloß paar ganz einfache Worte sagen die könnte er sich dann zurechtdrehen wie er wollte nicht mit überstürzter Überstürzung zu handeln bei beiderseitiger Aufrichtigkeit das größte irdische Glück eine bejahende Antwort auf den Antrag eines Gentleman ach du meine Güte wenn das alles ist] (*Ulysses*, S. 974-5)

Die Interpunktionslosigkeit des Monologs, der am zweitbesten bekannte Umstand darin, geht unter anderem darauf zurück, daß sowohl die Mutter von Joyce wie auch von Nora Barnacle, seiner Lebensgefährtin und späteren Frau, recht wenig Satzzeichen gebrauchten und Joyce diese Eigenschaft dann wie ein Markenzeichen verwendete, natürlich auch um den ununterbrochenen Gedankenstrom nachzubilden. Molly spürt die Lächerlichkeit und Hohlheit der Versatzstücke beim schriftlichen Ausdruck von Gefühlen. Wie wir beim Briefschreiben in bestimmte Rollen verfallen und auf Vorformuliertes zurückgreifen müssen, vor allem und gerade bei menschlichen Extremsituationen, das variiert Joyce immer wieder. Er selber war darüber, wie die meisten von uns, nicht erhaben.

Im allgemeinen bleiben die in das Werk integrierten Briefe ergiebiger als die eigentlichen, die nicht Literatur sind, sondern deren Umfeld mitbestimmen. Sie sind im wesentlichen sekundär, Momentaufnahmen, oft flüchtig hingeschrieben, ohne die Sorgfalt, die Joyce den Büchern – auch in den vielen Überarbeitungen – zukommen ließ. Wer sie liest, wird von Joyce bereits etwas wissen, die Werke ein wenig kennen und über ihn mehr erfahren wollen. Er schrieb Briefe kaum je als Selbstzweck, es waren Notwendigkeiten, vor allem, wenn er etwas brauchte: Auskunft, Unterstützung, Geld, Liebe, Einreisebewilligung, Rechtfertigung. Er brauchte oft etwas. Biographie ist eine Geschichte von Bedürfnissen, die Biographie von Joyce (von Richard Ellmann, ist seit langem zum Klassiker geworden; die Lebensbeschreibung von Nora Barnacle Joyce, 1988, *Nora*, von Brenda Maddox, ist eine notwendige Ergänzung) stützt sich auf eine umfängliche Korrespondenz, die zunächst einmal ganz einfach auch Daten und Unterlagen zutage gefördert hat, Fakten und Meinungen, Bekenntnisse und Posen.

Der Briefschreiber als junger Mann der Dubliner Zeit ist kühn, arrogant, exzentrisch, will sich von den anderen absetzen, er verrennt sich in großspurige Metaphern. Er schreibt an Nora und beichtet in erhaben verwerfenden Gesten von seinem Abfall von der Kirche, seinem geheimen Krieg gegen Institutionen, Abscheu gegenüber der Unterwürfigkeit und Gemeinheit der Leute; in die Gesellschaftsordnung kann und will er sich nicht einfügen. Aber er spricht auch schon von dem, was hinter all seinen Verkleidungen steckt: »Wir alle tragen Masken.« Wenn der junge Nochnichtdichter nach Paris geht, werden die Briefe ganz anders, mitleidig, er schildert seinen Hunger, seine Schmerzen, seine Not und appelliert an die Mutter, die ihm auch prompt Geld zukommen läßt.

Erstaunlich im Ton und im Anspruch ist eine Geburtstagsgratulation an einen der ganz Großen, von Joyce am meisten Verehrten, den Dramatiker Henrik Ibsen, der im März 1901 dreiundsiebzig geworden war. Joyce bewunderte Ibsen so sehr, daß er eigens Norwegisch lernte und sogar den Brief in dieser Sprache abfassen konnte. Er gibt sich bescheiden und hochmütig zugleich, zuweilen spricht er fast wie mit einem Gleichrangigen. Was er am meisten würdigt, ist Ibsens »völlige Gleichgültigkeit gegen kanonisierte öffentliche Maßstäbe der Kunst« auf dem Weg »eines inneren Heroismus«. Er enthüllt damit viel von seinem eigenen Programm und einem nicht eben bescheidenen Ehrgeiz.

Wie Joyce dann mit Nora und sehr bald den zwei Kindern in Triest als Sprachlehrer lebt und die Familie schlecht und recht durchbringt, berichtet er regelmäßig an seinen Bruder Stanislaus in Dublin. So erfahren wir seine Lebensumstände, die Schwierigkeiten (ähnlich denen jedes jungen bürgerlichen Ehepaars in ärmlichen Verhältnissen) und vor allem seine schriftstellerischen Absichten. Am meisten beschäftigen ihn seine Kurzgeschichten, die später als *Dubliners* gesammelt worden sind. Er braucht dazu Informationen über Dublin, denn das, was ist, darf nicht verfälscht werden; er berichtet vor allem von den Problemen der Veröffentlichung. Weil seine Geschichten den Verlegern nicht geheuer waren (im besonderen den vor dem Gesetz verantwortlichen Druckern gefährlich vorkamen) und sogleich auf Widerstand stießen, sah sich Joyce zu Rechtfertigungen genötigt. Er verteidigte seine Themen, seine Wortwahl, wollte nichts zurücknehmen, nichts verändern (mußte dann gleichwohl etwas nachgeben). Er sagte resigniert und zutreffend voraus, daß er mit seinen Büchern wohl immer Schwierigkeiten haben würde. Wenn's sein mußte, konnte er wiederum ganz hoch dahertraben: seine

Erzählungen seien ein Kapitel der »Sittengeschichte seines Landes«, wenn er dieses Kapitel »so und nicht anders komponierte«, wäre der erste »Schritt zur geistigen Befreiung« seines Landes getan – eine Mischung von Aufrichtigkeit und Strategie.

Weil Joyce gewöhnlich seine Werke für sich selber sprechen ließ und sie nicht kommentieren oder erläutern wollte, sind derartige Briefe die aufschlußreichsten. Joyce brauchte als Adressaten jeweils einen Vertrauten, der nicht örtlich zur Hand war und somit schriftlich in das Vorgehen einzubeziehen war. Ein derartiger Vertrauter war der englische Kunstmaler und zeitweise Konsularangestellte Frank Budgen, den Joyce 1918 in Zürich kennenlernte und dem er sich offen mitteilen konnte, der auch ein gesundes Urteilsvermögen hatte, unbestechlich und ohne jegliche Heldenverehrung. Joyce offenbarte sich ihm mehr als allen anderen; zu Budgen sprach er ausführlich über das Verhältnis des *Ulysses* und der *Odyssee* und vor allem über die wechselnden Techniken. Als Joyce nach Triest zurückgekehrt war, setzten sich die Werkstattberichte in den Briefen fort, die uns mehr als alles andere Handhaben zu den einzelnen Teilen des *Ulysses* geworden sind, ein Gebilde, das eben zu jener Zeit durch stilistische Umbildungen geprägt war und die Programmierung von Episode zu Episode drastisch änderte. Ähnlich verhielt es sich später, als Joyce seiner Gönnerin Harriet Shaw Weaver, die ihn großzügig unterstützte und seine ausschließliche Hingabe an *Finnegans Wake* erst ermöglichte, immer wieder seine Absichten erklärte und hin und wieder konkret zeigen wollte, daß sein neuestes Werk nicht einfach chaotisch oder verrückt, sondern in seiner Eigengesetzlichkeit durchaus sinnvoll war. So sind ein paar Glossierungen zu dem noch immer am schwierigsten verständlichen Werk entstanden, die die Briefe zu einer unserer wichtigsten Quellen machen. Diese Aussagen des Autors sind allerdings nicht ohne Vorbehalt aufzunehmen. Aussagen des Autors waren schon immer – bevor Theorien dies auch metaphysisch untermauerten – recht problematisch, denn natürlich gibt auch der Urheber nur beschränkt und voreingenommen Aufschluß über das, was ihm selber bewußt ist. Das Wort von Joyce über sein Werk kann nicht das letzte sein, aber ein wichtiges bleibt es allemal. Die Erfahrung scheint zu zeigen, daß er seine Korrespondenten kaum je auf falsche Fährten ansetzte (wie vermutet worden ist), daß er aber auch keinerlei Drang verspürte, an irgendeiner Stelle die ganze Wahrheit zu enthüllen, selbst wenn so etwas je möglich sein sollte.

Daneben schrieb Joyce ausführlich über seine alltäglichen Probleme. Eines der Beharrlichsten war das finanzielle Überleben. Er bat oft um Geld und war in diesen Ansprüchen nicht immer bescheiden, gewissenhaft oder rücksichtsvoll. Sein Bruder Stanislaus mußte besonders viel herhalten. Der Grundton der Mittellosigkeit zieht sich durch die Briefe hin, bis zum Schluß, selbst als Joyce nach geläufigen Maßstäben recht wohlhabend geworden war. Wegen der vielen Umzüge und Reisen, vor allem auch der kostspieligen medizinischen Behandlung seiner Tochter in den 30er Jahren, ist er mit seinem Geld zeitlebens nie zurechtgekommen. Viele der Briefe sind eher geschäftlich; dies zeigt auch der Briefwechsel mit der Verlegerin Sylvia Beach.

Die am bekanntesten gewordenen Briefe sind natürlich die am längsten zurückgehaltenen. Im Sommer 1909 reiste Joyce zum ersten Mal wieder nach Dublin, um dort das erste Kinotheater einzurichten, und war damit von Nora plötzlich wieder getrennt (solche Trennungen fielen ihm immer schwer). Dabei muß ihm ein Gerücht zu Ohren gekommen sein, Nora hätte fünf Jahre früher noch ein anderes Verhältnis gehabt, und aus dieser Seelenlage des ewig mißtrauischen Joyce erwuchs ein Schwall der gefühlvollsten Briefe, die hinterlassen sind, zunächst voll Verzweiflung und Eifersucht. Dann aber, als die ganze Vermutung als Neid und Angeberei eines ehemaligen Freundes abgetan werden konnte, begann Joyce seine aufgestaute sexuelle Begierde, seine Wünsche und Unterwürfigkeit in einfache direkte obszöne Worte und Vorstellungen zu fassen. Der Inhalt dieser Beteuerungen war lange unter Verschluß geblieben, wurde aber in Abschriften herumgeboten, bis die *Collected Letters* von 1975 auch sie zugänglich machten und ein paar wenige Stellen einen winzigen Sturm in ein paar ewiggestrigen Wassergläsern auslösten. Daß ein Schriftsteller, vor allem der Verfasser des einst skandalösen *Ulysses*, auch sexuelle Wünsche hat und sie zu Papier bringen kann, brauchte eigentlich niemand mehr groß in Rage zu bringen, vor allem auch, weil diese Bekenntnisse manche Stelle in den Romanen erhellen und den mehr psychoanalytisch ausgerichteten Lesern Einblicke vermitteln. Gleichwohl entstanden allerlei Turbulenzen, und zur Zeit sind familiäre Bestrebungen im Gang, durch erneute Unterdrückung und Zensur noch mehr unangebrachte Neugier zu provozieren. Es scheint offensichtlich, daß Joyce, der die Briefe bei seiner Rückkehr 1909 nicht vernichtete, sondern vertrauensvoll in den Händen seines Bruders zurückließ, als er 1915 in die Schweiz zog, in späteren Jahren bürgerlicher Ehrbarkeit und wachsender Prüderie sie zurückhaben wollte. Wer welchen Joyce vorzieht, den jungen, eher emanzipatorischen Bilderstürmer oder die Respektsperson von Ansehen und Weltgeltung, muß wohl Ermessenssache bleiben.

Eigenartig nimmt sich eine kurze briefliche Liebschaft aus, die in Zürich über die Bühne ging, als Joyce einmal von seinem Fenster aus eine junge Frau sah und zu bewundern begann. Er sprach sie auf der Straße an und schrieb ihr ein paar Beteuerungen (vier Briefe, die sie aufbehalten und später, als der eigenartige Korrespondent berühmt geworden war, veräußert hat). Eine Postkarte, die er an »Nausikaa« richtete und mit »Odysseus« unterzeichnete, hat sie offenbar in einem Anflug von Verlegenheit zerrissen, schade, denn das Rollenspiel hätte sich darin noch deutlicher ablesen lassen. In diesem Stück spielte Joyce, wir wissen nicht mit welchem Ernst, den mythologisch überhöhten Liebhaber, der sich eingangs mit Dante, mit Shakespeare verglich und die Angebetete, wohl kaum eifrige Leserin der Weltliteratur, mit der Jungfrau Maria gleichsetzte; einen Brief schloß er mit einem liturgischen Zitat. Joyce schrieb die paar Briefe, alle von 1918/19, auf französisch oder deutsch. Einer davon vermittelt einen guten Eindruck vom Stil und gibt dadurch allerlei Rätsel auf. Dies an seinem 37. Geburtstag (2. Februar 1919, »Maria Lichtmesse«) im Originalton:

> Nach langes Erwarten sah ich gestern abend Dein Gesicht, aber so blass, so müde und so traurig!
> Der erste Gruss an diesem Tag kam von Dir – durch die Nacht.
> Und durch die Nacht der Bitterkeit meiner Seele fielen die Küsse Deiner Lippen über meinen Herz – weich wie Rosenblätter, sanft wie Tau. [*sic*]
> O rosa mistica, ora pro me!

Alle e's in diesen Briefen sind griechische Epsilons, also die Є's, die Leopold Bloom in ähnlicher Situation verwendete. Der Autor ahmt eine seiner Charakterfiguren nach, Fiktion und Leben verschwimmen hier ineinander. Das Ganze ist sorgfältig komponiert, kunstvoll angelegt – und gleichzeitig purer Kitsch, mit erst noch einer kaum gewollten Entzauberung durch eine einzige falsche Endung:

war das so gemeint? Wollte er ernsthaft mit diesem Stil ein Herz erobern? Oder waren es bloß stilistische Fingerübungen? Konnte er vielleicht nicht anders und zeigt damit, daß selbst er, wie wir, gerade in der Leidenschaft nur banal und stereotyp werden kann? Die Klischiertheit findet sich im Roman wieder, aber in der Umkehrung, daß dort das junge Mädchen romantisch schmachtet und sich in Phrasen ergeht, während der ältere Mann, Bloom, sich nachher verhältnismäßig nüchtern gibt, als hätte Joyce den Spieß umgedreht. Gerade diese Art Sprache brauchte er, um im *Ulysses* Figuren durch ihre Gedanken zu charakterisieren, durch die Sprache, die von ihrer Lektüre mitgeprägt worden ist. Wir sind, was wir lesen.

Joyces Briefe sind sekundär, dem Werk untergeordnet, oder so bedeutsam wie unser Anteil an seinem Leben. Sie sind aufschlußreich, vielfältig, zeigen die vielen Facetten eines der komplexesten und auch wiederum alltäglichsten Schriftsteller, der arrogant war und egoistisch oder aber einfühlsam und für nichts Menschliches zu überheblich. Nicht jedes einzelne und private Wort von ihm braucht auf den Olymp gehievt zu werden. Viel Zeitgeschichtliches oder gar Politisches erfahren wir, gerade aus jener sehr bewegten Zeit, kaum, außer ein paar Streiflichtern:

> Ich fürchte, der arme Mister Hitler-Missler wird bald, abgesehen von Ihren Nichten und meinem Neffen, den Meistern W. Lewis und E. Pound, nur wenige Verehrer in Europa haben. (28.7.1934).

Gelegentlich beschrieb er sich mit feiner oder je nachdem grimmiger Ironie. Bald gibt er seinem Sohn Ratschläge über Lieder oder ein Rezept für »Maggis Allerleigemüslisuppe«. Einmal parodiert er T. S. Eliots *The Waste Land*, hin und wieder versucht er einen Limerick. Die Reichweite ist groß, zusammengenommen sind die Briefe so vielseitig und belanglos wie das Leben, oder der *Ulysses*.

Hier ist vielleicht der Raum für eine Anekdote, wie sie Carola Giedion-Welcker weitergegeben hat, eine gute Freundin, die Joyce auch die Einreise in die Schweiz im Zweiten Weltkrieg mit anderen möglich gemacht hatte (ihre an die fünfzig Briefe und Postkarten sind in der Sammlung der Zürcher James-Joyce-Stiftung). Es geht nicht um die Briefe, sondern allein um die Handschrift. Carola Giedion-Welcker hielt einmal dem großen Graphologen Max Pulver einen Umschlag hin, mit lediglich ein paar Zeilen Adresse darauf, und bat um ein rasches Urteil. Max Pulver soll einen Blick darauf geworfen und gesagt haben: »Format Goethe.«

(1989)

ein Roman wird begangen

»Die erlesene Stadt«

DIE ERLESENE STADT

Eines kann man James Joyce nicht vorwerfen, daß er sich übermäßig mit ländlichen Themen abgegeben hätte, und wären sie noch so irisch. Man kann sich fragen, ob Joyce selber jemals in Irland war, außerhalb von Dublin und der engeren Umgebung, eben der Stadt, mit der er verbunden bleibt. Während sich die irische Renaissance auf eine mythische Vergangenheit ausrichtete oder aber bäuerliche Szenen in den Vordergrund stellte, genügte ihm das, was er um sich aufnahm in all der schäbigen Gewöhnlichkeit einer modernen, wenn auch etwas provinziellen Großstadt. Und dies nicht nur, um sich von allen anderen und einer literarischen Mode abzusetzen, sondern weil sich die Schwerpunkte offenbar verlagert hatten.

Es ging ihm um so etwas wie Modernität, aber auch um Redlichkeit gegenüber dem, »wie es ist«, jetzt und hier, eine Art Verpflichtung gegenüber einer faßbaren Wirklichkeit, deren Problematik dann allerdings zunehmend in den Vordergrund rückte und die Vorstellung von dem, »wie es ist«, selber zum Thema machte. Er traute sich über die eigene enge Erfahrung hinaus wenig Phantasie zu und benützte (mißbrauchte) das ihm Vertraute. Er war weniger Erfinder als Darsteller des Vorhandenen. Paradoxerweise ist dadurch der provinziellste aller Schriftsteller – fast alles spielt sich innerhalb von wenigen Meilen in ungefähr zwei Dekaden ab – auch der am weitesten darüber hinausweisende.

Vielleicht wird in multimedialer Zukunft einmal eine Ausgabe des *Ulysses* angeboten, die eine Reise nach Dublin mit Stadtrundgängen gleich einschließt. Dublin von heute (und morgen) ist noch immer Schauplatz von Ereignissen, die um die Jahrhundertwende nicht stattgefunden haben. Besonders daran ist, daß Nachprüfungen von bestimmten Straßen und Gebäuden und Brücken, ja, bis hin zu einer Kellerklappe oder einem Gullydeckel, anhand einer literarischen Erdichtung überhaupt möglich sind: derartig periphere Bezugspunkte gibt es in Victor Hugos Paris oder dem London von Dickens noch nicht. Sherlock Holmes wohnte bereits an einer richtigen Straße, Baker Street, aber in einem nicht existierenden Haus (die Post kommt gleichwohl an). Das Haus, in dem Leopold Bloom angesiedelt ist, Eccles Street 7, war Joyce im Innern bekannt. Im Jahr 1904 stand es leer, so daß kein Bewohner von Fleisch und Blut einer literarischen Genkonstruktion Platz machen mußte. In den *Dubliners* und dem *Ulysses* bewegen sich erdachte Figuren in fest umrissenen Orten: Hochehrwürden John Conmee S.J. kommt die Stufen des Presbyteriums herunter, und zwar genau um fünf nach drei (wenn seine Taschenuhr richtig geht). Das Presbyterium der Jesuiten liegt an der Upper Gardiner Street, noch heute. Den Hochehrwürden John Conmee S.J. hat Joyce nicht aus dem Hut gezogen, er war einer seiner Erzieher, aber hinterher haucht er seinem Lehrer erdichtete Gedanken ein. Den Fußstapfen des Jesuiten können wir nachgehen und unser gebildetes Augenmerk dem von ihm benützten Briefkasten zuwenden (er hat lediglich die Farbe vom ehemals britischen Rot gewechselt zum irischen Grün). Joyce weist seinen Handlungen einen präzisen Platz an. So entstehen ein philologischer Tourismus und eine neuartige Lektüre: ein Roman wird begangen.

Schon in der allerersten Geschichte setzt das genaue Lesen städtischer Gegebenheiten ein. »Nacht für Nacht« war der Erzähler an einem bestimmten Haus vorbeigegangen und hatte »das erleuchtete Viereck des Fensters studiert«.

Das Studium des Fenstervierecks läßt Schlüsse zu über die Vorgänge dahinter. Stadtmenschen lernen bestimmte Zeichen oder Codes, um sich zurechtzufinden. Fortbewegung inmitten von Vehikeln, Droschken, elektrischen Straßenbahnen und damals noch wenigen Automobilen, andererseits auch mit allerlei Verlockungen (allen voran Kneipen) wird von selber zu einer Odyssee.

Stadtoberflächen werden immer lesbarer, Namensschilder, Anzeigen, Handzettel, Initialen (DBC, YMCA oder I.N.R.I. – was heißt das?), Graffiti orientieren oder verwirren uns. Viel an Joyce ist kinematographisch, und in der Tat macht auch der Film von solchen Beschriftungen Gebrauch. Menschen selber werden zu Buchstaben, bis dorthin, wo die Realität in Parodie umschlägt: so stoßen wir auf einen »Sir Hercules Hannibal Habeas Corpus Anderson K.G., K.P., K.T., P.C., K.C.B., M.P., J.P., M.B., D.S.O., S.O.D., M.F.H., M.R.I.A., B.L., Mus. Doc., P.L.G., F.T.C.D., F.R.U.I., F.R.C.P.I. and F.R.C.S.I.«. Fünf Männer tragen Reklamebretter mit der Aufschrift »H.E.L.Y.'S« (Y mit einem Stück Brot trödelt hinterher, Apostroph-S gerät Bloom in den Weg). Sie tragen den Namen einer Papeteriefirma Hely's, für die Bloom einmal vergeblich Anzeigenvorschläge gemacht hat. Die Firma selber benützte 50 Jahre später ebendiese Anzeigen im Wortlaut für ihre Schaufensterwerbung und kam auf diese Weise nachträglich zum preiswertesten aller Angestellten.

Wo sich Texte immer freier zu selbständigen Wesen verflüchtigen, ist es beruhigend, wenigstens örtlich Orientierung zu finden.

Dublin ahmt nun das Buch nach, dessen Original zusehends durch städtebauliche Entwicklung zerstört worden ist. Doch wo ein literarisch abgesegnetes Gebäude niedergerissen wurde, erhält das neu erstandene, wie häßlich auch immer, nicht selten den alten Namen zurück (und eine Plakette obendrein). So ist das Wohnhaus von Leopold Bloom längst verschwunden, und ein gesichtsloses Backsteinbauwerk an seiner Stelle verweist durch eine Gedenktafel auf diesen Bewohner. Die Tür des ehemaligen Hauses ist noch immer zu besichtigen, sie wurde ins Treppenhaus eines Pub eingemauert (dessen früherer Besitzer darauf bestand, ehemals eine von Bloom betretene Eßbude von ausnehmender Unappetitlichkeit gewesen zu sein – dies ohne Grund außer einem Verlangen nach einer Art Unsterblichkeit). Die Tür, renoviert und aller Wahrscheinlichkeit nach echt, macht durch ihre greifbare Existenz fast vergessen, daß es den Leopold Bloom, dem sie ihre Denkwürdigkeit und Einmaligkeit verdankt, nie gegeben hat. So verquicken sich sinnlich wahrnehmbare Wirklichkeit und bloße Erfindung. Selbst am Geburtshaus von Leopold Bloom ist eine Gedenktafel angebracht, und es erstaunt nicht, daß die Anwohner schon sehr bald verlauten ließen, die Blooms hätten doch etwas weiter unten gewohnt.

Man bewegt sich in Dublin in Zitaten (die wir Bildung nennen wollen). Und ähnlich wie Joyce seine Lokalereignisse mit der Odyssee überlagerte, legen wir jetzt den Roman der Stadt von einst auf die von jetzt. Der Kommerz zieht mit. Bewohner und Touristen gehen auf Zitaten und Buchstaben, selbst jene, die es nicht wissen. Das ist bodenständige Tatsache. Eine Firma, deren Mineralwasser gerade dreimal im *Ulysses* vorkommt, aber heute noch angeboten wird, hat den fiktiven Werbemann Leopold Bloom nachträglich eingespannt und an einem Dutzend strategischer Stellen seine Wanderung in Bronzeplatten festgehalten. Hier ging, so sagt die Werbung und sagt es auf solider Grundlage, am 16. Juni 1904 Leopold Bloom und tat dies und jenes. Alltagsphantasien sind ins Großstadtpflaster eingelassen worden und damit begehbar geworden. Es ist sinnvoll, daß Joyce einer fiktiven Gestalt als Beruf ausgerechnet die Gestaltung von Fiktionen zugeteilt hat und daß die Illusionen sich nun verfestigt wiederfinden. Auch sinnvoll für die Werbung an sich: sie ist solide, ausgedacht, am richtigen Ort angebracht und wiederholbar; und man kann drüber weggehen. Übrigens machte ja auch Odysseus nachträglich Werbung für die griechischen Inseln.

Die Geschichte dreht sich im Kreis: ein Autor benützte seine Heimatstadt als Schauplatz für seine Erzählungen, diese wiederum führen uns fast ein Jahrhundert später durch die Stadt: *Ulysses* als Baedeker. Literarische Archäologen lesen Dublin natürlich voreingenommen und mißbilligen spätere Umgestaltungen, Abriß und Neubauten, als unfaire, pietätlose Verstöße. So geschehen etwa, als eines der letzten öffentlichen Pissoirs, Schauplatz einer kleinen Vignette im *Ulysses*, den Weg aller öffentlichen Ärgernisse gehen mußte. Sic transit gloria urbis.

Wir lesen eine Stadt zu Fuß. Wie es sich so trifft, läßt Joyce einmal die Füße selber lesen, und zwar die von Bloom, der beim Gehen einen Handzettel studiert: »His slow feet walked him riverward, reading«, so steht es da, und syntaktisch wird die Lektüre in der Tat den Füßen zugeordnet. Ausgedrückt ist damit auch die Beschwerlichkeit bei der Verbindung verschiedenartiger Tätigkeiten, da gerät einiges durcheinander (auch der Gang verlangsamt sich). Solcherlei Geh- und Satzbehinderungen werden aus Übersetzungen hinausdestilliert: »Seine langsamen Füße trugen ihn flußwärts, während er las«, und alles hat wieder seine Richtigkeit, die Lektüre ist den Füßen wieder entzogen. Füße lesen in der Tat nicht, aber sie können bei der Lektüre helfen, und die Technik des Lesens mit den Füßen (der Fachausdruck Podanagnosis ist praktisch in aller Munde) gesellt sich ergänzend zu den üblichen Verfahren.

Lesen ist Bewegung, Vorantasten und beständiges Sichzurechtfinden, Gedanken wandern, schweifen ab.

Unterdessen spielen schon ganz andere Städte ebenfalls Dublin, und in den verblichenen Zeiten der Happenings lag es fast im Trend, daß allerorten Bloomsday gefeiert wurde. Bloomsday, der literarische 16. Juni von Dublin, ist übersetzbar und anpassungsfähig: einmal, am 100. Geburtstag von Joyce, wurde er nach Zürich transponiert. Ähnliches geschieht mit ritueller Regelmäßigkeit in vielen Städten: dazu gesellt sich da und dort ein Bloomsday-Marathon. Bei solcher Karriere eines Tags und einer Stadt kann man sich schon langsam fragen, was hier ein paar Millionen Buchstaben angestellt haben. Am Anfang, und nicht nur am Anfang, war möglicherweise doch das Wort.

Zur Beruhigung: man kann Dublin auch ohne Joyce erleben (Hunderttausende tun es ohne Schaden) und *Ulysses* ohne Dublin, mit der Unbefangenheit, die jedes Buch verlangt.

(1995)

JOYCE IN TRIEST

Joyce hat einige Jahre in Italien zugebracht, mehr als ein Fünftel seines Lebens, strenggenommen nicht in Italien, aber nahe daran, in der Hafenstadt Triest, die der österreichischen Monarchie den einzigen Zugang zum Mittelmeer gab, aber nach Ansicht vieler national gesinnter Einwohner politisch so italienisch sein sollte, wie sie es nach Geschichte und Kultur war. Joyce wurde eher zufällig dorthin verschlagen. Er hatte im Oktober 1904 eine Stelle an der Berlitz School in Zürich in Aussicht, die dann nicht vorhanden war, doch wurde er mit seiner mutigen Gefährtin Nora Barnacle an die Schule in Triest verwiesen. Ende Oktober trafen sie ein und wurden bald nach dem südlich gelegenen Städtchen Pola weitergeschickt, wo sich Joyce als Sprachlehrer einrichtete. Er blieb ein paar Monate, bis er im März 1905 wieder in Triest unterkam und sich mit Eifer den vielerlei Schwierigkeiten zuwandte, die ihn immer begleitet haben. Wir wissen davon aus seinen vielen Briefen an den Bruder Stanislaus.

Fruchtbare Schwierigkeiten

Wie immer bei Joyce erfahren wir in diesen Briefen viel über ihn und wenig über seine Umgebung; er schrieb nie Reiseberichte, führte kein Tagebuch, hinterließ keine literarischen Schilderungen der Stadt, Gedanken zur Geschichte oder zu den politischen Spannungen. Seiner Natur gemäß berichtet er eingehend von den Widerwärtigkeiten: Mittellosigkeit, Wohnungssuche, Akklimatisation, Reibereien in seinem neuen bürgerlichen Lebensstil; und zunehmend Widerstände, die sein Verleger den Kurzgeschichten entgegensetzte. Gleichwohl waren die Monate der Armut fruchtbar. Joyce schrieb an seinem Roman weiter, dessen erhaltenes Fragment als *Stephen Hero* im Nachlaß erschienen ist. In der Hitze von Triest entstanden manche der frostigen *Dubliners*-Geschichten. Deswegen wollte er in seinen Briefen an den Bruder Stanislaus mehr von Dublin erfahren als von Triest berichten. Oft war er ungehalten oder gab Stimmungen nach, war je nachdem resigniert oder zuversichtlich: »Immerhin habe ich in diesen neun Monaten ein Kind gezeugt, 500 Seiten meines Romans geschrieben, Deutsch und Dänisch einigermaßen gut gelernt, außerdem die (für mich) unerträglichen Pflichten meines Berufs erfüllt und zwei Schneider übers Ohr gehauen.«

Bald ließ er den Bruder nach Triest nachkommen, später auch zwei seiner Schwestern, womit viel »Irland« um ihn versammelt war, was aber die Lebensumstände nicht vereinfachte. Im Sommer 1906 versuchte Joyce sein Glück in Rom, diesmal als Bankangestellter. Die Ewige Stadt beeindruckte ihn nicht sonderlich, ein Stimmungsbild zeugt von wenig Einfühlung: »Die Peters-Kirche kommt mir nicht viel größer vor als St. Paul's in London. Die Kuppel wirkt von innen nicht so hoch wie von außen. Petrus ist in der Mitte der Kirche begraben ... Die Kirche hat ungefähr zwanzig Altäre. Die Gegend um das Colosseum wirkt wie ein alter Friedhof mit zerbrochenen Tempelsäulen und Platten ... Rom hat ein einziges Café, und das ist nicht so gut wie irgendeins von den besten in Triest ...«

Er beklagt sich über seine einzige Hose mit zwei großen Flicken auf dem Gesäß, über Geldmangel (»Liren haben kurze Beine«), veranschaulicht seinen Hunger oder ausführliche Mahlzeiten. Ausgerechnet in Rom scheint ihn

Heimweh nach Dublin befallen zu haben, und die Reue, unnötig streng gewesen zu sein: »Ich habe (in *Dubliners* wenigstens) nichts, was an der Stadt anziehend ist, gestaltet und habe mich doch, seit ich sie verließ, außer in Paris in keiner anderen Stadt wohl gefühlt. Ich habe ihre freimütige Insularität und ihre Gastfreundschaft nicht gestaltet. ... Ich bin ihrer Schönheit nicht gerecht geworden: denn sie ist meiner Meinung nach von Natur schöner als alles ...«

Aus solchem Stimmungswechsel entstand die letzte der Erzählungen zu *Dubliners*, die längste und wohl schönste, »The Dead«. Joyce schrieb von einer weiteren, »Ulysses in Dublin«; doch er sei »nicht über den Titel hinausgekommen«, und so wurde sie beiseite gelegt und erst Jahre später aufgegriffen, erweitert zu dem bereits Nicht-mehr-Roman *Ulysses*.

Schließlich kehrten die Joyces nach Triest zurück, wo zeitweise zwei Haushalte bestanden; er gab vornehmlich Privatstunden. Mit dem bekanntesten seiner Schüler, einem Fabrikanten deutscher Herkunft mit schriftstellerischen Neigungen, Ettore Schmitz, mit dem Künstlernamen Italo Svevo, verband ihn besondere Freundschaft. Er war einer der ersten, dem Joyce Teile seines *Portrait of the Artist* zeigte; viele Jahre später in Paris verhalf ihm der bereits berühmte Joyce zum europäischen Durchbruch. Wohl auch um seine Verhältnisse aufzubessern, hielt Joyce ein paar öffentliche Vorträge über Shakespeare und verfaßte Aufsätze für den *Piccolo della Sera*, über Irland, »die Insel der Heiligen und Weisen«, und den politischen Hintergrund, über Schriftsteller wie Oscar Wilde, James Clarence Mangan, aber auch die Gegenpole Daniel Defoe und William Blake, seltene Ausnahmen, denn außer frühen Rezensionen liegen von Joyce wenige *Kritische Schriften* vor.

Einige seiner Ansichten tauchen in patriotischer Überdrehung im *Ulysses* auf, so wie seine ausgefallene Shakespeare-Theorie Kernstück des Bibliothekskapitels geworden ist. Die Aufsätze sind in einem Band *Scritti italiani* zusammengestellt, der Joyce auch als italienischen Essayisten ausweist. Er trug sich damit, einige irische Schriftsteller, George Moore, Yeats und Synge, ins Italienische zu übersetzen.

Eine Zeitlang dachte er daran, an Schulen in Italien zu unterrichten, und mußte sich deshalb im Frühjahr 1912 einem Examen an der Universität Padua stellen, das er glänzend bestand; doch scheiterte er an bürokratischen Hindernissen. Die Prüfung umfaßte einen Aufsatz mit dem typischen Thema »L'influenza letteraria universale del Rinascimento«; in Examenmanier zog Joyce alle Register vorzeigbarer Bildung und schloß den Aufsatz mit einem Bekenntnis: die Renaissance habe in uns »Ehrfurcht hervorgebracht für jedes Wesen, das lebt und hofft und stirbt und sich Illusionen macht – avrebbe fatto molto creando in noi stessi e nella nostra arte il senso della pietà per ogni essere che viva e spera e muore e s'illude«. Diese Einstellung scheint auch seinen *Ulysses* zu durchdringen.

Der Weltkrieg schuf für Briten in Österreich keine ideale Lage. Stanislaus Joyce wurde wegen seiner irredentistischen Neigungen vorsichtshalber für den Rest des Kriegs interniert; James zog sich in die neutrale Schweiz zurück, nach Zürich. Auch wenn er in seinen Briefen gewöhnlich über Triest wenig Gutes gesagt und vor allem seine eigene Not zur Sprache gebracht hat, ist doch offensichtlich, daß ihm die Stadt mit ihrer kulturellen und ethnischen Vielfalt, ihrem Sprachgemisch und der behaglich-schlampigen Unordnung im Grunde zusagte (und etwas von *Dear Dirty Dublin* wiedergab), mehr jedenfalls als zunächst das saubere Zürich mit seiner makellosen Bahnhofstraße, der Polizeistunde, mit den passenden Heiligen Felix und Regula (»Wohlstand und Ordnung«); gleichwohl fühlte er sich am Ende auch Zürich wieder sehr zugetan.

Die veränderte Stadt

Als Joyce nach seinem vierjährigen Zürcher Aufenthalt gegen Ende 1919 nach Triest zurückkehrte, fand er die Stadt verändert (wie seine Freunde ihn); und wir hören das alte Lied von neuen Schwierigkeiten um Unterkunft und Unterhalt, aber nichts davon, daß Triest unterdessen seine Nationalität dramatisch gewechselt hatte und italienisch geworden war. Seine Aufmerksamkeit gilt der mühsamen und meisterhaften Komposition des *Ulysses*; er will sogar Frank Budgen, seinen Vertrauten aus der Zürcher Zeit, nachkommen lassen (»Kein Mensch, mit dem ich über Bloom reden kann«).

Doch liest sich sein Ferienprospekt nicht eben verlokkend: »Ich kann Ihnen hier Unterrichtsstunden vermitteln, nicht anstrengend, zu 6 oder 7 Lire die Stunde ... Sie sehen das Mittelmeer. Sie werden in dieser farbenprächtigen Gegend sicher etwas zum Malen finden ... Sie sind mit *MIR* zusammen.« Budgen kam nicht, doch zum erstenmal traf sich Joyce mit Ezra Pound, der ihn in den Kriegsjahren aus der Ferne mit Hingabe unterstützt hatte, im Juni 1920 in Sirmione am Gardasee. Gerührt von den ausführlichen Schilderungen des Elends, schlug Ezra Pound Paris als geeigneteren Wohnort vor. In einem Limerick hielt Joyce die Begegnung fest, machte sich über seine beständigen Klagen über Geldnot und Kleidermangel lustig und stilisierte Pound nebenbei zu einem wegbereitenden Johannes dem Täufer hoch:

A bard once in lakelapped Sirmione
Lived in peace, eating locusts and honey
Till a son of a bitch
Left him dry on the beach
Without clothes, boots, time, quiet or money.

Auf jeden Fall blieb Joyce nicht mehr lange in Triest, nach ein paar Monaten zog er weiter nach Paris, womit ein neues Kapitel anhob und sein Italienaufenthalt zu Ende gekommen war.

Die italienische Ernte ist nicht überwältigend. Äußerlich hat sich wenig niedergeschlagen, da Joyce auf sich selber ausgerichtet war und kaum über das heimische Dublin hinausging, das er immer »in sich herumgetragen hat« und im Wort zu eigenartiger fiktiver Unsterblichkeit wieder auferstehen ließ.

Ein paar Gedichte, später in *Pomes Penyeach* herausgegeben, entstanden in Triest. Trotz Titeln wie »On the Beach at Fontana« oder »Tutto è Sciolto« verbreiten sie so wenig eine adriatische Atmosphäre, wie man in »Alone« (Zürich 1916) örtliche Züge erkennen kann. Ein einziges, zierliches Werk spielt sich in Triest ab; ein Notizbuch von 16 Seiten verfeinerter Prosa in Reinschrift; dem Biographen Richard Ellmann gemäß ist es die Transposition einer Verliebtheit, eine gedankliche Affäre mit einer jungen Studentin: Beschreibungen, Vignetten, Phantasien. *Giacomo Joyce* ist kaum einzuordnen: ein wenig Prosagedicht, etwas Tagebuch, Fingerübungen (»Long lewdly leering lips; dark-blooded molluscs«), Erinnerungen (»Ich expliziere Shakespeare dem gelehrigen Triest«). Die Stadt wird genannt oder aufgerufen (»den ganzen Weg die Via San Michele hoch«); lokale Begebenheiten werden genannt, Namen, Zitate, Gedichte, »Hedda Gabler«, die »Summa contra Gentiles«; Joyce erwähnt sein *Portrait of the Artist*, oder er ermahnt sich selber: »Easy now, Jamesy!«, ruft aus: »Nora!«

Auch der Besuch in Padua ist festgehalten:

> Padua weit hinter dem Meer. Das lautlose mittlere Alter, Nacht, Dunkel der Geschichte, die schlafen in der *Piazza delle Erbe* unter dem Mond. Die Stadt schläft. Unter den Bögen der dunklen Straßen beim Fluß spähen die Augen der Dirnen nach Hurern aus. *Cinque servizi per cinque franchi.* Eine dunkle Woge Sinn, wieder und wieder und wieder.

Bezeichnenderweise hat Joyce keine Absicht geäußert, diese Triestiner Skizze zu veröffentlichen; als umsichtiger Wiederverarbeiter hat er einzelne Sätze und Passagen davon in andere hinübergerettet und sie angepaßt.

Im *Ulysses* streiten sich ein paar italienische Gastarbeiter und regen Bloom zu einem Vorschlag an: »Warum schreiben Sie [Stephen Dedalus und auch etwas Joyce selber] in dieser Sprache nicht Ihre Gedichte? *Bella poetria!* Sie klingt so melodiös und voll. *Belladonna voglio.*« Ein paar Namen sind geborgt, ein Professor heißt, nach einem Direktor der Berlitz-Schule in Triest, Almidano Artifoni; den slawischen Namen eines Triestiner Schülers und Zionisten, Moses Dlugacz, versetzte Joyce nach Dublin und siedelte ihn einen Spaziergang weit von Blooms Wohnung ausgerechnet als Schweinemetzger an. Parodistische Passagen erlauben ihm, neben dem Zürcher Herrn »Hurhausdirektor Hans Chuechli-Steuerli« einen italienischen Delegierten »Commendatore Bacibaci Beninobenone« unterzubringen.

Eine Nebenfigur in den *Dubliners* ist nach einem Gesanglehrer und Komponisten in Triest benannt, Mr. Sinico in »A Painful Case« (geschrieben 1905 in Triest); sein Urgroßvater stammt aus Livorno. Eigenartigerweise vertritt seine Frau, Mrs. Sinico, ohne jegliche mediterrane Herkunft, etwas von der Wärme, die den anderen Dubliner Figuren oft abgeht.

Derartige exotische Farbtupfer zeigen nur, daß alle Werke bis zum *Ulysses* kaum ernsthaft Platz boten für Ausschweifungen über die provinziellen Grenzen hinaus; allenfalls kann einmal ein heimkehrender Seemann von einer Messerstecherei in Triest erzählen.

Die italienische Sprache

Bemerkenswert bleibt, daß der wohl größte Stilist des Englischen seiner Zeit, der sein Dubliner Idiom nie aus den Ohren verlor, Italienisch zur Sprache seiner Familie machte. Noch in den dreißiger Jahren sind vertraute Briefe an die beiden Kinder Giorgio und Lucia italienisch geschrieben. Natürlich findet sich vom Triestiner Dialekt einiges auch in *Finnegans Wake*, so eine Fassung der Schöpfungsgeschichte: »*Senior ga dito: Faciasi Omo! E omo fu fò*. Ho! Ho! *Senior ga dito: Faciasi Hidamo! Hidamo se ga facessà*. Ha! Ha!« Der Name der Stadt ist mit einem Seufzer verbunden: »My animal his sorrafool! And trieste, ah trieste ate I my liver!«, wo Obertöne aus einem Psalm oder eine Verlaine-Zeile – »O triste, triste était mon âme« – mitschwingen und Joyce auch sein eigenes Wehklagen ironisiert. Eine andere Stelle:

> Catch the Paname-Turricum and regain that absendee tarry easty, his città immediata, by an alley and detour with farecard available getrennty years.

gibt die Reisen zwischen drei Lebensstationen wieder, die am Ende des *Ulysses* verzeichnet sind (»Trieste – Zürich – Paris 1914–1921«): Paname, ein Wort für Paris, verbindet sich mit Tur(r)icum und Trieste im Osten, wo Joyce lange verweilte (»tarry«); die orthographischen Abweichungen lassen an Züge, Fahrkarten, Trennung und Wehklagen (»wail«) denken.

Bedeutender als derlei Anklänge, wenn auch nicht belegbar, ist der bloße Umstand alltäglicher Vielsprachigkeit in Triest (»Es werden hier drei Sprachen gesprochen – Italienisch, Deutsch (die Amtssprache) und Slawisch. Das Italienische, das hier gesprochen wird, ist allerdings sehr verdorben«). Als Lehrer an einer Schule, die das lebendige Gespräch zur natürlichen Methode erhob, konnte er anhand der Fehler aus fremden Sprachen viel über seine eigene erfahren. Wer in der Hafenstadt Triest (wie auch unter Emigranten in Zürich) von Fremden angesprochen wurde, mußte möglicherweise zunächst einmal herausfinden, welcher Sprache die Laute überhaupt zugehörten, bevor sie verständlich wurden.

Dieser Schwebezustand gilt auch für *Finnegans Wake*, wo eine Buchstabenfolge »Comb his tar odd gee sing your mover O meeow?« sich wie recht gebrochenes Englisch mit unassimilierbaren Elementen ausnimmt, bis ein Versuch, das Ganze aus dem Italienischen herzuleiten, eine Verzerrung von »Come sta oggi, signor moro mio?« andeuten mag. Je nachdem, aus welcher Sprache etwas hergeholt wird, verändert sich dessen Sinn. Etwas von diesem Grundzug des Spätwerks mag Joyce im fernabliegenden Triest aufgegangen sein, wo mindestens drei verschiedene Sprachen und Denkarten geographisch anfingen oder aufhörten und sich in die Quere kamen.

(1988)

JAMES JOYCE UND ZÜRICH

In einem seiner letzten Briefe, kurz nach seiner Ankunft in Zürich im Kriegsjahr 1940, erinnerte James Joyce den Stadtpräsidenten in Dankbarkeit daran, daß sich »die Verbindung zwischen mir und Ihrer gastfreundlichen Stadt ... über eine Reihe von fast vierzig Jahren« ausgedehnt hatte. In diese vierzig Jahre fallen hauptsächlich drei Aufenthalte und dazwischen zahlreiche Besuche.

Der Zufall führte Joyce und seine Gefährtin Nora Barnacle im Oktober 1904 nach Zürich, weil man Joyce, der es in jedem Fall in Irland nicht mehr auszuhalten glaubte, eine Stelle an der Berlitz-Schule versprochen hatte. Dies erwies sich allerdings als Irrtum, und nach ein paar Tagen, fast ohne Mittel, aber mit viel Zuversicht, fuhr das Paar weiter nach Triest, wo Joyce – als Berlitzlehrer oder Privatlehrer und einmal vorübergehend als Bankbeamter in Rom – blieb, bis ihn der Weltkrieg zum unerwünschten feindlichen Staatsangehörigen machte und er mit der Familie (die beiden Kinder Giorgio und Lucia waren 1905 und 1907 geboren worden) in die neutrale Schweiz kam. Und auch wieder nach Zürich, weil er die Stadt schon kannte und sich von hier aus erst einmal umsehen wollte. Er blieb dann bis zum 16. Oktober 1919.

Die österreichischen Behörden in Triest hatten dem britischen Staatsangehörigen die Ausreise nach der Schweiz unter der Bedingung erlaubt, daß er an keinen kriegerischen Handlungen gegen den Kaiser teilnehmen würde. Joyce verhielt sich denn auch neutral: einmal war ihm als einem Iren wenig daran gelegen, das britische Weltreich verteidigen zu helfen, und zudem hatte er Wichtigeres zu tun, als Kriege mitzuführen. Wie er es später in *Finnegans Wake* darlegte, war er ... »categorically unimperatived by the maxims« (etwa: am Krieg für das britische Imperium mit Maxim-Maschinengewehren teilzunehmen, war ihm kein kategorischer Imperativ), sondern ... »kuskykorked himself up tight in his inkbattle house ...«: er verkroch sich in ein Haus (in Zürich) und führte seine Schlachten (battles) mit dem Tintenfaß (inkbottle) und war dabei dem Trunk (cork, bottle, tight) nicht abgeneigt.

Als Joyce – damals noch ganz unbekannt – mit seiner Familie nach abenteuerlicher Fahrt gegen Ende Juni 1915 aus Triest ankam, suchte er die Unterkunft auf, die sich ihm und Nora schon bei seinem ersten kurzen Zürcher Aufenthalt von 1904 geboten hatte, den *Gasthof Hoffnung* an der Reitergasse 16. Im Namen, der seither mehrmals wechselte, steckte etwas von der Zuversicht, die der fast mittellose Sprachlehrer sehr nötig hatte. Schon im Juli wohnte Joyce dann an der Reinhardstraße 7 im Seefeld und Ende Oktober an der Kreuzstraße 19, wie die Briefe angeben, im dritten Stockwerk. Im Frühjahr des nächsten Jahres finden wir die Joyces an der Seefeldstraße 54 (Parterre rechts) und ein Jahr später an der Seefeldstraße 73 (im dritten Stock); er bezahlte die für jene Zeit nicht geringe Summe von 120 Franken im Monat. Joyce bezeugte eine lebenslange Anhänglichkeit für die Stadt Zürich, aber ihr Klima behagte ihm nie, und als seine Augenleiden ernsthaft einsetzten, nahm er seine Familie im Herbst 1917 für ein paar Monate nach Locarno, in die Pension »Daheim«. Er kehrte im Januar 1918 nach Zürich zurück und bezog die Wohnung an der Universitätstraße 38 (gemäß einem Brief bewohnte er den ersten Stock). Gegen Ende des Jahres wechselte er auf die andere Straßenseite, in die Nummer 29. Am Haus an der Universitätstraße 38 wurde eine Gedenktafel angebracht.

Die Monate, die Joyce an der Universitätstraße verbrachte, erwiesen sich als recht fruchtbar. Auch die Anerkennung stellte sich allmählich ein (im Ausland natürlich). Früher hatte sich Joyce ein Jahrzehnt lang mit Verlegern auseinandergesetzt, um seinen Erzählband *Dubliners* endlich veröffentlichen zu können. Erst 1914 war es soweit. Dank der Vermittlung von Ezra Pound gelang es weiter, den zum Teil autobiographischen Roman *A Portrait of the Artist as a Young Man* in Fortsetzungen herauszubringen. In London und in Amerika begann man auf den jungen irischen Schriftsteller aufmerksam zu werden. Bereits in Triest hatte Joyce mit *Ulysses* angefangen und zwischenhinein, in verhältnismäßig kurzer Zeit, sein einziges Schauspiel, *Exiles*, geschrieben. Nun wurde der *Ulysses* Joyces Hauptanliegen. Mit der ihm eigentümlichen Unbekümmertheit saß er in seiner Wohnung und schrieb an den frühen Kapiteln (die Abende verbrachte er mit den Freunden im Restaurant Pfauen). Erstaunlich bleibt, daß die getreuliche Abbildung der Heimatstadt Dublin aus der großen Entfernung überhaupt unternommen werden konnte. Auch ist Joyces Energieleistung in dieser Zeit beachtlich, zumal noch einige Wochen nicht genützt werden konnten, weil sich die ersten einer langen Reihe schmerzhafter Anfälle von Iritis einstellten.

Zudem galt während derselben ergiebigen Zeit ein Teil von Joyces Eifer einem beharrlich ausgefochtenen Streit, der neben *Ulysses* gerade lächerlich trivial anmuten muß. Durch Geldmittel, die Joyce unerwartet von einer amerikanischen Gönnerin, Mrs McCormick, zuzufließen begannen (sie paarte die Erkenntnis, daß Joyce ein großer Künstler sei, mit praktischer Großzügigkeit), war er in der Lage, zusammen mit dem Berufsschauspieler Claud Sykes und einigen Amateuren – an denen es in der englischen Kolonie in Zürich nie zu fehlen scheint – eine Theatergruppe zu gründen, die »English Players«. Sie setzte sich die Aufführung englischer (und natürlich anglo-irischer) Schauspiele zum Ziel. Alle gingen begeistert an die Vorbereitungen. Joyce war Geschäftsführer und befaßte sich mit der Werbung. Am 29. April 1918 wurde im vollbesetzten Saal zur Kaufleuten Oscar Wildes Komödie *The Importance of Being Earnest* gebracht und vom Publikum gut aufgenommen. Mit einigem Stolz hat wohl Joyce dieses Stück eines großen Dubliners den Zürchern vorgeführt. In der englischen Literatur- und in der Sittengeschichte ist gerade dieses Stück noch durch ein Nachspiel ausgezeichnet – die Verleumdungsklage, die sich an die Uraufführung von 1895 anschloß und die zu den drei Prozessen führte, denen Oscar Wilde zum Opfer fiel und aus der Londoner Gesellschaft in das Gefängnis von Reading. Die Parallele mag zufällig sein, aber Joyce, der sonst literarische Parallelen sehr wohl beachtete und seine Werke damit durchsetzte, reichte bald nach der Uraufführung ebenfalls eine Verleumdungsklage ein.

Als Geschäftsleiter oblag ihm die Auszahlung der Gagen. Einer der Hauptdarsteller, Henry Carr, der beim Konsulat angestellt war, glaubte sich zu knapp honoriert und wollte dazu noch für ein Paar Hosen, die er sich eigens für die Aufführung zugelegt hatte, besonders entschädigt werden. Darüber entstanden eine Auseinandersetzung und ein Wortwechsel, bei dem sich Joyce beleidigt vorkam. In kurzer Zeit brachte Joyce mit der Vorliebe fürs Prozessieren, die man den Iren gerne nachsagt, die Angelegenheit vor das Zürcher Bezirksgericht. Da sich der britische Konsul auf die Seite seines Angestellten schlug, sah sich Joyce bald in der Rolle des von der britischen Obrigkeit wieder einmal verfolgten Iren. Am 15. Oktober 1918 entschied das Bezirksgericht Zürich, soweit es um die finanzielle Frage ging, für Joyce, aber die Verleumdungsklage zog sich noch eine Weile hin und endete weniger günstig damit, daß Joyce zur Zahlung der Gerichts- und Anwaltskosten verurteilt wurde. Joyce hatte alles sehr ernst genommen und sich in Briefen sogar an den britischen Minister in Bern, Sir Horace Rumbold, und erst noch an den Premierminister in London, David Lloyd-George, gewandt. Er hatte weniger Verständnis dafür als vielleicht die Nachwelt, daß sich in der Zeit, als der Weltkrieg zu Ende ging, der höchste Vertreter Englands in der Schweiz und gar das Haupt der britischen Regierung einigen Problemen gegenübersahen, die vor einem Wortgefecht und einem Paar Hosen den Vorrang hatten.

Diese Zürcher Wirrnisse um Joyce sind 1975 vom Engländer Tom Stoppard zu einer brillanten Komödie um Joyce, Lenin und Tristan Tsara umgewandelt worden – *Travesties*.

Joyce aber hat die Episode seinerseits für seine Zwecke ausgenützt. In *Ulysses* nennt er einen englischen Soldaten, der sich durch Streitbarkeit und ordinäre Redensart hervortut und der Stephen Dedalus zu Boden schlägt, Private Carr. Der britische Minister Sir Horace Rumbold, den Joyce gegen sich eingenommen glaubte, mußte seinen Namen ebenfalls hergeben, und erst noch für den Henker, »H. Rumbold, Master Barber«, der in ein paar grotesken Szenen kurz auftaucht. Nicht besser erging es weiteren Angestellten des Konsulates, aus dem Generalkonsul A. Percy Bennett wird in *Ulysses* »Battling Bennett« – ein Boxer, und dessen Sekundant heißt »Ole Pfotts Wettstein«, benannt nach Dr. Georg Wettstein, dem Anwalt von Henry Carr, der Joyce eine Zeitlang wegen der Kosten, mit nur teilweisem Erfolg, betrieben hatte. Aus dieser Auswertung persönlicher Erlebnisse geht schon hervor, wieviel letztlich Autobiographisches in Joyces Werken enthalten ist.

Es ist nicht ganz von der Hand zu weisen, daß Joyce auch, scherzhaft oder abergläubisch (dem Scherz und dem Aberglauben war er ergeben), an eine alte irische literarische Überlieferung dachte: die Barden konnten die Böswilligkeit ihrer Feinde in ihren Gesängen durch Verwünschungen vergelten, denen magische Kraft zugeschrieben war.

Natürlich waren längst nicht alle Zürcher Erlebnisse für Joyce so ärgerlich. Es entstanden Freundschaften, etwa mit Georges Borach, Edmund Brauchbar und Paul Ruggiero, die alle Joyce später in schwierigen Lagen behilflich waren. Dazu gesellten sich nun neue. Im Sommer 1918 lernte Joyce den Mann kennen, der wohl zu seinem besten Freund werden sollte, den Maler Frank Budgen, damals ebenfalls beim englischen Konsulat beschäftigt. Ihm verdanken wir eine lebendige Schilderung der Atmosphäre in Zürich, *James Joyce und die Entstehung des Ulysses*.

Wie uns der Biograph Richard Ellmann berichtet, der in seiner umfassenden Lebensbeschreibung dem Zürcher Aufenthalt beinahe hundert Seiten widmet, hatten die Zürcher am 11. Dezember 1918 Gelegenheit, Joyces Stimme zu hören. Bei einer Aufführung von Robert Brownings »In a Balcony« sang er hinter der Bühne, begleitet von Paul Ruggiero auf der Gitarre, das Lied »Amante Tardito«.

In den Winter 1918/19 fällt auch die eigenartige Affäre mit einer jungen Schweizerin, Marthe Fleischmann, die Joyce auf der Straße gesehen und angesprochen hatte. Er schrieb ihr dann, in leicht verstellter Schrift, vier reichlich romantische Liebesbriefe und traf sie ein einziges Mal im zu diesem Zweck besonders hergerichteten Studio von Frank Budgen, bei künstlerischem Dekor und Kerzenschein.

1919 ging Joyce nach Triest zurück, und 1920 ließ er sich in Paris nieder. Doch kam er immer wieder nach Zürich zu Besuch, sei's, um sich von Professor Alfred Vogt die

Augen operieren zu lassen oder um seine Freunde zu sehen, vor allem Carola und Siegfried Giedion-Welcker, oder auch, wie berichtet wird, um dem Zürcher Sechseläuten ein weiteres Mal beizuwohnen. Die Krankheit seiner Tochter brachte ihn auch zum Sanatorium von Dr. Brunner in Küsnacht und damit zum Psychiater C. G. Jung.

Als Frankreich 1940 von den deutschen Armeen überrannt wurde, zogen sich die Joyces nach St-Gérand-le-Puy zurück. Und wiederum suchte er Zuflucht nicht etwa in der Heimat oder den Vereinigten Staaten, sondern in der Schweiz. Die allerdings machte es dem berühmten, jedoch mittellosen Dichter nicht leicht, und die Vorgeschichte seiner letzten Reise ist ein mehr als mühseliges Ringen mit kantonaler und eidgenössischer Fremdenpolizei. Die Freunde in Zürich hatten sich mit immer neuen behördlichen Einwänden auseinanderzusetzen, und erst als sie eine beträchtliche Summe als Sicherheit hinterlegen konnten, war für Joyce der Weg in die Schweiz frei. Im Dezember 1940 kam er mit seiner Frau, dem Sohn Giorgio und dem Enkel Stephen nach Zürich.

Doch schon nach wenigen Wochen erlag Joyce den Folgen einer Darmoperation und wurde im Friedhof Fluntern beigesetzt. 1966 erhielt er von der Stadt Zürich ein Ehrengrab.

Die Vertrautheit mit Zürich hat sich in einigen Anspielungen der Werke niedergeschlagen, vor allem natürlich in *Finnegans Wake*. Doch hat sich Joyce auch sonst über Zürich geäußert.

Joyce-Biograph Ellmann weiß von einer kleinen Begebenheit zu berichten, die auf Joyce bald nach ihrer Ankunft im Sommer 1915 einen nachhaltigen Eindruck gemacht haben muß. Gleich zu Beginn wurde Nora von einem Polizisten angehalten, ein Stück Papier aufzulesen, das sie achtlos zu Boden geworfen hatte. Jedenfalls schrieb Joyce an einen Freund: »Zürich ist so sauber, daß man eine auf der Bahnhofstraße ausgeschüttete Minestra ohne Löffel wieder aufessen könnte.«

Mit seiner Neigung, in Wörtern und Namen gleich eine Bedeutung zu entdecken, legte er die Zürcher Schutzheiligen Felix und Regula seiner Erfahrung entsprechend aus: als Wohlstand und Ordnung. »Dear Budgen: Am back here in the city of S. S. Felix and Begula (= Prosperity and Order)«, schrieb er 1933 an Frank Budgen. Derselbe Brief enthält gleich noch eine mit drei Ausrufungszeichen geschmückte Klage darüber, daß auf den Schweizer Wein nun eine Steuer von 25 % erhoben werde.

So mag es durchaus sein, daß die einzige, indirekte Anspielung auf Zürich, die in *Ulysses* vorkommt, einen kleinen Seitenhieb auf die für Zürich charakteristische Verbindung von (angenehmem) Wohlstand und (nicht so angenehmer) Ordnungssucht einschließt. *Ulysses* spielt natürlich ganz in Dublin, aber in einer der herrlichen Parodien auf gefühlvolle Zeitungsberichte wird eine phantastische internationale Abordnung aufgezählt, die einer schauerlich-schönen Hinrichtung mit Begeisterung beiwohnt; und darunter stellt sich ein so unzweifelhaft zürcherischer Name (und nicht unbedingt so zürcherischer Beruf) wie »Herr Hurhausdirektorpräsident Hans Chuechli-Steuerli« ein.

In *Finnegans Wake* wird die Stadt namentlich genannt, allerdings in einen eigenartig englisch wie auch deutsch geschriebenen Geschäftsbrief eingeflochten: Da ist ein »Herr Betreffender«, ein »Kommerzial«, jemand macht »his reporterage on Der Fall Adams for the Frankofurto Siding, a Fastland payrodicule«, und dann heißt es, »er consstated that one had on him the Lynn O'Brien, a meltoned lammswolle, disturbed, and wider he might the same zurichschicken, other he would, with tosend and obertosend tonnowatters, one monkey's damages become«. Das ist alles nicht sehr klar, aber immerhin geht es um Geld und Geschäfte und wird unter Drohung etwas zurückgeschickt, offenbar nach Zürich.

In einer Stelle mit eindeutig autobiographischem Bezug, »catch the Paname-Turricum and regain that absendee tarry easty«, nennt Joyce alle drei Städte, in denen er an *Ulysses* geschrieben hatte: Paris (Paname), Zürich (Turricum) und das östliche Triest (tarry easty).

Im bekanntesten aller Kapitel, »Anna Livia Plurabelle«, erscheint ein Satz wie »Isn't that the limit?« in internationale Flußsprache übersetzt: »Yssel that the limmat?« In »legging a jig or so on the sihl« haben wir gleich noch den anderen Zürcher Fluß und nicht weit davon die von Joyce oft benutzte Sihlpost: »You don't say, the sillypost.«

An einer anderen Stelle: »I made paraharfeast upon acorpolous and fastbroke down in Neederthorpe«, scheint jemand im Zürcher Niederdorf zusammengebrochen zu sein; Zürich wird dabei kosmopolitisch mit Prag und Athen verbunden. Die Festlichkeiten, die sich zugleich überall und an ganz spezifischen Orten abspielen, sind hier offenbar mit Eßtabus durchsetzt. Auch in einem andern schweizerdeutschen Anklang – »Der Haensli ist ein Butterbrot, mein Butterbrot! Und Koebi iss dein Schtinkenkot! Ja! Ja! Ja!« – geht es ums Essen, vielleicht im Zusammenhang mit jener Prosperität, die Joyce mit Zürich assoziierte. Gerade das letzte Beispiel, wohl die Abwandlung einer Art Kindervers in einem Singspiel, zeigt, wie Joyce überall hingehorcht haben muß und wie er, lange bevor das zu einer Mode wurde, subkulturelle Elemente heranzog.

Es gibt Sätze und Wendungen, die auf Schweizerjoytsch verfaßt zu sein scheinen, was immer ihre weitere Bedeutung sein mag: »All schwants (schwrites) ischt tell the cock's trootabout him.« Oder wir stoßen unvermittelt auf »mean fawthery eastend appullcelery, old laddy he high hole« und hören daraus, mit einiger Übung, unser Lied »Min Vatter ischt en Appezeller«, mit dem angehängten Jodel. Vermutlich hat Joyce das Lied in Zürich singen gehört.

Wohl am wenigsten angetan hatte es Joyce in Zürich der Föhn, über den er sich in den Briefen oft beschwerte. Auch der Föhn ist in *Finnegans Wake* aufgenommen worden, sogar in einem deutlichen Anklang an den Titel des Buches: »in the wake of their good old Foehn, again.«

Das wichtigste Motiv aber, das *Finnegans Wake* mit Zürich verbindet, ist das Sechseläuten. In der bekannten Stelle »Pingpong! There's the Belle for Sexaloitez!« erscheint es in einer Art sexualisiert, die für das Zürcher Frühlingsfest nicht typisch ist. In einer der paar Abwandlungen, »ringrang, the chimes of sex appealing«, ist diese Betonung noch stärker, doch natürlich ist die Zürcher Komponente in diesen zitierten Stellen nur eine unter vielen andern. In den Varianten »Pinck, ponck, that fall for seeks alicence«, »Peeingpeong! For Saxonlootie«, »when Kilbarrack bell pings saksalaisance« ist vom eigentlichen Sechseläuten nur noch ein schwaches Echo übriggeblieben.

(1980)

JOYCE, ALORS!

> Wenn man in jenen Tagen junge Literaten fragte, in welcher Zeit wir eigentlich lebten, hörte man häufig die Antwort: »In der James-Joyce-Zeit«.
>
> Max Tau

James Joyce wäre ohne die zwanziger Jahre besser ausgekommen als sie ohne ihn. Seine größte Wirkung fiel in sie: nach dem 2. Februar 1922, seinem vierzigsten Geburtstag und dem Erscheinen des *Ulysses*, gab es eigentlich in der Literatur keine selbstgefällige Behaglichkeit mehr: etwas von dieser Unruhe ist für die Periode typisch geworden. Aber Joyce lebte durch sie hindurch, ohne von ihr so richtig Notiz zu nehmen, zunehmend auf sich selber ausgerichtet, seine Wörter, seine Familie, seine Sorgen. Seine Lebensweise erschien den Besuchern immer bürgerlicher, und dies zu einer Zeit, als er sich an ein neues Buch machte, neben dem sich der *Ulysses* geradezu herkömmlich ausnahm. Das neue Werk erhielt den provisorischen Titel *Work in Progress*, als es in Fortsetzungen herauskam, meist in avantgardistischen Zeitschriften, die bekannteste war *transition*. All dies – *Ulysses* – *Work in Progress* – *transition* – sind Stichworte geworden, die uns das Jahrzehnt, das das tolle oder verrückte genannt wird, verstehen und bestimmen helfen. Ohne dies zu wollen, hat Joyce Bezugspunkte geliefert, die es möglich machen, über die zwanziger Jahre zu sprechen.

Von ihm selber hingegen hat man kaum den Eindruck, daß er für die Gegenwart sehr viel übrig hatte. Der *Ulysses* charakterisiert eine neue Epoche, doch er holt, fast nostalgisch, eine vergangene Epoche herauf, einen ganz konkreten Tag des Jahres 1904 in Dublin, von dem Joyce nie loskam. Wenn es eine Zeit gibt, die für Joyce maßgebend ist, so ist das die seiner Jugend, der Jahrhundertwende: allerdings stellt er sie so dar, daß sie vom Altertum an und durch ein stark betontes Mittelalter auch das zwanzigste Jahrhundert nach dem Weltkrieg kennzeichnet. Und zu eben dieser Zeit nach dem Eindruck des ersten *Welt*kriegs, da das 19. Jahrhundert offiziell begraben wird, rechnet auch Joyce damit ab und glorifiziert es doch wiederum. Dies alles nur zur Illustration dafür, daß Joyce, der mit einemmal berühmte, ein sperriger Zeitgenosse war. Die roaring twenties tosten an ihm, dem kaum Beteiligten, vorbei. Man stelle sich nur einmal vor: da lebt einer in den zwanziger Jahren *in Paris*, wo so viel los ist. Der Buchladen, in dem das skandalöse Buch zu kaufen ist (erst teuer und exklusiv, dann allmählich in volkstümlicheren Ausgaben), Shakespeare and Company, rue de l'Odéon 12, umsichtig betrieben von der Exilamerikanerin Sylvia Beach, wird selbst zum Mekka, vor allem für die *expatriate writers* aus den Staaten. Ein ganzes Kapitel der amerikanischen Literatur, ein wichtiges, wird gewissermaßen dort geschrieben: Hemingway, Scott Fitzgerald, Sherwood Anderson, William Carlos Williams, William Faulkner, Henry Miller gehen nach Paris: gelegentlich erblickt man gar den Meister selbst. Der aber gibt kaum ein Wort von sich über sie oder über die Konkurrenzfirma Getrude Stein. Wo alles von Picasso, Matisse, den Kubisten spricht, hört man kaum, daß Joyce in eine Ausstellung geht. Von Picasso schreibt er einmal, in einem Brief, daß der offenbar viel leichter Geld verdient als er selber: keine Bemerkung zu den Bildern. Oder zum Ballett, das nur wichtig ist, wenn sich seine Tochter Lucia, die unbedingt eine Beschäftigungstherapie braucht, darin versucht.

Auch in der Musik ist nichts mehr, wie es war. Man nennt gewöhnlich Stravinski in einem Atemzug mit Joyce. Ein junger moderner amerikanischer Komponist, George Antheil, sorgt für einigen Betrieb, er schreibt so neuzeitliche Sachen wie ein *Ballet méchanique* oder eine *Airplane Sonata*, und er gehört bald zum Kreis um Sylvia Beach. So lernt er auch Joyce kennen, und die beiden unterhalten sich über Musik (ein Thema, auf das Joyce immer ansprach), aber es ging um die Alten, vor allem um Purcell, wie Antheil berichtete. Nur einmal setzte sich Joyce für einen zeitgenössischen Musiker ein, und gleich mit seiner bezeichnenden Unbändigkeit, die von seinen Freunden Opfer und Loyalitätsbeweise verlangte: es war der irische Tenor John Sullivan, dem Joyce unbedingt zum verdienten Erfolg verhelfen wollte. Sullivan aber sang aus Opern des 19. Jahrhunderts, Rossini, Verdi, Berlioz, Musik, wie sie ja auch im *Ulysses* und noch viel mehr in *Finnegans Wake* aufklingt. Nach den Zeugen hatte Joyce, mit seinem betonten Sinn für Rhythmus, für die neu aufkommende Form des Jazz nichts übrig.

Er war also nicht einer, der in seiner Zeit aufging; er schloß sie beinahe aus, vielleicht mit Absicht. Er gibt keine Kommentare ab zum Zeitgeschehen, keine Interviews, er schreibt keinen einzigen Essay – nur ein paar Parodien (eine davon imitiert geschickt T. S. Eliots *Waste Land*: »Rouen is the rainiest place getting / Inside all impermeables, wetting / Damp marrow in drenched bones.« ...) Von dem einzigen kurzen Zusammentreffen mit Marcel Proust gibt es verschiedene, widersprüchliche Versionen, aber ob sich die beiden nun über Kopf- oder Bauchweh, über Trüffeln oder gemeinsame Nicht-Bekannte unterhalten wollten, alle stimmen überein, daß sie sich nichts zu sagen hatten: das Werk des andern kannten sie nicht. Derartige Abkapselung ist letztlich nur durch das Ergebnis gerechtfertigt, und das Ergebnis heißt *Finnegans Wake*, und um die Literatur so zu verrücken, wie es darin geschieht, braucht es wiederum ein Maß an introspektivem Egoismus. Indem das Werk bewußt alle Zeiten zusammenwirft (ein griechisches Wort für zusammenwerfen ist Symbol), gehört es keiner bestimmten an.

Aber eben dadurch gehört dann Joyce doch wieder in die zwanziger Jahre, denn damals fing auch die Zeit an, nicht mehr das zu sein, was sie einmal gewesen war. Sie verlor ihre Unschuld. Da war nicht nur die Zäsur des eindrücklichsten aller bisherigen Kriege, mit den politischen Umwandlungen, die auf ihn folgten, da gab es auch zahllose, sektiererische Bestrebungen, alles neu und anders zu beginnen. Und man verstand vage, daß ein Physiker namens Einstein der Zeit etwas von dem Absoluten, Unreflektierten genommen hatte, das man ihr einst ahnungslos zugetraut hatte. Ein französischer Philosoph, Bergson, hatte sie in den Mittelpunkt seiner lebenslangen Betrachtungen gestellt, Marcel Proust hatte sie als etwas Suchendes in den Titel seines Werks aufgenommen. Das alles brauchte man nicht zu verstehen, so wenig wie man den *Ulysses* oder gar Joyces neueste Zumutung verstand, aber die *Zeit an sich* schien problematisch zu werden. Die neumodische und nicht gerade respektable Psychologie, die verdrängte Erlebnisse aus der frühesten Kindheit oder gar alte Mythen dominant werden ließ, machte alles auch nicht besser.

Diese verunsicherte Zeit war aber nicht nach dem Geschmack aller Zeitgenossen, und es gab auch Proteste. Der artikulierteste kam von Wyndham Lewis, einem Maler, Schriftsteller und Kritiker, der 1927 die modischen Trends, Charlie Chaplin, das Russische Ballett, Bertrand Russell, Bergson und Spengler, die neue Psychologie, Schriftsteller wie Virginia Woolf, Gertrude Stein oder eben Joyce, geißelte in einem Buch mit dem Titel *Time and Western Man*. Der Angriff auf den Zeitkult war übertrieben, die Kritik an Joyce etwas unfair, aber sie ging unter die Haut und veranlaßte Joyce dadurch zur Antwort. Er gab sie indirekt, in *Finnegans Wake*, wo Lewis zu einer Art Gegenpol wird und in die Figur von Shaun eingeht. Shaun, das ist der Autoritäre, Angepaßte, der Regent oder Priester, einer, der es zu etwas bringt. Ihm polar gegenüber steht Shem, der Verbannte, Verachtete, Außenseiter, der Rebell (Shem leitet sich auch ab von Shamus und James und ähnelt immer seinem Schöpfer). Ihm ist die Zeit, Bewegung, der Rhythmus, die Veränderung zugeordnet, dem starren, oft thronenden Shaun der Raum. Etwa in der Fabel von Ondt und vom Gracehoper, leicht abgeändert von ihrer ursprünglichen Form bei Äsop oder Lafontaine: die Ameise, *ant*, drückt anagrammatisch das Gebot aller Herrschenden aus: Don't! Die froh (mit »joyicity«) drauflosfiedelnde Grille hofft auf Gnade und Unterstützung und kann in ihrer Not dem wohlhabenden, schadenfrohen Ondt nur die rhetorische Frage stellen: »Why can't you beat time?«: warum kannst du, unmusisch, nicht Takt schlagen, oder aber: Warum kannst du, Räumlicher, die Zeit nicht besiegen? Auch in der Beschreibung erkennen wir Wyndham Lewis als »a weltall fellow, raumybult«, von kosmischer Ausdehnung: sehr groß, wie das Weltall, der Raum, aber auch autoritär wie Rom (auch nicht an einem Tag erbaut, »built«), und weiterhin: ». . . bynear saw altitudinous wee a schelling in kopfers«: etwas, was räumlich und daher zu sehen (aus »so« wird »saw«) ist, beinahe so hoch wie ein Schilling in Kupfer(geld), also zugleich jemand sehr großer, der auch bloß ein Gernegroß ist (»wee« heißt klein, und zwölf Pennies ergeben nicht einen sonderlich hohen Stapel). Daß das Ganze an die deutsche Sprache angeglichen ist (»beinahe wie, Kopf«, dann noch ein deutscher Philosoph), hängt auch damit zusammen, daß die Deutschfreundlichkeit von Wyndham Lewis immer penetranter wurde, auch als Hitler solche Sympathien recht schwer machte (ganz *so* unpolitisch war Joyce auch wiederum nicht). Aus diesem Grund erscheint er denn auch »... sair sair sullemn and chairmanlooking ...«, also »sehr sehr feierlich (solemn), verdrießlich (sullen) und aussehend wie ein Vorsitzender, ein deutscher (chairman, German)«, »... when he was not making spaces ...«, wenn er also nicht gerade an seinem Raum herummachte – oder eben einen Spaß versuchte. Auf solche Weise entgegnet Joyce dem »spatialist« Wyndham Lewis. Dessen Buch gar, *Time and Western Man*, stülpt Joyce ganz um zu *Spice and Westend Woman*: aus Zeit wird Raum, aus Mann wird Frau, aber auch nicht ganz, denn Raum ist nicht Space, sondern dasselbe in ungebildeter Cockney-Aussprache, *spice*. »Westend« scheint Joyces Dublin dem London von Wyndham Lewis gegenüberzustellen. Auch eine soziale Polarisierung zeichnet sich ab, dem Cockneywort scheint das vornehme Westend nicht zu entsprechen, und wenn »spice« (auch Würze oder etwas Lasterhaftes) mit Woman gekoppelt ist, erhält das Ganze noch einen sexuellen Anstrich. Wyndham Lewis hatte ja auch, ahnend, gesagt, daß es äußerst leicht sei, alles zu sexualisieren (»sexify«): Joyce hat ihn beim Wort genommen, in diabolischer Umkehrung (»Diabolism« gehörte zum Repertoire der Vorwürfe von Lewis).

Das Beispiel wurde ganz einfach deswegen ausgegraben, weil es isolierbar und repräsentativ zeigt, wie Joyce, zeitlos, zeitbesessen und unzeitgemäß, eben doch auf Stimuli seiner Umgebung und seiner Epoche reagierte und sie nach seinem Belieben umwandelte. Die Zitate zeigen auch die Bewegung – hier durch Sprache inszeniert –, die die zwanziger Jahre überhaupt auszeichnete, wo nichts mehr blieb, wie es war, was viele als Zerfall, Taumel, andere als revolutionäre Neuerungen erlebten. Bewegung und Bewegungen gab es genug, und eine ganz neue Kunstform beruhte auf bewegten Bildern und was sich mit ihnen alles neu ausdrücken ließ. Und sogar Joyce, gar nicht Augen-, sondern Ohrenmensch (der gerade zu jener Zeit beinahe erblindete), ließ sich anstecken. Es gibt Anekdoten, wonach er ins Kino ging (und sich dort etwa den berüchtigten Film *Extase* mit einer flüchtig unbekleideten Hedy Lamarr von einer Begleiterin *erzählen* ließ). Nun, er war es auch gewesen, der schon 1909 in seiner Heimatstadt die neue Form des Kinos installieren wollte (und damit scheiterte). Vom *Ulysses* haben die Filmer und Regisseure von allem Anfang an (als die Literaten noch lange nicht wußten, ob sie es nun mit einem Scharlatan zu tun hatten) eine Menge gelernt und eine Art Verwandtschaft gespürt (Eisenstein wollte den Roman verfilmen). Schließlich hat auch Leopold Bloom Bewegungen und Gesten von Charlie Chaplin. Mit der ständig wechselnden Perspektive (sozusagen dem Kamerastandpunkt), dem Wechsel von Totaler (Erzählbericht) zu close up (oft sogar davon, was ein Charakter denkt), war der *Ulysses* auch technisch dem Film sehr nahe gekommen. Dem sprichwörtlich unübersetzbaren (sprachlich oder medial, obgleich man es natürlich doch versuchen muß) *Finnegans Wake* entspricht nichts so sehr wie der eben damals auch aufkommende Zeichentrickfilm – die Tricks aller Zeichen hatten Joyce immer fasziniert.

Joyce in Deutschland

Viel mehr in den zwanziger Jahren verhaftet als alles von Joyce selber sind die beiden ruhmreichen Übersetzungen des *Ulysses*, die deutsche von Georg Goyert, die in erstaunlich kurzer Zeit herauskam (1927), wie auch die französische von Auguste Morel (1929); sie war »assistiert von Stuart Gilbert, ganz durchgesehen von Valery Larbaud unter Mitarbeit des Autors«. Beide waren »autorisiert«, von Joyce abgesegnet und damit geweiht, unantastbar – und beide waren außerordentliche Leistungen. Die Goyertsche Fassung kam in einem teuren, exklusiven Privatdruck gerade noch rechtzeitig, um die ersten Romanciers wie Hans Henny Jahnn oder Alfred Döblin und dann Hermann Broch zu beeindrucken und anzuregen, bevor der Vorhang zuging. Döblin konnte seinem bereits konzipierten und zum Teil ausgeführten *Berlin Alexanderplatz* ein paar Joycesche Techniken und Großstadtzüge zugute kommen lassen, auch wenn er den Einfluß später herunterspielte.

So hat – zum großen Teil mittelbar – Joyce unsere Vorstellungen der zwanziger Jahre mitgeprägt. Er schuf noch mehr Verunsicherung, als schon da war, er brachte noch mehr Bewegung in die Kunst, als viele ertragen konnten, und er nahm der Sprache etwas von ihrer vermeintlichen Solidität und zeigte, wie vieldeutig sie von Natur aus ist. Den Lesern gab er Rätsel auf und den Rezensenten Gelegenheit, sich darzustellen oder Diagnosen zu verbreiten.

Wie fast überall, hat auch hier Tucholsky am meisten gemerkt. In den Chor von Verzückung oder aber Entrüstung einstimmen wollte er jedenfalls nicht, und er hatte Vorbehalte, gewichtige: »Hier ist entweder ein Mord geschehen oder eine Leiche fotografiert«, schrieb er und wußte, daß er auch die Übersetzung damit traf, deren Schwierigkeit er abschätzen konnte. Dann aber geschah etwas für einen deutschen Kritiker ganz Unerhörtes: Tucholsky gab zu, daß er dem Buch nicht gewachsen war, »... wenn eine Handlung darin ist, habe ich sie nicht verstanden – ich weiß nicht immer, was real, gedacht, geträumt oder beabsichtigt ist«. Er stellte sich also nicht ex officio *über* das Werk. Gleichwohl hat er die Leiche besser analysiert als die meisten andern und zum Beispiel geahnt, was hier mit dem sogenannten »inneren Monolog« geleistet worden war: »So sieht es in einem menschlichen Gehirn aus.«

Und er hatte von allen die beste Assoziation zum damals noch kaum genießbaren Buch: »Liebigs Fleischextrakt. Man kann es nicht essen. Aber es werden noch viele Suppen damit zubereitet werden.«

Mitunter kann man es auch essen und bekommt immer mehr Appetit darauf. Die Suppen aber sind noch immer auf dem Markt, manche davon recht dünn, und die vorjoyceschen Gerichte kommen vielen von uns schon etwas fade vor. Daß Suppen – wirkliche, eßbare, *nicht*metaphorische – bald zu einem konkreten Anliegen der ausgehenden, düsteren zwanziger Jahre wurden und Arbeitslose dafür anstanden, hat Tucholsky wohl nicht geahnt. Tröstlich ist nur, daß die Kultur, auch die absonderlichste, die Wirtschaftskrisen, in denen für sie nichts mehr abfällt, letztlich dann doch überlebt.

(1983)

DIE KECKE FRAU DES GROSSEN MANNES

Nun sieht es plötzlich aus, als hätten wir dieses Buch, für das nie ein Bedarf schien, schon immer haben müssen. Auf einmal tritt die Frau des großen Genies aus dem Schatten ihrer grauen Mäuslichkeit, wo sie jahrelang sicher untergebracht war, Nora Barnacle, dann Nora Joyce, auf die er, Schriftsteller von Weltruhm, sich stützte, ohne die er nicht zurechtkam – ein allzeit greifbares Stück Irland im Exil. Sie nahm an seiner Schreiberei kaum Anteil und schaute nicht in seine Bücher. Gebildet war sie nicht, das hätte ihm kaum zugesagt, doch hatte sie einen kernigen Humor, war erdverbunden, ließ sich nicht beeindrucken. Ein oder zwei Sprüche: ihr Mann hätte es zu etwas bringen können, wenn er nur Sänger geworden wäre. Sonst wurde über sie nicht allzuviel berichtet; den Besuchern, die den Meister hören kamen, gab sie nicht viel her, sie war fast immer dabei und sagte wenig, nichts von Belang. Im weiteren hat sie keine Memoiren erfunden und ihre lange Partnerschaft in den mageren Jahren nach seinem Tod nie ausgeschlachtet, bis sie 1951 in Zürich ziemlich einsam starb, zehn Jahre nach ihm.

Diese Reduktion auf ein paar Züge, die ganze Unbeschriebenheit, hat uns, während wir von *ihm* jeden Zettel zusammentrugen und jede Anekdote aufgriffen, nicht gestört, bis dann (nach früheren fruchtlosen Anläufen) Brenda Maddox daherkam, eine amerikanische Journalistin in London, die es genauer wissen wollte und der das kecke Mädchen vom Land, das sich ohne Bedenken oder Bedenkzeit mit einem jungen Mann auf eine ungewisse Zukunft einließ, ihn bis ans Ende Europas begleitete, nach

Triest, wie sich herausstellte, Rätsel aufgab. Da sei nichts zu holen, sagte man ihr, und so holte sie sich alles mit Neugierde und Beharrlichkeit, ließ nicht locker, reiste, interviewte, recherchierte – *Nora et labora.* Mühsam und aufwendig war die Ausgrabungsarbeit, die Dokumente schienen abgegrast und die meisten Zeugen nicht mehr am Leben. Dazu kamen, nicht ganz unerwartet, Widerstände von oben, den Inhabern der Rechte, die zum Schluß das ganze Unternehmen fast noch vereitelt hätten.

Am Ende, so dachte man, würde sich halt eine weitere, schmächtige Ergänzung neben die bekannte Biographie reihen. Daraus wurde vor zwei Jahren ein dickes Ding und auf Anhieb ein Erfolg, mit viel Echo, Auszeichnungen, selbst ein wenig Sensation (das Buch wird z.B. im *Nora Barnacle House* in Galway nicht aufgelegt), in Zeitschriften mehr noch als in der Fachwelt. Brenda Maddox hatte offenbar nicht bloß eine Lücke gefüllt, sondern einen Nerv angetippt, war in ein günstiges Klima geraten, wo sich Frauenrollen von einst an einem Paradebeispiel illustrieren und sich erst noch etwas Staub aufwirbeln ließ. Beigetragen zum ganzen Wirbel hat dann paradoxerweise ein später Verwandter von Joyce, der in öffentlichen Auftritten den Blick ins Private und Intime so lautstark zu unterbinden suchte, daß selbst Zeitungen davon Wind bekamen, denen Joyce sonst fernliegt.

Wieviel Neues wird denn nun aufgedeckt? Einerseits mußte sich Nora Barnacles Lebensgeschichte massiv an die umfangreiche klassische Biographie von Richard Ellmann (1959) anlehnen; eine Nacherzählung des schon Bekannten war kaum zu umgehen, mit dem verlagerten Akzent, daß Joyce einmal zur Randfigur wird, die allerdings vehement in den Brennpunkt drängt, ganz wie's im richtigen Leben zuging. So umgeschichtet erscheinen, bei effektvoller Untermalung, scheinbar vertraute Episoden jetzt viel plastischer. Wo uns Ellmann mitunter einen gediegen abgesicherten Einheitsbrei vorsetzt, nehmen Noras Überlebenskünste inmitten von Büchern, Umzügen, Geldknappheit, Krankheiten, Kindern, Verlegern, Eifersucht, Schlafzimmern, Vorwürfen, und was der Mensch so alles braucht, recht lebhafte Konturen an. Joyce kommt nicht immer gut weg, nicht wegen der Voreingenommenheit der Biographin, sondern durch sein eigenes Tun und Sagen. Ein paar unglaubliche Vorurteile, über Selbstmord, Homosexualität, Geisteskrankheit und dergleichen, wirken, angesichts der humanen Toleranz des *Ulysses*, schon sehr befremdlich. Offenbart wird eine zunehmende Verbiederung in den späteren Jahren, ganz im Gegensatz wieder zur zügel- und respektlosen Unbändigkeit von *Finnegans Wake*. Maddox zeichnet ein ungeschöntes Bild, auch Nora wird, bei aller kritischen Bewunderung, nicht verbrämt. Unstimmigkeiten, die bisher unter den Tisch gekehrt blieben, kommen ans grelle Tageslicht. Alles in allem, so würdigt man es jetzt erst recht, ein schwieriges und tapferes Leben an der Seite der beiden Männer, des verkannten Dichters *und* des gefeierten Genies.

Im Anhang erweitert sich die Lebensgeschichte auf die Nachkommen und auf den Nachlaß, auf Dokumente und Briefe, darunter die »obszönen« von 1909, auf den meist gewundenen Wegen in die Vereinigten Staaten; nicht ganz so trocken, wie man denken könnte, sondern ein anschauliches Stück Kulturgeschichte des rivalisierenden Sammelns. Ein Epilog, der schon gedruckt war, fiel im letzten Augenblick höherem Druck zum Opfer (dabei war die Freigabe des *Ulysses* in New York 1933 einmal als das Ende der Zensur begrüßt worden.)

Natürlich werden auch Nebensächlichkeiten aufgebauscht. Nur, was heißt schon Nebensächlichkeiten (die schließlich viel vom *Ulysses* ausmachen)? Etwa, daß in Zürich die irische Schlamperei der Namen ein Ende fand: Noras mittlerer Name war in Galway als »Joseph« eingetragen worden, der von Joyce mit »Agusta«, das wurde amtlich zu Josephine und Augustine berichtigt – fortan hatte alles seine Ordung (für die androgyne Verbindung Leopold *Paula* Bloom im *Ulysses* waren Behörden nicht zuständig). Keine Nebensache ist das Gespür, mit dem Noras Kleidung aus den verschiedenen Photographien gelesen wird – eine faszinierende Semiotik von Hüten, Pelzmänteln und Schuhen. Ganz nebenbei ist das Buch auch eine Ode an die Post von damals, als Briefe noch verläßlich, und gleich mehrmals am Tag, zugestellt wurden und Verabredungen am selben Abend überhaupt möglich machten.

Nicht alle würden dem bei Noras Beerdigung überlieferten priesterlichen Ausspruch von einer »großen Sünderin« gleiches Gewicht beimessen wie die Verfasserin bei der minutiösen Abwägung, ob es sich um eine unpassende Charakterisierung oder einen christlichen Gemeinplatz gehandelt hat oder gar ein Zitat aus dem *Faust.* Sichtbar bleibt das Bemühen, nicht nachzugeben und sich unberufen auf das Glatteis abgelegener Textauslegung zu wagen.

Bio-literarische Interpretation gelingt nicht immer. Wenn Nora in Finn's Hotel in Dublin 1904 männlichen Avancen ausgesetzt war, dann mögen ihr Worte (aus dem Anfang der »Toten«, wo Lily sagt: »Männer heute haben nur Palavern im Kopf und wozu sie einen rumkriegen«), wenn »sie ihr nicht wortwörtlich über die Lippen kamen«, doch »zweifellos durch den Kopf gegangen« sein. Wer weiß? Nur ist die Situation ganz anders, was hier nicht auszuführen ist, da die Frage wenig hergibt, außer als Symptom eines begreiflichen Bemühens um denkbar viele kausale Verknüpfungen zwischen Nora und den weiblichen Figuren bei Joyce. Daß Nora sowohl Lily wie auch

Gretta Conroy aus den *Dubliners*, Bertha in den *Verbannten*, natürlich Molly Bloom und schließlich Anna Livia Plurabelle inspirierte, ist eines der Grundmotive des Buchs, ein Gerüst und eine These, die weder ganz neu ist noch überrascht, aber auch einen Hauch von Selbsterfüllung um sich verbreitet. Wir wissen nun, woher Joyce all das herhat, was aus der eigenen Seele nicht heraufzuholen war.

Daß die Beschreibung einer Person und eines nicht mehr reproduzierbaren Lebens in sich problematisch ist und man nicht alles Gedruckte zu glauben braucht, hätten wir gerade bei Joyce lernen können, der den Übergang von Ereignissen, Stimmungen oder Gedanken in Sprache immer wieder thematisiert hat. Wie kann das, was einst in Menschen vorgegangen ist, heute in Worte gefaßt werden? Das Verhältnis von Tatsachen und Fiktionen, Fakten und Bericht wird stets neu abgewandelt. In kleinen Einzelfällen zeigt der *Ulysses*, wie Biographie entsteht und was dabei danebenläuft. Verbalisierung, noch so gut gemeint, ist auch Verfälschung. Journalisten und Biographen wissen darum. Dokumente, Aussagen müssen verbunden, mit laufendem Kommentar versehen werden, und die heben sich in der *Nora*, trotz Beteuerungen im Vorwort, von den Zeugnissen nicht immer eindeutig ab und fließen unversehens in gutgemeinte Spekulation über – der Stoff, aus dem Biographien sind, notgedrungen eine Mischung von Dokumenten, Aussagen, Erinnerungen, Pauschalanalysen, Verallgemeinerung, Scharfsinn, Extrapolationen und konstruktiver Raterei. In der Natur der Sache steckt in jeder Biographie mehr Graphie als Bio. So ist eine Formulierung, daß Nora »auf den jungen Mann angewiesen war, der sie aufgefordert hatte, an ihn statt an Gott zu glauben«, weder ganz von der Hand zu weisen noch wörtlich zu belegen.

Für den Konsumenten ist derart überspitzte Gültigkeit allenfalls von Vorteil. So liest sich das Ganze flott, ist von wohlwollender Frische, nicht schwerfällig, weder herablassend noch veredelnd, ansprechend aufgemotzt. Ein kurzer Seitenblick auf die »Möglichkeit einer milden Form von Prostitution«, die »nicht auszuschließen« sei, ist der Autorin nicht nur in Dublin übel vermerkt worden (aber, so scheint ihr Ton anzudeuten, warum in aller Welt denn nicht?) Das nimmt sich in der sonst wenig sensationellen Landschaft der wachsenden Joyce-Literatur gar nicht so schlecht aus und wird dem Buch weiterhin Aufmerksamkeit verschaffen, auch über seinen eigentlichen Wert hinaus (und was, bitte, ist schon »eigentlicher Wert«?).

Es flackert eigenartig zwischen den harten Bänken streng belegter Forschung und den bequemen Stühlen eines süffigen Journalismus. Die kurzen, lockeren Sätze in oft abrupten Vignetten kommen nun allerdings im Deutschen nicht immer an; der saloppe Ton will in der Übertragung nicht ganz sitzen. (Der knappe leichtfüßige englische Nebensatz bleibt allgemein eine der großen Übersetzungsschwierigkeiten, er verleitet im Deutschen fast unweigerlich zu schleppender Gangschaltung). Ein wenig Überarbeitung, so zwei Monate, sagen wir, gründlicher Lektorierung, hätten dem Werk nicht geschadet und manche Ausrutscher ins Lot gestellt: »Sie hatte einen Eierstocktumor (möglicherweise ein mißglückter Zwilling)« oder »die Tochter eines Selbstmords« zählen nicht zu den geglücktesten Wendungen; aber Sachzwänge gehen vor, und wer selber nie in einem Verlag im Wettlauf mit Terminen und Buchmessen resigniert die Hände gerungen hat, der werfe den ersten Verriß. Gleichwohl hätte man sich ein gemurmeltes »This too too solid flesh ...« der alten, arthritisgeplagten Nora anders als mit »Dieser viel zu zähe Körper ...« wiedergegeben gewünscht, weil hier die deutsche Fassung der angeblich so bildungslosen Nora ein geläufiges Hamlet-Zitat unterschlägt, wo immer sie es nun herhaben mochte. Das verfälscht das Bild.

Für Ausdauer, Mut, Toleranz, Humor hat Nora ein Monument verdient – *die Frau dahinter.* Ohne sie wäre die Literatur heute anders. Das Buch ist eins. Man kann es in dem berühmten einen Zug lesen ohne abzusetzen, es aber auch jederzeit aus der Hand legen und irgendwann weiterfahren. Einstieg ohne Tränen oder Selbstzweck, je nachdem können wir uns durch einen Nebeneingang der Faszination Joyce zuwenden oder uns der Reportage einer bewegten Zeit überlassen.

(1990)

Obszönes versteht sich immer von selbst

»Molly Bloom und Penelope«

ODYSSEEISCHE METAMORPHOSEN

Als Joyce die Arbeit an seinem neuen Roman intensiv aufnahm, gab er den ersten uns erhaltenen Zwischenbericht darüber ab. Genau elf Jahre nach dem Tag, der einst Bloomsday heißen würde, am 16. Juni 1915, schrieb er an seinen Bruder Stanislaus, damals kriegsinterniert in Oberösterreich, eine Postkarte, die wohl der Zensurvorschriften wegen deutsch abgefaßt sein mußte:

> Ich habe etwas geschrieben. Die erste Episode meines neues Roman ›Ulysses‹ ist geschrieben. Die erste Teil, die Telemachie, besteht aus vier Episoden: die zweite von fünfzehn, dass ist, Ulysses Wandlungen: und die dritte, Ulysses Heimkehr, von andre drei Episoden.[1]

Hier ist Verschiedenes aufschlußreich und ergiebig (fast wie eine *Ulysses*-Stelle): Zum erstenmal stoßen wir auf ein Strukturschema, und zwar ein flexibles, das bis zur Beendigung des Romans noch wesentlich abgewandelt werden sollte: die ursprünglich gedachten 22 Episoden in der Anordnung 4-15-3 wurden symmetrisch gestrafft zu den 18 (3-12-3) endgültigen. Der Roman veränderte also seine Gestalt in der Werkstatt.

Den mittleren Teil nun charakterisiert Joyce in nicht eben perfektem Deutsch: »dass ist, Ulysses Wandlungen«. Vermutlich meint er Wanderungen. Ob er sich nun, in der Eile, im semantischen Gestrüpp von »wandern, wandeln, sich wandeln, Wanderung und Wandlung« nicht ganz zurechtgefunden hat oder ob er wirklich seinem Bruder, um dessen Deutschkenntnisse es nicht allzu gut bestellt sein konnte, wortspielerisch gleich eine Deutung mitliefern wollte, ist wohl nicht mehr auszumachen.[2] Aber ob nun bewußte Andeutung (der *Ulysses* ist der Roman mit dem bisher bewußtesten Andeutungsgeflecht) oder Zufall (vgl. Blooms beständiges Bemühen, Phänomene, die keinen gesetzmäßigen Zusammenhang erkennen lassen, als »coincidence« zu bezeichnen) und Versehen (alle Arten von Fehlleistungen, vor allem sprachliche, werden im *Ulysses* ausgebeutet) – jedenfalls haben wir hier den Roman im Keim, mit Inhaltsangabe *und* Wesenszug: Wanderungen und Wandlungen.

Der *Ulysses*, auf Wanderungen – Triest, Zürich, Paris – entstanden, im Entstehen seine Gestalt ändernd, befaßt sich mit Wandlung, Veränderungen, Umgestaltungen, Verwechslungen, Verkleidung, Transpositionen, Metamorphosen, Transsubstantiation, Metempsychose. Das wurde schon früh erkannt, und eine der ersten Untersuchungen galt der »proteischen Wandlung im *Ulysses*«[3]. Um so erstaunlicher eigentlich, daß dennoch restriktive Bemühungen nicht aufgehört haben, das proteische Gebilde auf bestimmte Anschauungen, Aussagen oder, wenn's schlimm kommt, sogar auf eine Botschaft, »message«[4], festzunageln. Vielleicht spiegelt sich darin nur, daß wir als Leser der Wendigkeit des Werks nicht gewachsen sind und es im Bilde unserer eigenen Schwerfälligkeit nachzuschaffen suchen. Eine erzieherische Wirkung des *Ulysses* besteht gerade darin, daß eine Loslösung von der Starre und Einspurigkeit gefordert wird und die Bereitschaft, einmal bezogene Positionen und Perspektiven aufzugeben.

Die Fähigkeit dazu war von Anfang an eines der Zentralthemen bei Joyce. *A Portrait of the Artist as a Young Man*, ein Entwicklungsroman, stellt ein Wachstum dar, einen Lernprozeß, die notwendigerweise wechselnden Verhaltensformen. Es werden Rollen aufgezeigt, die die Gesellschaft dem Individuum aufzudrängen sucht; aber auch solche Rollen, die Stephen Dedalus aus eigenem Antrieb zu wählen imstande ist. Er lernt schon früh geeignete Verhaltensweisen; Gefälligkeiten einer alten Dame gegenüber ist eine, Sichverstecken in der Bedrängnis eine andere (P 7, 8). Schon auf der zweiten Seite versteht er sich auf strategische Verstellung: »feigning to run«, und in der Mitte des zweiten Kapitels mimt er bereits einen seiner Lehrer auf der Bühne. Er durchläuft dozile, rebellische, romantische, erotische, asketische, Christ-liche, luziferische und andere Phasen oder Posen, bis er sich zu seiner auserlesenen Bestimmung wenigstens programmatisch durchringt. Jede weitere Phase offenbart auch die Beschränktheit der vorangehenden und wertet sie damit um. Mit der Charakterisierung wandelt sich auch die Darstellungsart in einer Weise, die einst für Formlosigkeit gehalten wurde und heute als fortwährende stilistische Re-Formation erkannt worden ist. Nicht zufällig entstammt das Motto zum Roman dem klassischen Buch der Wandlungen, Ovids *Metamorphosen*.

In den *Dubliners* bleiben die Verwandlungen noch negativ und unvollzogen, bloße Ansätze oder Wunschträume. Die Charaktere sind festgefahren, vermögen ihrer Determiniertheit nicht zu entrinnen.[5] Ausbruchsversuche scheitern. Eveline befreit sich nicht. Little Chandlers Gedichte werden nie geschrieben und schon gar nicht von Rezensenten gepriesen werden. Mr. Doran entfliegt nicht durchs Dach, sondern wir wohnen seiner lebenslänglichen Einkerkerung bei. Lediglich der Alkohol kann eine Gemütsveränderung herbeiführen (»Counterparts«), aber sie ist kurzfristig und wirkungslos. Parnell hat keinen Nachfolger, Irland bleibt gelähmt. In »Grace« findet die innere Umkehr offensichtlich nicht statt. Einzig in »The Dead«

deutet sich am Ende ein Gesinnungswandel als Möglichkeit an.

Veränderungen werden herbeigesehnt, nicht geschaffen. »Everything changes«, denkt Eveline (D 37), und alles bleibt beim alten. Entsprechend sinniert Thomas Malone Chandler: »What changes those eight years had brought« (D 71), doch sein Freund stellt gleich fest: »I see you haven't changed an atom« (D 76). Frau Kernan weiß, »a man of his age would not change« (D 157). In der Tat beziehen sich alle Verwendungen des Wortes »change«[6] entweder auf Trivialitäten oder Wechselgeld oder auf ausdrückliche Negation. Wo, wie am Anfang von »Two Gallants«, eine Änderung belegt ist: »the living texture below which, changing shape and hue unceasingly«, wird sie gleich wieder zurückgenommen: »sent up into the warm grey evening air an unchanging unceasing murmur« (D 49).

Von dieser Ausweglosigkeit und der vielzitierten »paralysis« findet sich vieles im *Ulysses* wieder, der ja ursprünglich als eine weitere Kurzgeschichte der *Dubliners* konzipiert war, aber diese Dimension weit hinter sich zurückließ. Die Wirklichkeit von *Dubliners* hat sich nicht verändert, und es bleibt umstritten, ob sich in den Lebensumständen der Charaktere tatsächliche Wandlungen abzeichnen, ob die Begegnung mit Bloom für Stephen einen Wendepunkt bedeutet oder ob das Verhältnis von Leopold und Molly irgendwie anders werden wird. Die Wandlungen sind eher Sache der Anschauung, der Perspektiven, der Darstellung der Wirklichkeit, der Relation zwischen Wahrgenommenem und Wahrnehmendem. Der *Ulysses* ist Joyces Buch der imaginären Metamorphosen.

Gegenüber der betonten Unveränderlichkeit des Daseins in *Dubliners* stoßen wir im *Ulysses* auf einen merklich veränderten Stephen Dedalus, der von sich denkt: »Molecules all change. I am other I now« (U 9.205). Bloom erklärt seiner Frau das thematische Wort Metempsychose mit ovidschen Vorstellungen: »They used to believe you could be changed into an animal or a tree, for instance« (4.375). Häufig sind Fügungen wie Mollys »in any case God knows hes a change in a way« (18.83) oder das Theateranzeigen entnommene »Big powerful change« (6.186). Ein ganzes Kapitel, »Proteus«, ist dem Prinzip der Verwandlung gewidmet. Jedes Thema wird variiert, und entsprechend ändert der Roman fortwährend seine Gestalt, nimmt bei Gelegenheit die Form einer Tageszeitung, eines Bühnenstücks, eines Katechismus an und wird am Ende gänzlich amorph; er enthält Verse, Noten, eine Ouvertüre, Kataloge, eine Bücherliste, eine Bilanz, je nachdem.

Solcherlei Veränderungen sind im zweiten Teil des Buches, nach dem zehnten Kapitel, nicht mehr zu übersehen, während die erste Hälfte vergleichsweise uniform erscheinen mag. Doch ist gerade das auffallende Merkmal der frühen Kapitel, der Passagen, die Bewußtseinsvorgänge schildern, eine der variabelsten und flexibelsten Darstellungsarten überhaupt, die ja schon ihrer Anlage gemäß alles ein- und nichts ausschließen will. Schon der Umstand, daß kein kritischer Terminus (stream of consciousness, innerer Monolog, usw.) seiner Eigenart gerecht wurde, zeugt von der proteischen Wandelbarkeit dieser Technik. Die Elastizität der Gedanken von Stephen würde den Leser noch mehr verwirren, wenn Joyce die Handlung nicht in der konkreten Wirklichkeit und der örtlichen Topographie verankerte. Selbst das am schwersten in den Griff zu bekommende »Proteus«-Kapitel beginnt mit unentrinnbaren Modalitäten, auf festem Boden, »sounds solid« (3.17). Joyce stellt seine perzipierenden, reflektierenden, projizierenden Charaktere in eine festgefügte Welt mit präzisen Koordinaten, das archäologisch rekonstruierbare Dublin des 16./17. Juni 1904. Die backsteinerne Wirklichkeit der Stadt bleibt dem Leser Stütze und Orientierungshilfe, so daß sich die Metamorphosen um so freier abspielen können. Wie die Kirche ist auch der *Ulysses* auf Wort und Fels gebaut. Von der Granitmauer des Martelloturms über die Pflastersteine Dublins bis zum Fels von Gibraltar gibt es immer wieder festen Halt, und zu allem Überfluß steuert das einzige Schiff des Tages, das in Dublin einläuft, seine Ladung dazu bei, »the threemasted schooner *Rosevean* from Bridgwater with bricks« (10.1098).

Solide wird denn auch die Eröffnungsszene aufgebaut mit Turm und Mauerwerk, »stairhead«, »gunrest«, »parapet« und »granite« auf den ersten Seiten des Buches. Ähnlich handfest und gravitätisch tritt der erste Darsteller auf die steinerne, kreisrunde Bühne. In der Tat hat der Anfang des Romans theatralischen Charakter. Einer ausführlichen Bühnenanweisung mit Buck Mulligans Aufmachung und Gehaben folgt auf den Vermerk »intoned« die erste Sprechzeile. Und in der ersten Szene wird die Choreographie der beiden Figuren äußerst genau angegeben. Mit nachdrücklicher Stereotypie sind viele Sprechzeilen immer wieder von Modaladverbien eingeleitet:

> called up coarsely... said sternly... cried briskly... said gaily... said quietly... said frankly... cried thickly... said quietly... said gloomily... said contentedly (U 1.6-116)

Gleicherweise sind Tätigkeiten wiedergegeben: »blessed gravely... covered the bowl smartly... looked gravely... followed him wearily... shaved warily... began to search his trouser pockets hastily... turned abruptly... lathered again lightly... folded his razor neatly« (1.10-123). Die Häufung solcher Adverbien gibt der Szene etwas eigentümlich Gestelltes. Ähnliche Vermerke finden sich in den

Schauspielen, die Joyce las und deren eines er schrieb, wie irgendeine beliebige Seite aus *Exiles* zeigt: »gloomily... rapidly... a little timidly... impatiently... hesitatingly... warmly... cautiously... quietly... abstractedly... prompty... bitterly...« (E 63-64).

Diese Theatralik ist typisch für das »Telemachus«-Kapitel, nicht für die weiteren, doch wird die Manier bezeichnenderweise in der Shakespeare-Diskussion wieder aufgenommen und parodiert: »twicreakingly« (U 9.12), »Stephen said rudely... – A shrew, John Eglinton said shrewdly« (9.228-32), usw.; und natürlich wird sie im bühnenmäßig aufgezogenen »Circe«-Kapitel fortgeführt. Eine Millionärin spricht »richly«, eine Adlige »nobly« und eine Feministin »masculinely« (15.1462-6) in absurder Veralberung dessen, was im unauffälligen, realistischen Anfangskapitel vorgezeichnet ist.

Die Bühne verlangt nach Rollen, und der erste Schauspieler, Buck Mulligan, ist seiner Aufgabe gewachsen. Er hebt gleich mit verstellter Stimme an, eine Messe einzuleiten, und fährt fort als Priester, als Offizier, als Ratgeber, als raconteur, und wir wissen im Grunde nie, ob er wirklich einmal seine Masken ablegt – wir sehen, wie er eine anzieht: »Buck Mulligan at once put on a blithe broadly smiling face« (1.579) – und ob seiner Freund-und-Berater-Rolle zu trauen ist. Sein Repertoire ist vielseitig, nicht auf männliche Parts beschränkt (er spielt auch Mother Grogan und Mrs. Cahill), er schwingt sich auf zu Joking Jesus und imitiert gleichzeitig einen Vogel. Er nennt sich »Mercurial Malachi« (1.518), widersprüchlich, quecksilbrig, dem Götterboten Hermes ähnlich. Sein Name verbindet ihn mit einem Bock oder einem Gecken des 18. Jahrhunderts, einem hebräischen Propheten und irischen Königen; Stephen Dedalus wiederum sieht in ihm ganz andere Rollen, einen Prälaten, einen Rhetoriker, einen Medizinmann, einen Spötter und Ketzer, den Usurpator, den Shakespeareschen Clown. Aus anderer Sicht macht ihn der Autor obendrein zum homerischen Freier.

Das erste Kapitel weist ein beträchtliches histrionisches Spektrum auf. Buck Mulligan, der Stephen wiederholt einen »mummer« nennt, ist selbst Komödiant, tragischer Schauspieler (»sighed tragically«, 1.502) und Pantomime, im buchstäblichen Sinn alles imitierend, ein Verwandlungskünstler. Sein erstes Kunststück hat selbst noch eine Verwandlung zum Gegenstand, er parodiert die Transsubstantiation, das Mysterium der Messe, die Verwandlung des Brotes in den Leib Christi, und dabei gibt er vor, es handle sich um einen Zaubertrick im Variété: »For this, O dearly beloved, is the genuine Christine: body and soul and blood and ouns. Slow music, please. Shut your eyes, gents. One moment. A little trouble about those white corpuscles. Silence, all.« (1.21) Der Spott enthält eine ganze Reihe verschachtelter imitativer Verwandlungen. Mulligan mimt den Priester, der Nachfolger von Petrus ist, der seinerseits Stellvertreter Christi ist, welcher seinerseits das Brot umwandelt – gleichzeitig geschieht alles mit musikalischer Untermalung und täuschenden Kniffen, und das Ganze ist bloß gespielt, nur Vorstellung. In der Verballhornung von ›Eucharist‹ zu »Christine« findet zunächst noch eine Personifizierung statt, aber nicht eine göttliche, sondern eine irdische und dann noch eine Verdrehung ins anscheinend Weibliche, in Vorwegnahme der vollständigen Pervertierung der Messe, am Anfang des »Circe«-Kapitels, wo die Veränderung eines einzigen Buchstabens eine transformierende, kulissenverschiebende Wirkung hat: »Georgina Johnson, *ad deam qui laetificat iuventutem meam*« (15.122). So präsentiert schon die Eröffnungsszene mannigfaltige Verstellung, Schein und Wirklichkeit, und angedeutet wird auch die aristotelische Unterscheidung von

Substanz und Akzidenz und deren Weiterverwendung durch die christlichen Kirchenväter.

Buck Mulligan übertrifft jede andere Gestalt an mimetischer Vielseitigkeit. Leopold Bloom verfügt bei weitem nicht über diese extravertierte Gewandtheit im alltäglichen Umgang. Aber auch er, wie Molly bezeugt, ahmt alle nach: »hes always imitating everybody« (18.1204), und damit wird ein Thema des *Ulysses* angesprochen. David Hayman hat Bloom als Clown[7], Mary Parr ihn als Charlie Chaplin[8] untersucht; beide haben dadurch das Schauspielhafte an ihm dargestellt. Die Beweglichkeit von Stephen Dedalus ist durchaus geistig, eine assoziative Behendigkeit, während er in praktischen Belangen starr und eigenwillig bleibt. Einige seiner Schwierigkeiten rühren gerade daher, daß er opportunistische Ratschläge (Buck Mulligans »Humour her till it's over«, 1.212; »Why don't you play them as I do?«, 1.506) nicht annehmen will oder kann. Seine Rollen sind in der Mehrzahl nicht nach außen gespielt, sondern innerlich vorgestellt. Ein einfaches »Will you be as gods« (3.38) variiert die Worte der Schlange im Paradies (Gen. 3,5), die ihrerseits eine Verkleidung Satans ist, der einst ein glänzender Engel war und nun das erste Menschenpaar mit der Anmaßung einer göttlichen Rolle in Versuchung führt – auch hier eine Verquickung von Verwandlungen, eine Auswahl archaischer Rollen, die gleich noch eine vertikale Transformationsreihe Tier-Mensch-Engel-Gott als Möglichkeit enthält. Zustandegebracht wird alles nur durch ein leicht abgeändertes Zitat. Zitieren ist Nachahmung, Imitation, verbale Verwandlung des Sprechenden. Nicht zufällig beginnt das universale Rollenbuch mit einem Zitat aus der Messe, in aufdringlichem Latein, das erst noch gesungen wird; es ist zugleich ein Fragment aus den Psalmen, so daß schon die erste gesprochene Zeile auf zeitliche und kulturelle Umstellungen verweist. Die Gesamtheit der Mulliganschen Zitate allein umreißt auf wenigen Seiten die abendländische Kultur mit ihren Wurzeln in alttestamentarischen Vorstellungen, griechischen Überlieferungen, katholischer Liturgie bis hin zu Swinburne und Nietzsche, einschließlich der Unterbereiche von Gassenhauern und Zoten.[9]

Neben der zitierenden Verwandlung charakterisiert den *Ulysses* eine Vorliebe für umfassende Abwandlung, die Verarbeitung aller jeweils denkbaren Spielarten. Diese Vollständigkeit, nach der der Roman strebt, wird nicht detailliert ausgeführt, sondern oftmals nur andeutungsweise skizziert, sie findet notwendigerweise durch Stellvertretung, durch Rollenkumulation statt. Gelegentlich, wie in den Katalogen der »Zyklopen«-Episode oder den pseudowissenschaftlichen Abhandlungen von Ithaka, wird der Versuch der vollständigen Aufzählung parodiert, am konzentriertesten und absurdesten wohl bei der Transformation von Sindbad the Sailor in einer Endlosigkeit simulierenden Reihe, die bis zur Schwundstufe »Xinbad the Phthailer« (17.2326) reicht und durch die das Thema erschöpfend abgewandelt worden ist.

Die enzyklopädische Einschließlichkeit taucht immer wieder auf: »OMNIUM GATHERUM« (7.604), »All sides of life should be represented« (9.505), »this chaffering allincluding most farraginous chronicle« (14.1412), usw. Sie äußert sich auch darin, daß etwa die Blooms zusammen mit Stephen die meisten zeitgenössischen Kommunikationsformen beruflich oder liebhaberisch multimedial unter sich aufteilen: Zeitung, Werbung, Gesang, Photographie, Schriftstellerei, Vortrag. Der proteische Hund im dritten Kapitel mimt nicht alle Arten und Gattungen von Tieren, sondern nur eine beschränkte Reihe (3.322-64), aber intendiert ist damit die ganze Belegschaft der Arche Noah, und die Metamorphose gipfelt sinngemäß im

Panther, in legendärer Etymologie *pan ther*, jedes Tier. »›There he is‹, said Joyce. ›Panther: all animals‹.«[10]

Als Stephen am Strand zwei Gestalten sieht und beim Näherkommen als weibliche erkennt, beginnt er sogleich den ganzen Themenbereich abzuwandeln. Zunächst *»Frauenzimmer«*: ein Wort, das zugleich Frau und Raum (ein »Nebeneinander«, 3.15) beinhaltet, dieser Raum wird im folgenden gewissermaßen mit Feminität ausgefüllt: mighty mother – midwife – (Witwe) – sisterhood (Schwester und Nonne) und dann, in einem imaginären Nacheinander von Müttern, bis hin zu Eva und wieder zur mitimplizierten Jungfrau Maria (3.129). Ein nicht zufällig eingefügter Straßenname gibt noch eine weitere Variante her: ›Bride Street‹. Stephen geht unmittelbar über zum weiblichen Organ schlechthin, dem Mutterschoß, in dem sich die biologischen Verwandlungen abspielen, »womb of sin«, in dem aber auch – theologisch – die Sünde und der Erlöser entstanden sind. Und während die Vorstellung Weib im vorangehenden semantisch dekliniert, d. h. in allen möglichen Fällen präsentiert wurde, wird das Substantiv »womb« geradezu als Verb flektiert, als handle es sich um einen Vorgang: »Wombed in sin ...« Daß ein Substantiv verbalisiert wird, paßt auch zum Prinzip proteischer Wandlung. Angedeutet ist gleichfalls das *Verbum*, das zu Fleisch geworden ist, als eine der zentralen Metamorphosen, die Joyce immer wieder anspricht.

Im vierten Kapitel interpretiert Bloom, zurückgekehrt zu Mollys »ample bedwarmed flesh« (4.238), ein gewichtiges Wort, das in ihrer Frage – »Who's he when he's at home?« (4.340) – bereits eigenartig personifiziert wird. Seine Erklärungsansätze ergeben die Spannweite von Wanderungen (»the transmigration of souls«) und Wandlungen (»Reincarnation: that's the word ... you could be changed«, 4.361–76). Im jungfräulichen Schoß von Mollys

Imagination wird gleich jedes Wort unwissentlich doch sachgemäß umgeformt. »Metempsychosis« macht sie sich zu eigen, indem sie es in die ihr geläufige Männlichkeit und alltägliche Dinglichkeit umsetzt: »met him pike hoses«; mit »transmigration« kann sie nichts anfangen und petrifiziert es zu »rocks«; doch »*re*incarnation« behält sie im Gedächtnis und macht daraus einen ihr aus der christlichen Unterweisung vertrauten Begriff: »and he came out with some jawbreakers about *the* incarnation« (18.566). Ein einziges Phonem verwandelt eine theosophische Vorstellung in ein christliches Dogma, das Molly Bloom, ohne es zu wissen, mitverkörpert.[11]

Die meist unbewußten Verwandlungskünste der *dramatis personae* sind ein Hauptthema des *Ulysses*. Die Joyce-Kritik hat einiges an Rollenbeschreibungen hervorgebracht und algebraische Identitätsgleichungen von der Art aufgestellt, wie sie Stephen Dedalus im Bibliothekskapitel von sich gibt. Angereiht werden soll hier eine von Blooms impersonalen Rollen, die eines Paradigmas in der traditionellen Grammatik oder der Philologie, die im *Ulysses* ausgerechnet dem »Proteus«-Kapitel zugeordnet ist. Philologie befaßt sich mit sprachlichen Metamorphosen. Bloom ist auch ein Name, ein Wort, das dekliniert wird, wie es in »Circe« geschieht: »Bloom. Of Bloom. For Bloom. Bloom« (15.677), wobei im Akkusativ noch Schuld und Anklage mitschwingen mögen. Optisch-geometrisch zerdehnt wird Bloom zu »lovelorn longlost lugubru Booloohoom« oder »Jollypoldy the rixdix doldy«, aufgeblasen zu »puffing Poldy, blowing Bloohoom« (15.146-57), in welchen Formen die psychischen Verrenkungen des Kapitels vorbereitet werden. Blooms grammatikalisches Dasein ist nicht nur nominal, sondern auch pronominal relativ und demonstrativ in der Folge »Bloowho ... Bloowhose ... Bloohimwhom« (11.86, 149, 309) im »Sirenen«-Kapitel, in dem der

Name auch mit »blue« und »blew« zusammengebracht wird. Anagrammatisch verformt sich Leopold Bloom zu »Ellpodbomool, Old Ollebo, M. P.« u. a., und sein Vorname versteckt sich akrostisch in einem Fünfzeiler (17.406-16).

Bloom ist nicht das Paradigma einer einzigen Sprache, durch die Übersetzbarkeit wird er in vielen Sprachen deklinabel. Sein Vater hat den ungarischen Namen Virag (= Blume) aus opportunistischen Gründen der neuen Heimat assimiliert. Als »viragitis« (15.2440) ist der Stammname in die klinische Nomenklatur des »Circe«-Kapitels eingegangen. Übertragungen ins Irische (»O'Bloom«, 12.216), Spanische (»Don Poldo de la Flora«, 18.1428), Portugiesische (»Senhor Enrique Flor«, 12.1288), Französische (»Henry Fleury«, 15.3003) oder ins Deutsche (»Professor Luitpold Blumenduft«, 12.468) sorgen für europäische Universalität und sind daneben Ausdruck mannigfacher Ambitionen. Das Pseudonym des latenten Liebhabers Henry Flower trägt zu Blooms Anziehungskraft bei (5.248). Ein Druckfehler in der Zeitung beraubt den Namen eines potenten Buchstabens (siehe 6.882) und macht daraus ein ironisches »L. Boom« (16.1260). Dadurch wird das Wort zu einem Lärm in der Gasse (3.386, 14.408, usw.), und das Wortfeld »boom«, mit Formen wie »guns booming«, »hollow booming« (12.528) u. a., ist in den Flexionsbereich einbezogen.

Bereits dem Verbalsystem gehören Formen wie »blooming«, vor allem in der bewußten Anspielung »oblige M Bloom youre looking blooming« oder »bloometh« (18.842, 775), und natürlich »booming« an, wie auch Blooms Gegenspieler ein aktives Partizip wird: »Boylan with impatience« (10.486). Stephen assoziiert seinen Namen zu *»Bous Stephanoumenos«* (9.939, 14.1115; P 168). Damit wird die Analogie nahegelegt, daß Bloom vor allem auch als Verbum gedacht ist, das im Roman durchkonjugiert wird, in allen Personen und Numeri, in allen Tempora, er ist aktiv und passiv. Daß alle Modi durchgespielt werden, ist einfach eine grammatikalische Paraphrasierung der Facettentechnik des *Ulysses*. Neben die Wirklichkeitsform werden konjunktivische Möglichkeiten gestellt (besonders in »Circe«), Imperative und Wunschformen. Aus dieser Sicht könnten Namen wie Henry Flower oder auch Blum Pasha (U 415.721) als Optative verstanden werden.

Das Wesentliche an solchen Flexionsschemata ist die metamorphische Flexibilität. Wer Bloom, das universale Paradigma, zu konjugieren weiß, kennt alle menschlichen Konjugationen, entsprechend wie der 16. Juni 1904 zum All-Tag geworden ist.

Etymologisch (jedenfalls in dem von Joyce benutzten *Etymological Dictionary* von W. W. Skeat) ist »bloom« verwandt mit »blood« (umgangssprachlich tritt »blooming« oft mildernd an die Stelle von »bloody«), womit Bloom erst noch in die Nähe von christlichen oder heidnischen Blutopfern rückt. Aber nicht allein kraft dieser philologischen Verbindung; Bloom glaubt sich versehentlich im Wort wiederzufinden: »Bloo ... Me? No. Blood of the Lamb« (8.8). »Slieve Bloom« (4.139, 12.1833) ist eine geographische Verwandlung, zu der sich die fiktiven Namen von Blooms Vorortvilla gesellen, »Bloom Cottage, Saint Leopold's, Flowerville« ... »Bloomville« (17.1580, 1613, mit deutlich optativem Charakter). Passend ist eine kleidliche Transformation: »bloomers ... I suppose theyre called after him« (18.839), eine musikalische: »*Blumenlied* ... The name« (11.844). Bloom wird monumental verewigt in »the new Bloomusalem in the Nova Hibernia of the future« (15.1544), kein Wunder, daß sich eine Anhängerin als »Bloomite« bekennt (15.1736). Hieran anschließen müßte sich noch die botanische Dimension, das Blühen, Wachsen und Verwelken, in allen Ausfächerungen. In jedem Fall ist Blooms Existenz, schon nominal und verbal, eine der vielseitigsten, die es je gab.

Es war denn auch die enzyklopädische Vielseitigkeit der *Odyssee*, die Joyce angezogen hat, und die Vielseitigkeit des Odysseus. Auch Odysseus hat seit der Antike als allgemein menschliches Paradigma herhalten müssen: ein Mann, der sich in allen Lagen durchsetzt, der alle erdenklichen Mittel einsetzt, um zu überleben und nach Hause zu kommen, listig, erfindungsreich, aber auch ein Lügner und Opportunist, je nach dem Standpunkt des Kritikers. Ein solches Vorbild eignete sich für die Übersetzung ins Anglo-Irische. So ist es nun möglich, die Wandlungsfähigkeit im *Ulysses* mit homerischen Begriffen nochmals zu charakterisieren.

Joyce las die *Odyssee* nicht im Original, sondern in Popularisierungen wie den *Adventures of Ulysses* von Charles Lamb oder in Übersetzungen. Phillip F. Herring hat nachgewiesen und Frank Budgen mündlich überliefert, daß Joyce die Übertragung von S. H. Butcher und A. Lang benutzte (die er auch parodierte). Immerhin lernte Joyce Neugriechisch und fand sich in Wörterbüchern zurecht, bei Bedarf vertiefte er sich in bekannte und entlegene Handbücher.[12] Auf jeden Fall kannte Joyce den ersten Hexameter des Originals, den er aus dem Gedächtnis niederschrieb, mit ein paar fehlerhaften Abweichungen, und mit einer Karikatur von Leopold Bloom versah, die einzige vom Autor illustrierte Quellenangabe.[13]

Joyce konnte somit nachvollziehen, wie Homer sein Thema dem Werk klar voranstellte, den Mann, der – mit geschickter rhetorischer Verzögerung – »polytropos« geheißen wird. Das derart herausgestellte Epitheton hat viele Philologen beschäftigt, es ist von einladender Ambiguität, mit den Hauptbedeutungen »viel gewandert« und »wandlungsfähig«. Es ist wahrscheinlich, daß sich Joyce in einem der großen Wörterbücher orientierte und dabei (wie etwa bei Liddell und Scott) folgende Bedeutungen vorfand: *»Polytropos«* (zu »trepein«, wenden, oder »tropos«, »turn«), buchstäblich »much turned«, »of many turns«, ursprünglich »much wandering«. Bald wurde es ausgeweitet zur charakteristischen Gewandtheit: »a man capable of many ways«, »a versatile character«. Pejorativ wird daraus »shifty«, »wily« (verschlagen: in diesem Sinn wird es bezogen auf Hermes), bis zu wankelmütig: »fickle«, es kann aber auch allgemein stehen für »changeable« oder synonym zu »variable« verwendet werden.

Der Sänger des ersten Hexameters dachte vermutlich an einen ganz bestimmten Sinn (in der Voßschen Übersetzung mit »vielgewandert« wiedergegeben), aber Joyce scheint Homer als gleichveranlagten Vorgänger betrachtet zu haben, der mit Wörtern so umzugehen beliebte wie er selber, nämlich vielseitig, und dem Mehrdeutigkeiten nur zustatten kamen. Und so scheinen gleich alle Definitionen des Epithetons, wörtlich, dem Sinn nach und übertragen, in den *Ulysses* einverwoben zu sein. So wird etwa »changeable« auf des Menschen Seele bezogen: »As she hath the virtue of the chameleon to change her hue at every new approach ... so too is her age changeable as her mood« (14.1038). Darin ist zugleich eine Charakterisierung des *Ulysses* wie der odysseeischen Wandlungsfähigkeit, und der nächste Satz führt unmittelbar zum Odysseus von 1904: »No longer is Leopold [...].«

Der Matrose des »Eumäus«-Kapitels, ein falscher Odysseus, wird »such a *wily* old customer« genannt (16.625), und er weiß von vielen, wohl fingierten Seereisen zu berichten. Bloom nennt gewisse Katholiken, die ein doppeltes Spiel treiben, »*shifty*looking« (5.383). Auch »fickle« erscheint, und zwar verwendet auf den ungetreuen Liebhaber von Gerty MacDowell: »Lighthearted deceiver and fickle like all his sex« (13.584).

In dieser Nebenfigur würde man nicht gerade einen Odysseus vermuten, doch manifestiert sich auch in »deceiver« eine Seite des listenreichen Griechen, und Molly versieht später Bloom mit demselben Ausdruck: »what a Deceiver« (18.318); dann ist Bloom für Gerty ohnehin nur ein augenblicklicher Ersatz für den anderweitig engagierten Liebhaber, dessen Name neckischerweise gleich noch eine odysseeische Komponente aufweist – Reggie *Wylie*, homophon mit »wily«. Die tangentiale Odysseusartigkeit einer Randfigur ist nur umständlich nachzuweisen und im Grunde unerheblich, die polytropische Durchdringung des *Ulysses* hängt nicht von solchen Nebengeflechten ab.

Eine ausgezeichnete Studie von W.B. Stanford, *The Ulysses Theme*[14], widmet sich dem Charakter des Odysseus im Spiegel der Homerkritiker und der Literatur von den griechischen Dramatikern bis ins zwanzigste Jahrhundert, einschließlich Joyce. Stanford geht besonders auch auf die negativen Darstellungen des Odysseus als eines trügerischen, tückischen, verschlagenen Intriganten ein. Joyce konnte natürlich einen zwielichtigen Helden gebrauchen, und ähnliche Anschuldigungen werden gegen Bloom erhoben, in milder Form von Molly Bloom, in grotesker Übertreibung in den Halluzinationen der »Circe«-Episode. Joyce kannte nicht die ganze nachhomerische Tradition, bestimmt aber verwendete er die Nachgestaltung der Figur in Shakespeares *Troilus and Cressida*. Stephen macht von diesem Stück Gebrauch in seiner Theorie, die er mit odysseeischer Gewandtheit und Verschlagenheit vorträgt. Joyce dachte sich den Erzähler des »Zyklopen«-Kapitels als eine Art Thersites: »If you reread *Troilus and Cressida* you will see that of all the heroes Thersites respects only Ulysses. Thersites admires Ulysses.«[15]

Daß Thersites den Ulysses »that same dog-fox«[16] beschimpft, scheint nicht direkt aufgegriffen zu sein, obgleich der Erzähler des »Zyklopen«-Kapitels mit Tierbezeichnungen (auch »foxy«) nur so um sich wirft (allenfalls wäre der proteische Hund, der momentan den Fuchs imitiert, 3.360, eine entfernte Anspielung). Stanford sieht eine Entsprechung, die wichtiger ist als ein Wortanklang:

> Aus der Gesamtperspektive des Odysseus-Mythos gesehen, gleichen diese Szenen zwischen Ulysses und Troilus am ehesten denen zwischen Odysseus und Telemachos in der Odyssee und, in der späteren Tradition, der letzten Szene zwischen Leopold Bloom und Stephen Dedalus im *Ulysses* von James Joyce. In all diesen Szenen unterhält sich der geduldige, viel erduldende Held mit einem idealistischen, unerfahrenen Jüngling, zum Teil im Geiste von *maxima debetur puero reverentia*, und zum Teil in der Gewißheit, daß die beiden trotz des Altersunterschieds und der Verschiedenheit ihrer Taktiken doch vieles gemein haben. [...] In *Troilus and Cressida* wie in Joyces *Ulysses* ist das, was sie verbindet, ein mitfühlender Humanismus [...].[17]

Die kritischen Ausgaben der *Odyssee* verzeichnen eine Variante zu *polytropos*, die gewöhnlich in der ersten Fußnote des Textes zu finden ist: »polykrotos«[18], mit der Bedeutung »laut tönend, lärmend«. Das erhabene Original wurde offenbar schon früh verulkt. Mit Homers Anfangsvers geschah somit genau das, was Joyce zu seiner Technik machen sollte, die parodierende Entstellung, Abwandlung, Übertragung auf andere Verhältnisse, ein freies Umspringen mit dem vorhandenen Material. Die *Odyssee* verhält sich, wenn man will, zum *Ulysses* wie »polytropos« zu

»polykrotos«, vor allem weil die Abart die Urfassung zugleich mitenthält und relativiert. Zudem scheint die abweichende Lesart von Bloom im *Evening Telegraph*, »L. Boom«, die homerische nachzubilden, indem als neuer Sinn ebenfalls das laut tönende »boom« daraus hervorgeht.

Die Polytropie des *Ulysses* bleibt nicht auf Leopold Bloom beschränkt, sondern kommt auch Nebenfiguren zu, auch Tieren und Gegenständen wie Stephens Eschenstock oder Blooms Seife oder seiner Zeitung. Anders als Homer benennt Joyce diese Eigenschaft nicht durch ein vorangestelltes Adjektiv, sondern indem er, um Stephens ästhetische Terminologie zu gebrauchen, die epische Form durch die dramatische verbessert. Und so beginnt der Roman gleich mit dem wendigen Buck, Mercurial Malachi, der sich polytrop verhält, die Eigenschaft *darstellt*. Buck Mulligans Charakter ist übrigens bei dem Teil der Joyce-Forschung, der sich mit Bewertungen abgibt, ordentlich umstritten[19], ähnlich wie es mit dem von Stanford beschriebenen Odysseus geschah. Ohne es zu wissen, hat Mulligan Irland bereits hellenisiert. Er gebraucht auch bald ein homerisches Kompositum im Zitat *(»oinopa«)*, dann in einer Karikatur (»scrotumtightening«, 1.78). Seinen Zitatverdrehungen haftet stets etwas Diskriminierendes an, das in der Abart »polykrotos« vorgebildet ist, und in der Tat ist er selber auch laut tönend in den Anfangsszenen, seine Veränderungen sind vorwiegend stimmlich: »his descending voice boomed« (1.237), »he growled in a hoarsened rasping voice« (1.380), »a voice that speaks to her loudly«, »and to the loud voice« (1.418-22).

Mulligan ist aber auch im elementarsten Sinn poly-trop geschildert, als ein Mann, der viele Wendungen ausführt, so daß sich die schon erwähnte Choreographie seiner Behendigkeit auch als wörtliche Übersetzung verstehen läßt: Buck Mulligan dreht und wendet sich, beugt sich vor, hüpft und steigt usw., und schließlich »turned abruptly« (1.86).

In seiner Wendigkeit sind auch die negativen odysseeischen Eigenschaften enthalten, Täuschung, Tricks, Wankelmütigkeit (vgl. auch »gay betrayer«, 1.405). So wird er auch später von Bloom gesehen, der ihn »a versatile allround man« nennt, »by no means confined« (16.288). In »versatile« steckt natürlich die Standarddefinition von *polytropos*, »allround man« ist auch Lenehans Charakterisierung von Bloom selbst: »– He's a cultured allroundman, Bloom is« (10.581), und Joyces Charakterisierung von Odysseus zu Budgen: »Do you know of any complete allround character presented by any writer?«[20] Tatsächlich war Buck Mulligan denn auch dem vielseitigsten aller Dubliner Zeitgenossen nachgebildet worden, Oliver St. John Gogarty, der Arzt, Poet, Dramatiker, Athlet, Witzbold, Lebemann, Geschichtenerzähler, später Flieger, Senator, Nationalist und Gefährte der englischen Aristokratie zu sein verstand.

Eigentümlich ist, wie sich die haupt- und nebenamtlichen Odysseus-Figuren im *Ulysses* gegenseitig kommentieren. Lenehan, der bereits in »Two Gallants« eine Miniatur-Odyssee durchlaufen hat, ist immer wieder beschlagen genug, um wenigstens zu seinem Bier oder einer Zigarette zu kommen. Er gesteht Bloom die Qualität zu, die Bloom wieder bei Mulligan anerkennt. Bloom glossiert Mulligan, Lenehan, Simon Dedalus (dessen mimetisches Geschick: »Simon Dedalus takes him off to a tee with his eyes screwed up« (4.114); Dedalus ist aber auch *polykrotos*: »Noisy selfwilled man«, 6.74), und den redseligen Matrosen Murphy. Simon Dedalus sieht in Mulligan einen schurkischen Odysseus: »a doubledyed ruffian« (6.64) und in Bloom wenigstens einmal einen positiven: »Our friend Bloom turned in handy that night« (11.476). Der Matrose wiederum ist beeindruckt von der (auf welcher Verwechslung auch immer beruhenden) Gewandtheit von Simon Dedalus, den er zum vielgewanderten Mann erhebt: »He toured the wide world« (16.411).[21] Buck Mulligan bezeichnet Bloom als »The wandering jew... ancient mariner« (9.1209). In einer der zyklopischen Parodien werden »M-ll-g-n« und »L-n-h-n« zu beschlagenen und laut tönenden Kumpanen: »the favourite Dublin streetsingers [...] did a roaring trade« (12.542).

Jede dieser Auch-Odysseus-Figuren verfügt über einen gewissen Einfallsreichtum und über Geschick im Ausdruck. Leute wie Dedalus und Lenehan können sich wenigstens verbal zeitweise aus der Affäre ziehen. Eine Auswahl passender Redewendungen steht ihnen für alle Lebenslagen zu Gebote. Der geistige Aufwand reicht von banaler Wortverdrehung zu geistreicher Sophistik, Doppeldeutigkeiten können witzig oder auch tückisch sein. Nicht umsonst wird auch das Thema der »equivocation« in die literarische Diskussion eingeführt, und zwar von Stephen, der sich selber auf diese Kunst versteht: »and we have a porter's theory of equivocation« (9.754). Der redegewandte, doppelzüngige Odysseus ist der erste literarisch belegte Held, der ein wirkungsvolles Wortspiel in die Welt setzte. Die pseudonyme Verstellung als Niemand (Odysseus = Outis[22]) war nicht bloße Spielerei, sondern sicherte den griechischen Gefangenen das Überleben und vereitelte die Rache des geblendeten Zyklopen, der auch ein Opfer seiner naiven Monotropie geworden war. Für Joyce wie für Odysseus ist das Wort ein Mittel für vielfältige Zwecke, in der Nachfolge des Zyklopen haben Kritiker die verbale Agilität des Romans mitunter auch abgelehnt.

Einige der Konflikte im *Ulysses* spielen sich zwischen polytropen und monotropen Gestalten ab. Zu den monotropen, die meist gerade wegen ihrer Beschränktheit unmittelbar komisch gezeichnet sind, wie der Citizen oder Gerty MacDowell, gehört zuweilen auch Stephen Dedalus, dessen Verhalten sich von seiner geistigen Beweglichkeit oft merklich abhebt. Er versucht es kaum je, seine Ausdrucksweise den Zuhörern anzupassen und sich etwa seinen Schülern, den Bibliothekaren oder Leopold Bloom verständlich zu machen, ganz im Gegensatz zu Bloom, der sein viel spärlicheres Vokabular im allgemeinen klug auf die Gegebenheiten einstellt. Stephens Mißgeschick im »Circe«-Kapitel besteht darin, daß er seine Redeweise in der Konfrontation mit den extrem monotropen Soldaten überhaupt nicht ändert und im Grunde seinen Monolog weiterführt, gleichgültig, wer sein Gesprächspartner gerade ist.

Im *Ulysses* kehren Grundzüge, die schon in der *Odyssee* inkarniert waren, in vielfältigen Transformationen wieder, und die philologischen Verankerungen einzelner homerischer Details sind dabei nur untergeordnete periphere Manifestationen des zentralen Prinzips. Bisher sind wohl personelle oder Situationsparallelen eher kommentiert worden als die verschiedenartige Distribution solcher Grundprinzipien. Odysseeisch ist nicht nur Bloom, sind nicht nur Lebewesen, sondern auch Dinge. Die Spielregeln des »Circe«-Kapitels nehmen den Gegenständen ihre gewohnte Fixiertheit und lassen sie teilhaben an der schwindelerregenden, marionettenhaften Magie. Einer der ausführlichsten Kataloge im äußerlich so starren und betont unmagischen »Ithaka«-Kapitel gilt dem wandlungsfähigsten aller Elemente, zu dem Bloom natürlicherweise große Affinität verspürt. In der pedantisch artikulierten Hymne auf das Wasser, die sich wie die Parodie einer Fußnote zum Begriff »Polytropie« liest, häufen sich spezifisch proteische Stichworte: »Its universality; ... constancy to its nature ... restlessness ... variability ... stability ... capacity to dissolve ... imperturbability ... vehicular ramifications ... secrecy ... buoyancy ... persevering penetrativeness ... metamorphoses ... variety of forms ... potentiality ... ubiquity« (17.185-228). Gekennzeichnet ist das Wasser, wie Bloom, wie Odysseus, durch »its infallibility as paradigm and paragon«. Charakterisiert wird durch die Liste aber auch der Roman selbst, so daß sich dieser Abschnitt als eine der Selbstdarstellungen des *Ulysses* verstehen läßt.

Musterfall und Paradigma ist der *Ulysses* vor allem für Sprache, Stil, Erzähltechnik, Kommunikationsformen. Der *Ulysses* ist der polytrope Roman schlechthin. Daß gerade Shakespeare darin einen so bedeutenden Platz einnimmt, hat auch damit zu tun, daß Shakespeare der polytropste Dichter ist, oder, wie es Coleridge analog ausgedrückt hat, »myriadminded« (9.768). »He ist all in all« (9.1018).

Der *Ulysses* ist immer wieder anders, voller Verstellung, und schon deswegen kaum mehr zu übersetzen, weil er nur aus Übersetzungen besteht: aus dem Griechischen ins Anglo-Irische, aus einer Zeit und Kultur in eine andere, aber auch innerhalb seiner selbst – aus einer Perspektive in eine andere, von Stil zu Stil. Bald wird er Zeitung, bald nähert er sich der Musik, dann verwandelt er sich in ein Drama, und er schließt die gesamte Entwicklung der englischen Literatur in sich ein. Auf die Verstellungen weist schon früh und programmatisch Buck Mulligans »suddenly changed tone« (1.504) hin, und im Verlauf des Romans werden die Veränderungen der Tonart immer auffälliger. Wo anscheinend monotrope Darstellungsarten gewählt werden, stoßen sie sich an andersartigen, gegensätzlichen.

Im »Circe«-Kapitel werden bereits vertraute Elemente kaleidoskopartig permutiert und zu neuen Konstellationen inszeniert. Das »Wandering-Rocks«-Kapitel ist oberflächenhaft und räumlich organisiert und deshalb auch oberflächlich polytrop im äußeren Sinn, indem es die Wendungen (turnings) im Labyrinth der Stadt aufzeigt. Die darin erwähnte Erfindung von Tom Rochford ist ein Mechanismus, der sichtbar macht, »what turn is on and what turns are over« (10.480). (Das Wort wird von Lenehan gleich aufgegriffen und umgesetzt: »One good turn deserves another.«) Das Kapitel stellt sich dar, als wäre ein weiteres Epitheton des Odysseus, *»polymechanos«* (»erfindungsreich«), krud ins industrielle Zeitalter übertragen worden zu einem mechanistischen Gebilde von räumlich bewegter Materie. Das »Aeolus«-Kapitel setzt sich – buchstäblich – aus Tropen zusammen, rhetorischen Figuren, die Joyce zusammen mit Stuart Gilbert noch gewissenhaft notiert hat. Viele dieser Tropen und Metaphern sind zu den stereotypen Formen unserer Sprache, besonders der Zeitungssprache, geworden. Ironischerweise erscheint dem abendländischen Leser gerade das homerische Epitheton als eine Urform des Klischees. Auch das »Aeolus«-Kapitel könnte unmittelbar an eine überlieferte Auslegung von »polytropos« anknüpfen. Gegen kritische Verleumder wurde Odysseus damit verteidigt, daß er rhetorische Figuren *(tropoi)* mit optimalem Geschick anzuwenden verstand und deshalb *polytropos* genannt wurde. Er war einfach rhetorisch bewandert. Der so argumentierende Kommentator, den Stanford anführt[23], ist kein Unbekannter, sondern gerade der Sophist und Zyniker, der als einziger Homer-Kritiker in den *Ulysses* eingeführt wird, und zwar im »Aeolus«-Kapitel – Antisthenes (7.1035).

Das Kapitel »Oxen of the Sun« reiht chronologisch literarische Möglichkeiten aneinander, die Analogie zu der embryonalen Entwicklung stellt Sprache und Stil als etwas Wachsendes, Wucherndes hin, als proliferierende Vielfalt, die auch zu Mißbildungen und Fehlentwicklungen führen kann. Joyce feierte die Sprache als das polytrope Instrument, das einer Epiphanie so gut fähig ist wie der Täuschung und Verstellung. Homer und Joyce füllen den gesamten Bereich ihrer jeweiligen Sprache aus, räumlich durch Einbeziehung ethnischer und lokaler Abweichungen, zeitlich umfaßt die Spannweite archaische Formen und Neologismen, alle Sprachschichten scheinen verwendet zu sein. Homer verfügte über eine der flexionsreichsten Sprachen, Joyce über die flexibelste, beide schufen, mindestens Joyce mit Bedacht, Tummelplätze für Philologen. Beide entstammen einer Kultur, die das Erzählen zu hoher Fertigkeit entwickelt hatte. Joyce benutzt die Gelegenheit, allen bisherigen Erzählweisen ein paar ungewohnte hinzuzufügen. Der homerische Hexameter lädt ein zu verweilendem, empfänglichem Lesen, Joyce gibt der Sprache, auch der des Alltags, des Klischees, vor allem der des Klischees, etwas vom Gewicht zurück, das sie in magischer Vorzeit einmal gehabt haben mag. Tote Metaphern werden aufgeweckt. Der *Ulysses* entlädt etwas von der verblaßten mythologischen Energie in einer Banalität wie »tantalising« (6.760), erinnert daran, daß in einem Adjektiv wie »Mercurial« der Gott Merkur immer noch wirken kann, er gibt dem Wort »home« in der platten Anzeige von Plumtree's Potted Meat (5.144) eine Resonanz, die es dort niemals hatte, und läßt uns daran denken, daß in Blooms Pseudonym Henry ein »Herrscher im Heim« steckt, usw. Er *repotenziert* die Sprache. Gerty MacDowells Unterwäsche ist aus »nainsook knickers« (13.724), die Etymologie verweist auf die Urdu-Wörter »nain« (Auge) und »sukh« (Ergötzen), und auch wenn es kaum ein Leser bemerken sollte, es ist doch die Thematik des »Nausikaa«-Kapitels metempsychotisch im Wort enthalten. Doppeldeutigkeiten, die der Sprache eigen sind, zufällig gleiche oder ähnliche Lautungen und Schreibungen sind nicht mehr bloß belanglos oder störend, sondern werden ausgebeutet: »his last lie on earth« (6.815). Schon im *Ulysses* ist Ambiguität kaum mehr der isolierte Einzelfall, Eindeutigkeit ist eher Ausnahme als Regel. Selbst eine so harmlose Zeile wie: »Who is the long fellow running for the mayoralty« (12.823) ist potentiell doppelsinnig, wenigstens in gedruckter Form, und so paßt sie vorzüglich ins »Zyklopen«-Kapitel, das auf der odysseeische Tücke auch sprachlicher Formen beruht.[24]

So manipuliert Joyce den Nebensinn, der störend komisch wirkt: »the [...] uncondensed milky way« (17.1043); er läßt den Geist von Paddy Dignam in der Parodie einer Séance über seinen Stiefel Auskunft geben, der nur noch gesohlt zu werden braucht: in »to be soled only« (12.369) vermengt sich eben der Materialismus mit dem Spiritismus (»soul«), der die ganze Parodie kennzeichnet. Sind die Frauen des Kannibalen in Blooms Limerick in einer Reihe aufgestellt oder streiten sie sich: »His wives in a row to watch the effect« (8.747)? Auch im kleinsten läßt sich *Ulysses* nicht festlegen. Ein so einfaches Wort wie »familiar« scheint etwas Vertrautes, Familiäres zu bezeichnen. Stephen meint damit eine Rolle, die er seinem Eschenstock, den er hinter sich schleift, momentan verleiht: »My familiar, after me [...]« (1.628), und es ist gerade nichts Trauliches, sondern ein Kobold oder Schutzgeist, wie ihn Hexen kennen. Doch wie nebenher scheint ein anderer Sinn eigentümlich stichhaltig durch: ein »familiar« ist auch ein Häscher der Inquisition, der angeklagte Ketzer festnimmt und verhört – eben noch ist Stephen über seinen Glauben ausgefragt worden und hat sich mit verlegener Ironie als Freidenker ausgegeben. So finden sich in semantischer Verzweigung unterschwellige Schuldgefühle wieder, die anderswo unverhüllt an die Oberfläche treten.

Das Problem der Identität manifestiert sich oft als eins der Namengebung, und eine Entsprechung zu den zahlreichen Gleichungen und Ungleichungen im *Ulysses* besteht darin, daß in der Sprache verschieden Aussehendes im Wesen identisch sein kann und gleich Aussehendes grundverschieden. Eine Wortfolge wie »sweet William« kann sich einmal auf Shakespeare beziehen (9.899), dann wieder auf eine Pflanze (17.1556), die Ähnlichkeit ist so trügerisch wie z. B. der falsche Schein, der die Orientierung in den »Wandering Rocks« erschwert; die Pointe liegt wohl gerade in dem Fehlen eines Zusammenhangs. Es sei denn, daß der Leser bei der Nebeneinanderstellung »polyanthus, sweet William« (17.1556) eine weitere, weithergeholte, botanisch verfremdete Quasiidentifikation von Bloom (vielfältige griechische Blume) und Shakespeare (im Anklang an 9.899) vermuten *könnte*, aber nicht muß. Diese Möglichkeit ist bloße interpretatorische Dreingabe, aus der nichts hervorgeht, was nicht davon anderswo in der Analogie-Textur des Romans vorhanden wäre, aber eben zum Teil aufgrund derartiger oft verbaler Verquikkungen zustande kommt.

Im allgemeinen glauben wir beim *Ulysses* noch an eine Rangordnung der einzelnen Bedeutungen und Beziehungssysteme. Die gärtnerische Bedeutung von »polyanthus« und »sweet William« hat ohne Zweifel den Vorrang vor denkbaren andern; »familiar« heißt, realistisch, eher Hausgeist als Häscher, usw. Mit anderen Worten, ein Übersetzer des *Ulyssees*, dem gerade Prioritätsfragen überaus zu schaffen machen, hätte wohl auf jeden Fall den »primären« Sinn wiederzugeben und sich bei weiteren semantischen Ausstrahlungen irgendwie zu behelfen (wenn möglich). Eine andere Priorität würde vom Leser kaum akzeptiert. Wie dann allerdings die relevanten Sekundärbedeutungen zu bewältigen sind, bleibt eine oftmals unlösbare Frage, vor allem dann, wenn auf thematische Verknüpfungen nicht verzichtet werden darf.[25] In »bearing in his arms the secret of the race« (17.340) koinzidieren zwei äußerlich gleiche Wörter, »race«. Entsprechendes wird in kaum einer anderen Sprache der Fall sein, aber der Verzicht auf die Bedeutung »Rasse, Volk« und die notwendige Reduktion auf das realitätskonforme »Rennen« verstümmeln den Text, doch die Priorität der Bedeutung »Rennen« würde wohl allgemein eingestanden. Offensichtlicher wird dies bei Ausdrücken wie »bar«, »flat«, »tonic« usw. im »Sirenen«-Kapitel, die alle zunächst ihren alltäglichen Sinn haben und erst dann als musikalisch bedeutsame Obertöne fungieren, welche nebensächlich bleiben außer in ihrer kumulativen Gesamtheit.

Ähnlich verlangt es das Realitätsprinzip, daß Leopold Bloom »zunächst« und »eigentlich« eben der Dubliner von 1904 ist und erst dann – in anderen Zusammenhängen, gewissermaßen paraphänomenal – auch zu Odysseus, Moses, einem grammatischen Paradigma usw. wird. Diese »Eigentlichkeit« jedenfalls scheinen wir stillschweigend, wenn auch vielleicht nur noch aufgrund unserer traditionsverhafteten Trägheit, vorauszusetzen, auch wenn sie der *Ulysses* immer wieder in Frage stellt, genau wie er Zweifel aufkommen läßt am Primat irgendeiner Wortbedeutung.

Gerade diese Eigentlichkeit aber ist in *Finnegans Wake* verschwunden. Hier ist nicht mehr unterstellt, daß sie den Vorrang hat, die Wirklichkeitsform ist nur einer von vielen möglichen Modi, die alle gleichwertig erscheinen. Hier wird eines vor allem klar, daß Rangordnungen im wesentlichen Elaborate der Interpreten sind. Das bei der Auseinandersetzung mit dem *Ulysses* immer wieder auftauchende »zugleich auch« wird zum Kern von *Finnegans Wake*. Heute fällt es leicht, *Finnegans Wake* als konsequente Weiterführung der Relativität des *Ulysses* – nicht zu verstehen, aber aufzufassen. Manchen Zeitgenossen war der Sprung zu abrupt, das Verfahren verantwortungslos (oder sinnlos), und die Lektüre von *Finnegans Wake* bleibt irritierend, weil uns der Halt, den wir zu finden meinen, immer wieder entzogen wird; weil das Werk durch ständige Zurücknahme der jeweiligen Illusion bald nicht mehr ernsthaft unterstellt, es gäbe jenen festen Punkt, den schon Archimedes nicht finden konnte.

Finnegans Wake hat keinen Bloom mehr, obgleich auch er darin vorkommt, keine benennbare Hauptfigur mehr, auch wenn es sinnvoll ist, H. C. Earwicker (oder die Initialen H.C.E.) in dieser Funktion herauszuheben. Aber Earwicker ist nicht mehr, wie Bloom, faßbar und in ein reales Koordinatensystem zu fügen, zumal da auch ein solches Koordinatensystem nur eine weitere, nicht sonderlich ausgezeichnete Facette abgäbe. Earwickers Existenz ist nicht rein menschlich, die variante *earwig* (Ohrwurm) bietet eine Übersetzung des Ganzen ins Tierreich an, Earwicker kann auch Zeus heißen oder Lewis Carroll oder Jedermann. H. C. Earwicker ist ein Signal für eine nicht mehr identifizierbare Figur, ein Etikett, das praktisch ist, aber nicht viel hergibt. Nomenklatur ist austauschbar. Es ist kein Wunder, daß etwa Arno Schmidt in seinen Aufsätzen zu *Finnegans Wake*[26] die Existenz einer H.C.E.-Figur im Grunde leugnet; daß Adaline Glasheen, eine der besten Kennerinnen des Werks, die Überzeugung äußert, »*Finnegans Wake* is about Shakespeare«[27], und daß bald eine weitgehende Entschlüsselung vorliegen wird, die alles auf den ägyptischen Osiris zurückführt. Die Spielregeln von *Finnegans Wake* lassen solche Identifizierungen zu, auch wenn diese nicht den Stellenwert einnehmen, den die Verfasser ihnen zuschreiben. *Finnegans Wake* bezeugt den Sinn und Unsinn von Identitätsgleichungen.

So bleibt auch die Frage nach dem »Eigentlichen« immer offen: »What then agentlike [...]« ist eine der ersten Fragen, die gestellt werden (FW 5), und es ist nicht auszumachen, wer genau wann wo was getan hat, es werden darüber nur endlose Vermutungen angeboten. So beginnt *Finnegans Wake* nicht, wie noch der *Ulysses*, mit bestimmten Rollenträgern, sondern gleich mit einem Überangebot von allmählich erkennbaren Rollen. Bei allen Personen, oder *personae*, die in den ersten beiden Absätzen auftreten oder durchscheinen, wie Adam, Vico, Sir Armory Tristram, Tristan, Peter Sawyer, Tom Sawyer, Saint Laurence, Giorgio (Joyce), Moses, Saint Patrick, Petrus, Jakob, Isaak, Isaac Butt, Sosias, Nathan, Joseph, Jonathan Swift, Noah, usw. (FW 3), bleibt das Gefühl, es sei nicht eigentlich von ihnen die Rede, sondern sie illustrierten nur etwas anderes. Die Gegenwart von H.C. Earwicker kann vom Leser beim ersten Durchgang in »Howth Castle and Environs« überhaupt noch nicht erkannt werden, und er wird erst mit einiger Leseerfahrung zum Stenogramm für all die andern potentiellen Identitäten. HCE, ALP, Shem und Shaun lassen zwar eine reale Existenz erahnen, sind aber am ehesten anzusehen als brauchbare algebraische Symbole in einer munteren Folge von Gleichungen und Ungleichungen, worin das Gleichheitszeichen wichtiger ist als das, was austauschbar rechts oder links davon steht. Die Gleichung Bloom = Odysseus ist in Wirklichkeit, und wegen der Wirklichkeit, immer etwas schief und nie ganz reversibel, weil die Handgreiflichkeit des Dublin um die Jahrhundertwende ein Primat ergibt. Dieses Primat ist in *Finnegans Wake* bestenfalls Ermessenssache. *Finnegans Wake* ist intersubstitutiv, jede Person ersetzt darin eine andere. Es geht nicht mehr so sehr um die Verwandlung eines einzelnen als vielmehr um Verwandlung überhaupt.

Die Metamorphose wird auch sprachlich Ereignis. Die Suche nach »primären« Bedeutungen wird oftmals illusorisch, das Primat scheint aufgehoben. »Rennen« steht nicht mehr vor oder hinter, sondern neben »Rasse«: »here where race began« (FW 80), usw. In »foetotype« (FW 324) wirken »foe«, »prototype«, »foetus«, »phototype« und vielleicht »true to type« gleichberechtigt ineinander verquickt. Selbst nichtverformte Wörter sind nicht mehr eindeutig identifizierbar. »Sublime Porter« (FW 72) gibt keine belegbare semantische Rangordnung mehr her: es kann eine Person namens Porter angesprochen werden, das Substantiv mag einen Träger oder einen Pförtner bezeichnen oder wir könnten eine Werbung für Bier (»porter«) vor uns haben. Angedeutet wird weiterhin die ottomanische Regierung – »Sublime Porte«. Um einen schon polysemantischen Kern können sich dann immer noch (offenbar weniger dominante) Assoziationen – wie etwa zum Pförtner in Macbeth – schließen. *Eine* Grundbedeutung gibt es nicht mehr. Ein Übersetzer müßte sich entscheiden und dabei wesentliche Inhalte, nicht nur Nebentöne, fallenlassen.

Gerade ein Name/Wort wie Porter kann die vitale Polytropie von *Finnegans Wake* darstellen. Als Name tritt Porter oft anstelle von Earwicker und steht damit für die Alltagsinkarnation der zeitlosen männlichen Substanz. In diesem Zusammenhang ist Earwicker/Porter ein Schankwirt, der seine Gäste mit Speise und Trank versieht. Dabei ist »porter« zugleich das, was ausgeschenkt wird, das Bier, und in dieser Gleichsetzung von Mensch und Getränk ist etwas von der Transsubstantiation (der Verwandlung von Brot und Wein in den Leib Christi) mitimpliziert und in banale Realität umgesetzt. (Eine ähnliche Funktion erfüllt ein Wort wie »host«: zugleich »Gast(wirt)« und »Hostie«.) Ein paar Beispiele aus dem Flexionsspektrum von »Porter« zeigen wiederum dessen Vielseitigkeit auf: sie reicht von

Versteinerung (petrifaction) und Verwesung (putrefaction) in »portrifaction« (FW 78) zu »pfortner« (FW 531) und sogar »freipforter« (FW 548). Es wird daraus ein pater familias: »Pournterfamilias« (FW 570), die eucharistische Bedeutung tritt in den Vordergrund bei »Porterfillyers and spirituous suncksters« (FW 371): pater, filius et spiritus sanctus. Porter wird zum Patriarchen, »porteryark« (FW 624), was vermutlich auch Noah einschließt. Auch eine circeisch anmutende Verwandlung kommt vor zu »porker« (FW 368), neben manchen andern. *Finnegans Wake* ist »allporterous« (FW 560).

Auf solch verschlungene Weise werden die Earwickers und Porters oder Adams ähnlich, nur noch vielseitiger, abgewandelt wie Bloom oder Sinbad the Sailor im *Ulysses*. Die Permutationen von Sinbad the Sailor gegen Ende des *Ulysses* bereiten auf die nomenklatorische Technik des nächsten Buches vor, und darin wird die Reihe fortgesetzt mit »somebalt thet sailder« (FW 620), »sumbad« (FW 548), »the sinner the badder« (FW 314), »Singabob the badfather« (FW 94), »Simba the Slayer« (FW 203) und so fort.

Der *Ulysses* ist nur schwer in den Griff zu bekommen. Seine Fortsetzung *Finnegans Wake* entgleitet uns erst recht und narrt unseren Hang zur beherrschenden Bestimmung und Klassifikation. *Finnegans Wake* hält nicht still, wird damit zum frustrierendsten und ergiebigsten Leseerlebnis überhaupt. Der *Ulysses* wird gerade an seinen eigenartigsten peripheren Stellen fortgesetzt und übertrieben. Prinzipien wie die proteische Umwandlung, die Polyphonie der Sirenen, die Magie von Circe werden übernommen und ausgebaut. Die späteren Kapitelenden im *Ulysses* sind geradezu Übergangsstellen zu *Finnegans Wake*, wie Blooms Absinken in den Schlaf mit der Sinbad-Reihe, oder der Ausklang von Nausikaa, wo Blooms Tagesbewußtsein sich gleichfalls auflöst. Auch *Finnegans Wake* setzt sich zusammen aus Zitatfragmenten, wird zu einer Riesencollage, in dessen Ökonomie jedes vorgeformte Sprachelement wiederverwendet ist. Es wird noch losgelassener parodiert als selbst im *Ulysses*, und gelegentlich scheint Joyce der Parodie noch den ursprünglichen Wortsinn wiederzugeben, den des Nebenhersingens: »jusse as they rose and sprungen« (FW 502) verschiebt den Wortlaut des deutschen Weihnachtsliedes auf ein paralleles Geleis.

Wie das Kapitel der »Oxen of the Sun« ließe sich der ganze *Finnegans Wake* auch als Geschichte, aber nicht mehr chronologisch geordnete, aller englischen Prosastile auffassen. Die letzten Seiten des »Oxen«-Kapitels mit ihrem chaotischen Stimmengewirr kommen vielleicht dem Leseeindruck des *Finnegans Wake* am nächsten. Der Fluß des »Penelope«-Kapitels ergießt sich wie von selbst in *Finnegans Wake*, das mit »riverrun« fluvial anhebt (FW 3), ein durch und durch flußartiges Kapitel aufweist, »Anna Livia Plurabelle« (FW 196-216[28]), seine weibliche Urgestalt dem Dubliner Fluß Anna Liffey gleichsetzt und dessen Ende in den Anfang zurückfließt. Der Traum von *Finnegans Wake* folgt dem Einschlafen der Molly Bloom. Sogar das Fehlen jeder Interpunktion, Hauptmerkmal der »Penelope«-Episode, scheint noch den Titel *Finnegans Wake* mitzubestimmen, der durch bloße Tilgung des Apostrophs im Namen einer irischen Ballade »Finnegan's Wake« entsteht. Dadurch erhält er eine ganz andere syntaktische Struktur: »Finnegans« (Subjekt) »wake« (Aussage mit Ausblick auf zukünftiges Erwachen): die Auslassung des Auslassungszeichens zeigt die Potenz der Zeichen.

Der *Ulysses* ist nicht nur Vorwegnahme, sondern gleich auch Bestandteil des späteren Werks. So sind die zwölf Kapitelnamen des zweiten Buches, die Wanderungen des Odysseus, in *Finnegans Wake* paraphrasiert: »Ukalepe. Loathers' leave. Had Days. Nemo in Patria. The Luncher Out.

Skilly and Carubdish. A Wondering Wreck. From the Mermaids' Tavern. Bullyfamous. Naughtsycalves. Mother of Misery. Walpurgas Nackt.« (FW 229) Die wissenschaftliche Untersuchung eines Schriftstücks, das vordergründig das *Book of Kells* ist, aber stellvertretend für jedes geschriebene Dokument zu nehmen ist, macht den größten Teil des fünften Kapitels von *Finnegans Wake* aus (FW 104-125). Darin wird, vor allem gegen Ende, auch auf den *Ulysses* gezielt, so etwa in der Passage:

the cut and dry aks and wise form of the semifinal;	das zweitletzte Kapitel (Ithaka), pedantisch, trokken, mit Fragen (»aks« = ask, »wise« = why's) und Antworten, und mit Unbekannten wie X (»aks«) und Y (»wise«)
and, eighteenthly or twentyfourthly, but at least,	18 Kapitel des *Ulysses* gegen 24 Gesänge der *Odyssee*
thank Maurice,	u. a. Maurice Darantière, der französische Drucker des *Ulysses*
lastly when all is zed and done, the penelopean patience of its last paraphe,	das letzte Kapitel, Penelope, Mollys letzte Worte
a colophon of no fewer than seven hundred and thirtytwo strokes tailed by a leaping lasso (FW 123)	die französische Erstausgabe des *Ulysses* hatte 732 Seiten, gefolgt von einem Kolophon.

Auf derselben Seite läßt sich der vortragende Professor aus über »the ulykkhean [...] perplex« (dänisch *ulykke* heißt freilich auch »Unglück«). Oder »illysus« wird nicht weit von »no man« eingeflochten: *Ulysses*, Odysseus und Outis (FW 196). Auf die Sage eines irischen = hibernischen Odysseus spielt auch »Hibernska Ulitzas« (FW 551) an, wobei Hibernska Ulice auch eine (nach einem irischen Kolleg benannte) Straße in Prag bedeutet. Möglicherweise eine ganz andere ulysseische Verkleidung ist »dogfox« (FW 30), nämlich das Schimpfwort, mit dem in *Troilus and Cressida* Thersites den Ulysses bedachte und das im *Ulysses* höchstens implizit vorhanden ist.

Natürlich kehren auch die in diesem Aufsatz behandelten Themen wieder. Die Verbindung von Wanderung und Wandlung behält selbst ihre deutsche Form bei: »that roundtheworlder wandelingswight« (FW 77); »A waywrong wandler« (FW 606). Die Verwandlung auf der Bühne findet sich immer wieder. Auch *Finnegans Wake* ist eine Aufführung von und für Jedermann, ein Welttheater dargestellt von einem einzigen Ensemble, das alle denkbaren Rollen zu übernehmen hat und ständig wechselt. Oder eine Pantomime, zugleich die englische und irische Form der Inszenierung bekannter Märchenstoffe mit zeitgemäßen Einlagen wie auch die ursprüngliche Bedeutung, daß jedes und alles gemimt wird. So gesehen ist *Finnegans Wake* »pantheomime« (FW 180) – zugleich Pantheon und Nachahmung der Götter – oder »punnermine« (FW 519): eine Fundgrube für Wortspielereien.[29] Letztlich ist all dies auch eine gigantische Ausweitung der Schauspielerei von Buck Mulligan. Daß Shakespeare wiederum zitiert, parodiert und genannt wird – etwa »Shikespower«, »Bragspear«, »Chickspeers«, »Scheekspair«, »Shapesphere«, »Shopkeeper«[30], usw. –, versteht sich schon beinahe von selbst.

Auch die Analogie einer grammatischen Konjugation universaler Paradigmen ist auf *Finnegans Wake* anwendbar. Sie klingt an in »the lubricitous conjugation of the last with the first« (FW 121), was sich auch wiederum auf das Buch selber bezieht, das Ende und Anfang verbindet. Im Grunde geht es immer um eine *Re*konjuugation: »the reverberration of knotcracking awes, the reconjungation of nodebinding ayes [...]« (FW 143). Die Konjungation des Verbs ist hier überlagert mit Verjüngung (»-jung-«), mit dem Heiratsversprechen (dem verknotenden Ja) und mit Molly Blooms ausklingendem Ja, und auch hier werden wieder Ende und Anfang, die O (»awes«) mit den A (»ayes«) zusammengefügt. Wie immer ist die Ausführung wichtiger als die Benennung, und sie wird in fast jeder Zeile offenbar. Das vollständige Flexionsschema etwa von Earwicker oder von Finnegan ergäbe ein Dissertationsthema. Andeutungsweise sei hier nur die (nicht vollständige) Abwandlung eines für Möglichkeitsformen prädestinierten Wortes angeführt – *perhaps*, das sich verwandelt etwa zu

perhopes	perhelps	perhips	perhumps
perharps	perorhaps	perhops	pallups, u. a.[31]

Daneben stehen Übersetzungen wie »feel liked« (FW 224), »puteters« (FW 111) und andere.

In *Finnegans Wake* ist das Primat der Wirklichkeitsform preisgegeben. Jeder andere Modus ist gleichermaßen relevant oder irrelevant, darunter Spielarten wie »vindicative« (FW 53), »imperfect subjunctive« (FW 468) oder »the empirative of my vendettative, provocative and out direct« (FW 187). In der nichteuklidschen Grammatik des *Wake* verschmelzen die Fälle: »Take the dative with his oblative«, die Genera: »mind your genderous«, »mascarine, phelinine or nuder«, die Numeri: »dual in duel and prude with pruriel«, die Tempora: »aoriest ... plaudered perfect ... peterwright ... your tense accusatives ... like your gerandiums«, aber in dieser Syntax lassen sich einzelne Kategorien überhaupt nicht mehr unterscheiden, und es ist müßig, Verbal- von Nominalformen zu trennen: »Have your little sintalks in the dunk of subjunctions« (FW 268-269).

So ist *Finnegans Wake* noch polytroper als selbst der *Ulysses*, und es potenziert alle die Eigenschaften, die Leopold Bloom schon am Wasser bewunderte (U 17.185-228). Nicht umsonst ist *Finnegans Wake* fluvial durchströmt und in einen ewigen Wasserkreislauf (»recirculation«) (FW 3) eingespannt. Der heimatliche Fluß, von Dublinern liebevoll zu Anna Liffey personifiziert, gibt der Hauptgestalt ihren archetypischen Namen, Anna Livia Plurabelle; sie ist Anfang und Ende des Buchs, auch buchstäblich A (Alpha) und O (Beginn des achten Kapitels). Sie herrscht in mannigfacher Gestalt, etwa als Regen: »she started raining, raining« (FW 22, »rain« und »reign«). Ihre Tochter wird gelegentlich zu entflüchtigtem, fruchtbarmachendem Wasser in Nebel oder einer Wolke, einem schon im täglichen Erleben wandlungsfähigen Gebilde: »as nubilettes to cumule« (FW 73), »Nuvoletta« (FW 159ff.), »Nevertoletta« (FW 319) oder »noveletta« (FW 561), »That little cloud, a nibulissa, still hangs isky« (FW 256). Wolkig in römischer Verkleidung erscheint sie in »Cloudia Aiduolcis« (FW 568): der Name gibt sie wieder mit ihrem Spiegelbild und erinnert an Lewis Carrolls Alice *(Through the Looking-Glass)* und alle vor dem Spiegel sitzenden Backfische. Sie ist das *perpetuum nubile*, von dem das erotische Universum von *Finnegans Wake* in Gang gehalten wird.

Durch sein bloßes Dasein als »proteiform graph« (FW 107) und Kulmination einer dynamischen Entwicklung bringt nun *Finnegans Wake* auch Unruhe in die Betrachtung der vorangehenden Werke, die damit leicht als embryonale Vorstufen interpretiert, d. h. überinterpretiert, werden. Der von *Finnegans Wake* infizierte Leser gerät in Gefahr, seine monotrope Unschuld zu verlieren und im Frühwerk schon Kommunikationsformen zu erkennen, die allenfalls im Keim vorliegen, spätestens im *Ulysses* aber nicht mehr zu übersehen sind. Joyce verwandelt zusehends auch den Leser und macht ihn zu seinem oft übereifrigen Komplizen, bereit, überall zu lesen und zu interpretieren: »*lisant au livre de lui-même*, don't you know, *reading the book of himself*« (U 9.114), nach innen und außen: »Signatures of all things I am here to read« (U 3.2). Der *Ulysses* liegt chronologisch und entwicklungsmäßig in der Mitte. Er steht noch auf dem Boden einer schon nicht mehr selbstverständlichen Wirklichkeit und bildet bereits alle die Tendenzen – hier mit »polytrop« etikettiert – heraus, die in *Finnegans Wake* bis zu ihren paradoxen Extremen fortgesetzt werden.

(1972/77)

DIE MODERNITÄT DER RÜCKSICHT

Über Joyces Umgang mit der Tradition

Ich beginne gleich konkret und textnah mit einem Beispiel, das stellvertretend veranschaulichen könnte, wie Joyce mit den Traditionen umgeht; oder, genauer gesagt, wie ein Leser mit den ihm vorgesetzten Buchstaben umzugehen verleitet sein kann.

Die Stelle findet sich gegen das Ende des *Ulysses*. Molly Bloom liegt im Bett, wach, und fügt noch ihre eigene höchst persönliche Darstellung zu dem, was wir bereits erfahren haben. Ihr Mann hat von dem jungen Schriftsteller und Lehrer Stephen Dedalus berichtet, der möglicherweise einmal zu Besuch kommen und dabei etwas Italienischunterricht erteilen könnte. Da würde sich vielleicht auch, malt sich Molly Bloom aus, zwischen ihr und dem jungen Dichter ein Verhältnis entwickeln. Derartiges hat sich ja zu allen Zeiten immer wieder abgespielt, und es gibt denkwürdige Vorbilder, die aber hier nicht aufgerufen werden und uns jetzt nicht beschäftigen. Molly Bloom kennt Stephen Dedalus von früher her, hat ihn aber lange nicht mehr gesehen. Was sie nun bewegt, ist auch sein seltsamer Name, Dedalus, und dies sehr zu Recht. Das ist kein Name, der in Irland naturalistisch begründbar wäre, und daß er merkwürdig ist – »queer« oder »absurd« –, wird zu Anfang des *Ulysses* und wurde bereits auf den ersten Seiten des *Portrait* aufgegriffen. Es schließt sich also an der Stelle, wo ein Hauptcharakter endgültig aus unserem Gesichtskreis schwindet, ein kleiner Nebenkreis, wenn sich Molly Gedanken macht:

> Dedalus I wonder its like those names in Gibraltar Delapaz Delagracia they had the devils queer names there father Vilaplana ... and Pisimbo and Mrs. Opisso in Government street O what a name Id go and drown myself in the first river if I had a name like her O my (U 18.1463)

Nun, mit Namen lassen sich Individuen einigermaßen auseinanderhalten, doch können sie, gerade in einem Buch mit dem eigenartigen Titel *Ulysses*, auch verwirren. Der Name Dedalus erinnert Molly an Leute, die sie in Gibraltar in ihrer Jugend kannte, eben Delapaz oder Delagracia. Mrs. Bloom verfährt also wie wir alle in ähnlicher Lage: sie vergleicht das Unbekannte mit dem Vertrauten. Indem sie dabei nun das Fremde angleicht an ihre eigene spanische Herkunft und ein romanisches *De* vom Namen abtrennt, führt sie vom griechischen Daidalos weg und tut unwissentlich das genaue Gegenteil von dem, was in der ersten Szene des Werks zum selben Namen assoziiert wird: »we might do something for the island. Hellenise it« (U 1.158). Wir können aber gut nachvollziehen, warum ihr Lautgebilde wie »Pis-imbo« oder gar »Opisso« nicht zusagen, vor allem »O-piss-o«, wo etwas recht Deutliches zwischen zwei O's gepackt worden ist. Es könnte Zufall sein, daß ihr anschließender Ausruf gleichfalls von exklamatorischen O's eingerahmt ist, »O what a name Id go and drown myself in the first river if I had a name like her O«. Immerhin hat Joyce uns gelehrt, selbst auf Buchstaben zu achten. Ist einmal einer zuviel, so wird aus dem Wort WORD schnell WORLD. Fehlt hingegen einer, dann wird Bloom zu Boom, und im nächsten Werk, *Finnegans Wake*, haben alle Zeichen derart beunruhigende Wirkung. Etwa ein großes »O«, das allein und freigestellt (FW 196) der Anna Livia Plurabelle gehört, die gleichzeitig ein Fluß ist, eben »river« (wenn wir wollen, sogar der »first river«, denn das Buch hebt an mit »riverrun«). Wie es sich trifft, ist O ein Buchstabe (als Omega paarte es sich einmal als letzter mit dem ersten ALPha), aber auch etwas Rundes, Kreisförmiges, Hohles, ein Loch, Ursprung menschlichen Lebens – und ein Ausruf, der sich lautlich mit einem französischen Wort für Wasser deckt. Ich leite hier vorausblikkend und durchaus anomal spätere Anna-Livia-Plurabelle-Stellen als Ausfluß von »Opisso« ab. Doch Sie nehmen wohl auch wahr, daß ich in bester abendländischer Manier das unappetitliche »piss« im Namen in lautere Sphären sublimierter Semantik hochgehoben habe. Ich habe auch einfach einer steten Verführung nicht widerstehen können, von fast jedem beliebigen Punkt aus nach verschiedenen Richtungen hermeneutisch auszuschweifen. Auch dafür könnten wir natürlich Vorbilder, etwa in griechischer Ästhetik, beibringen.

Selbstverständlich gehören solche sekundären Streifzüge nicht an den Anfang. Zunächst ist ein Werk wie *Ulysses* anders anzugehen, realistischer, schon um sich einmal zurechtzufinden. In der dokumentierbaren Wirklichkeit von Gibraltar gab es in der Tat einst eine »Mrs. Catherine Opisso« in Government Street; in einem *Gibraltar Directory and Guidebook* von 1890 wird sie aufgeführt als »Milliner and Dressmaker«. Joyce hat nichts erfunden, aber natürlich auch damit eine Überlieferung beachtet, nämlich die Welt so wiederzugeben, »wie sie ist«. Wenn es also eine Marion Tweedy Laredo Bloom einmal gegeben hätte, könnte sie sich an eine Mrs. Opisso erinnern. Derlei Verifizierbarkeit ist typisch für Joyce und einige seiner Exegeten, die sinnigerweise am Haus, worin der fiktive Leopold Bloom zur Welt kam, eine Plakette angebracht haben. Um so mehr hebt sich denn ein Signal wie »Dedalus« ab als fast zu aufdringlicher mythologischer Fingerzeig. Durch ihre falsche Analogie, De la Paz, hat Molly dieser Tendenz entgegengewirkt und ein neues, eigenes, andersartiges Gewebe geflochten.

Ich habe dieses kleine Beispiel doch an den Anfang gerückt, um zu zwei Bemerkungen auszuholen. Die erste, wichtige, ist, daß alles, was Sie im weiteren an Detailausführungen noch hören werden, unnötige Zugabe, vielleicht gesucht, weit hergeholt, aufgesetzt ist – möglicherweise ein interpretatorisches Dreinreden, sicher aber ein Joycesches Berufsrisiko. Die zweite, vielleicht irrelevante, ausführlichere Betrachtung stützt sich auf den Umstand, daß das Wort »Opissō«, was immer es im Spanischen hervorzurufen vermöchte, auch einem homerischen gleicht, »opissō«, einem Adverb, das »nach hinten, zurück, rückwärts« bedeutet, aber auch, wie es uns vorkommt, die Umkehrung davon. Anders als in unserer Vorstellung ist das, was wir *vor* uns sehen können, bei den Griechen das bereits Vergangene, während die unbestimmte, nicht einsehbare Zukunft *hinter* unserem Blickfeld liegt, eben »opissō«. In diesem Kontext erhält dann selbst ein so seichter Scherz wie der von Lenehan, daß Moses starb »... with a great future behind him« (U 7.875), noch etwas wörtlich Zutreffendes.

Nun ist ja das letzte Kapitel im *Ulysses* eines, wo wir auf Vorhergegangenes zurückblicken und es durch eine weitere höchst subjektive Sicht ergänzen. Gleichzeitig richtet es unseren Blick in die Zukunft. Es ist mindestens legitim und fast unvermeidlich, sich zu wundern, was sich wohl am nächsten Tag zwischen Leopold und Molly Bloom ereignen wird oder zwischen ihnen und Stephen Dedalus. Vielleicht fragen wir uns, wie viele andere, ob aus dem jungen Mann Stephen möglicherweise doch der Autor des *Ulysses* werden könnte. Schon die Chronologie lenkt uns auf das nächste Werk, *Finnegans Wake*, das mit Wasser beginnt und mit Wasser endet, das wie die Buchstabenfolge »O-piss-o« kreisförmig strukturiert ist und in dem urinierende Frauen eine verführerische Rolle spielen. Doch gibt es nicht den geringsten Anhaltspunkt, etwa in den vielen Notizbüchern, daß Joyce das griechische Adjektiv je vor Augen gehabt hat. Wenn irgend etwas, wäre ihm dann womöglich dessen Nähe zum Namen Odysseus aufgefallen, der in seinem Buch nirgendwo selber auftritt. Eigentümlich bleibt immerhin die erste Erwähnung von »opissō« in der Odyssee, ausgesprochen von der verkleideten Pallas Athene, die den jungen Telemachos für seine Klugheit und sein Herkommen lobt: »Gewiß haben die Götter dein Geschlecht nicht namenlos gemacht für künftig« (Od. 1:222). »Für künftig« ist eben dieses »opissō«, das hier mit dem Namen des Telemachos verknüpft ist – und gerade vom Namen der Joyceschen Entsprechung des Telemachos, von Dedalus, sind meine Betrachtungen ausgegangen.

Für meine Zwecke liegt der Reiz dieses dermaßen hervorgekehrten »opissō« aus der Odyssee in seiner verfügbaren Ambivalenz – vor- und rückwärts –, wie berufen für den Kosmos von *Ulysses* und *Finnegans Wake*. Schließlich endet der Roman mit einer Erinnerung an die Zeit vor sechzehn Jahren, als Bloom um Molly warb oder Molly Leopold verführte; die letzten Worte sind ein Rückblick auf ein ehemaliges »and yes I said yes I will Yes«, mit einem willentlichen *und* zukünftigen »I will«. Am Ende des ersten Buchs ahnt der meist retrospektiv geneigte Dedalus etwas hinter sich (im neugriechischen *Ulysses* steht dafür *»Piso«*) und blickt zurück, was sich in einer heraldischen Umständlichkeit niederschlägt, einem gewichtigen »rere regardant«. Was er sieht, ist ein einlaufendes Schiff, das wir, in homerischer Sicht, umdeuten in das, mit dem einst Odysseus in seine Heimat gebracht worden war. In der modernen städtischen Wirklichkeit aber schaut Dedalus nach Norden, dorthin, wo Leopold und Marion Bloom wohnen, die fortan – oder in des Lesers unmittelbarer Zukunft – die Handlung weiterführen werden. Das zu erkennen, brauchen wir keine homerischen Umstandswörter aus spanischen Namen herauszulösen. Gleichwohl dient ein entlegenes Wort als möglicher Angelpunkt für mancherlei nicht unwesentliche Umstände.

Finnegans Wake in seinem janusartigen Gebaren ist voller Vor-und-Rück-Wendungen, am eindrücklichsten wohl:

> scruting foreback into the fargoneahead (FW 426)

– wo gleicherweise nach vor- und rückwärts gespäht wird (»fore-back«), wo Kopf (»head«) einem Rücken (»back«) gegenübersteht. Wir könnten auch einen Gegensatz »far back« und »far gone ahead« herauslesen, wobei aber das »sehr weit nach vorn Gegangene« mit einemmal auch deutsch »Vergangenheit« bedeuten könnte. Es ist fast, wie wenn die relativistisch umkippende Wortgruppe die räumliche und zeitliche Semantik von »opissō« auskundschaften wollte. Aber in *Finnegans Wake* können griechische Sätze auch unverhüllt zutage treten, einmal sogar als auffälliges marginales

»ouk elabon polin«

(FW 269) in griechischen Lettern. Das nimmt sich aus wie etwas aus Xenophon, entpuppt sich aber dann als französischer Schulwitz. »Ouk elabon polin« (»sie nahmen die Stadt nicht ein«) lautet sich um als die Frage, »où qu'est la bonne Pauline?«, und jeder französische Gymnasiast wüßte die obligate Fortsetzung, *»elpis ephēkaka«*, worin das griechische »elpis«, die Hoffnung zerfließt in ein profanes »elle pisse«. Der *Wake*-Text führt allerdings dieses »elpis«

nicht auf, sondern impliziert es bloß, macht es vielleicht dadurch, daß wir es als assoziative Erinnerung erst selber beibringen müssen, subjektiv um so wirksamer. Joyce kennt das Wort und verwendet es einmal als ablautende Personifikation von ALP, der erwähnten archetypischen Urfrau Anna Livia Plurabelle:

> Elpis, thou fountain of the greeces, all shall speer theeward (FW 267)

Die Hoffnung ist zu einem Brunnen der Grazien geworden, doch auf griechisch, »fountain of the greeces«, und zu einer Quelle. Das Hoffen ist zu alledem noch ins beinahe Lateinische umgesetzt, »speer« mahnt an »sperare«, ist aber ein älteres englisches Verb (unserem »spüren« verwandt). Wenn wir die Quelle Elpis aufspüren wollen, stoßen wir gleich auf eine Fußnote, »Mannequins' Pose« – nicht nur die Pose von Mannequins, sondern auch einen berühmten, suggestiven Brunnen in Brüssel.

Ich präsentiere alle derartigen denkbaren Querverbindungen immer noch als mögliche Fußnoten zu »opissō«, das sich bis zum neugriechischen »piso« erhalten hat. Im Neuen Testament stoßen wir auf Wendungen wie *»blepōn eis ta opisō«* (Lukas 9:62), »sieht zurück«, »looking back« oder, in der Form der Vulgata, »respiciens retro«, was beinahe ein Motiv des *Ulysses* vorwegzunehmen scheint, das wiederkehrende, auch Technik und Struktur des Buchs signalisierende »retrospective arrangement«. Zu zeigen ist hier lediglich die allseitige Verwendbarkeit eines Worts, zufällig in einem Namen, über den sich eine Frau Gedanken macht, die am Anfang ein griechisches »metempsychosis« in ein heimisches »met him pike hoses« verwandelt hat. An jedem Punkt, so erscheint es, werden Traditionen aufgegriffen und fehlgeleitet. Das Beispiel »ouk elabon polin« hat gezeigt, daß derartige Fehlleistungen ihrerseits wieder Traditionen hervorgebracht haben. Nichts bleibt ganz, was es zunächst scheint. Irgendwie, so möchte ich hier veranschaulichen, mag der Name einer Schneiderin in Gibraltar auch die lautliche Inkarnation eines Umstandswortes sein, mit dem Homer Rückwärtigkeit, Rückkehr, aber auch Ausblick und Zukunft andeuten konnte. Entgegenkommenderweise illustriert »opissō« und bedeutet auch zugleich wörtlich diese Rücksicht auf das Überlieferte, die mir hier zum Thema geworden ist.

Durch den Modernisten Joyce wird das Tradierte nicht nochmals nachgeahmt, gar etwa archaisiert, sondern verpflanzt, umgestaltet, verzerrt oder, wenn wir wollen, gelegentlich vulgarisiert. Oft so weit, daß es gar nicht mehr auf Anhieb zu erkennen ist. Für das Verständnis unserer Stelle brauchen wir keinen allgemein homerischen Unterbau, und schon gar nicht einen mißhandelten Namen. *Ulysses* steht für sich allein in seiner spezifischen Alltäglichkeit und auf seinen Dubliner Straßen.

Bevor ich mich nun den Joyceschen Ausgestaltungen des Hergekommenen zuwende, sollten wir uns doch vergegenwärtigen, wie die Werke jeweils aufgenommen wurden, wie schockierend neu sie auf Zeitgenossen gewirkt haben. Schon die *Dubliners* waren durch mannigfaltige verlegerische innere Zensur um ein Jahrzehnt verzögert worden. Ein so einsichtiger Lektor wie Edward Garnett sah in *Portrait of the Artist as a Young Man* Formlosigkeit und schlug Streichungen vor. Ein anonymer Rezensent erinnerte sich an eine Abhandlung über die Kanalisation, und H. G. Wells, durchaus positiv gestimmt, stieß sich an mangelhafter Hygiene und bemerkte eine Fixierung auf Fäkalisches. (Diese vielzitierte »cloacal obsession« wurde im Jubeljahr 1982 komischerweise auch als Urteil von Thomas Mann weitergereicht – hier läßt sich möglicherweise eine

Legendenbildung verfolgen.) *Ulysses* aber war eine Ohrfeige, eine Beleidigung, ein Kaputtmachwerk. Es wirkte wie ein unflätiger Bruch mit aller Tradition. Sir Edmond Gosse nannte das Werk »partly a perfectly cynical appeal to sheer indecency«. Ein Dubliner Kritiker war besonders aufgebracht. »We shall not be far wrong«, schrieb er,

> if we describe Mr. Joyce's work as literary Bolshevism. It is anti-conventional, anti-Christian, chaotic, totally unmoral. [Joyce] simply dots down whatever succession of thoughts might occur to his mind in certain circumstances …

Zum Glück, fuhr der Autor fort, wird das Buch wenig Schaden anrichten, denn niemand ist in der Lage, es zu verstehen. Joyce … »has done his best to make his book unreadable and unquotable and, we must add, unreviewable«.

Dieser Eindruck, der unzählige andere vertritt, war selbstverständlich richtig wie alle ehrlichen subjektiven Eindrücke. Im übrigen betonten auch manche nicht weniger eifrigen Anhänger des neuen Skandalautors gleichermaßen das beunruhigend Andere, die Befreiung von bürgerlichem Kulturballast – oder gar »the Revolution of the Word«.

Bezeichnenderweise holte die erste umfängliche Rechtfertigung, Stuart Gilberts berühmte Studie *James Joyce's Ulysses*, den oberflächlich wirr chaotischen Roman in die abendländische Tradition zurück. Das vermeintliche Durcheinander enthüllte sich im Gegenteil als ein Überangebot herkömmlicher Ordnungen, der verantwortungslose Ausfluß war eigentlich eine komplexe, aber zeitgemäße Antwort auf die Tradition. Homerische, symbolische, farbliche Schichtungen, Perspektiven und Techniken, aber auch die theosophische Verankerung und die eindrückliche Schematisierung machten das Werk akademisch ehrbar und führten es heim in eben die Überlieferungen, die es zu brüskieren schien. Gerade die homerische Terminologie machte es im übrigen auch möglich, vom sonst ungefügen Werk überhaupt zu reden und Teile auseinanderzuhalten. Natürlich ist solche Ableitung des späten Modernen von seinen traditionellen Vorläufern auch einer unserer bestausgebildeten gelehrten Reflexe.

Ich will nun andeuten, wie Joyce vielfältige Traditionen aufgreift. Es geschieht, wie im übrigen fast alles, auf die gewohnt paradoxe Weise. Wir sind einerseits noch immer benommen von seinen Neuerungen und tasten nach angemessenem Halt. Dann aber geraten wir ständig wieder in Versuchung, alles und jedes von irgendwo herzuleiten. In einer meist sekundären Erkenntnisstufe kommt es uns bald so vor, als gäbe es bei Joyce nichts, was nicht bereits anderswo vorgekommen wäre – irgendwie erscheint alles als Zitat, Klischee, Wiederholung, Topos, Abklatsch, Collage, was letztlich nicht mehr bedeuten möchte, als daß ohne Überlieferung, vor allem ohne die Konventionen unserer Sprache, Kommunikation gar nicht denkbar wäre. Auch auf diese Selbstverständlichkeit hat uns Joyce neu aufmerksam gemacht.

Es scheint mir zweckmäßig, den Joyceschen Umgang mit der Tradition auf drei Eigenarten zu vereinfachen. Als erstes fällt auf, daß er die Überlieferung – wir können von Vorbildern sprechen, von Quellen, von Modellen oder Einflüssen – ungemein weit faßt, weit über die Hohe Kultur hinaus. Der *Ulysses*, hier unser illustratives Beispiel, reicht nicht allein von dem Mabinogion zu den Upanischaden, von der Genesis bis zu Ibsen, sondern auch hinab in die banalen Niederungen. Schon früh war das klassisch Erhabene nachgemacht, parodiert, veralbert worden; solche althergebrachten Nebentraditionen sind natürlich mitaufgenommen. *Ulysses* hebt ja an mit den deplazierten Worten der Heiligen Messe, als handle es sich um eine Varietévorführung. Ganze Kapitel lesen sich wie Verulkungen der Literatur. Unser eigenes Verhalten wird nicht allein von heroischen Mustern geprägt, sondern auch von deren vielen Verwässerungen. Manche unserer Rollen sind dem entnommen, was wir überheblich als Trivialliteratur zur Kenntnis nehmen. *Ulysses* ist voll vom Stoff, aus dem die Groschenromane sind, und voll alltäglicher Trivialität untendrein. Vor allem aber hat Joyce die Abart der Kunst eingespannt, die sich im 19. Jahrhundert ausgebildet hatte, die wir Kitsch nennen und offenbar nicht recht zu definieren vermögen. Sicher ist, daß ein beflissenes, aber nicht erfolgreiches Bemühen um Kunst darin steckt. Joyce wußte ganz einfach, wie sehr wir – *wir*; nicht einfach die da unten – auch vom Kitschigen ergriffen werden, in Musik und Malerei so gut wie im gedruckten Wort. Und so gibt sich uns denn eine junge Gerty MacDowell in ihren Gedanken:

> Mayhap it was this, the love that might have been, that lent to her softlyfeatured face at whiles a look, tense with suppressed meaning, that imparted a strange yearning tendency to the beautiful eyes a charm few could resist. (U 13.104)

All diese Versatzstücke weiblicher Reize sind uns natürlich bekannt als lauter *déjà-lus*. Joyce beschwört eine erzählerische Konvention, den stereotypen Abruf ehemals eingängiger poetischer oder romantischer Vergleiche; aber er stellt auch eine Person unmittelbar vor uns hin, deren Denkweise durch die Lektüre gewisser Romane und Zeitschriften geformt worden ist und die, hätte sie nur die Gabe dazu, sich wohl selber so charakterisieren würde.

Die stilistische Kosmetik überdeckt und entlarvt eine Entwicklung des 19. Jahrhunderts wie auch die Ausbildung von Ersatzbefriedigungen, eine Verdrängung der Wirklichkeit, die das Groschenheft bereitstellte. In dem einen Duktus vereint Joyce zwei grundverschiedene Perspektiven – eine kaum erträgliche Alltagswirklichkeit und eine eskapistische Ablenkung davon.

Der Alltag selber bildet sich am ehesten durch die tägliche Zeitung ab. Als Darstellung eines einzigen Tages ist der *Ulysses* auch eine Umsetzung der Tageszeitung. Leopold Bloom arbeitet für den *Freeman's Journal.* Als Leser wohnen wir der Verarbeitung eines wirklichen Anlasses bei, einer Beerdigung, die zu einem Zeitungsbericht wird, keine sachliche Wiedergabe mehr, sondern bereits eine Verzerrung mit fiktiven Zugaben. Das Kapitel, das in Druckerei und Redaktion spielt, ist selber wie eine Zeitung angelegt, mit künstlichen Unterteilungen und mit ebenso hilfreichen wie verwirrenden Zwischentexten, die wir zu Überschriften, Schlagzeilen, Legenden oder sonst Passendem umdeuten. Nicht umsonst ist Bloom ausgerechnet in der Werbung tätig, übt also voraussehenderweise (Homer hätte »opissō« sagen können) den für unser Jahrhundert wohl typischsten Beruf aus, die Handhabung von Wort und Bild zu kommerziellem Verhalten. Eine Anzeige, die Joyce nicht erfunden, sondern einer Dubliner Zeitung entnommen und nur strategisch eingerückt hat, wird leitmotivisch geradezu zum Urtyp marktgerechter Heilsbotschaften und könnte heute leicht als Fernsehwerbung inszeniert werden:

> What is home without
> Plumtree's Potted Meat?
> Incomplete.
> With it an abode of bliss. (U 5.144)

Wie wir den *Ulysses* als Umgestaltung unserer Tagesblätter auffassen können, so auch als Übertragung von Warenhauskatalogen, als eine Zurichtung des Adreßbuchs, als Prospekt für modernes Wohnen, als Prüfungsbogen oder als buchhalterische Bilanz – lauter Konventionen des täglichen Gebrauchs.

Blooms Tochter Milly erlernte den Beruf einer Photographin, Molly Bloom singt nebenbei. Musik aber bedeutet nicht nur eine Messe von Palestrina oder den *Don Giovanni*, sondern auch irische Operetten, Pantomime, Schlager, Balladen und die Erzeugnisse der Music Hall. Von jeder einzelnen all dieser Traditionen aus sind Ansätze möglich, den *Ulysses* jeweils wieder anders einzureihen. Hier gilt es nur, die ungewohnte Bandbreite und Einschließlichkeit denkbarer Rücksichten notdürftig zu skizzieren.

Als zweites bezeichnenswert finde ich die bereits aufgerufene, wenn auch nicht *so* genannte Gegenläufigkeit, wie sie sich eben in dem griechischen »opissō« auch wiederfindet, das nach vor- und nach rückwärts weist. Auf solch paradoxem Gebaren beruht *Finnegans Wake*. Eine neuartige, unkommunikative Sprache, so scheint es, die zertrümmert und neu zusammensetzt, eine rücksichtslose assoziative Schichtung von semantischen Stößen und syntaktischer Verzettelung. Und doch gehen wir beim Lesen so vor, daß wir die Überlieferung herbemühen und dort, wo wir sie klärend einsetzen können, das Ergebnis mit Verstehen verwechseln. Im Grunde begreifen wir auch genauso viel, wie wir auf Bekanntes zurückzuführen vermögen. Das Unbekannte reduzieren wir auf das bereits zufällig Vertraute. *Finnegans Wake* unterstellt eine Vertrautheit mit Traditionen vielerlei Art, so sehr, daß es meistens genügt, Geschichten oder Mythen – die Schlacht von Waterloo, Moses mit dem brennenden Busch, den Fall von Adam oder Newtons Apfel – nur anzutippen, damit wir selber den Faden entsprechend weiterverweben. Die am verwikkeltsten traditionsverwobene Textur ist gleichzeitig noch die modernste.

Um mir für diesen Vortrag ein paar Stichworte und Anregungen zu sammeln, ging ich dem Vorkommen des Worts »modern« im *Ulysses* nach und war erstaunt, es verhältnismäßig spät anzutreffen. Erst in einem der parodistischen Einschübe des 13. Kapitels, und dazu noch im Protokoll einer spiritistischen Sitzung, finden wir die folgenden Angaben über ein okkultes, vertrautes Jenseits. Befragt wird der Geist des vor drei Tagen verstorbenen Patrick Dignam:

> Interrogated as to whether life there resembled our experience in the flesh he stated that he had heard from more favoured beings now in the spirit that their abodes were equipped with every modern home comfort ... (U 12.351)

Und dann werden die einzelnen Annehmlichkeiten modernen Wohnens im Reich der geläuterten Geister aufgeführt:

> equipped with every modern home comfort such as tālāfānā, ālāvātār, hātākāldā, wātāklāsāt ...

Wir haben wenig Mühe, die abstrusen ā-Wörter in unsere heimische Vorstellungswelt zu holen: telephone – elevator – hot and cold water (oder auch caldor) – water closet. So ersteht ein grotesker Kontrast zwischen bürgerlichem Luxus und den ehrwürdigen Gedanken hinduistischer Religion, die von der Theosophie eben wieder in die Mode gebracht worden waren – irgendwo klingt auch das echte

Sanskritwort »avatar« noch mit. Das Telephon, damals noch ultramodern, verbindet sich mit den ältesten religiösen geistigen Vorstellungen überhaupt.

Nun war das Telephon eine Errungenschaft, die unser Denken selber verändern mußte. Mit einem Mal konnte eine lebendige abwesende Stimme *gegenwärtig* sein. Die Spiritisten stellten ähnliche Verbindungen mit lediglich außerirdischen Distanzen her. 1904 war das technische Wunder in Dublin privat noch kaum verbreitet. Typischerweise macht Bloom davon Gebrauch und ruft vom Geschäftstelephon eines Kunden die Redaktion an. Eine Überschrift, »A DISTANT VOICE«, macht auf die technische Wunderleistung aufmerksam und überträgt gleichzeitig das Fachwort (tele-phone) in die eigene Sprache. Der fortschrittsgläubige Bloom sieht in der Kabelverbindung eine Möglichkeit, wie etwa Scheintote in einem Sarg die Lebenden herbeirufen könnten; und in seinen Wunschträumen stattet er ein künftiges Idealheim aus mit einem »vulcanite automatic telephone receiver with adjacent directory« (U 17.1525).

Ganz anders der jüngere Stephen Dedalus, der kaum je einen Blick auf die wirkliche Zukunft verschwendet und sich wie besessen mit der Last der Vergangenheit abmüht. Beim Anblick zweier Frauen, deren eine offenbar eine Hebammentasche trägt, hat Stephen zurückgedacht an Geburt und Nabelschnur. Die Hinwendung zur Herkunft gipfelt in einer Vorstellung, daß die Nabelschnüre der mütterlichen Ahnen uns alle mit dem Uranfang verbinden:

> The cords of all link back, strandentwining cable of all flesh. That is why mystic monks ... Gaze in your *omphalos*.

Das Bild solcher Nabelschnüre verbindet sich vermutlich mit dem jener durchs Meer gelegten Kabel, die seinerzeit viel Aufmerksamkeit fanden, und führt zu einem fiktiven, diachronischen Gespräch:

> Hello! Kinch here.

So könnte sich Stephen Dedalus, auch »Kinch« genannt, am modernen Ende einer Leitung vorstellen und um eine Verbindung bitten:

> Put me on to Edenville. Aleph, alpha: nought nought one. (U 3.37)

So entstünde eine fernmündliche, mütterliche, zeitliche Verkabelung bis zurück zur Urmutter Eva, deren Wohnort sich wieder so anhört, als läge er in einer neuzeitlichen Vorstadt. Die zu wählende Nummer führt in die Anfänge der Zahlen und Buchstaben. »Nought« ist auch das Nichts, aus dem die Schöpfung geworden ist (»one«). Wir erkennen noch den Ursprung des Alphabets, also des Kommunikationssystems mittels Zeichen, das damals wenigstens teilweise durch akustische Direktverbindungen ersetzt zu werden begann. Oder wir verlegen uns auf die Weiterreichung kultureller Traditionen: aus dem Zeichen für einen semitischen Kehllaut »Aleph« (für den zufälligerweise das vereinfachte Bild eines Ochsen verwendet wurde) entstand die Notation eines griechischen Vokals »Alpha«; die Römer assimilierten das System für ihre Zwecke und als ausbaufähiges Mittel, die menschliche Stimme über Entfernungen und Zeiten hinweg zu bewahren und, unter anderem, Kultur zu übermitteln. Auf solch extreme Weise verknüpft Joyce eine zukunftsträchtige Neuerung mit allerersten mythologischen und zivilisatorischen Ursprüngen.

Das Bild dieses umbilischen Kabels wird aufgenommen und gerade in dem Kapitel wiederholt, das der Geburt zugedacht ist und – in anderer Querschaltung – den homerischen Rindern (eigentlich Kühen) des Helios. Joyce nannte es »Oxen of the Sun«. Wir sehen schon darin eine Fortsetzung des semitisch-hebräischen Aleph, für den Ochsen, in der Rufnummer von Eden. Diesmal spricht Stephen Dedalus von Eva,

> which we are linked up with by successive anastomosis of navelcords (U 14.299)

Wir können die Stelle nebenbei als eine der vielen selbstdarstellerischen Passagen umdeuten. Das »Oxen«-Kapitel reiht nabelschnurartig Phasen sprachlicher und literarischer Entwicklung aneinander. Ferne Stimmen der Vergangenheit werden in den Erzählvorgang eingeschaltet. Die Erbmasse wird genetisch wie literarisch aufbereitet in retrospektiven stilistischen Rücksichten. Es ist, wie wenn die moderne Literatur ihre ganze ontologische Entfaltung nochmals zu durchlaufen hätte in anachronistischer Ahnenforschung. Die gesamte Tradition wird nachträglich rückfingiert, und dies in so offensichtlicher Konfektion, daß sich die Manipulation als Ahnenfälschung zu erkennen gibt. Paradoxerweise ist also das wohl seltsamste – und im übrigen auch am wenigsten assimilierte – Kapitel im *Ulysses*, das die gesamte Überlieferung am konsequentesten repetiert, seiner oberflächlichen Form nach das allerherkömmlichste.

Jeder späteren künstlichen Reinkarnation einer Vergangenheit haftet etwas Parodistisches, vielleicht Verhöhnendes an. So jedenfalls wurde auch die Neufassung der Odyssee als blasphemisch aufgefaßt, als Verunglimpfung.

Der dritte Unterschied zu herkömmlichem Umgang mit der Überlieferung, vor allem der klassischen, ergibt sich leicht beim Vergleich etwa mit Keats, Shelley oder Tennyson, besonders aber mit dem im *Ulysses* viel zitierten Swinburne. Dessen Gedichte oder Dramen nennen sich – mit Berechtigung – »Laus Veneris«, »Phaedra«, »Hymn to Proserpine« oder »Atalanta in Calydon« – gar nicht so viel anders als ein Werk mit dem Titel *Ulysses*. Nur erfüllt Joyce mit seinem äußerlich so ähnlichen Etikett die damaligen Erwartungen nicht. Sein Werk führt nicht zurück zu einer mythologischen Figur, sondern unmittelbar an eine Küste in den Vororten Dublins. Ausgerechnet das für einen antiken Helden typische Gesichtsmerkmal, der Bart, wird in der ersten Handlung entfernt. Der kurze Eingangssatz endet in einer Nahaufnahme von Rasierzeug. Von Erhabenheit und edler Einfalt ist nichts zu spüren; im Gegenteil, es wird parodiert, verulkt, verhöhnt. Buck Mulligan imitiert respektlos einen katholischen Priester. Wie er seine »Ballad of Joking Jesus« zum besten gibt, bemerkt der hibernophile englische Gast Haines: »He's rather blasphemous« (U 1.605). Damit nimmt er auch ein Urteil vorweg, das bald amtlich und wirksam gegen das Buch selber erhoben wurde, die Verleumdung hergebrachter Werte.

Gemacht wird die Bemerkung zu Stephen Dedalus, dessen »absurder« Name bereits auf der zweiten Seite kommentiert worden ist. Der Vorname erinnert an den Schutzheiligen Stephanus, dem Gläubige einst vorwarfen, »to speak blasphemous words against Moses and against God« (Apostelgeschichte 6:11). Er wurde der erste christliche Märtyrer.

Der Gemeinplatz, daß Namen selber ihrer ganzen Natur nach etwas Weitergegebenes, Tradiertes, sind, ist einen kurzen Exkurs wert. Das *Portrait* von Joyce ließe sich darstellen als vielschichtige Inszenierung des Potentials der Namen Stephen und Dedalus. Wegen seiner Lästerworte wurde Stephanus gesteinigt, aber auch weil er bei seiner Verteidigungsrede eine Vision gehabt hatte: seine Augen hatten den offenen Himmel erblickt. Auch Stephen Dedalus spricht gelegentlich freimütig nicht Doktrinäres aus. Im übrigen hat jedoch Joyce nur wenig erkennbar so übernommen, wie wir es in der Apostelgeschichte lesen. Doch ist es seltsam, daß die erste Namensnennung an eine geheimnisvolle, tabuisierte Verfehlung geknüpft ist.

> His mother said: – O, Stephen will apologise.

Und sogleich vernehmen wir von einer schrecklichen Alternative, dem Verlust der Augen:

> Dante said: – O, if not, the eagles will come and pull out his eyes. (P 8)

(Daß hier der Name Stephens von zwei O's umgeben ist, mag Zufall sein.) Wir wissen alle, daß das Kind Stephen diese beiden nebeneinanderlaufenden Aussagen zu einer ersten, reimenden, gefälligen und gewiß angstbändigenden Komposition zusammenfügt:

> Pull out his eyes,
> Apologise,
> Apologise,
> Pull out his eyes.

In dieser frühen Collage brauchen wir das drohende »Pull out his eyes« durchaus nicht mit der ungehörigen Vision des Stephanus zusammenzubringen, und doch bleibt merkwürdig, daß die lange Verteidigungsrede des Märtyrers als »Stephen's apology« in englischen Bibeln überschrieben wird. Was ihm zur Last gelegt worden war, sind Vergehen gegen die Tradition. In der Sicht der Neuen Botschaft allerdings hatte er die göttlichen und mosaischen Gebote natürlich bestätigt, ihnen etwas vom eigentlichen Sinn zurückgegeben. Entscheidungen darüber müssen immer Ansichtssache der beteiligten Sekten bleiben – wie es ja auch mit der Joyceschen Rezeption geschah. Auch hier ist der Umweg über die Apostelgeschichte nicht zwingend oder auch nur notwendig, und doch fördert sie ein willkommenes Stichwort. Was die Orthodoxen verdroß, war die Behauptung des Stephanus, »... this Jesus of Nazareth shall ... change the customs which Moses delivered us«. Die Vulgata macht den Vorwurf für unser Thema verwendbar: »... et mutabit traditiones, quas tradidit nobis Moyses« (Apg. 6:14).

Mutabit traditiones. Die Überlieferung wird geändert, gerade dann, wenn sie möglicherweise am getreuesten fortgesetzt wird. Anders als die Dichter des 19. Jahrhunderts mit ihren Atalanten und Medeen übernimmt Joyce mit den radikalsten Veränderungen und den freiesten denkbaren Übertragungen ins Anglo-Irische vielleicht doch Wesentlicheres. Wohl niemand wäre unheroischer oder unodysseischer als der gutwillige, tolerante, leicht ungelenke, nicht wortgewandte, vernachlässigte, mißachtete Leopold Bloom mit seinem jüdischen Erbe. Gleichwohl ist kaum eine andere Figur so beseelt von homerischer Polytropie.

Das Verhältnis zur Überlieferung ist bei Joyce innig, anstößig, voll radikaler Rücksicht und vor allem gestört. Für Störungen und Wechsel sorgt schon die Zeit selber. 1904 müßte ein essentieller Odysseus ganz anders sein als im 12. vorchristlichen Jahrhundert. Gestört aber fühlten sich am meisten die frühen Leser. Nicht umsonst ist aus dem lateinischen »traditio« auch bald »treason« geworden; aus dem »traditor« ein »traitor«, Verräter. Das züchtigste und verhaltenste aller homerischen Mädchen, die Prinzessin Nausikaa, sollte wiedererscheinen in der modernen Pervertierung einer koketten exhibitionistischen Gerty MacDowell. Das nannte selbst ein so wohlwollender Fachmann wie der Altphilologe W.B. Stanford »... the worst piece of literary blasphemy«. Aber erst recht verstört reagieren wir, wenn das Tradierte scheinbar unentstellt parodiert wird, wie in den bereits erwähnten Falsifikaten des »Oxen«-Kapitels. In seiner ganzen Evolution hat sich Joyce immer auf Überlieferungen gestützt, aber unsere konventionellen Erwartungen zunehmend gestört.

Was allenfalls konstant bleibt, ist das Prinzip ständiger Umgestaltung. Ich habe dafür in letzter Zeit eine Benennung einzuführen versucht, die alle Spielarten umfassen soll – ich bezeichne sie mit »dislocution«. Gemeint sind damit die vielfältigen Veränderungen (etwa von einer Dubliner Bar hin zur Insel der Sirenen) als örtliche Metapher – Dislokation; doch soll anerkannt bleiben, daß sich alles durch Sprache, »locutio«, ereignet. Daß dies ohne Entstellungen nicht abgeht, drückt sich in der Vorsilbe »dis« aus. Auf solche Weise konjugiert der *Ulysses* seine erzählerischen Möglichkeiten in einer Reihe von unentwegten Dislokutionen. In der Gestalt von Stephen Dedalus disloquiert Joyce sich selber, einen antiken Erfinder Daidalos, einen religiösen Dissidenten Stephanus – und viele weitere Rollen, die entweder Milieu und Institutionen ihm aufdrängen oder die er in freier Wahl selber ausprobiert. Auf diese Art disloquiert Joyce die klassischen Metamorphosen, die schon Ovid aus verschiedenen Quellen für seine Zeit zurechtgemacht hatte, ein weiteres Mal, und so disloquiert er die bestehenden Odysseen. Aus feierlichen Sanskritvokabeln und hinduistischen Konzepten und einer neuen technischen Errungenschaft wird die ad-hoc-Reinkarnation »tālāfānā«. Unbekümmert um des Autors Absichten habe ich eingangs aus einem Namen ein strategisches Umstandswort gemacht, durch Dislokution. Wie immer wir es bezeichnen wollen, das ständige Ineinandergreifen von rücksichtsvoller Kontinuität und grundsätzlichem Anderswerden gehört zu dem, was Joyce zu Joyce gemacht hat und was uns noch lange zu schaffen gibt.

Natürlich ist unser Verhältnis zum Hergebrachten das, was sich wohl am meisten ändert. Homer ist eins der eindrücklichsten Beispiele. Sein Name allein hat vieles bedeutet – er stand für einen blinden Sänger mit sieben Geburtsstädten, ein unfehlbares Genie, einen nicht unbegabten barbarischen Dichter oder eine unlösbare Frage der Autorschaft. Das ihm zugeschriebene (und mitunter nicht mehr zugeschriebene) Werk war Geschichte, Vorbild, Quelle der Weisheit, Dichtung, Märchensammlung, Folklore, editorisches Flickwerk und – gegen Ende des 19. Jahrhunderts – mit einemmal wieder so etwas wie vergangene Wirklichkeit. Forscher lokalisierten – und dislokalisierten – die sagenhaften Örtlichkeiten. Ein verschrobener deutscher Dilettant, Heinrich Schliemann, glaubte an die Wörtlichkeit der Epen und legte die Geschichtlichkeit der ehemaligen Fiktionen mit dem Spaten frei. Aus einem Hügel grub er die Burg der heiligen Troia zum Ansehen und Anfassen. Das legte nun allerdings auch eine Reihe neuer Probleme frei und zahlreiche Dispute mit rivalisierenden Angeboten. Aber gleichzeitig verwandelten sich die Sagen in Richtung auf eine zeitgemäße literarische Strömung, den Realismus. Mit dem induktiven Spürsinn der Zoologen – oder des gleichfalls neuerfundenen Sherlock Holmes - wußten Gelehrte aus wenigen zufälligen Bruchstücken große Zusammenhänge herzustellen. Töpfe,

Badewannen, Pfeilspitzen, Mauerreste fügten sich zu jahrtausendealten Versen einer Kunstsprache und waren für Neukonstruktionen des ältesten Kulturguts verwendbar. Wir beobachten, daß wir selber auch im Werk von Joyce so vorgehen können, durch induktive Ausfaltung.

Was am *Ulysses* zuerst auffällt, ist eben nicht hellenophile Altertümelei, sondern eine konkrete Dinglichkeit und örtliche Präzision. Während Archäologen streiten mochten, ob nun das homerische Ithaka der heutigen Insel gleichen Namens entspricht und welche wo zutage geförderten Mauern den Palast des Odysseus festlegten, wohnt Leopold Bloom in einem ganz bestimmten, wirklichen Haus, Eccles Street number 7 – und ich kann dafür einen archäologischen Beweis beibringen: ein Stück Tapete eben dieses wirklichen Hauses, das unterdessen abgerissen worden ist. Wir können also die Charaktere äußerst genau lokalisieren, doch diese Charaktere, die sonst so manche Rolle bewußt nachzuahmen verstehen, haben von ihrer archetypischen homerischen Funktion keine Ahnung. Die Blooms haben eine gewisse Vorliebe für griechische Reproduktionen – ein »Bad der Nymphen« über dem Bett, eine Statue von Narzissus –, und mit ausgesuchter wissenschaftlicher Neugier wendet sich Bloom der Hinterseite griechischer Marmorgöttinnen im Museum zu (auch dies eine Abart von Rücksicht). In griechischer Verkleidung fand selbst Erotisches im Bürgertum eine achtbare Nische. Doch wenn Bloom den obdachlosen Stephen zu sich nach Hause einlädt, wertet er für einmal sein bescheidenes Heim nicht stilistisch auf, sondern sagt recht kolloquial: »My diggings are quite close in the vicinity« (U 16.1645). Nun waren es ja gerade die »diggings«, Grabungen, der Archäologen, die Paläste unter Erdschichten gefunden hatten. Daß dabei die Bestimmung des Ausgegrabenen immer Sache sorgfältiger Interpretation bleiben muß, macht die Ähnlichkeit zu forschender Joyce-Lektüre nur um so passender, denn in jedem Fall ist das zufällige Fundstück, recht oft bloß unansehnliche Scherben, in einen plausiblen Kontext einzubetten.

Ich habe mich in meiner Darstellung so gebärdet, als hätte ich aus einem lokalen Namen ein relevantes homerisches Wort ausgegraben. Ohne derartige Umwege hätte ich es bei einer einfacheren Tatsache bewenden lassen können. Sicher, und psychologisch aufschlußreich, ist, daß sich Molly beim Namen Opisso an dem von zwei O's umschlossenen Stammwort stößt, das zugleich ihre einzige im Kapitel erwähnte physische Tätigkeit bezeichnet, ihren kurzen Ausflug auf den Nachttopf, »chamberpot«. Über diesen Gegenstand wissen wir episch gut Bescheid, so sehr, daß wir bei Ausgrabungen seine Machart leidlich identifizieren können. Am Morgen war Bloom auf Geheiß seiner Frau in der Unordnung des Schlafzimmers einem Buch nachgegangen, aus dem sie ihn nach der Bedeutung des Worts »metempsychosis« fragen wollte. Nach einigem Tasten fand er es unter, oder hinter, dem Bett:

> The book, fallen, sprawled against the bulge of the orangekeyed chamberpot. (U 4.329)

Homer besingt viele schöngewirkte Gegenstände, aber nirgendwo einen Gebrauchsartikel dieser Art. In *seinem* Epos alles Menschlichen läßt Joyce auch kloakale Ergänzungen nicht aus. In dem Stilleben mit Buch und Nachttopf bildet sich ebenfalls die Spannweite des *Ulysses* ab. Paradoxerweise ist ein nicht homerischer Gegenstand mit liebevoller homerischer Formulierung ausgestattet. Der ganze Satz könnte geradezu wörtlich aus dem Griechischen übernommen sein. Auffällig ist das Epitheton »orangekeyed« von klassischer Bauart (ähnlich etwa einem

»silberbeschlagenen Sessel«, Od. 7: 162); es wird später wiederholt als Beschreibung einer ganzen Porzellangarnitur und war somit ein vermutlich einmal modischer Schmuck. Wir können uns den ornamentalen Rand des Geschirrs vorstellen: eine seiner Bezeichnungen war »key meander« (neben »Greek meander« oder »Greek fret«): eine mäanderförmige Zierleiste am oberen Rand.

Lassen Sie mich nur kurz berichten, daß Übersetzer mit diesem »orangekeyed« reichlich Mühe haben und daß erstaunlicherweise selbst altgediente Joyceaner, wenn befragt, recht verlegen darauf reagieren, was dieses »orangekeyed« eigentlich aussagt. In der Tat ist es nicht leicht, für diese besondere Bedeutung von »key« selbst im *Oxford English Dictionary* Belege zu finden (selbstverständlich bringt Joyce hier auch die Bedeutung Schlüssel in unser Bewußtsein). So könnte es durchaus einmal zutreffen, daß eine einstmals geläufige Verzierung »orangekeyed« mit der Zeit so undurchsichtig werden kann – oder bereits geworden ist –, wie es bei vorhomerischen Epitheta geschehen ist, die in den Epen schon nicht mehr in eigentlicher Bedeutung erkannt, sondern als stehende Beiwörter weitergereicht wurden, Beiwörter wie »glaukopis« oder »argeiphontes«, die die Philologen seit Jahrtausenden beschäftigt haben.

Was alles womöglich nur wieder etwas über die Wirkung der Joyceschen Texturen auf uns etwas aussagt. Was immer seine Absicht gewesen sein mag, Joyce hat uns vor allem provoziert, den von den Griechen erfundenen gedanklichen Aufwand an seinen Werken neu auszuprobieren. Es mag unsere Beschränkung sein – gewiß meine –, daß wir traditionell an seine modernistischen Extravaganzen gehen – philologisch, archäologisch, induktiv, vom Teil aufs Ganze, oder aber als Psychologen, Anthropologen und Spurensicherer. Schon in den dreißiger Jahren wurde der *Ulysses* als erstes neueres Prosawerk so verarbeitet wie von alters her die Klassiker: es entstand ein alphabetischer *Word Index*. Mittlerweile haben wir Konkordanzen, Lexika, Chronologien und selbst einen Topographischen Wegweiser. Andererseits hilft uns nun aber Joyce, diese so gewohnten Werkzeuge weiter zu vervollkommnen. Eine jetzt vorliegende textkritische Ausgabe des *Ulysses* verhilft gerade den so ultramodernen Datenverarbeitern zu ungewohnten Einsichten und Verfeinerungen. Die ständige Umkehr, die ich so sehr in den Vordergrund gerückt habe, zeigt sich symptomatisch auch an meinem jüngsten zunehmenden Bedürfnis, die alte *Odyssee* nun so zu erleben, als wäre sie von einem strukturierenden, wortspielerischen, joyceschen Modernisten verfaßt, eine Art »Proto-*Finnegans-Wake*«.

Zu konkreter Verdeutlichung habe ich Beispiele, Wörter, Namen, Sätze, aufgegriffen. Sie sind auswechselbar. Von jeder anderen Stelle aus hätte man ähnlicherweise aufzeigen können, wie sich ein zunächst unbekanntes *Wohin* mutiert in manche eben doch altvertraute *Wohers*.

Vielleicht besteht Modernität – hier nicht mehr als Etikett einer zeitbedingten Richtung gedacht, sondern als fortschreitender Grenzfall – in immer anderer Aufbereitung des unvermeidlich Überlieferten. So jedenfalls scheint es *Finnegans Wake*, der modernistische Kronzeuge, tautologisch zu stammeln, am deutlichsten im Leitmotiv:

> Teems of times and happy returns. The seim anew. (FW 215)

Hier verbinden sich Tradition (»the same«) mit Modernität (»anew«). Entscheidend dabei ist, daß dieses »das Gleiche erneut« in der Tat von Fall zu Fall wirksam erneuert wird und sich renoviert darstellt. Schon »the seim anew«, mit dem für das fluide ALP-Kapitel passenden Flußnamen Seim, ist so buchstabiert, als enthielte es zufälligerweise fast noch das polnische Parlament, den Sejm, mit seinen ständig wechselnden Geschicken (eine Bedeutung, die natürlich angesichts häufiger Nachrichten aus Polen jetzt eher erdacht wird als zu ruhigeren Zeiten). Ich schließe ab mit ein paar einsichtigen Varianten dieser *Wake*-schen Selbstdarstellung, mit Mutationen, die ich schon wegen ihrer anmutigen Dichte eigenen plumpen Verallgemeinerungen vorziehe.

»to be on anew – the same annew – we annew« (»annew« verhält sich wie ein Verb, das es nicht gibt, nimmt wohl auch lateinisch *»annus«* in sich auf wie den Namen der Erzerneuerin *Anna* Livia Plurabelle) – *And Sein annews* (mit deutsch-philosophischem Einschlag) – *he remews the same – the sehm asnuh* (mit anagrammatischer Identifikation der gegensätzlichen Brüder Shem und Shaun, deren Rivalität von Kain und Abel an immer neu auftritt) – *»and being humus the same roturns«* (Tod und Beerdigung; wir werden zu Erde, *»humus«*, oder verwesen *(»rot«)* in Urnen; aus dieser Erde keimt neues Leben – und gleich wird aus *»same«* auf deutsch Same; der erste Mensch – *being human* – wurde aus *roter* Erde geschaffen und deswegen »Adam« genannt; die Römer drückten dasselbe anders aus, indem sie *homo* und *humanus* vom Wort ableiteten, das auch *humus* ergab). Auf jeden Fall ist alles ein Kreislauf *(rota, rotatio)* von Wiederkehr, usw. Das Motiv kann auch Feuer fangen:

> Themes have thimes and habit reburns. To flame in you. (FW 614)

Etwas von diesem Flammen – diesem, wenn wir so wollen, ältesten, ausgeglühtesten aller Klischees – glimmt weiter, trotz allem. Um hier nicht in Sentimentalität oder

Eindeutigkeit zu verfallen, sei ausgleichend angefügt, daß bei Joyce der traditionelle uralte Phönix aus seinen Flammen nicht weit entfernt ist vom geschichtsträchtigen Phönizien, oder aber einem öffentlichen Park im Westen von Dublin. Bald geraten wir in den Sog von Gefühlen und Verfehlungen (»Phailinx«), bald nähern wir uns »felixed«; oft mischen sich feindliche oder nihilistische Töne in die Botschaft »Feenichts« – »foenix« – »Fiendish«; gelegentlich schielen wir anzüglich auf »fornix« (nicht ganz gleich wie »fornax«, sondern ein Gewölbe, das dann auch auf Bordelle bezogen wurde und das Wort »fornicate« erzeugte – es sei denn, wir hätten lieber ein verneinendes »for nix«) oder versuchen es mit »feelmick's«. Die Abweichungen erinnern fast immer an, sind aber selten, »Finish«. Etwas daran, in der Verquickung alter Überlieferungen und neuer Experimente, bleibt allemal rätselhaft »sphinxish«.

(1985)

MOLLY BLOOM UND PENELOPE

Das letzte Kapitel des »Ulysses«

Auch wer das Buch nicht ganz bis zum Schluß gelesen hatte, und das waren die meisten, hatte den Schluß dieses *Ulysses* gelesen, das letzte Kapitel, dem ein Ruf vorauseilte, als 1922 erst tausend teure Exemplare in Paris privat für viel Geld zu erstehen und bald auch zu schmuggeln waren, denn das Buch wurde bald verboten. Molly Bloom, die nur aus Wörtern und Buchstaben besteht, hatte erhebliche Schuld daran. Hier waren die Gedanken einer Frau zu Papier gebracht, unordentlich und wirr und ohne Pause, Zusammenhang oder innere Zensur – Gedanken, die eine Frau nicht nur nicht haben sollte, sondern gar nicht haben konnte. Oder aber da wurde endlich einmal gegen vorwiegende Heuchelei die Wahrheit ausgesprochen: wie es wirklich ist.

Wie es wirklich ist. Darum unter anderem geht es im *Ulysses*. Nur leider kann niemand sagen, wie es wirklich ist oder was es mit der Wirklichkeit auf sich hat. Es gibt vielfältige Ansichten, Auffassungen, subjektive Angleichungen an tiefsitzende innere, nie bewußte Schablonen, Denkarten, die im langen Buch der Abwechslungen gegeneinander ausgespielt werden. Wenn unsere verschiedenartigen Wahrnehmungen und deren gedankliche Verarbeitung zudem in Wörter und Sätze übertragen werden, fächert das Ganze nochmals auseinander und es entsteht ein Angebot konkurrierender Darstellungen.

Lauter Gemeinplätze natürlich, aber Joyce bringt Gemeinplätze sprachlich zum Leben und zur Illusion neuer Einsichten. Von hier ist es nicht mehr weit zum Gefasel von allgemeiner Relativität und »es kommt halt immer darauf an« oder »im 20. Jahrhundert geriet das ganze Gefüge von Wahrheit und Werten aus dem Gleichgewicht«. Den frühen Leserinnen, denen das Buch in die Hand fiel, und den Lesern, die sich darüber ausließen, machten weniger die philosophischen Brechungen zu schaffen als vordringlich der krasse Realismus, der unnötigerweise Dinge ausbreitete, die entweder belanglos schienen oder aber ungeordnet chaotisch waren, und vor allem obszön. Obszönes versteht sich immer von selbst.

In diesem Buch fällt einmal eine fiktive Frau aus dem hergebrachten Rahmen ihrer Zeit. Die Zeit ist 1904 in der provinziellen Hauptstadt Dublin, unter damals noch britischer Vorherrschaft. Marion (Molly) Bloom ist eine aufgeweckte, wenig beeindruckbare, rundliche, pfiffige, unzufriedene und gelangweilte Hausfrau von 33 Jahren und Gattin eines Mannes, der ihr außergewöhnlich zugetan ist, aber in sechzehn Ehejahren an Faszination oder Unterhaltsamkeit etwas eingebüßt hat. Nebenbei tritt sie hin und wieder als Sängerin auf die Bühne, und zwar, ihrem Programm nach zu urteilen, mit einiger, wenn auch wohl verstaubter Professionalität.

Mollys Monolog kommt am Ende eines langen Buchs, das mit dem einfallsreichen verklemmten katholisch geformten Stephen Dedalus anhebt, der mit dem Autor auf gewundene Art verschwägert, aber nicht identisch ist. Bald geht der Roman über zum vielseitigen, etwas linkischen, aber immer wach beobachtenden Leopold Bloom und begleitet ihn bei seinen Wanderungen und Verrichtungen. Am Morgen bringt er seiner Frau zuerst die Post, dann das Frühstück ans Bett. Die beiden unterhalten sich im komplexen Spiel stiller ehelicher Vereinbarung, daß beide mehr von den Absichten des andern wissen, als über ein vorsichtiges Abtasten hinaus gesagt wird. Bloom weiß, daß sie am Nachmittag Besuch ihres Konzertunternehmers Hugh (Blazes) Boylan erwartet, um eine bevorstehende Konzerttournee nach Belfast zu besprechen und das sentimentale Lied *Love's Old Sweet Song*, aber auch das Duett *La ci darem la mano* aus *Don Giovanni* zu proben. Bloom weiß auch und kommt den ganzen Tag nicht davon los, daß der dandyhafte Boylan es nicht beim Singen bewenden lassen wird. Das Wissen bedrückt Bloom, wie es ihn andererseits auch wieder zu erregen scheint, und so taucht Molly beständig in seinen Gedanken auf, oft in der Erinnerung früherer Zeiten, ganz ähnlich wie ihre Gedanken stets wieder zu ihm zurückfinden. Während Bloom an einer Beerdigung teilnimmt, beruflich einer Zeitungsanzeige nachgeht oder sich durch Mahlzeiten oder Lieder und noch einen späten Besuch in einem Entbindungsheim ablenken läßt, erblicken wir von Molly beinahe gar nichts, hören aber um so mehr von ihr. Allen bemerkenswert scheint ihre auffällige Andersartigkeit, sie ist dunkelhaarig, attraktiv, von spanischer Herkunft, ihr Vater war Major in Gibraltar.

Und nun, nachdem sich dieser Odysseus einen Tag lang und bis in den frühen Morgen hinein aus einem Gemisch von Takt und Angst heraus bemüht hat, seine Heimkehr möglichst lange hinauszuzögern, kommt er endlich, lange nach Mitternacht, in sein eheliches Bett, das Spuren einer anderen Präsenz aufweist, und weckt seine Gattin, die ihn über den vergangenen Tag ausfragt. Sie ihn, nicht er sie. Er schläft ein, sie bleibt wach, und hier setzt der innere Monolog ein, das letzte Kapitel des *Ulysses*, das im homerischen Schema »Penelope« genannt wird (die odysseischen Entsprechungen sind eine fakultative Bereicherung des Romans, wir können sie aufgreifen oder übersehen). Mollys Gedanken, Erinnerungen, Gefühle sind hier zum extremen und reinen Beispiel des Verfahrens geworden, das als innerer Monolog oder Bewußtseinsstrom zum Fachbegriff wurde. Kennzeichen des Kapitels ist das Fehlen jeglicher Interpunktion. Das Denken fließt ununterbrochen, hält nicht still, es gibt keine Pausen, nur Übergänge, ein ständiges Gleiten. Diese Darstellung setzt sich betont ab vom vorherigen Kapitel, wo in einer Parodie der klassifizierenden einteilenden Verwaltung alles gegliedert, eingeordnet sein will.

Wir wissen, daß Joyce viele Einsichten in die Psyche der Molly Bloom seiner Gefährtin Nora Barnacle verdankt, einer Frau aus Galway, die den Mut hatte, dem jungen ehrgeizigen Schriftsteller auf ungewisser Reise bis zum fernen Triest an der Seite zu bleiben; ohne sie wurde er hilflos. Nora hatte einen unverwüstlichen erdigen Humor, ein Gespür für alles Unechte. Joyce hat viel von ihrer urwüchsigen Ausdrucksart übernommen. In ihren Briefen ging sie mit der Interpunktion recht eigenwillig um, was Joyce zu einem stilistischen Merkmal erhoben hat.

Molly Bloom ist meistens abwesend, an der Peripherie, und fast immer in der Mitte, um die sich vieles dreht. Im letzten Kapitel füllt die Peripherie das ganze Zentrum aus und vieles wird umgestülpt, umgedeutet, neu verwoben. Alte Gewebe werden aufgelöst und durch neue ersetzt, dies auch nach einem Motiv aus der *Odyssee*. Mit diesem Trick entkam die geschickte Penelope ihren aufdringlichen Freiern, indem sie am Tag am Leichentuch ihres Schwiegervaters weiterwob und in der Nacht alles auftrennte. Molly fügt den Ereignissen des *Ulysses* ihre eigene subjektive Version bei, sie korrigiert und ergänzt, sie hat Neuigkeiten, sie sorgt dafür, daß wir Lesenden nicht glauben, am Ende löse sich alles harmonisch auf. Diese Penelope ist ebenso geschickt und schlau und verständnisvoll wie die homerische, ganz auf ihre eigne Art, die mit Bildung wenig zu tun hat. Sie kennt ihren Mann und denkt, sie kennt ihre Männer.

Ob nun ein männlicher Autor je das Innere einer Frau glaubhaft in Sprache umsetzen kann, ob hier ein intuitiver Einblick in weibliche Schwingungen geglückt ist oder sich Joyce mit kreativer Anmaßung bloß in Männerphantasien ergangen hat, darüber stehen bereits viele geteilte Meinungen zu Protokoll, und dies im ganzen Spektrum von chauvinistischer Konfession bis zu feministischen Ansprüchen. Jede einzelne Leserin wird darüber auf Grund eigener Urteile befinden, und es wäre nicht im Sinn des Joyceschen Werks, wenn sich etwas eindeutig beweisen ließe. Seltsam ist, daß Molly Bloom, die auf ihre Art freier, emanzipierter ist als die meisten Zeitgenossinnen, im nachhinein Vorwürfen ausgesetzt wird, sie wäre in einem neuzeitlichen Sinn nicht emanzipiert genug, als ob sie die ganze Bürde sich ändernder Forderungen ein halbes Jahrhundert vorher erfüllen könnte. Daran ist ihr Autor mitbeteiligt, denn er hat Molly nicht nur als bestimmte Gestalt in einer ganz bestimmten Situation und, nebenbei, nur in einer einzigen Stunde spät nachts nach einem ungewöhnlichen Tag, also durch Umstände determiniert, angelegt, sondern ohne Zweifel archetypisch hochgegriffen. Wie Bloom an den vielseitigen Odysseus erinnert, so hat Molly Bloom etwas Überlebensgroßes, ist mehr als sie selber und wird damit Kultobjekt und Zielscheibe. Joyce, dem Bescheidenheit nicht nachgesagt werden kann, beschrieb das letzte Kapitel »Penelope« einem Freund in einem vielzitierten Brief:

> Penelope ist der Clou des Buches. Der erste Satz besteht aus 2500 Wörtern. Die Episode hat acht Sätze. Sie beginnt und endet mit dem weiblichen Wort ja. Sie dreht sich wie der mächtige Erdball,

> langsam, sicher und gleichmäßig rund und rundherum, ihre vier Kardinalpunkte sind die weiblichen Brüste, Arsch, Uterus und Fotze, ausgedrückt durch die Wörter because, bottom (in allen Bedeutungen: Boden, Gefäß, Boden des Glases, Grund der See, Grund seines Herzens), woman, yes. Obgleich wahrscheinlich obszöner als alle vorangegangenen Episoden, erscheint sie mir als das vollkommen gesunde volle amoralische befruchtbare unzuverlässige fesselnde gerissene beschränkte vorsichtige gleichgültige Weib.

Das letzte Wort, Weib, schrieb er auf deutsch und setzte gleich literarisch hinzu: »Ich bin der Fleisch der stets bejaht« (16. August 1921). Der Brief enthüllt viel. Einmal bringt Joyce die Episode (»Penelope«) und die Person durcheinander (»sie«), Text und fiktive Gestalt verweben sich in gleitenden Übergängen, die ganz denen in der Episode selber entsprechen. Joyce gibt Aufschluß über die Struktur des so amorph wirkenden Kapitels und weist auf eine symbolische Numerologie hin (acht Sätze, eigentlich Absätze, also Pausen, vier Punkte). Er gibt sich reichlich androzentrisch, so daß, ob aus Unkenntnis oder durch enthüllende Fehlleistung, selbst das Fleisch noch männlich wird. Er strukturiert Molly Bloom und ihre Episode somit als Gegensatz zum verneinenden mephistophelischen Intellekt und der ganzen reflektierten Bildung, der den *Ulysses* von Anfang an durchsetzt. Molly ist ein willkommener Ausgleich zu der rhetorischen Männergesellschaft, die das öffentliche Leben Dublins bestimmt und mit geschickten Phrasen füllt. Sie sagt Ja.

Sie sagt ganz verschiedene Ja. Das einleitende ist eine Art Gleitwort, andere sind Denkpausen oder Haltepunkte oder fassen zusammen. Ja ist nicht gleich Ja. Das Crescendo der letzten Jas aber bezieht sich, worauf nun eigentlich? Sie sprach es damals vor sechzehn Jahren auf der Anhöhe von Howth in dem beglückenden Augenblick erster Verführung und bindenden Versprechens und sprach es wohl auch in der Kirche, aber mitunter ist es zur Erinnerung geworden, strahlend aus der Vergangenheit und doch verblaßt, von der Wirklichkeit eingeholt. Ein Moment der Vergangenheit, der in die Zukunft wies, also ein schillerndes Ja, und doch hallt es über die kontextuelle Beschränkung hinaus – es ist auch das letzte Wort – zu einer vibrierenden nachhallenden Aussage.

Wie ist es überhaupt auszusprechen, dieses letzte Ja? Auf der Bühne aus guten dramatischen Gründen meistens mit schwellendem Volumen, als letzter Höhepunkt (manche Leser gönnen Molly noch einen letzten Orgasmus); es könnte aber, und dies genauso wahrscheinlich, den letzten kaum noch hörbaren Hauch vor dem Einschlafen wiedergeben, ein Ausklingen in Nacht und Abschalten des Bewußtseins.

Das »Yes« im Original mit dem ausdehnbaren s erleichtert ein stimmloses Abgleiten in die Stille noch besser. Wie es sich trifft, wird der Roman mit genau demselben Buchstaben wiederbeginnen: »Stately/Stattlich«. Vielleicht Zufall, genauso wie es Zufall ist, daß die Buchstaben »Yes« sowohl in diesem ansetzenden »Stately« wie auch im Titel *Ulysses* vorhanden sind. Hier setzen dann die Spitzfindigkeiten ein, die je nach Geschmack als Aha-Effekte oder philologischer Ballast erlebt werden. Wir können nach Spielereien Ausschau halten oder Zitaten: Molly Bloom hat ihre eigenen, sie erinnert sich an Lieder, Gedichte, Kinderreime. Wenn sie am Schluß in hingerissenem Rückblick »das Meer das Meer« ausruft (nein, nicht ausruft, denn sie liegt still im Bett und schwelgt in der Erinnerung dessen, was vielleicht einmal ein Ausruf gewesen war), dann weiß sie nicht, daß ihr Autor ganz zu Anfang symmetrisch eine Entsprechung eingebaut hat, wenn ein angeberischer Student durch »Thalatta! Thalatta!« sein Entzücken mit klassischer Bildung (Xenophons griechische Söldner beim Anblick des Meers und der Aussicht auf Heimkehr) untermalt. Wenn Molly eine alte Weisheit, »ein Ehemann das ist ja gut und schön aber einen Liebhaber kann man nicht an der Nase herumführen«, einfällt, wiederholt sie etwas, das zumindest schon Vergil gesagt hat (»quis fallere possit amantem?« – wer kann einen Liebhaber täuschen? Aeneis IV,6) – ein verstecktes Zitat oder eine überlieferte Binsenwahrheit? In seinem Brief zitierte Joyce den *Faust*, ein Werk, das er ebenso herausfordern wollte wie die *Odyssee*. Auch im *Faust* steht am Ende eine Abstraktion: »Das ewig Weibliche/Zieht uns hinan.« Ganz ähnlich bei Joyce, nur eben umgekehrt, nicht himmlisch, sondern irdisch und erdig, prosaisch: »ich hab ihn ... zu mir niedergezogen«. Was heutzutage gern Intertextualität genannt wird, hat Joyce als unvermeidlich gezeigt.

Alles, auch dies vermittelt der *Ulysses* (und heißt darum auch so), ist schon gesagt worden. Molly Bloom in ihrem unverwechselbaren Rhythmus sagt es noch einmal anders.

(1997)

Nun kann jeder mal danebengreifen. Übersetzen ist menschlich

»Naschereien auf den Tisch«

UMGANG MIT »FINNEGANS WAKE«

Bemerkungen zu den Büchern von Anthony Burgess und Arno Schmidt

Sprache als Spielraum

Anthony Burgess hat in seinen Romanen einige Techniken und vor allem Wortspielereien, die zweifellos bei Joyce gelernt worden sind, mit Geschick und Humor angewandt und dabei – durch die schöpferische Verwirklichung – den denkbar besten Gebrauch von seinem Vorbild gemacht.

Weniger gut ist sein Buch *über* Joyce angekommen, *Here Comes Everybody*.[1] Darin liegt etwas Ungerechtes; denn Burgess wendet sich nicht an die Sachverständigen, denen es ja an Joyce-Literatur nicht fehlt, sondern an die etwas verschwommene Gestalt des »gewöhnlichen« oder »durchschnittlichen« Lesers, der, auch wenn sich wohl niemand gern dem gewöhnlichen Durchschnitt einreihen will, sicherlich statistisch ins Gewicht fällt.

Diesem Leser nun will Burgess einiges von der Scheu nehmen, die den Namen Joyce noch immer umgibt, und aufzeigen, daß es auch bei Joyce im Grunde um ganz menschliche und vor allem vergnügliche Dinge geht. Und das gelingt auch gar nicht schlecht. *Here Comes Everybody* ist eine brauchbare Einführung in die Prosa von *Dubliners* bis zu (und hauptsächlich) *Finnegans Wake* für – wie es der Titel impliziert: jedermann.

Anthony Burgess hat übrigens in einem weiteren Popularisierungsversuch *Finnegans Wake* auf ein dem Leser zukömmlicheres Format zurechtgestrichen: *A Shorter Finnegans Wake*[2] – der Text ist auf etwa ein Drittel gekürzt; die ausgelassenen Stellen sind durch verbindende Zusammenfassungen ersetzt. Es gibt eine ganze Reihe von Gründen gegen eine solche Amputation und wohl nur einen dafür: daß es besser ist, die Leute lesen einen gekürzten *Finnegans Wake*, als daß sie ihn in seinem ganzen Umfang ungelesen in der Bibliothek stehen haben (nur besteht die Möglichkeit, daß auch der gekürzte *Finnegans Wake* ungelesen verstaubt). – In beiden Versuchen geht es Burgess darum, eine (notwendige) Bresche in die intellektuelle Aura zu schlagen und vor allem *Finnegans Wake* mit seinem Humor dem Leser wirklich näherzubringen.

Was die Kritiker von *Here Comes Everybody* verstimmte, war weniger der Umstand, daß Burgess wenig Neues zum Verständnis beiträgt (darum geht es ihm auch gar nicht), noch daß er gelegentlich danebengreift (was wohl unvermeidlich ist), sondern daß er sich über die allzu eifrigen Joyce-Interpreten lustig macht – auch das ist noch verständlich genug –, gleichzeitig aber die Ergebnisse ihrer Arbeit stillschweigend und ohne Hinweis auf Herkunft aufnimmt. Zugleich entsteht ein eigenartiges Verhältnis dadurch, daß sich ein Kommentator, auch wenn er für seine Vorgänger und Kollegen wenig übrig hat, eben doch auch zu ihrem Kreis gesellt.

Im Glashaus der Joyce-Kritik ist aber noch immer genug Platz für ein paar gelungene Würfe, und als Begleitband zu den Werken von Joyce ist *Here Comes Everybody* willkommen, eine Mischung von Zusammenfassung, Paraphrase, Kommentar, Streiflichtern und Anmerkungen. Der Leser, und der durchschnittliche ohnehin, ist um jede Lesehilfe froh. Dabei macht Burgess die Lektüre selbst nicht überflüssig, sondern verleitet sicher manchen dazu, es auch mit *Ulysses* oder *Finnegans Wake* auf eigene Faust zu versuchen.

Fraglich bleibt es, ob eine deutsche Ausgabe des Buches eine entsprechende Aufgabe erfüllen kann. Eine deutsche

Ausgabe wurde jedenfalls unternommen, sie heißt *Ein Mann in Dublin namens Joyce.*[3] Der Sinn eines laufenden Kommentars, der auf einem bestimmten Wortlaut beruht, wird dort zweifelhaft, wo die Übertragung die Gestalt des Originals wesentlich verändert wie bei *Ulysses*, und noch mehr dort, wo es gar keine Übertragung gibt, also bei *Finnegans Wake*. Da es Burgess vor allem darum ging, dem Leser den Weg zu *Finnegans Wake* zu ebnen, fragt es sich, welcher Zweck einer deutschsprachigen Ausgabe unterlegt worden ist. Gegen sie läßt sich denn auch im ersten Teil, also bis Seite 172, wenig einwenden, hingegen sind dort, wo es um *Finnegans Wake* geht, einige Warnungen angebracht.

Schon der Titel des Buches ist nicht eben glücklich. Ein Mann in Dublin namens Joyce verdient eigentlich gar keine so ausführliche Betrachtung, denn erst der Mann, der um 1904 Dublin hinter sich ließ, wurde als Schriftsteller bedeutsam. Damit ist aber nur gesagt, daß schon die Übertragung des Titels Schwierigkeiten bereiten mußte, der – im Original – *Finnegans Wake* entnommen ist und von dessen wörtlicher Übersetzung mit Recht abgesehen wurde.

Für die einmaligen Schwierigkeiten der Übersetzer ist denn auch alles Verständnis angebracht. Bei den früheren Werken von Joyce sind die Bearbeiter natürlich an die bestehenden deutschen Fassungen gebunden, selbst wenn sich diese nicht ohne weiteres auch für die anschließenden Deutungen hergeben. Die Stellen aus *Finnegans Wake* jedoch waren erst noch zu übertragen, und daß sich *Finnegans Wake* nicht mehr (in einem herkömmlichen Sinn des Begriffs) übersetzen läßt, ist leicht nachzuweisen.

Daß es gleichwohl immer wieder versucht werden wird, zeugt nur davon, welche Herausforderung von Joyces Sprache immer wieder ausgeht. Jeder Übersetzungsversuch wird zum Sprachexperiment, das Beachtung verdient, selbst wenn sich von *Finnegans Wake* dabei das meiste verflüchtigen muß. Wie man dabei vorzugehen hat, wissen wir eigentlich nicht; es gibt kein anerkanntes Rezept, nicht einmal eine klare Auffassung von der Aufgabe. Ohne Notbehelfe wird es sicher nicht abgehen.

Ganz sicher nicht statthaft aber ist die konsequente Reduktion auf *einen* geradlinigen Sinn, wie es nun die Bearbeiter des Buches von Anthony Burgess getan haben. Nicht so sehr deswegen, weil das nun »falsch« wäre – es ist bei *Finnegans Wake* schwer auszumachen, was in der Übersetzung als falsch zu gelten hätte; sondern ganz einfach, weil das nicht mehr *Finnegans Wake* ist. Und gerade *Finnegans Wake* soll ja dem Leser vorgestellt werden.

Die Widersinnigkeit zeigt sich dort am deutlichsten, wo der Kommentar seine Daseinsberechtigung verliert. Was Burgess zu den zitierten Stellen sagt, stimmt in der Übertragung nicht mehr. Wenn er also von einem Passus, den er als Gebet bezeichnet, ohne sichtbare Ironie sagt: »Ein besseres Gebet gibt es nicht«, und sich der Leser dann dem Gebet zuwendet, wird die Enttäuschung unvermeidlich:

> ... Daß sie nicht morden mögen. Daß sie keine Missetaten begehen mögen.
> Herr, häufe Unglück über uns, aber laß unsere Herzen gefüllt sein mit Lachen.

Da könnte man sich eigentlich, ehrlicherweise, ein besseres Gebet schon vorstellen. Die Frage mag auch auftauchen, ob nicht allgemein etwas zuviel bildungsbeflissenes Getue um diesen Joyce und um dieses überschätzte Buch im Spiele sein könnte. Im Original allerdings hört sich das Gebet anders an:

> … That they do ming no merder. That they shall not gomeet madhowiatrees.
> Loud, heap miseries upon us yet entwine our arts with laughters low! (FW 259)

Hier geht es nicht allein um das Morden: »That they do ming no merder« weist, französisch und lateinisch, aber unmißverständlich, auf noch andere kindliche Ungehörigkeiten hin. Schon die Beibelassung der Schreibweise des Originals, also »merden«, oder die Verwendung eines Initials *P* für das nachfolgende »Missetaten« hätte wenigstens etwas Derartiges angedeutet – die kraftlose einspurige Wiedergabe bleibt ohne Wirkung. Vor allem läßt die harmlose deutsche Fassung des letzten Satzes gar nichts vermuten vom Doppelklang, der im Englischen so deutlich hörbar wird. »Loud« ist nachdrücklich nicht einfach »Herr«, sondern zugleich ein lautes Geräusch, ein Nachhall des Gottes, der in *Ulysses* als »noise in the street« bezeichnet wurde, und auch des donnernden Gottes in der Geschichtsphilosophie von Vico (der von Burgess erwähnt wird). »Loud, heap miseries upon us yet entwine our arts with laughters low!« ist geradezu zum Musterbeispiel geworden der sinnvollen Überlagerung zweier Komponenten. Als liturgischer Grund dient eine Stelle aus dem anglikanischen Gebetbuch: »Lord, have mercy upon us … Incline our hearts to keep this law.«

Darein verwoben ist ein säkularisierter Sinn, wo einer fatalistischen Hinnahme des von oben dekretierten Elends der Trost des befreienden, wenn auch etwas tief gelagerten Gelächters der Kunst gegenübersteht. In der Verbindung erst findet sich etwas Wesentliches von *Finnegans Wake*, und in der Hinwendung vom Kirchlichen zu der weltlichen Kunst und dem Humor schlägt sich auch Joyces eigene Entwicklung als Künstler nieder.

Wie immer man diese (neben anderen) erkennbaren Bestandteile auslegen will, es geht darum, daß *beide* Bedeutungskurven gleichermaßen wichtig sind – »arts« wie »hearts«, »mercy« wie »misery«, der religiöse Sinn wie der profane, die Demut wie der trotzige Protest. Die gegenseitige Spiegelung und Infragestellung ist das Charakteristische. Sie äußert sich wörtlich in »entwine», das diese Verquickung am besten verdeutlicht.

Selbstverständlich läßt sich diese sinnvolle, relevante, funktionale Verquickung übersetzerisch nicht bewältigen (von vielleicht seltenen Glücksfällen abgesehen). Aber sie darf auch nicht vollständig verschwinden. Auf irgendeine Weise muß dem Leser etwas von den Bedeutungsschwingungen vermittelt werden; er muß eine Ahnung bekommen von den Spannungen, die vom Satz ausgehen. Etwas vom Gelächter muß auch spürbar werden.

Der Weg der resonanzlosen Verflachung taugt nicht, es ist die Sünde wider den Geist von dem, was Joyce versuchte. Niemand hätte es einem Übersetzer verargt, wenn er etwas Kühnes, Ungewohntes versucht hätte und dabei gescheitert wäre. Andernfalls hätte sich eben der Text in seine Bestandteile aufgelöst präsentieren, oder Glossen oder Fußnoten hätten herhalten müssen – oder das Original selbst. Nur *so*: auf die prosaischste aller Arten, geht es (»Loud, heap miseries upon us!«) nicht.

Ein Kapitel über die Kinder in *Finnegans Wake* schließt mit einem Nachtbrief an die Eltern:

> Mit allen unseren besten Grüßen an Papa und Mama und Verwandte und Bekannte hier und dort wünschen wir ihnen viele frohe Inkarnationen in diesem Land des Livvey und viele Reichtümer durch ihre Nachkommen.

Der Brief ist weder nächtlich-traumhaft noch weltbewegend. Auch hier wird nur im Original klar, weshalb der Brief überhaupt erwähnt wird; und hier verliert er auch viel von seiner Unschuld:

> With our best youlldied greedings to Pep and Memmy and the old folkers below and beyant, wishing them all very merry Incarnations in this land of the livvey and plenty of preprosperousness through their coming new yonks. (FW 308)

Von den Obertönen und Nebenbedeutungen mögen einige entbehrlich sein, andere bestimmt nicht. Der Brief befaßt sich auch, wie der Kommentar angibt, mit der Neuen Welt. Das ist angedeutet in der amerikanischen Färbung von »old folkers« und in »new yonks«: New York, Yonkers, Yankee (vielleicht sogar noch in »*a*ll very *merry* In*ca*rnations« – aber darauf kommt es nicht an). Davon verrät die Übertragung nichts. »Nachkommen«, wo »new yonk« zwar richtig als »jung« aufgefaßt wird, genügt nicht. Der Neuen Welt stehen die alten Völker (»old folkers«) gegenüber, aber diese geschichtliche Dimension fehlt ganz.

Der Brief enthält spezifische Grüße zu Weihnachten und zu Neujahr (»a prosperous new year« schimmert durch) – der Jahreswechsel ist zugleich ein Wechsel der Generationen und eine geschichtliche Auseinandersetzung. Das fehlt in der Übersetzung ebensosehr wie die rebellierende Jugend. Von Weihnachten ist nichts mehr übriggeblieben, und dabei ist gerade das Wort dafür das wirkungsvollste: »youlldied« – hier offenbart sich die Ambivalenz der Glückwünsche überdeutlich. Die »youlldied greedings« verbinden in beinahe schulhafter Art scheinbar harmlose Grüße *(Yuletide greetings)* mit kaum mehr verborgener Aggression, bis zum Extrem des Todes in Vergangenheit und Zukunft (»died« und »You'll die«). Derselbe Gegensinn drückt sich in »greedings« aus, worin sich Begierde und wohl auch Machtgier andeuten.

Niemand würde es einem Übersetzer verübeln, daß er nicht »greetings« und »greed«, »you'll die/died« und »Yuletide«, alte und neue Welt, altes und neues Jahr, die alte abtretende und die neu herandrängende Generation in gleich prägnanter Weise vereinigen kann. (Anderseits würde sich dieser Brief mit seiner offensichtlichen Ambivalenz gerade gut dazu eignen, die Möglichkeiten einer Übertragung einmal zu versuchen.) Auf jeden Fall aber müßte die Präsentierung (ob nun durch Übersetzung oder Glossierung oder wozu man sich immer entscheiden wollte) daraufhin ausgerichtet sein, etwas vom psychologischen, soziologischen und geschichtlichen Konflikt wiederzugeben, der sich in Joyces Sprache wahrnehmbar ausdrückt. Denn es ist immer wieder ein Konflikt solcher oder ähnlicher Art, der sich *in* die Sprache hinein verlegt hat – daraus eben besteht *Finnegans Wake*, und wenn davon nichts vermittelt wird, verlieren die Erläuterungen jeden Sinn.

Und wenn schon die paraphrasenhafte Reduktion auf eine einzige Bedeutung dem Text jede Spannung nimmt, sollte wenigstens eine Bedeutung ausgewählt werden, die sich vertreten läßt.

Aber selbst daran kann es fehlen. So enthält *Finnegans Wake* – und zitiert Burgess – eine Reihe von Kapitelnamen des *Ulysses* in ihrer geläufigen homerischen Form, natürlich mit der kennzeichnenden Verzerrung, die Nebenbedeutungen zuläßt. »Bullyfamous« verbindet zum Beispiel den Namen des homerischen Zyklopen Polyphemos mit der Hauptgestalt, einem bekannten, streitsüchtigen (»bully«) Eiferer. Auf deutsch wird daraus »Ochsenberühmt« (S. 210), was keine Beziehung zu Homer aufkommen läßt und unnötigerweise »bull« gegenüber

»bully« hervorhebt. Einige Originalversionen, wie »Skilly and Charubdish«, werden einfach übernommen, und dagegen ist nichts einzuwenden.

Peinlich hingegen wird es bei »Nausikaa«, was Joyce zu »Naughtsycalves« erweitert hat. Die lautliche Angleichung enthält »naughty«, womit der exhibitionistische Akt der modernen Nausikaa im *Ulysses* – oder Blooms voyeuristische Reaktion darauf – bezeichnet ist (»naughty« kommt denn auch im »Nausika«-Kapitel vor). Das Adjektiv deutet eine freche, aber doch nicht ganz unwillkommene Ungehörigkeit an – zur Not könnte man es sogar noch mit »böse« wiedergeben. Und so wird aus »Naughtsycalves« in der Übersetzung – »Bösekälber«. Für jeden Leser des *Ulysses* ist es ganz klar, daß es sich hier nie um Kälber (»calves«), sondern um die provokativ-frech zur Schau gestellten Waden (ebenfalls »calves«) der Gerty MacDowell handeln muß. Die völlig sinnlosen »bösen Kälber« lassen sich denn schlechterdings durch nichts mehr rechtfertigen, um so weniger, als ja Burgess dem »Nausika«-Kapitel ein paar Seiten gewidmet hat und diese Seiten ja ebenfalls übersetzt – und somit gelesen – werden mußten.

Übersetzung ist immer schwierig, bei *Finnegans Wake* sogar, zugestandenermaßen, unmöglich; wer Joyce vorstellen will, verstellt ihn zugleich. Aber die vorliegende Häufung von Entstellungen, Simplifikationen, Verballhornungen und »bösen Kälbern« geht – in einem Werk, das dem deutschsprachigen und damit hilflosen Leser *Finnegans Wake* nahebringen will – zu weit. Der durchschnittliche Leser, für den die ganze Arbeit unternommen wurde, wird kaum einen weiteren Gedanken auf *Finnegans Wake* aufwenden. Die Übersetzer wußten offensichtlich nicht, was sie taten, obwohl Burgess davon spricht, was sie hätten tun müssen. Jemand im Verlag hätte Alarm schlagen sollen. Nun ist es zu spät.

So schrieb er nicht, der Mann aus Dublin namens Joyce.

Lesbarmachen und Interpretation

Es fügt sich, daß eben ein Buch herausgekommen ist, das unter manchem anderen Teile von *Finnegans Wake* dem Leser vorstellt und, auf besondere Weise, übersetzt: *Der Triton mit dem Sonnenschirm* von Arno Schmidt.[4]

Die »großbritannischen Gemütsergetzungen«, wie die Aufsätze bezeichnet sind, gelten Aspekten angelsächsischer Literatur, die dem deutschsprachigen Leser nicht so geläufig sind – darunter sind die Geschwister Brontë, Wilkie Collins, Dickens, James Fenimore Cooper und andere. Nicht weniger als vier Aufsätze sind James Joyce gewidmet, wenn man bei Arno Schmidt je von Widmung sprechen darf. Die Form des Dialogs, von der früheren Präsentation im Rundfunk her begünstigt, eignet sich dabei gut dazu, die etwas zwiespältige Haltung, die Schmidt gegenüber Joyce immer eingenommen hat und die in früheren Veröffentlichungen zu verfolgen war, in verschiedene Stimmen aufzusplittern. Eine dieser Stimmen drückt gewöhnlich unverhohlene Ablehnung, eine andere, die dem Verfasser am nächsten steht, eine stark eingeschränkte und ihrerseits auch schon wieder ambivalente Zustimmung aus. Die Darstellung ist lebhaft und alles andere als orthodox.

Mit dem Ton dessen, der sich als einziger seiner Umgebung in eine abseitsliegende Sache vertieft hat, der aber gleichzeitig von der Vernunft und Einsichtigkeit der gesamten Fachwelt auch nicht überzeugt ist, kommentiert, paraphrasiert, glossiert und beurteilt Arno Schmidt *Finnegans Wake*, und er übersetzt auch daraus. Diese Über- (und Auseinander-)setzungen verdienen in jedem Fall Beachtung, schon weil sich Schmidt jahrelang mit *Finnegans*

Wake befaßt und sich auch schon zu Übersetzungsfragen geäußert hat.

Zufällig findet sich auch das Gebet, das bereits weiter oben in einer anderen Übersetzung gezeigt worden ist, »Loud, heap misery upon us ...«, in einer Schmidtschen Fassung: Der Ton ist noch weniger ehrfürchtig als bei Joyce:

> ... Daß sie sich nicht erkälten. Nichts von Scheiß-Mord schlaf-reden. Daß sie nicht wahnsinnig werden. Wieichesfürchte.
> : HErr, überhäuf' uns selbst mit Miseren; unsere Kunstwerke aber umwind' mit Gelächter-Guirlanden! (S. 252/53)

Auch hier wird nicht zu sehr auf die Mehrstimmigkeit eingegangen. Im zweiten Satz wird das, was bei Joyce eine deutlich wahrnehmbare, aber eben nur *eine* Bedeutung ist neben einer andern, etwas überdeutlich vergröbert. Die Andeutung geschieht mit dem Zaunpfahl. Das ist nicht (nur) Ungeschick, es entspricht dem Bemühen, *Finnegans Wake* etwas von seinem Nimbus zu nehmen.

Im letzten Satz – einem der meist zitierten des ganzen Buches – ist vom religiösen Grundgerüst nicht mehr viel übriggeblieben, an dem Joyce *seine* Girlanden anbringt. Der Grund ist wohl nicht Unkenntnis, sondern Absicht. Es wäre leicht gewesen, zum Beispiel durch die kleine Erweiterung von »Miseren« zu »Misereren« einen liturgischen Anklang zu retten. Aber das hätte wohl der Tendenz widersprochen, mit der Schmidt fast alle kirchlichen – wie auch die spezifisch irischen – Themen aus der Übersetzung heraushält. Es wird klar ersichtlich, daß er sich auch in Fragen der Zeichensetzung – die ja auch Rhythmus und Gliederung bestimmt – gar nicht ans Original gebunden fühlt.

Verstehen läßt sich diese Vereinfachungsabsicht schon deswegen, weil die Stellen aus *Finnegans Wake* gar nicht eigentlich als Übersetzungen ausgegeben werden – es hätte also keinen Sinn, über verlorene Bedeutungen zu klagen. Es geht Arno Schmidt um Überlegungen zu einer »Lesbarmachung«. Lesbar werden die angeführten Stellen, und diejenigen, die Schmidt einst selbst am Radio vorgetragen hat, auch angenehm hörbar.

Und damit ist für *Finnegans Wake* schon einiges geleistet. Niemand wird Arno Schmidt je vorwerfen können, daß er bei seinen Übertragungen mit den Vorbildern zaghaft umspringt, und bei einem so sonderbaren Werk mit so vielen Ansatzpunkten ist das schon gar nicht zu erwarten. Aufschlußreich ist beispielsweise die Wendung, die dem ganzen Essayband den Titel abgegeben hat. Mehr als ein Bruchstück eines Satzes läßt sich dabei nicht untersuchen. Eine der lesbar gemachten Stellen: »... der Triton mit dem Sonnenschirm, im Brustton des Miß-Selbstgesprächs«, ist ein Versuch, drei Wörtern aus *Finnegans Wake* beizukommen: »how parasoliloquisingly truetoned« (FW 63).

Da dieselbe Bedeutungsverdichtung innerhalb der Wörter im Deutschen nicht möglich ist, löst Schmidt die Wortfolge in zwei Bedeutungsfolgen auf, die hintereinander stehen, ein Behelf, der sich kaum vermeiden läßt. Natürlich wird dabei die Auffassung, die der Übersetzer von der Stelle hat, entscheidend: »truetoned« wird somit zum Brustton, und die Elemente, die im langen Wort erkennbar sind (*soliloquy, paralogism* oder *para + logos*), fügen sich zu »Miß-Selbstgespräch« zusammen. Den restlichen Bestandteil – »parasol« – macht die Übersetzung zu »Sonnenschirm«, und in »truetoned« wird, zudem, etwas problematischer, Triton gesehen.

Fraglich ist diese Deutung weniger nach ihrer Lautung (solcherart *sind* die Wortspiele in *Finnegans Wake*) als deswegen, weil sie in keinen Kontext zu passen scheint. Nun liest aber Schmidt nicht nur einen Triton aus dem Wortlaut, sondern setzt ihn erst noch – durch die Verwendung als Kapitel- und Buchüberschrift – mit James Joyce selbst gleich, wozu es eigentlich kaum Anhaltspunkte gibt.

Das kurze Satzfragment ist typisch für das übersetzerische Vorgehen: mit der Lesbarmachung verbindet sich eine eigenwillige Interpretation. Als Buchtitel übrigens ist »Der Triton mit dem Sonnenschirm« treffend; nicht weil er den »wahren Ton« des Joyceschen Werkes angibt, sondern, aus dem ganzen Textzusammenhang, die Weise zu implizieren scheint, *wie* hier eine Auffassung von Joyce vorgetragen wird – im Brustton des Selbstgesprächs.

Daß die Lesbarmachungen eigenartig ausfallen, ist durchaus gewollt. Es geht ja darum, ein »Lesemodell« darzustellen, das vom überlieferten merklich abweicht.

Die bisherigen Kommentatoren haben, so findet Arno Schmidt, zu sehr zur Mystifizierung geneigt, und zur Entzauberung wird ein Modell vorgelegt, das das Autobiographische am Buch herausstreicht und die Handlung auf eine Eifersuchtsgeschichte zwischen James Joyce und seinem Bruder Stanislaus zurückführt.

Arno Schmidt hat ein Erinnerungsbuch von Stanislaus Joyce *(Meines Bruders Hüter)* und ein Tagebuch *(Dubliner Tagebuch)* seinerzeit ins Deutsche übertragen und ist dabei offenbar auf diese Zusammenhänge gestoßen. Freilich kommt er sich zu Unrecht als der erste vor, der etwa auf den anatomischen Hintergrund von *Finnegans Wake* hinweist, und auch wo es um private Rivalitäten und Abrechnungen und um Stanislaus geht, bemerkt Arno Schmidt nicht, daß einige der geräuschvoll eingerannten Türen schon lange offen gestanden haben. Das Verhältnis von James zu Stanislaus ist längst schon als ein *Teil*aspekt des Verhältnisses von Shem zu Shaun im Buch erkannt worden.

Grundsätzlich aber sind wir um jedes andersartige Lesemodell froh, weil es dazu veranlaßt, das bei *Finnegans Wake* als verstanden Geltende von einer anderen Seite anzugehen, und weil vom bisher immer noch Unbekannten etwas erschlossen werden könnte. Und gerade da wären wir Schmidt dankbar, wenn er Behauptungen, die wirklich zu neuen Auffassungen führen könnten, auch durch Belege stützte. Wenn es zuträfe, daß »das WAKE selbst zum größten Teil in Triest lokalisiert ist«, wüßten wir über das Buch etwas Wesentliches. Es bleibt aber bei der Behauptung.

Als skurrile Ergänzungen zum bestehenden Kommentar zu *Finnegans Wake* haben also die Lesbarmachungen und die Erläuterungsversuche ihren Reiz; sie regen an und sollten schon deswegen nicht zu sehr verwirren, weil Schmidt im allgemeinen seine Karteikarten offen auf den Tisch legt und auf das Vorhandensein des anderen Lesemodells immer wieder herablassend hinweist.

Immerhin sind die Leser, die bisher zu *Finnegans Wake* keinen Zugang finden konnten (also der größere Teil), etwas hilflos gewissen Einseitigkeiten ausgesetzt. Schmidt unterschlägt etwa konsequent die Gestalt in *Finnegans Wake*, in der sonst die eigentliche Substanz des Buches gesehen wird: *H.C.E., H.C. Earwicker, Here Comes Everybody* usw. Dafür, daß Schmidt die Hauptfigur aus dem Rollenverzeichnis streicht, wären ein paar Erklärungen angebracht.

Befremdlich wird vor allem die etwas gewaltsame Technik wirken, mit der die Entschlüsselung einzelner Ausdrücke betrieben wird. Es ist klar, daß sich die Joyceschen Sprachgebilde nicht für *jeden* Deutungsversuch hergeben lassen sollten; und auf dem noch umstrittenen Gebiet der Grenzen von Wortspielauflösungen verfährt Arno Schmidt zu unbekümmert um Laut und Sinn.

Für die durchgehende Reduktion des Buches auf einen Bruderzwist braucht er als gewichtiges Indiz »garrotted person«, das einmal im Text vorkommt. Es wird von Arno Schmidt darauf bezogen, daß James Joyce vom Bruder unter einen Wasserhahn gehalten und dabei in einen Würgegriff genommen wurde, also eine »garrottierte Person« war. Davon ausgehend, sieht er nun den wichtigen Hinweis Garrotteur an anderen Stellen: »... einmal 403, als ›Jugurtha‹ verkleidet, was man ja als ›you gárrotter!‹ nachzuröcheln hat ...«

Es ist zweifelhaft, ob ein solches Nachröcheln das Verständnis von *Finnegans Wake* fördert. Die Gefahr besteht, daß der vertrauensvolle Leser in die Irre geht. Zunächst wird er glauben, in *Finnegans Wake* finde sich eine Form »Jugurtha«. Dem ist nicht so, im Buch steht »Gugurtha«. Darin mag manches stecken, sicher der Name Jugurtha, wohl auch Gogarty (der Name eines ehemaligen Freundes und eines der Vorbilder für die Shaun-Figur), und »jug« usw. Der Text muß aber schon ordentlich gewürgt werden, um auch noch »you garrotter« herzugeben (und, noch gewaltsamer, soll »garrot« sogar noch in einer Buchstabenfolge »Gortigern« vorkommen). Wenn »Gugurtha« oder »Gortigern« als »garrot(ter)« zu lesen sind, dann wird die Lektüre von *Finnegans Wake* zu einer recht willkürlichen und wenig sinnvollen Angelegenheit.

Aber noch willkürlicher wird es, wenn der Faden weitergesponnen wird: »Darf ich noch nachtragen, daß in ›garrotter‹ auch ›carrot‹ steckt; ein Epitheton der ›rothaarigen Maid‹: ›Rote Rüben‹ heißt's in *Nestroys* ›Talisman‹.« Wir sind also aufgefordert, in »garrotter« auch »carrot« zu sehen, und kommen so auf gewundenen Wegen zu Nestroys »Talisman«. Da aber »garrotter« in *Finnegans Wake* gar nicht vorkommt, sondern nur aus »Gugurtha« erschlossen wird, ist der Weg noch ein gutes Stück länger.

Was daran verdrießt, ist der Umstand, daß Anknüpfungen solcher Art durchaus im Bereich der Leseerfahrung liegen, daß es sogar einen Bezug von Gugurtha zu einem Talisman geben *könnte* – hergestellt werden aber kann dieser Bezug nur dann, wenn auch gezeigt wird, mit welchen weiteren Anspielungen, Parallelen, Analogien Joyce das untermauert, was sonst eben einfach als eine unter vielen möglichen Assoziationsketten zu gelten hat.

Es ist also nötig, den unbefangenen Leser vor allzu freien und nicht durch Text und Kontext angeregten Kombinationen zu warnen, vor den babylonischen Irrtümern, zu denen die Schmidtschen Auslegungen Anlaß bieten. Der Leser muß also wissen, daß Schmidt den Text von Joyce nicht immer genau wiedergibt (viele Miß-Zitate und kleine Verdrehungen), daß die Interpretation mit Wucht und Behagen forciert sein kann (nicht alle Zettel in der Kartei stimmen), und daß manches von dem, was an Kraut und Rüben im Irrgarten von *Finnegans Wake* aufgezeigt wird, nicht Joyce selber als Gärtner gehabt hat.

Akzentverschiebungen beschränken sich nicht auf Joyce. Typisch dafür ist »Der Fall Ascher« – die Form, in der Poes *The Fall of the House of Usher* erscheint. Dabei sollen die im Namen Usher als Nebensinn vorhandenen Bedeutungen (Asche, »ash-plant«, »Stamm Ascher des AT«) die Veränderung in Ascher rechtfertigen. Ob nun diese Nebenbedeutungen nicht auch aus »Usher« herausgehört werden könnten (wie es ja im Original auch geschehen müßte) und ob nicht eine Hauptbedeutung »usher» (wenn man schon den Namen als englisches Wort liest) ganz verloren geht, wäre dabei zu bedenken.

Ein paar Vorbehalte sind also angebracht. Darüber hinaus aber besteht kein Grund, sich nicht mit Vergnügen und Gewinn den Erschütterungen auszusetzen, die dann entstehen, wenn sich ein origineller Schriftsteller mit einem noch originelleren Vorgänger befaßt, der ihm offenbar in die Quere gekommen ist. Das Ergebnis (Interpretation wie Lesbarmachung) ist nicht immer echter Joyce, aber zweifellos immer echter Arno Schmidt.

Es wäre ja im Grunde auch gar nicht wünschbar, daß sich jemand, der über schöpferische Sprachpotenz verfügt, auf die mühselige Kleinarbeit, wie sie *Finnegans Wake* verlangt, zu sehr einließe und dabei das eigene Schaffen vernachlässigte. Eine Zeitlang wurde vermutet, Arno Schmidt habe sich die Übertragung des ganzen *Finnegans Wake* vorgenommen. Ohne Zweifel wäre eine solche Lesbarmachung oder – wie es im vorliegenden Band auch bezeichnet wird – eine »Entzerrung ins Deutsche« beachtenswert ausgefallen und hätte nicht nur die Anhänger von *Finnegans Wake* aus den verschiedenartigsten Büschen geklopft.

Gleichzeitig hätte dem sicher ungeheuren Aufwand etwas von Zeitverschwendung angehaftet. Arno Schmidt gibt an, wie er sich das vorstellt, was bei der offenkundigen Unmöglichkeit, *Finnegans Wake* zu übersetzen, getan werden könnte: eine mehrspaltige Darstellung, mit deutschem Text und einer breiten Spalte mit Worterklärungen und Raum für das »andere Lesemodell«. Es wäre also schon in der äußeren Form gar nicht so unähnlich zu dem eigenen Werk, *Zettels Traum*, dem sich Arno Schmidt nun statt einer *Finnegans-Wake*-Übertragung zugewandt hat, wohl in der vernünftigen Einsicht, daß es besser ist, Wesenszüge von einem so irritierend-faszinierenden Werk gleich in eigene Literatur umzusetzen. *Der Triton mit dem Sonnenschirm* enthält willkommene Vorstudien zum *opus magnum.*

(1969)

»WEHG« ZU FINNEGAN?

Nachdem ein halbes Jahrhundert darauf verwendet worden ist, *Finnegans Wake* im Original nicht zu bewältigen, ist es vermessen, von einer Übertragung schon nach wenigen Wochen mehr zu vermelden als ihre Existenz. Die ist unwahrscheinlich genug und ein kleines Wunder. Die Unübersetzbarkeit von *Finnegans Wake* braucht keinen Nachweis mehr, und sie wird durch das imponierende Werk von Dieter Stündel nicht widerlegt. Die Unmöglichkeit liegt vor, massiv und gewichtig, auf 1264 Seiten, 42 x 30 cm: links der mit Marginalien versehene Text von Joyce, und daneben zeilengleich das, was eingestandenermaßen keine Übersetzung sein kann, doch *Finnegans Wake* ist »erstmals vollständig ins Deutsche gebracht« – so der Verlag.

Das Unterfangen ist herkuleisch: über sechshundert Seiten einer Prosa, die von Mehrdeutigkeit lebt und sich nicht aufs riesige Sprachgut des Englischen beschränkt, waren, wie auch immer, ins Deutsche zu bringen. Jedes Wort darin, so pfeifen es die Legenden von den Dächern, hat viele Bedeutungen. Nicht jedes natürlich, aber die meisten schon, die Frage bleibt, welche davon wir allenfalls zu erkennen vermögen oder dazuerfinden. Wenn wir Glück haben, hören wir Untertöne von Zitaten, Liedern, Klischees, Anzeigen, oftmals Gassenhauer, Slogans, Limericks, die längst verklungen sind. Das Glück überreicher Einsichten bleibt jedoch Ausnahme, zu vieles entzieht sich dem vereinigten Verständnis, auch wenn eine munter anschwellende Sekundärliteratur unsere Verlegenheit gut zu überspielen weiß. Ideale Übersetzer müßten fast alles verstehen und es dann kulturell entsprechend neu einrichten, ganz anders und doch irgendwie gleich wirkend. Daß so etwas auch nicht entfernt durchführbar ist, sanktioniert noch so unzureichende Versuche. Anderseits könnte der Fall *Finnegans Wake*, der alle bekannten Probleme übersteigert und vom Randdasein in neue Brennpunkte katapultiert, unsere Vorstellungen vom Übersetzen durcheinanderbringen und wissenschaftlich daherkommende Schwammigkeiten wie »adäquat« oder »äquivalent« ins passende schiefe Licht rücken.

Dieter Stündel mußte einen verworrenen, nicht erschlossenen, wenn auch eifrig kommentierten Text – Wort um Wort, Phrase um Phrase – drehen und wenden, auf Hintersinn abklopfen und sich zum Erkannten unter anderen Voraussetzungen etwas einfallen lassen: »something supernoctural« ist ja noch durch »etwas Übernachtürliches« zu leisten. Bei »eddas and oddes bokes of tomb, dyke and hollow« kann die Sache schon nicht mehr aufgehen, denn die Eddas, nordische Sagen von einem Oddi, »odds and ends«, das Totenbuch (Book of the Dead), »Tom, Dick und Harry« (= jedermann, konkreter auch drei immer wieder auftretende Soldaten), und allerlei Geographisches (ganz zu schweigen von, wer weiß, *eddies*, *odes* usw.) sind nicht unter einen Hut zu bringen, also bleibt aller selbstgerechte Anstoß an »Eddas und vierrückten Bocks der Toten ... Kräckdi und Pleckdi ...« müßig. Es braucht, neben allem Fleiß, gehörig Mut dazu, über 600 Seiten dicht überlagerte Andeutungen und Stolpersteine nun Krethi und Plethi in großzügiger Typographie vorzulegen. (Nur zum Vergleich: die Zürcher Lesegruppe bewältigt in ihren wöchentlichen Exerzitien in zwei Stunden etwa eine Seite und ist bei einem Tempo von einer Zeile in fünf Minuten gewöhnlich am Ende um geringes klüger, aber erheblich benommener als wie zuvor.)

In der Aufmachung als korpulenter Gegenstand erinnert *Finnegans Wehg* an Arno Schmidts *Zettels Traum*, der wiederum seltsam mit *Finnegans Wake* vernabelt ist, und in der Tat hat sich Stündel intensiv mit Schmidt abgegeben. Ähnlich wie der Meister transponiert er ohne falsche Zimperlichkeit. Dabei sind dem Verlagsprospekt gemäß »50 000 neue Wörter« zur Bereicherung der Muttersprache in die Welt gesetzt worden. Darunter z. B. »Niddergewurfeeniß« oder der Nachsatz zum Titel: *»Kainnäh ÜbelSätzZung des Wehrkeß fun Schämes Scheuß«*. Der Vorspann ist Beispiel und Warnung, er verlangsamt das Lesetempo und verändert unsere Einstimmung. Auf *Wake*sche Manier bleibt in der Schwebe, ob die Umsetzung keine ist oder keine üble. Dazu kommen Weh, Nähe, Zunge, Scham, Keß- und Scheußlichkeiten sowie eine Selbstbezichtigung, daß gleich zu Anfang Kain seinen Bruder umgesetzt hat. Das sinnträchtige Sperrfeuer nimmt besserwisserischen Wind aus allen nörgelnden Segeln und vermehrdeutlicht, daß getreue Wiedergabe aller lautlichen und semantischen Schichten ohnehin unerreichbar bleibt – nicht aber das kaum weniger anspruchsvolle Ziel, »mit dem Deutschen so umzugehen wie James Joyce mit der englischen Sprache«. Als oberstes Gebot galt es, »der lautlich-sinnlichen Ebene des *Wake* gerecht zu werden« (Verlagsprospekt).

Also schwebt oder hinkt *Finnegans Wehg* mit seiner lautlichen Sinnlichkeit, wie sich alles anhört oder fühlt. Somit sind alle folgenden Zitate als Kostproben gedacht. Testlauf wäre z. B. die rhythmische Wirkung von »und jättermann llebte alleim mit jottermann anderen« gegenüber von »and everybilly lived alove with everybiddy else«. Allerdings macht der *Wehg* das lautlich-sinnliche Abheben dem Auge nicht ganz leicht, denn die Schreibweise stellt ein paar Hindernisse auf. Schon ein Gebilde wie »ÜbelSätzZung« sperrt sich der artikulierenden Zunge – aber es macht eine sichtbar. Großschreibung im Wortinnern findet sich schon bei Schmidt, sie hemmt den Redefluß und vermittelt dem Auge Halt. Solche Fingerzeige, aufdringlicher Dienst am Kunden, fehlen bei Joyce.

Sprache geht fremd

Der vielsprachige *Wake* ist seine eigene Übersetzung; sein »are you sprakin sea Djoytsch?« ist bereits Zitat geworden. In »fargoneahead« wird Vergangenes (»far gone«) aufgerufen, gleicherweise die Zukunft (»far gone«, »ahead«), und wer's nicht glaubt, bekommt »Vergangenheit« als deutsche Bestätigung untergeschoben. Das Wort legt sich selber um. Eine Folge wie »Fee gate has Heenan hoity, mind uncle Hare?« löst sich in eine Reihe englischer Wörter mit einem irischen Namen auf und kippt durch Ortswechsel in einen deutschen Satz: »Wie geht es Ihnen heute, mein dunkler Herr?« Aus welcher Sprache wäre hier zu übersetzen, in welche? Dieter Stündel weicht der bequemen Lösung aus: »Oui gät häs Hihnnen euter, main dunkehler Hörr?« Unwesentlich wohl, daß *Oui*, Euter, Kehle oder der Main als Fluß Tor, Buße, Onkel oder Hase vom Original verdrängt haben, nur bleibt vom Englischen keine Spur und das Ganze ist keine interne Umsetzung mehr.

Manche *Wake*-Stelle ist *als* fremdsprachlich gekennzeichnet und wäre nach allgemeinen Gepflogenheiten zu belassen. Stündel bringt sie in freier Entscheidung heim ins gewohnte Territorium der *ÜbelSätzZung*. So gebärdet sich verkorkste Kirchensprache (»Quodestnunc fumusiste volhvuns ex Domoyno?«) als schlichtes Deutsch: »Was ist das nun für ein Rauch, der aus dem Herren steigt?« Umgekehrt wird ein Absatz in unverdrehtem Latein eher kompliziert, so daß aus *»opifex, altus prosator«* ein *»Cuntstleer, der herrführraginde Schreibbär«* entsteht mit allerlei Nebengeräuschen, die im Latein nicht auszumachen sind. Die bereits erwähnte Schöpfung »Niddergewurfeeniß« gibt *»deiectiones«* wieder.

Finnegans Wake enthält gegen Ende erratische Blöcke von Sanskrit-Wörtern wie »Vah! ... Dah!«, »Svapnasvap«, »Shavarsanjivana«. Sie werden angleichend entfremdet: »Ström! ... Brenn!«, »Einjeschlappen«, »AlllebensBringer«; »mögliche IllusionsFähigkeit« steht für eine parodierende Wendung »maybe mahamayability«. Die Verdeutschungen geben mit Absicht jegliche indische Färbung preis. Das Einglätten bereitet Lesern weniger Verdruß, doch diese selben Leserinnen, denen Sanskritbrocken aus dem Weg geräumt werden, sind damit nicht nach Osten verwiesen – dorthin, wo die Sonne aufgeht, denn im *Wake* bricht langsam der neue Tag an, es wird Zeit aufzustehen. In diesem Zusammenhang deutet Sanskrit auf Wiederauferstehung, Vorstellungen, die hin und wieder im Westen modisch neuauferweckt wurden. »Einjeschlappen« reinigt den Text von fernöstlicher »maybe mahamayability«.

Welche Spielregeln auferlegt sich der *Wehg*? Wenn die Identifikation der Hauptfigur auf den wiederkehrenden Initialen H.C.E. beruht (wie im oft zitierten »Here Comes Everybody«), ergeben sich Probleme schon aus dem Mangel von Wörtern, die im Deutschen mit C anlauten. Die Akrostik von H, C und E geht zuweilen leicht von der Hand (»hält eine Carta entfaltet«), ein himmlischer Fingerzeig »A hand from the cloud emerges« hingegen nicht ohne Brecheisen und auf Kosten sinnlicher Beschwingtheit: »Eine Hand aus den CWolken erscheint.«

Gegen semantische Abstriche wird kaum jemand Vernünftiges einwenden, die vielen Determinanten von *Finnegans Wake* heben sich gegenseitig auf. In

> Mark Time's Finist Joke. Putting Allspace in a Notshall

spielt Joyce Zeit (»Notshall« als »shall not«) gegen Raum (»Allspace«) aus und illustriert es durch »Mark Time« (militärisch: an Ort treten), einen andauernden Stillstand; das große All (all space) verdichtet sich in einer Nußschale; der letzte Scherz der Zeit ist wohl der Tod, *finis*. Erinnert wird an Mark Twain (Schöpfer eines Finn in der neuen Welt) sowie König Marke. Der *Wehg* zieht sich mit

> Mark Taims Letzten Jokus. Und steckte Nelken in die NußSchale

aus vielen Affären. »Zeit« versteckt sich um zwei Ecken herum (»Taims«); der Raum scheint fast ganz entschwunden, weil »Allspace« als phonetische Abart von »allspice« weitergereicht wird, einer Gewürzmischung (»Nelkenpfeffer« in Wörterbüchern). Vermutlich wird geliebt (»t'aime«?). Prioritäten verschieben sich, Unvereinbarkeiten drängen sich vor, Okklusionen sind unausbleiblich. Die in die Nußschale gesteckten pluralisierten Nelken werden wohl als Blumen gelesen, und nicht als Gewürz. Ganz von der Bühne gerät Hamlets Anspruch, sich in seinen Träumen selbst »in a nutshell« als »king of infinite space« zu sehen – »all space in a nutshell« (in der Zusammenschreibung ist etwas Raum, ein Spatium, herausgelöst). Verflüchtigt hat sich das zeitliche »Notshall«, etwas Zukünftiges, was vielleicht nicht sein soll, dazu ein biblisches »Thou shalt not«. Die Stelle charakterisiert *Finnegans Wake* selber, einen Traum, der Raum und Zeit an kleinstem Ort unterbringt, wo sich Bedeutungskerne entfalten *(in nuce)* oder wo Nuklearetymologien freigesetzt werden. Die Nelken – nicht »unrichtig«, höchstens abwehgig – können da nicht mithalten. Das weiß der Autor, und er weiß genausogut, daß uneinlösbare Forderungen gestellt werden, die letztlich bloß offene Wunden nach Athen tragen.

Störwirkungen sind unvermeidlich: Bei »Cuntstleer« ist die Abgleitung offensichtlich beabsichtigt, anderswo vielleicht nicht. »Nelken in die Nußschale« haben einen gewollten oder möglicherweise nicht ganz bedachten biologischen Nebeneffekt, viele hören vielleicht einen Lokus aus dem erwähnten »Jokus«. Doch auch im *Wake* stört alles das, was nicht, oft noch nicht, einzuordnen ist, das Buch ist eine Orgie von Nebenwirkungen. Fast alles liegt daneben – neben dem Sinn, der allenfalls zu erraten ist.

Ganz wie im Original sehen wir uns im *Wehg* oft überfordert, gleichwohl vertraut die ÜbelSätzZung auf das Gespür der Leser für latente Bedeutungen nicht unbedingt. Aus einer bekannten Passage – »they were yung and easily freudened« – hören sich (besonders im Anschluß an »Sykos ... on alices«) unschwer die Väter der Psychoanalyse heraus, die eben das aufzudecken suchten, was unter der Oberfläche liegt. Solche Analyse stützt sich auf Erinnerungen an früheste Jugend – als wir jung und verängstigt *(frightened)* waren; die Schreibweise zeigt auch Fehlleistungen. Der Übersetzer nimmt die Mini-Entdeckungen durch Markierung unübersehbar vorweg: »als sie JUNG waren und sich leicht FREUDeten«. Gleichzeitig ist mehr großgeschriebener Freud vorhanden und weniger funktionaler. Fast reine Freude hat die Angst verdrängt. Verdeutlichungen sind übersetzerische Berufsrisiken, auch Unterschlagungen und Vereinfachungen. Doch nicht immer liefert die Stündelsche Fassung weniger oder Vereinfachtes. Es gibt auch Gratisbeigaben: der bloße Name des legendären »Finn MacCool!« wird durch »Finn MacCool, der Allmenschtdicke!« mit einem Attribut versehen.

Finnegans Wake ist einerseits nach allen Richtungen offen und intertextuell mit der westlichen Kultur in entlegene Ecken verflochten, dann aber wieder autonom in der Verarbeitung seiner selbst. Kaleidoskopisch werden gleichunartige Teilchen verändert neu zusammengebracht. Die Kurzformel »the same anew« beschreibt das Verfahren und inszeniert es durchs Exempel. Varianten wie

> remews the same – The same renew – This aim to you! – We annew – To flame in you – The sehm asnuh

lassen eine Vernetzung ahnen. In der deutschen Folge

> Dassolmsbe nochma – erneuert dieselben jedoch – Dasselbe nochmals – Dies Sielbe für dich! – Wir wieder – Um air neuert zu flammen – Das Schehen erneit

wird nicht gleichermaßen dasselbe jeweils erneuert. Einzelne Wiedergaben tanzen aus der mimetischen Reihe; konkrete Details, an sich vertretbar, verbergen oder verdrängen das Echo. »Das Sehen erneit« ruft die früheren Stellen gar nicht auf und läßt auch die beiden rivalisierenden Brüder Shem und Shaun aus dem anagrammatischen Spiel (»sehm asnuh«), sie sind in der vorgegebenen Matrix nicht unterzubringen. Damit verliert sich das Gefühl nachhallender Wiederholungen. Bewußt wahrgenommen oder nicht, vermitteln die Resonanzen dem Joyceschen Labyrinth die Unterschwelligkeit des Schongehörthabens, so daß Wiedererkennung gelegentlich das ersetzt, was sonst Verständnis wäre.

»Sündsags«

Lexikalische Ausfächerung ist zu erwarten, aber auch die Konstruktion ist bei Joyce nicht eindeutig. Allzuoft ist ein zugrundeliegender Satz nicht erkennbar. Schon der Titel nähert sich einem Genitiv, den der fehlende Apostroph verbaut; anders gedreht ist er eine Aussage *(Wake)* über ein Subjekt: »die Finnegans werden erwachen«. In einer Folge »... communicake with the original sinse we are only yearning...« wird kommuniziert »mit dem Original«, wenn »sinse« als Konjunktion »since« einen Nebensatz einleitet, oder aber wir zielen auf einen ursprünglichen Sinn (»original sense«) und daneben auf die Erbsünde (»original sin«). Grammatik sündigt, nicht umsonst wird Syntax zu »sintalks« (»Sündsags«).

Gelegentlich gerät selbst ein unproblematisch wirkender Satzbau auf einen Ab-*Wehg* (im Beispiel ist der Verdeutlichung halber die Hauptaussage hervorgehoben):

> *Let us now*, weather, health, danger, public order and other circumstances permitting, of perfectly convenient, if you police, after you, policepolice, pardoning mein, ich beam so fresch, bey? *drop this jiggery-pokery and talk straight turkey*

Der Kern (also ungefähr, »Lassen wir ... das Gequatsche und kommen zur Sache«) wird durch Einschübe unterbrochen, einmal durch Bedingungen (»weather ... permitting«: wenn Wetter und Umstände es zulassen), dann eine Reihe von Höflichkeitsfloskeln. Dem Deutschen unterliegt ein anderes Muster:

> Wir wollen nun Wetter, Gesundheit, öffentliche Ordnung und andere Umstände zur vollständigen Zufriedenheit bestimmen,

Konditionale Einschübe verwandeln sich in Objekte eines Verbs »bestimmen« von unbestimmter Herkunft. Nach der Aufzählung von Zuvorkommenheit,

> wenn du gestartest, nach dir, püttepütte, entschuldige mein, ich beam so fresch, bei?,

(»ich beam so fresch« ist ausnahmsweise seine eigene Übertragung) wird das folgende Verb als Imperativ aufgefaßt und das, was im Original »Let us now...« ergänzt, zu einem neuen Ansatz:

> laß diesen WhiskyPopanz fallen und rede geradheraus Kauderwelsch.

Wenn nicht die monströse Eigenartigkeit des *Wake* alle Interpretation zu Zweifelsfällen vernebelte, würde man Unkenntnis englischer Idiome vermuten (die dann auch die vielen belanglosen und selbstverständlichen Randglossen zum Original erklären könnte).

Es kommt, nach dem Autor, »darauf an, zu spielen«. Joyce hat das getan, indem er gerade das Übersetzen mit Spiel zusammenbringt: »transluding from the Otherman or off the Toptic«. Übertragen wird immer von einem Andern, man gerät dabei vom Thema ab (»off the topic«), und die Optik verschiebt sich. Vielleicht verfährt man aus dem Stegreif (»off the top of one's head«). Konkreter geht es um das Ottomanische oder das Koptische. Der *Wehg* – »von den Ondermannen übersätzt oder von den Kopptickern« – schreibt das Drehbuch um, indem die Ondermannen (mit den Kopptickern) nicht mehr Sprache sind, sondern aktiv zu übersätzen scheinen. Die deutsche Fassung beschäftigt sich weniger mit den Vorgängen und reflektiert damit nicht so sehr sich selber, vielmehr spielt sie mit Ottomanisch und Koptisch, nicht den Themen. Der Natur einer verdrehten Sache nach kann die *Wake*-Illustration *von* Übersetzungsproblemen (als Spiel oder Ver-Spielen: *transluding*) nicht nachgestaltet werden; die beschränkte Andersartigkeit jedoch veranschaulicht das, worauf der Joyce-Text anspielt: das Ergebnis weicht ab vom Gegenstand und verschiebt sich optisch. Der *Wehg* sucht die semantischen Pfade des Originals nicht, er gibt ihnen recht, er sagt nicht, aber er *ist* »off the toptic«.

Aufschlußreich sind also gerade Originalstellen, die kulturelle Übertragungen metathematisieren. Wie übersetzt man das Übersetzen als Vorgang? Ein exzentrisches Gebilde wie

> Traduced into jinglish janglage for the nusances of dolphins born

ist zunächst in das Englische zu übertragen, von dem auch die Rede ist; in »Traduced« schwingt etwas von Verrat oder Verleumdung mit und ein bekanntes Klischee. Das Englische wird zu einem ablautenden, spielerischen »jingle jangle«. Vielleicht weisen die initialen »j … j …« auf den Verfasser selber oder die Kritik, es sei gar nicht Joyce, der den inneren Monolog erfunden habe, sondern Mr. Jingle von Dickens. Hervorgebracht scheint das ganz *»ad usum Delphini«*, also für den Schulgebrauch verharmlost, gleichwohl wird es zum Ärgernis (»nuisance«). Der Dubliner Vorort Dolphin's Barn sagt vielleicht aus, daß es sich um eine lokal irische Fassung handelt. All dies ist nicht zu traduzieren; und es geht nicht darum aufzulisten, was in

> Übersetze in jenglischer Spracke zu Gierbrauch des gebohrenen Daulphins

auf der Strecke bleiben muß oder was hinzukommt (Gier, bohren), sondern abzuwägen, ob Stündel mit dem Deutschen ähnlich umgeht wie Joyce mit seinen Sprachen, also ob sein Satz auf sich allein gestellt lebt.

Wem die »Spracke zu Gierbrauch« auf der rechten Seite nicht zusagt, findet links daneben das originale »janglage for the nusances«, und zwar nicht allein den ganzen Originaltext, sondern marginale Glossen, wo die augenfälligsten Bedeutungen angegeben sind und damit Einblicke in die Werkstatt möglich werden. Das Duopack ist Anreiz zu dynamischer Wechselwirkung, aber auch Ausweg und Generalabsolution. Es wird nichts unterschlagen, alles ist da, das Deutsche wird zu kommentierender Girlande und Spielplatz für geniale Seitensprünge. Wenn links steht »This is viceking's graab« (Joyce) und rechts »Hier ist Fickingörls Grahlp« (Stündel), dann signalisieren beide Fassungen so etwas wie das Grab eines Wikingers. Links herrscht irische Geschichte vor, die Wikinger waren frühe Eroberer, später wurde das Land zu einer Beute (»grab«) der Briten und des Vizekönigs. Rechts scheinen sich unanständige Mädchen breitzumachen und der erhabene Gral wird aufgerufen. Wer die britische Dominanz im *Wehg* vermißt, bekommt sie im danebenstehenden *Wake* mitgeliefert, und der Ausgangswortlaut wiederum macht die Zugaben rechts leicht erkennbar. Wer allerdings mit dem Englischen des *Wake* einigermaßen zurechtkommt, ist auf eine ÜbelSätzZung wohl gar nicht angewiesen, und wem das Englische verschlossen bleibt, könnte leicht einer Vermutung aufsitzen, die beiden Texte seien, wie bei zweisprachigen Ausgaben üblich, mindestens im Ansatz dekkungsgleich.

Besserwisserei kann an vielen Lösungen vieles aussetzen, »Nelken« ersetzen weder Raum noch Zeit, und schon gar nicht Hamlet; »WhiskyPopanz« vielleicht nicht »jiggerypokery«. Falsch sind die Abarten gleichwohl nicht, sie sind zum mindesten rückkoppelbar. Daß etwas nicht stimmt, ist bei diesem Werk kein Einwand, denn *Finnegans Wake* ist ein Festival der Unstimmigkeiten und orchestriert Verstimmungen mit ungebrochenem Elan: »sinse« ist nicht *sense* und nicht *sins* und nicht *since* – nur haarscharf daneben. Die Frage stellt sich, was in einer Übertragung, selbst wenn sie keine ist, eines Werks, worin nichts, aber auch gar nichts richtig ist, falsch sein *könnte*. Was bedeutet ein Mißverständnis, wenn beim semantischen Tappen mit schemenhaften Anhaltspunkten das Verstehen ohnehin mißlingen muß? Paradoxerweise ist *Finnegans Wake* kaum bestritten als der am schwierigsten zu übertragende Text, gleicherweise zieht er allen denkbaren Einwänden den Boden unter den Füßen weg. Wie manche Beispiele dargetan haben, könnte jede vorstellbare Unzulänglichkeit einer *Wake*-Übertragung grundsätzlich als Verzerrung von Joyceschen Skurrilitäten passieren: das Buch fällt per definitionem aus allen Rollen, nimmt sich alle Narrenfreiheiten. Doch derartige Sophistereien stellen auch nicht zufrieden. Wenn sich promiskuöse Mädchen oder Gören (»Fickingörls«) ohne erkennbare Rücksicht auf den Urtext in einem historischen Grab tummeln oder die Gralslegende aus freiem Opportunismus die Neufassung verziert, dann fragt sich, was eigentlich nicht zulässig wäre und was eine Ins-Deutsch-Bringung dem Original schuldig sein sollte. Als positiver Anstoß könnten die Fragen unsere Vorstellung dessen, was Übersetzungen zu leisten haben, weg von lexikalischer Pedanterie lenken und hin zum Wechselspiel innertextlicher Dynamik.

Es bleibt subjektivem Urteil anheimgestellt, ob Dieter Stündels *Wehg* mit dem Deutschen ähnlich umgegangen ist, wie der englischen von Joyce mitgespielt wird. Es geht nicht um Mini-Entsprechungen, sondern darum, ob der Text als lautlich-sinnliches Gebilde abhebt und ob kein semantischer Schweiß vom poetischen Schwung ablenkt.

Ob er das zustande bringt, was Joyce aus einer irischen Ballade umgesetzt hat: »lots of fun ...«, ob im konkreten Fall »lovesoftfun at Finnegan's Wake« ähnlich strahlt und knistert in der Wiedergabe »Möngesparß bei Finnegans Wegh«.

(1993)

Es gelingt also, immer wieder, doch

»Der Gleichwohligkeitseffekt«

LITERARISCHE ÜBERTRAGUNGEN – EMPIRISCHES BEDENKEN

Klug vom Übersetzen zu sprechen ist bequemer als es selber tun. Übersetzer haben es schwer, sie können nicht vornehm und selektiv über der Sache schweben. Sie können nicht ausweichen in die Erörterung der Problematik, wie sie hier vorgeführt wird. Sie müssen in unzähligen Einzelheiten entscheiden, oft sehr notdürftig, und dazu brauchen sie die Kenntnisse, die Entscheidungen erst möglich machen. Zu diesen Entscheidungen äußern sich Theoretiker präzise, allgemeingültig und, wenn's denn unbedingt sein muß, verständlich. Der vorliegende Aufsatz ist nicht theoretisch, sondern versucht, einige veröffentlichte Entscheidungen einander gegenüberzustellen und zu kommentieren – und dies eklektisch auf Grund vermeintlicher Ergiebigkeit. Die Gesichtspunkte sind nicht systematisch aufgeführt oder auch nur geordnet. Ausgegangen wird von bestimmten Stellen, die aus mancherlei Gründen – erkannten oder nicht – als besonders eindrücklich erlebt worden sind und deren Übertragung in andere Sprachen und Kulturen zu Einsichten führen könnte. Nicht zufällig sind es Stellen, die sich als Deutungsansätze besonders eignen.

Abfolge und Spannung

Die Zahl der für das Übersetzen wesentlichen Gesichtspunkte läßt sich nicht beschränken; wir stoßen auf immer neue. Zeitgemäße Betrachtungsweisen (die sich gern zu modischen Theorien ausweiten) machen auf stets andere

Bezüge aufmerksam, die vorher wenig oder nicht beachtet wurden. Ein Aspekt, der in der Geschichte der Übersetzung eher zu kurz gekommen ist, ist sicher die Reihenfolge der Wörter im Satz, die wohl bedeutsamer ist, als Generationen von Übersetzern in ihrem Bemühen um Versmaß, Diktion, Wortwahl und ähnliches anzunehmen schienen. Jede Sprache bestimmt ihre syntaktischen Abläufe nach anderen Regeln, und diese Regeln oder Gewohnheiten hatten lange fast unwidersprochen Vorrang. Es gab Ausnahmen. Dem Homer-Übersetzer Voß wurde in schönen Abständen nachträglich vorgeworfen, er hätte die »Form« des Urtexts zu getreulich nachzubilden versucht und der Sprache mit seinen »unnatürlichen Wortstellungen« Gewalt angetan.[1] Nach jahrhundertelanger Vernachlässigung gab es gleichwohl immer wieder Anläufe, die originale Wortstellung zu bewahren; wobei allerdings derartige Absichten oft in den Vorwörtern deutlicher zutage treten als in der praktischen Anwendung. Das Beharrungsvermögen des Sprachgefühls scheint übermächtig. An einem uralten Beispiel aus der *Odyssee* mag hier die mögliche Wirkung der Wortfolge dargetan werden.

Im 19. Buch ist Odysseus, als Bettler verkleidet, im Palast bei Penelope, zum ersten Mal seit zwanzig Jahren. Sie ist umgeben von neugierigen Mägden, die leicht etwas mithören und es dann weitererzählen könnten: Vorsicht ist geboten. Odysseus erfindet einen seiner erdichteten Lebensläufe und sagt die baldige Wiederkunft des Königs voraus (der er selber ist). Es geht in der ganzen subtilen Episode um Erkennen und Nichterkennen, um Identifizierung und Verbergen. Ob Penelope ihn allmählich durchschaut oder nicht, bleibt strittig; es gibt Homer-Forscher, die eine Vermengung von ursprünglich zwei Varianten voraussetzen, deren eine auf dem Wiedererkennen beruht. Nach einem längeren Gespräch voller Andeutungen und Hinweise sollen nun, dem Brauch gemäß, die Füße des Fremden gewaschen werden. Odysseus ziert sich, dies von jungen Mägden besorgen zu lassen, hat aber gegen eine ältere Frau nichts einzuwenden. Die ist zur Hand, Eurykleia, seine alte Amme. Sie soll, sagt Penelope noch zu ihm, »dir die Füße waschen«, und richtet sich dann an die Amme selbst mit einem Befehl, der sich beim angeblich sklavisch formgetreuen Voß so ausnimmt:

> Auf denn, wasche den Greis...
> Er ist gleiches Alters mit deinem Herrn.[2]

Und ganz ähnlich geht es in Dutzenden von übertragenen Odysseen zu, mit leichten Schwankungen, oft in knapper Form:

Wasche den Altersgenossen deines Gebieters
(Weiher[3] und andere),
Wasche ihn, der im gleichen Alter mit deinem Herrn ist
(Schadewaldt),[4]
Lave cet homme qui a l'âge du maître (Jaccottet),[5]
un coetano del tuo signore lava (Onesti).[6]

Oft wird mit Zusätzen etwas weiter ausgeholt:

Wasche die Füße des Fremden, Odysseus' Altersgenossen
(Hubatsch),[7]
du, wasche den Gastfreund,
Der vielleicht mit dem Herrn gleich alt ist
(Meyer),[8]
Get up and wash
The feet of a man the same age with your master
(Rees),[9]

wash the feet
Of one coeval with thy lord and king (Worseley),[10]
rends cet office à ce vieillard, qui, par l'âge et le malheur, est l'image de ton maître (Dacier).[11]

Bei soviel Übereinstimmung (die hier lange nicht vollständig belegt worden ist) könnte man annehmen, die Odyssee enthielte etwas Entsprechendes. Dort steht es aber geringfügig anders. Erinnern wir uns, daß Penelope sagte, »sie wird dir die Füße waschen« – »hē se podas nipsei«; zur Amme gewandt, fährt sie weiter:

nipson soio anaktos – (Od. 19.358),

»wasche deines Herrn –«; und natürlich erwarten wir »podas« *(Füße)*. Es folgt aber, überraschend, »homēlika« *(Altersgenosse)*, und gleich darauf bemerkt sie, daß dieser Altersgenosse an Füßen *(podas)* und Händen gleich aussieht wie Odysseus. Und Eurykleia bricht in Tränen aus und redet zum Bettler, wie wenn er Odysseus, noch als Kind, wäre. Danach folgt bald die berühmte Szene der Fußwaschung, in der die Amme ihren Meister tatsächlich an der Narbe erkennt, aber zu Stillschweigen angehalten wird.

Bei Homer wird Odysseus beinahe, um ein Wort, verraten, im letzten Augenblick schiebt sich »Gleichaltriger« an die Stelle, wo »podas« hingehört. Eine lateinische, glossierende Übersetzung hat damit keine Schwierigkeiten:

lava tui domini aequalem,[12]

wohl aber Generationen von deutschen, englischen, französischen, italienischen. Nur wenige finden sich, die einen kritischen Höhepunkt auch nur ahnen lassen (was im Deutschen ohne Mühe zu bewerkstelligen wäre). Einmal geschieht es fast aus Zufall:

Wasche von deinem Herrn den Altersgenossen
(Jordan).[13]

W.H.D. Rouse, mit aufgewecktem Gespür für lebendige Darstellung, bleibt wörtlich:

Come here, Eurycleia, get up ... and wash your
master's yearsmate![14]

Robert Fitzgerald läßt Penelope an den Rand eines Versprechers geraten und sich gerade noch auffangen, dann das Versehen erst noch selber kommentieren:

Come here ...
and bathe – bathe your master, I almost said,
for they are of an age.[15]

Damit sind wir einer Enthüllung gefährlich nahe. Fitzgerald hat in einem Nachwort diesen Vers ausdrücklich hervorgehoben als ein dramatisches Bravourstück Homers. Sie dient ihm als Beleg seiner Auffassung, daß Penelope ihren Gatten erkannt hat und sich um ein Haar verrät. Diese Deutung wird von einer Minderheit der Fachleute geteilt; sie ist jedenfalls denkbar und macht naturgemäß die Stelle viel aufregender. Man könnte sich auch vorstellen, wie Penelope ohne Bewußtheit in eine alte Gewohnheit zurückfällt und etwas unbemerkt Zutreffendes *fast* enthüllt; auch dann noch hat sich die Spannung erhöht. Ein Kommentator des 19. Jahrhunderts nimmt an, daß das *nipson soio anaktos* »für die Zuhörer zuerst absichtlich zweideutig sein soll, als ob *podas* nachfolgen würde, wie denn auch das Folgende die Erwartung derselben im höchsten Grade spannen muß«,[16] also eine auf Zuhörer/Leser gerichtete Deutung, die offensichtlich weiter nicht beachtet worden ist.

Wie immer wir die Originalstelle auffassen, ihre potentielle Spannung erhält sich nur, wenn der Aussageablauf beibehalten wird; andererseits, d. h. in der überwiegenden Mehrzahl aller bestehenden Fassungen, wird aus dem Hangen und Bangen reichlich belanglose Häuslichkeit. Wer so etwas wie »Wasche deines Herrn Altersgenossen« liest, braucht sich deswegen noch nicht auf eine Deutung von Fasterkenntnis einzulassen; wem »Wasche den Altersgenossen deines Herrn« vorgesetzt wird, *muß* sie verschlossen bleiben und entgeht damit alle Dramatik. Ein ganz kleiner Unterschied – lediglich der Wortfolge. Dabei haben höchstwahrscheinlich die vielen Übersetzer die erregenden Möglichkeiten des schlichten Befehls einfach nicht erkannt. Woraus auch nur wieder zu entnehmen wäre, daß uns so aufgeschlossenen Zeitgenossen wohl manches in der Literatur noch nicht aufgegangen ist, was eine Nachwelt dereinst für wesentlich und selbstverständlich ansehen wird.

In der Schwebe

Sprachen mit freierer Wortfolge haben um so mehr Ausdrucksmöglichkeiten. Einer der wirksamsten Sätze von Kafka beruht wenigstens zum Teil eben darauf, wenn auch nicht nur. Im Kapitel »Im Dom« des Romans *Der Prozess* wird viel von Licht und Finsternis berichtet. K. leuchtet mit einer Taschenlampe ein paar Bilder ab; in einer Seitenkapelle »beleuchtete er mit der Lampe das Altarbild«. Und dann, mit elementarer Gewichtigkeit:

> Störend schwebte das ewige Licht davor.[17]

Das Ganze selber scheint zu schweben und zu stören, also das sprachlich vorzuführen, wovon die Rede ist. Die Mitteilung ist verzögert; wir lesen zuerst von Störung, dann von Schweben, bevor wir deren Ursache erfahren; die lesende Einsicht ist so beeinträchtigt wie die Sicht des Betrachters. Solche sprachliche Inszenierung verschwindet, sobald mit einem erkennbaren Subjekt begonnen wird:

> The light from a permanent oil lamp hovered over it like an intruder. (Muir)[18]

Was im Original zuerst fühlbar wird, ist hier nachgestellt und personifiziert; das Verständnis wäre ganz anders geleitet, wenn der Satz etwa mit »like an intruder« anfinge. Das prägnante, kirchliche »ewige Licht« ist umständlich erläutert und dabei in »light« und »lamp« auseinandergezogen worden, mit der unwesentlichen Dreingabe »oil«. In »permanent oil lamp« steckt wenig von Ewigkeit: alles bleibt vordergründig. In der ersten französischen Übersetzung fehlt die Ewigkeit überhaupt:

> La lumière du tabernacle contrariait celle de la lampe électrique. (Vialatte)[19]

Der Satz endet mit Technik; der Übersetzer hat die Taschenlampe vom vorherigen Satz in diesen verschoben und damit fast alles zu einer Interferenz von zu viel Lichtquellen gemacht. Impliziert ist das natürlich bei Kafka, nur liest sich das Original ironischerweise als etwas ungleich viel geheimnisvoller Dunkles. Eine Schwierigkeit ist wohl, daß für das katholische »ewige Licht« nichts ähnlich Knappes vorliegt und dadurch kaum ein Konflikt angedeutet wird zwischen einem Licht, das für alle Ewigkeit leuchtet, und seiner gegenwärtigen Ursache einer bloßen Sehbehinderung. Dem französischen Satz fehlt Zeit und Ewigkeit; dafür drängt sich die zusätzliche Vorstellung »tabernacle« in den Vordergrund. Eine spätere Übersetzung erklärt ihre Absicht, näher an den Text heranzukommen (»la présente traduction tente de restituer toute la force de cette écriture«), und versucht den kraftvollen Satz von Kafka eher frei inspirativ anzugehen:

> La lumière de l'adoration perpétuelle faisait un faux jour. (Lortholary)[20]

Hier ist am Anfang Licht und am Ende eine optische Täuschung. Im Gegensatz von »adoration« oder »perpétuelle« zu »faux« ist einiges an Spannung geleistet. Gleichwohl scheint der Aussage etwas von ihrer Wucht und deren Störung genommen. Von Störung oder Schweben ist kaum etwas vorhanden; auffällig ist, daß beide französischen Fassungen das ziellose Schweben durch aktive Verben ersetzt haben, die etwas Bestimmtes bewirken: was in der Schwebe bleiben sollte, wird zur dezidierten Handlung mit anschaulichem Objekt.

Auch im Englischen wurde *Der Prozeß* neu übertragen. Die spätere Version unseres Beispiels lautet:

> The perpetual light of the sanctuary lamp hanging in front got in the way. (Scott/Waller)[21]

Wenn das »ewige Licht« mit »sanctuary lamp« wiederzugeben ist, führt dies zu einer Ausweitung (mit der neuen Assoziation »sanctuary«) und einer Umständlichkeit, die wiederum übermäßig auf das Licht, zudem am Satzbeginn, überdeutlich aufmerksam macht, wo sich im Original das ewige Licht weit hinten im Satz beinahe versteckt und kaum betont wird, aber gerade deswegen um so nachhaltiger verwirrt. Die beiden Übersetzer scheinen den Grundsatz, »to keep close to the syntax and the lustreless informality of the original«, weniger ernst zu nehmen, als ihnen ein Vorwort bezeugt: *so* viel Licht ist gerade nicht »lustreless«; und die ursprüngliche Syntax wäre aus der vorliegenden Fassung kaum zu erahnen, aus keiner der oben angeführten.

Auch eine italienische Übertragung reguliert die Syntax zu herkömmlicher Reihenfolge:

> La lampada perpetua appesa davanti gli era di ostacolo. (Magris)[22]

Hier irritiert kein schwebendes Licht, sondern eine passive, aufgehängte Lampe bildet ein statisches Hindernis (»ostacolo«); ein Hindernis, das säuberlich ans Satzende verbannt wird, ist syntaktisch keines mehr. Romanische Sprachen haben es viel schwerer, störend vom vorgeschriebenen Ablauf abzuweichen. Daß ein Wort wie »da*vor*« widersinnigerweise ans hinterste Ende rücken kann, läßt sich dort kaum nachvollziehen.

Ins Gewicht fällt auch, daß überall die aufs Allernotwendigste reduzierte Kürze einer Aufschwemmung gewichen ist: aus Kafkas schlichten sechs Wörtern sind zwischen neun und vierzehn geworden, mit vielen Füllgeräuschen, und doch brachte der Mehraufwand an Wörtern keinen inhaltlichen Gewinn, sondern eher Abschweifungen. Alle fünf Übertragungen machen aus der verbalisierten Störung eine glatte, verhältnismäßig gewöhnliche Beschreibung. Der fast ketzerische Schock (heiliges Licht als Belästigung) ist erheblich geschwächt. Ganz offenbar waren eigensprachliche syntaktische Gewohnheiten bestimmender als der Text selber. Vermutlich ist den Übersetzern die Reihenfolge als dynamische Aussage, als Wiedergabe semantischen Erlebens, nicht bewußt geworden. Man könnte sogar in pedantischer Überheblichkeit die Unterdrückung des unscheinbaren »davor« am Satzende beklagen (nur in einem Fall wurde es beibehalten, allerdings unnötig zu »over it« verändert): dieses »davor« gibt an, daß das Altarbild, das sich K. ansehen will, zwar gegenwärtig ist, aber nicht sichtbar. In den Übersetzungen werden wir dafür von technischen Einzelheiten der Lichterzeugung (»oil«, »électrique«) unergiebig hingehalten. Das Erlesen des Ablaufs wird zu einem wesentlich anderen Prozeß.

Und also, wir Nörgler und Besserwisser, was nun? Nichts leichter, als derartige Einwände zusammenzutragen und ein Unbehagen möglichst sinnvoll zu artikulieren, wobei die vortrefflichen Einfälle der Übersetzer meist gar nicht wahrgenommen werden. Zu überlegen wäre nun, wie die Fachleute der Übersetzungswissenschaft den Ausübenden mit brauchbaren Ratschlägen zur Hand gehen könnten. Wie wären in diesem Fall die wesentlichen Gesichtspunkte darzustellen und woher die Prioritäten abzuleiten, wie also die Aufgabe der Übersetzer klar und nützlich umschreiben? Ein Unternehmen, das noch zu leisten ist und das dadurch nicht einfacher wird, daß etwa die Kafka-Forschung mit immer neueren, vielfach auseinanderfächernden Einsichten aufwartet. Sollten wir, nebenbei, den gestörten Übersetzern noch die etymologische Aufladung der Wörter zumuten? *Stören* scheint ursprünglich »verwirren« oder »in Bewegung versetzen« bedeutet zu haben; auch *schweben* schließt Bewegung (hin und her) in sich: natürlich ist Kafkas Satz einer, der verwirrt und viel in Bewegung setzt. Nichts billiger, als zu verlangen, daß die Übertragungen auch diese Energien freisetzen.

Überlieferte Form

Noch einmal erschwert wird die Aufgabe durch gebundene Sprache in traditionellen Formen. Wegen ihrer stringenten Gesetzmäßigkeit waren Sonette immer eine besondere Herausforderung. Die Shakespeareschen sind immer wieder versucht worden; jeder neue Anlauf impliziert Unzufriedenheit mit dem bereits Geleisteten. Geleistet hat aber schon Beachtliches, wer überhaupt ein rhythmisches, klingendes Wortgefüge zusammenbringt, in sich stimmig, und dabei auch noch die vermuteten Aussagen annähernd wiedergibt. Es wird dann beinahe Geschmackssache, welche Fassung wem von uns mehr zusagt, in unserem Beispiel der Anfang des zweiten Vierzeilers im bekannten III. Sonnett; ob die von Otto Gildemeister:

> Denn welcher Schönsten ungepflügter Schoß
> Würd' es verschmähn, von dir bestellt zu werden?[23]

Oder von Stefan George:

> Wo ist die schöne deren bracher schooss
> Vor deines anbaus furchenzug erschrickt

Karl Kraus:

> Wo ist sie, die sich dir nicht leicht ergibt,
> für Ehrentat nicht hielte, zu gebären
> für dich?

Paul Celan:

> Wo wäre eine, die veröden wollt,
> kämst du daher, ihr Feld zu pflügen?

Terese Robinson:

> Denn wo lebt sie, die grausam dir und hart
> Den Schoß verweigert, kämst du, sie zu gatten

Hanno Helbling:

> Wo ist die Frau, so schön, den brachen Schoß
> vor deinem Pfluge weigernd zu bewahren?

Oder Walther Freund:

> Denn wo ist sie, daß, brach, ihr Schoß
> Dir Wirt und Ehmann weigerte dein Pflügen?[24]

Die Übersetzer haben unterschiedliche Begabung und bringen andersartige Wirkungen zustande, die hier unfairerweise nicht zu würdigen sind. Beim bloßen Vergleichen möchte man sich wundern, was für eine Frage Shakespeare selber konkret gestellt hat. Jede Übersetzung holt Elemente ein, die anderswo fehlen: »Ehrentat, Furchenzug, Pflug, Wirt, grausam, gatten, erschrickt, ergibt, veröden«, die wir ohne weiteres dem Toleranzbereich einer Nachdichtung zurechnen dürfen. Es wäre kaum möglich, aus diesen – und vielleicht allen bestehenden – Übertragungen das Original im Wortlaut zu erschließen:

> For where is she so fair whose unear'd womb
> Disdains the tillage of thy husbandry?

Die unforcierte Selbstverständlichkeit, mit der die Frage mit »thy husbandry« zur Ruhe kommt, worin sich »Ackerwerk« (wie etwa im Neuen Testament) und »Ehemann« vereinen, war offenbar nicht herüberzuretten. Viele denkbaren Einwände (der innere Reim »Where ... fair« fehlt überall, usw.) sind kleinlich und müßig (und den Übersetzern selber vertrauter als uns). In dieser Betrachtung soll nur festgestellt werden, daß in den Übertragungen, vermutlich allen, gerade der auffälligste Zug nicht berücksichtigt ist, das auf Anhieb widersinnige »unear'd womb«, das zumindest heutzutage als befremdlich heraussticht und wohl schon von Anfang an wortspielerisch gefunkelt hat. Wie könnten die Übersetzer auch anders; sie haben das schon richtig aufgelöst und »un-*ear*'d« von dem alten Verb *ear* (= *arare*, pflügen) hergeleitet. Die unmißverständliche Zeugungsmetapher hat sich auf den verschiedenen Umwegen erhalten. Was wegfällt, ist das störende, unpassende Ohr (»ear«), entstanden durch sprachgeschichtlichen Zufall. Die semantische Glättung, unvermeidlich, ist nicht nur ein Vorteil. Schon im Original hätte man sich im Zusammenhang mit Spiegel (»Look in thy *glass* and tell the *face* . . . *wrinkles* . . . image«) ein Ohr wenigstens vorübergehend vorstellen können, wenn es auch gleich vom nachfolgenden »womb« ausgelöscht worden wäre.

Alle Übersetzungen sind ohrlos, zu lexikalischem Recht. Aber dadurch fehlt ausgerechnet das, was uns Heutigen am groteskesten in die Augen springt und aus seinem primären Rahmen fällt. In den richtigen Wendungen ist jeder falsche Schein verschwunden, die Oberfläche ist bereinigt. Kein Weg führt damit zu einem einst verbreiteten Aberglauben, wonach Befruchtung auch durch das weibliche Ohr vor sich gehen könnte.

Das übertragene Sonett erleben wir mit weniger Beunruhigung und ohne die notwendige nachträgliche Berichtigung des Sinns (seltsamerweise enthält bei Shakespeare die vorangehende Zeile »fresh repair« und »renewest«, aber das mag Zufall sein), ohne Irritation und mit dem ungetrübten Behagen, das ein herkömmliches Mißverständnis den Klassikern oft zuweist. Der ursprünglich tastende Erkenntnisablauf hat sich in der Verdeutlichung vereinfacht.

All dies wird niemand einem Sonettübersetzer je verargen. Mancher könnte es gerade für eine übersetzerische Pflicht halten. Es ist zulässig, die Wiedergabe eines anspruchsvollen sprachlichen Gebildes auf die vermutliche Rezeption einer ursprünglichen Zeit einzurichten, Shakespeares Zeitgenossen wären sicherlich, wenn überhaupt, weniger stark, weniger lang verwirrt gewesen. Ihr eigenes Ohr hätte zudem die Lautung *ear* von *to ear* leicht unterschieden. Für unsere heutigen Augen stellt sich das Verständnis von »unear'd« meist erst über eine erklärende Glosse ein. Wenn nun aber dieselbe Fügung in einem modernistischen Roman, Zeit der Handlung 1904, versetzt ist, stoßen wir uns in jedem Fall an der falschen Bedeutung. Im *Ulysses* läßt Joyce den anmaßenden, ehrgeizigen Stephen Dedalus dessen Ansichten über Shakespeare vortragen. Er tut dies mit vielen Anspielungen und beiläufigen, nicht gekennzeichneten wörtlichen Zitaten, darunter auch:

> ... he wants to do for him, and for all other and singular uneared wombs, the holy office an ostler does for the stallion. (*Ulysses* 202)[25]

In derartiger, fortwährender Anzüglichkeit steckt viel von Stephen Dedalus' Angeberei und Selbstdarstellung – und auch dies wäre zu übertragen. In jedem Kapitel wird die Sprache dem Thema angeglichen; da Literatur abgehandelt wird, ist die Sprache hier voller literarischer Resonanzen. Doch auch wenn wir diesen Grundsatz gleich erkannt haben, bleibt das unerläuterte, wie beiläufig eingeschobene »uneared wombs« im Kontext verblüffend, für einige der in der Szene anwesenden Literaten wie auch vor allem für den Großteil der *Ulysses*-Leser, die keine Shakespearefachleute sind, zunächst kaum verständlich. Uns Modernen sind »uneared wombs« doppelt entrückt. Fehlgeleitet sind wir erst recht, wenn wir uns an ein paar Seiten vorher erinnern, wo ein zuhörender Bibliothekar als

»bald, *eared* and assiduous« beschrieben wurde, so daß wir einen beohrten Bibliothekar mit unbeohrten Bäuchen zusammenbringen möchten. Die unechten Ohren schweben störend im Vordergrund, hinterlassen aber kaum Spuren in den Übersetzungen, mit einer einzigen mir bekannten Ausnahme:

> por todos los otros y singulares vientres sin orejas.
> (Subirat)[26]

Das hört sich im Spanischen wohl seltsam an, scheint aber kaum auf Beackerung und Befruchtung hinzuweisen oder als Shakespeareecho erkenntlich zu sein. Die anderen Übersetzungen entscheiden sich mit gutem Grund für den historisch richtigen Sinn:

> ungeackerte Leiber (Goyert),[27]
> allen andern und vorzüglich unbestellten Leibesfeldern (Wollschläger),[28]
> altri singoli ventri non arati (De Angelis).[29]

Gelegentlich wird etwas weiter ausgeholt:

> bijzonder braak liggende schoten (Vandenbergh),[30]
> de los demás vientres sin surcar (Valverde),[31]

oder zu einer freien, wirkungsvollen Umschreibung gegriffen:

> touchant les pucelages récalcitrants (Morel),[32]

wo dann allerdings die im Original überzogene Leiblichkeit nicht mehr vorkommt. Alle Fassungen haben Wichtiges eingebracht, und ich wüßte wieder einmal nicht, welcher Rat hier den Übersetzern zu geben wäre, außer gutgemeinten Wünschen für von Bildung getragene Inspiration. So wenig wie ich mir hier vorstellen kann, wie Theoretiker die Problemschichtung in diesem konkreten Fall benennen und alles so aufbereiten könnten, daß Übersetzer in der Werkstatt unterstützt oder angeregt würden. Was hier betont wird, ist einfach der lesende Verständnisablauf, die mehrfache Entrückung, den die Übersetzungen verkürzen müssen, wo das Original einen Umweg vorschreibt. Aus dem semantischen Hindernislauf wird ein ereignisarmes Flachrennen, viel besser nachzuvollziehen, ohne Schockwirkung und ohne notwendige nachträgliche Zurechtrückung.

Ob wir nun die momentane erratische Blockierung als eine diachronische Angelegenheit literarischer Überlieferung auffassen oder als eine zufällige, absurde Streuwirkung innerhalb eines gegenwärtigen Sprachsystems – durch die fast automatische Kanalisierung des Lesestroms in der Übertragung wird ein stimulierender Strudel entfernt und der Stelle die Vitalitat genommen, der sie ihr Dasein wohl zu verdanken hat. Dabei könnten wir ob dem sprachlichen Zusammenfluß von »ear« als Ohr und Pflügen leicht übersehen, daß schon das Wort »womb« nur schwer herüberzuholen ist. Im Englischen ist es etwas Bestimmtes, Lokalisierbares, Empfangendes, Weibliches, dem man mit einem auch mit Verdauung besetzten »Bauch« so wenig beikommt wie mit einem allgemeinen »Leib« oder einem schwerfällig-pedantischen »Mutterleib« und einem nicht sehr befriedigenden, etwas metaphorischen »Schoß«. Ein paar dieser Optionen im deutschen Angebot würden kaum in ein Sonett passen, während »womb« natürlich den herkömmlichen Reim »tomb« fast wie von selbst ergibt; und so hat es denn tatsächlich Shakespeare in seinem Sonett gepaart, »womb-tomb«, ein uralter Topos: Empfängnis/Leben – Grab/Tod. Spätestens im 20. Jahrhundert ist dieser Reim zu einem Klischee geworden. Und genau das ist er *auch* bei Joyce. Stephen Dedalus hat die beiden Wörter schon vorher zusammengebracht, einmal beim Vergleich Dantescher und englischer Reime: »tomb : womb« (*Ulysses* 138), aber noch viel einprägsamer in einer Assoziation von phonetischer, fleischlicher und poetischer Dichte: »mouth to her womb. Oomb: allwombing tomb« (*Ulysses* 48; in die neue kritische Ausgabe von Hans Walter Gabler[33] wird sogar ein handschriftliches früheres »mouth to her moomb« wieder eingeführt, wo »womb« mit »moon« überlagert scheint). Solche prokreativen »(o)omb«-Verquickungen prägen das spätere Zitat »uneared wombs« natürlich subjektiv mit, so daß die ideale Übersetzung psychogrammatisch beim Neuauftauchen von »womb« immer auch etwa das Unbehagen ausdrücken müßte, das Stephen bei diesem ambivalenten Lieblingswort zu verspüren scheint. Mit anderen Worten, eine Fügung wie »uneared wombs« hat eine literarische Vergangenheit und Resonanz so gut wie eine psychologische für den Sprecher. Demgegenüber muß jede Übertragung – durch niemands Versagen oder Versehen – verhältnismäßig geschichts- und konfliktlos wirken und andererseits, isoliert betrachtet, statt einer bizarren eine ungetrübte Oberfläche darbieten. (Und gerechtigkeitshalber könnten wir uns auch einmal Gedanken darüber machen, wie viel Zeit und geistigen Aufwand sich ein Übersetzer für zwei Wörter – von insgesamt einer Viertelmillion – überhaupt leisten kann.)

Intertexturen

Kafkas störend schwebendes Licht konnte zur Demonstration noch aus seiner Umgebung herausgehoben und so behandelt werden, als hätte es keine Vorgeschichte, Joyces

»uneared wombs« schon nicht mehr. Der *Ulysses* ist neben vielem anderen auch eine ständige Neuanordnung derselben, sich allerdings wandelnder Elemente, ein textuelles Geflecht von Webmustern, die man leichthin auch in den Übersetzungen wiederkennen möchte. Zur Veranschaulichung dient hier ein gerade noch begrenzbares Nebenmotiv, das zuletzt sichtbar wird im sogenannten »Circe«-Kapitel, das vorwiegend halluzinativ aufgebaut ist. Frühere Gestalten treten auf als Erinnerung, meist mit schon bekannten Charakteristiken und in Form von Bühnenanweisungen:

> Bald Pat, bothered beetle, stands on the curbstone, folding his napkin, waiting to wait. (*Ulysses* 447)

Er sagt gleich darauf: »Wait till I wait«, doch es soll uns vor allem um das alliterierende »bothered beetle« gehen, das ganz verschieden wiedergegeben wird:

> der abgearbeitete Dummkopf – schwerhöriger Klotz – hanneton ahuri – scarafaggio tribolato – imbecil aburrido – dovige tor – abelhudo aporrhinado – bekymrede fae, usw.

Ein paar Hauptgegensätze schälen sich heraus: »Käfer – Dummkopf«, »belästigt, bekümmert – taub«. Alle haben – auf ihre Weise – wohl recht, alle Übersetzer haben sich etwas einfallen lassen, die meisten nehmen Vorangehendes auf. Im vorangehenden »Sirenen«-Kapitel, das vorwiegend musikalisch stilisiert ist, wird Pat, der Kellner (»waiter«, deswegen »wait«), so eingeführt:

> ... came bald Pat, came bothered Pat, waiter.
> (*Ulysses* 263)

Nicht alle Übersetzer verwenden dieselben Eigenschaften wie im späteren Auftritt. Ganz eigene, originelle Wege geht die französische Fassung, die mit dem Begriff »kahl« spielt und die Kümmernis durch eine verwandte Redewendung andeutet:

> Pat, déplumé, ... Pat, qui se fait des cheveux;
> (Morel, 257)

Hier ist eine komische Arabeske, auf Wirkung angelegt, eingeführt worden, die anderswo wieder aufgenommen wird.

Im Verlauf des Kapitels wird die Verbindung »bald and bothered« wiederholt mit meist gleichlautender Übersetzung (in einer spanischen Fassung wird von »afligido« auf »fastidiado« ausgewichen). Eine weitere Variante ist »Deaf, bothered«; dabei fällt auf, daß die Mehrzahl der Übersetzer »bothered« für eine Art von Belästigung hält, ein paar wenige sich aber für »taub/schwerhörig« entscheiden, die beiden Adjektive also als synonyme Spielerei auffasssen. In der Tat versteckt sich im anglo-irischen »bothered« ein gälisches Wort für »taub«. Die früheren Übersetzer konnten davon nichts wissen (Joyce hat es offenbar dem ihm bekannten deutschen und französischen Übersetzer nicht mitgeteilt); die späteren, »informierten«, haben sich die »richtige« Bedeutung angeeignet, aber dann wieder die Behelligung aufgegeben. Es gibt mindestens eine Stelle, »Bothered he wanted Power and cider«, wo als Vordergrundsinn ein partizipiales »belästigt« wahrscheinlicher ist.

Nun aber zur Vorgeschichte von »beetle«; sie besteht in einer einzigen kurzen Assoziation:

> Pat. Doesn't hear. Deaf beetle he is. (*Ulysses* 280)

Weil hier jede Zielsprache eine eingängige idiomatische Wendung fordert, gehen die Lösungen naturgemäß weit auseinander:

> tauber Esel – tauber Klotz – sourd comme un pot – sordo come una campana – surdo coma una porta – sordo como una tapia, usw.

Nur wenige von diesen Vergleichen können später wiederholt werden, alle andern, Esel, Tor, Mauer, Glocke, bleiben ohne Nachhall. Und selbstverständlich bietet sich schon gar kein Käfer an, der im späteren »Circe«-Kapitel gebraucht und deswegen oft eigens eingeführt wird, weil dort tierische Verwandlungen thematisch angebracht sind, wie die Übersetzer von »hanneton – scarafaggio – escarabajo« bekunden. Zu aller weiteren Verwirrung bedeutet nun aber »deaf as a beetle« nicht einmal einen Käfer, sondern sieht nur gleich aus und klingt so (im Kapitel der Klänge), es geht auf ein von »beat«, schlagen, abgeleitetes Wort zurück für ein hammerartiges Gerät, das sprichwörtlich geworden ist für akustische Abstumpfung. Das steuert dem »Sirenen«-Kapitel noch einen musikalischen Nebensinn (»beat«) bei, liegt aber wohl außerhalb der Reichweite jeder Übersetzung. Auch die gewollte, etymologisch »falsche« Metamorphose von Schlagwerkzeug (wenn Musik zum Thema wird) zu »Käfer« (wenn Menschen zu Tieren werden) ist wohl in keiner anderen Sprache – außer in unwahrscheinlichen Glücksfällen – zu schaffen.

Unterdessen wird sich wohl kein Leser alle Verästelungen in Gedanken noch vergegenwärtigen oder die Varianten auseinanderhalten können (in welcher Bedrängnis sich natürlich auch der Übersetzer befindet), und deshalb soll eine tabellarische Übersicht zeigen, wo ein Ausdruck beibehalten, wo geändert wurde (absichtlich oder unaufmerksam), aber auch was für vortreffliche Einfälle in der

Kritik oft vernachlässigt werden. Die Übersetzungen sind hintereinander zeitlich nach der Entstehung angeordnet. Als zusätzlicher Reiz sind noch ein paar Verflechtungen von »wait – waiter – wait« zum anregenden Nachvollzug beigegeben. Zuoberst findet sich auch noch das erste Auftauchen des Pat-Themas in der Anordnung von Laut- und Wortmotiven, die das Kapitel ouvertüreartig einleitet:

> Deaf bald Pat brought pad knife took up.
>
> (*Ulysses* 256)

Es bereitet auf die für Pat bezeichnende einsilbige Lautung vor, die als Charakterisierung oft eingesetzt wird, eine Stakkato-Wirkung, die den romanischen und den stark flektierenden Sprachen nicht zu Gebote steht. Dem hellhörigen, nicht tauben, Leser mag aufgehen, daß sich die achtteilige »Pat ... up«-Folge auch als Tonleiter singen läßt, und er wird sich dann wundern, unter welchen Umständen derartiges je durch eine Übersetzung zu suggerieren wäre (die holländische tut es). Meistens wird in der Übersetzung viel von der Musik ausgeschaltet.

	Ulysses 1922	Goyert 1927/30
a)	Deaf bald Pat brought pad knife took up.	Tauber kahler Pat brachte Unterlage nahm Messer fort.
b)	... came bald Pat, came bothered Pat, came Pat, waiter	kam der kahle Pat, kam der abgearbeitete Pat, kam Pat, ... Kellner
c)	bald and bothered	kahl und abgearbeitet
d)	Bald Pat, bothered, waiter, waited	Kahler Pat, abgearbeiteter Kellner, wartete

e)	Bothered he wanted Power and cider.	Abgearbeitet verlangte er Power und Apfelwein.
f)	Deaf beetle he is.	Ist ein tauber Esel.
g)	Pat who is bothered mitred the napkins. Pat is a waiter hard of his hearing. Pat is a waiter who waits while you wait.	Der kahle, abgearbeitete Pat formte Mitren aus den Servietten. Pat ist ein schwerhöriger Kellner. Pat ist Kellner, der bedient, während man wartet.
h)	Deaf, bothered.	Taub, abgearbeitet.
i)	bothered beetle . . . waiting to wait	der abgearbeitete Dummkopf . . . wartete darauf, zu bedienen

	Morel 1929	Subirat 1945
a)	Pat sourd déplumé buvard apporte couteau remporte.	Sordo pelado Pat trajo carpeta cuchillo tomó.
b)	paraît Pat déplumé, paraît Pat qui se fait des cheveux, paraît Pat, garçon	llegó el pelado Pat, llegó el molestado Pat, llegó, Pat, mozo
c)	déplumé qui se fait des cheveux	calvo y molesto
d)	Pat le déplumé, Pat qui se fait des cheveux, Pat sur ces pattes, Pat de planton sur ses plantes, attend	El calvo Pat, mozo fastidiado, esperaba
e)	Il se fait des cheveux en attendant Power et cidre.	Fastidiado él quería Power y sidra.
f)	Sourd comme un pot.	Sordo como una tapía.
g)	Pat déplumé qui se fait des cheveux. Cette patate de Pat dispose ses serviettes	El pelado Pat que esta molesto miraba las servilletas. Pat es un mozo duro de

	en bonnet d'évêque. Pat est un garçon dur d'oreille. Pat est un préposé qui dispose pendant que vous pausez.	oído. Pat es un mozo que espera mientras usted espera.
h)	Sourd, se fait des cheveux.	Sordo, molesto.
i)	hanneton ahuri ... patient sur ses pattes	imbécil aburrido ... esperando para atender

	Boisen 1949	De Angelis 1960
a)	Døve skaldede Pat bragte traekpapir kniv tog ud.	Sordo calvo Pat portò tampone coltello asportò.
b)	kom skaldede Pat, kom bekymrede Pat, kom Pat, tjener	venne il calvo Pat, venne il tribolato Pat, venne Pat, cameriere
c)	skaldet og bekymred*	calvo e tribolato
d)	Skaldede Pat, den bekymrede tjener, ventede	Il calvo Pat, tribolato cameriere attento, attendeva
e)	Bekymret forlangte han Power og cider.	Tribolato voleva Power e sidro.
f)	Det døve asen.	Sordo come una campana.
g)	Skaldede Pat, som er bekymret,* satte servietter op som mitraer. Pat er un tunghør tjener. Pat er en tjener, som henter, mens man venter.	Il calvo Pat cue è tribolato disponeva tovaglioli a mitra. Pat è un cameriere duro d'orecchio. Pat è un attendente in attesa attento mentre attenti.
h)	Døv, bekymret.*	Sordo, tribolato.
i)	bekymrede fæ ... venter paa at hente	scarafaggio tribolato ... cameriere attento in attesa

* »bekymret« 1950 geändert in »plaget«

	Houaiss 1966	Vandenbergh 1969
a)	Surdo calvo Pat trouxe forro faca levou.	Doof kaal Pat bracht bloc nam mes mee.
b)	chegou o calvo Pat, chegou o aporrinhado Pat, chegou Pat, garçom	kvam kale Pat, kvam dovig Pat, kvam Pat, kelner
c)	calvo e aporrhinado	kaal en dovig
d)	El calvo Pat, garçom aporrinhado, esperava	Kale Pat, dovige kelner, wachtte
e)	Aporrinhado ele queria Power e sidra.	Dovig wilde hij Power en cider hebben.
f)	Surdo coma una porta.	Dove tor is het.
g)	El calvo Pat que está aporrinhado argola os guardanapos. Pat é um garçom duro de ouvir. Pat é um esperador que espera enquanto esperas.	Kale Pat die dovig is maakte mijters van servetten. Pat is een hardhorige bediende. Pat is een bediende die bedient als men bedient wil worden.
h)	Surdo, aporrinhado.	Doof, stokdoof.
i)	abelhudo aporrinhado ... servindo-se a servir	dovige tor ... wachtend om te bedienen

	Wollschläger 1975	Valverde 1976
a)	Der taube kahle Pat brachte Unterlage, nahm Messer fort.	El sordo calvo Pat trajo carpeta cuchillo quitó.
b)	kam kahlköpfig Pat, kam schwerhörig Pat, kam Pat nun, Kellner	llegó el calvo Pat, llegó el afligido Pat, llegó Pat, camarero
c)	kahl und schwerhörig	calvo y afligido

d)	Der kahle Pat, schwerhöriger Kellner, wartete	El calvo Pat, fastidiado camarero, guardaba
e)	Schwerhörig verlangte er Power und Apfelwein.	Fastidiado quería Power y sidra.
f)	Tauber Klotz ist das.	Sordo como una tapia.
g)	Der kahle Pat, der schwerhörig ist, mitraisierte die Servietten. Pat ist ein Kellner von schwerer Hörigkeit. Pat ist ein Aufwärter, der aufwartet, während man abwartet.	El calvo Pat que está fastidiado ponía en mitra las servilletas. Pat es un camarero duro de oído. Pat es un sirviente que sirve a un servidor que observa.
h)	Taub, schwerhörig.	Sordo, fastidiado.
i)	schwerhöriger Klotz ... wartet darauf, aufzuwarten	fastidiado escarabajo ... para servir a servidores

Hier wird sicht-, hör- und vergleichbar, wie sich die Übersetzer anstellen, auch lautlich, aber auch, wie Joyce mit erheblich weniger Wortmotiven auskommt und diese, gleichsam musikalisch, variiert. Dazu kommt noch die synonymische Auseinanderfaltung von »deaf – bothered – hard of hearing«. Ähnliche verbale Straffung lassen die Übersetzungen nicht zu, sie wäre auch nicht ideal, weil an jeweils anderer Stelle oft ein anderer, vielleicht einmaliger Ausdruck mehr zu leisten vermag als bloße mechanische Wiederholung – es ist dies ein altes übersetzerisches Dilemma. In manchen Fällen (»deaf beetle«) sind eigene, kräftige Redensarten einer starren Wiederaufnahme vorzuziehen.

Zu beachten sind ein paar ausweitende, schöpferische Zusätze, vor allem in der französischen Fassung (»Pat sur ses pattes ... de planton sur les plantes ... cette patate de Pat«), aber auch im Italienischen: »un attendente in attesa attento mentre attenti«. Da ist aus der Not eine Tugend gemacht oder das ausgeglichen worden, was sonstwie verloren gehen muß, Ersatz, oft schnörkelhaft, für unvermeidliche Einbußen. Im allgemeinen neigen spätere Übersetzungen dazu, das Beziehungsgeflecht vollständiger wiederzugeben (und dafür weniger zu improvisieren), was auch auf den Einfluß der Joyce-Kritik zurückzuführen ist. Sobald aber nicht bloß ein optimal passendes Wort gesucht wird, sondern auch eine – oder mehrere – frühere Stelle aufzurufen ist, fordert solche Überdeterminierung die ohnehin schon bekümmerten Übersetzer noch über Gebühr. Dabei sind die hier aufgezeichneten Querverbindungen nur wenige, periphere, in einem Gespinst von Tausenden andern, wichtigeren. Da sich entsprechende, konsequente, strukturierende Wiederholung aus mancherlei Gründen (einer der praktischen ist die Unmöglichkeit, alles gleichzeitig im Gedächtnis zu behalten) verbietet, werden die Übersetzungen weniger zu einem Gebilde sprachlicher Selbstverarbeitung, zu intertextuellen Mustern, wie sie den *Ulysses* auszeichnen. Das Erlebnis wird anders, loser, Wiedererkennen wird zum Teil verhindert. Niemand kann etwas dafür.

Was nun eigentlich?

Aber da nun nachweisbar, und wie längst bekannt, in der Übersetzung nie alles zu schaffen ist, worauf kommt es denn nun an? Welches sind im übersetzerischen Verkehr die Vortrittsregeln? Worauf läßt sich (notgedrungen – leicht – ungern – auf gar keinen Fall) verzichten? Wer entscheidet? Je mehr wir einsehen, worauf es auch noch ankommt, desto vertrackter werden die Entscheidungen. Und ist nicht allzuviel derartige Überlegung auch schon wieder schädlich und hemmt, ankränkelnd, gar die spontane Inspiration? Und wie, nebenbei gesagt, beurteilen wir *die*? – also den freien Flug hinweg über den pedantischen

Wortlaut; die Einfälle, die sich vom Buchstaben lösen und geheimnisvoll den Geist auferstehen lassen? Bei alldem läßt sich gut dogmatisch etwas vorschreiben, die Probleme terminologisch sterilisieren oder sektiererisch ein Prinzip hochhalten, aber man kommt wohl kaum darum herum, auf Vorlieben, Geschmack, Zeitströmung und auch immer auf die Freiheit der Deutungen hinzuweisen und froh zu sein, daß sich strikte Reglementierungen meist selbst überholen. Zudem ist die Ungewißheit darüber, was erkennbar ist oder gar die Wahrheit darstellt, selbst Thema der Literatur. Kafka ist ein vortreffliches Beispiel.

Einhelligkeit scheint darüber zu bestehen, wie seine Geschichte »Die Verwandlung« zu heißen hat: »The Metamorphosis, la métamorphose, la metamorfosis« usw. Ein griechisches Fachwort, mit noch so viel Niederlassungsberechtigung in den verschiedenen Kultursprachen, nimmt sich gleichwohl eine Spur zu gelehrt aus für eine doch auch viel gewöhnlichere Verwandlung. Aber etwas optimal Passendes ist wohl nirgendwo zur Stelle. Ein paar Leser werden auch gleich Nebentöne vermissen wie den der Verwandlung in der katholischen Messe, doch verlangt wohl niemand ernsthaft einen weit über das Ziel hinausschießenden Titel »Transsubstantiation«. Gleicherweise zu weit führte die ebenfalls als Implikation entdeckte Bedeutung »Transfiguration«. Die Übersetzer wußten, was sie taten und wo es nicht hinreichen konnte. Sicher haben sie auch alle bemerkt, daß der erste Satz gerade mit dem Verb endet, das den Titel geformt hat: »... fand sich ... verwandelt.« In keiner Übersetzung steht eine denkbare Entsprechung wie »metamorphosed«, sondern, alltäglicher, »changed – transformed – transformé – convertido – mutato« – und dies selbstverständlich, auf Grund der eigensprachlichen syntaktischen Zwänge, *nicht* wie bei Kafka am betonten Satzende. Der Verlust ist so bedauerlich wie unvermeidbar, die Aufspaltung desselben Leitbegriffs in, einerseits, eine leicht gelehrte Bezeichnung im Titel und, andererseits, einen Vorgang, der mehr umgangssprachlich ausgedrückt worden ist. Diese Aufspaltung haben die Übersetzer wissentlich in Kauf genommen: eine wiederholende Einprägung, die der Originalwortlaut mühelos zustandebringt, war hier einfach das geringere Stilgut.

Und schon gar niemand wird die Übersetzer beneiden, die das wiederzugeben haben, in was sich Gregor Samsa verwandelt hat:

> ein ungeheueres Ungeziefer.

Die Anreihung gleicher negativer Anlaute ist unverkennbar; ein vorangehendes Adjektiv, »aus *un*ruhigen Träumen«, hat den Eindruck schon vorbereitet. Der Auftakt ist wuchtig: etwas *nicht* Geheures ist *kein* Geziefer. Das Ganze ist verständlich, doch unheimlich, sprachlich nicht durchschaubar und nicht eindeutig zu erkennen: »-heuer« und »-ziefer« geben nichts her. Natürlich müßte man nun die Verwandlung in etwas nicht unmittelbar zu Erkennendes nachbilden und lautlich zudem das dumpfe Echo »unge ... Unge«. Vermutlich haben die Übersetzer ihre Wörterbücher nach brauchbaren Eindrücken abgesucht und kaum großen Erfolg gehabt. Selbst wenn Entsprechendes vorläge, wäre immer noch der leichte Verstoß gegen den Sprachgebrauch, wenn ein Wort, das sonst verallgemeinernd oder kollektiv verwendet wird, plötzlich mit einem Artikel daherkommt: »*ein* ... Ungeziefer« – es bewirkt einen kleinen Ruck, lange nicht so außergewöhnlich wie die Verwandlung selber, aber spürbar. Mit Alliteration, Negation, Unbestimmbarem, Ungewöhnlichem und deutlich Ekelhaftem ist die Determination nicht gerade einfach geworden. Was wir vorfinden, umfaßt:

> an enormous bug – an enormous vermin – a giant kind of vermin – a monstrous bug – a gigantic insect – a giant bug
> une véritable vermine – un monstruoso insecto – un insetto mostruoso

Darin ist überall weniger beängstigendes Geheimnis, weniger drohender Gleichklang, weniger Schwingung, auch weniger Schwerfälligkeit: »un-ge-heu-e-res Un-ge-zie-fer« scheint die Unbeholfenheit des Verwandelten neunsilbig hinzuschleppen, ein knappes »giant bug« sicherlich nicht.

In den Lösungen »*an* enormous vermin« und »*une* véritable vermine« ist auch die ungrammatikalische Vereinzelung eingefangen. »Vermin« bleibt gleichwohl verächtlich kollektiv; »bug« oder »insect« nehmen eine Artbestimmung voraus, die erst beim weiteren Lesen des Originals zum Vorschein kommt. Im übrigen richtet, wer auf den Titel »Metamorphose« gleich »Insekt« folgen läßt, die Erwartung sehr schnell und wohl einengend auf entomologische Metaphern aus: jede Entscheidung ist immer ein Berufsrisiko. Der haushälterische Doppelsinn von »ungeheuer« ist mit »monstrous« oder »monstruoso« einigermaßen zu retten; dafür ruft »enormous« etwas außerhalb der Norm in Erinnerung; jede Fassung leistet etwas, gemäß anderen, bewußten Prioritäten.

Kein Übersetzer kommt darum herum, aus solcherlei Beobachtungen (hier verkürzt und repräsentativ vorgetragen) das subjektiv Wichtigste mit dem sprachlich Möglichen zu verbinden. Die obigen Bemerkungen sind lediglich naiv gemacht, aus dem Stand, und sie spiegeln nicht einmal ein Kafkasches Fachwissen. Alles dient zur Veranschaulichung der Frage, was von allen denkbaren Gesichtspunkten und Funktionen und Wirkungen als

Substanz zu gelten hätte, was als Akzidens. Was, anders gesagt, ist das Eigentliche? Jede übersetzerische Entscheidung trennt faktisch den Weizen, der dem Leser vorgesetzt wird, von der Spreu, die unbemerkbar zurückbleiben mußte; sie sondert Wesentliches selektiv ab von Peripherem, Überflüssigem, Entbehrlichem, von unerheblichen Zutaten. Die Bestimmung des Eigentlichen ist eine Frage der Deutung, eines Vorgangs, zu dem gerade Literatur frustrierend einlädt. Alle Erfahrung zeigt, wie wandelbar und persönlich Deutungen sind, zeit- und kulturbedingt. Von Kafka oder Joyce können wir lernen – was wir im Prinzip ohnehin immer bekennen –, daß das Eigentliche außerhalb unserer (»eigenen«) Befangenheit nicht leicht nachzuweisen ist: darum wohl verteidigen wir es so hartnäckig. Da mag es nun aufschlußreich sein, mikrokosmisch nachzusehen, wie sich das Signal »eigentlich« bei Kafka gebärdet, das Wort selber, entweder in der metaphysischen Überheblichkeit seines vollen Gewichts oder aber als unbetonte, kaum wahrgenommene Partikel einer subjektiven Schattierung. In der jüngsten Zeit hat sich auch die Linguistik der »Modal-« oder »Abtönungspartikel« angenommen und könnte wohl eher darüber Aussagen machen, wie sie verwendet werden, als wie sie zu übertragen wären. Wann und zu welchen Zwecken sagen wir »eigentlich« – und was sagen die Sprachen, die das nicht sagen können? Wir sagen es, wenn wir abgründige, aber kaum zu beweisende Ursprünglichkeit aufrufen wollen, oder aber wenn wir fast gar nichts im Sinne haben.

Kafka braucht derartige Redeteile häufig: »allerdings, schon, doch, geradezu, förmlich, überhaupt, ja«; Übersetzer haben ihre liebe Mühe damit (wir umgekehrt ja auch mit »alors« oder »donc« oder »though«, usw.). Modaladverbien wären zu untersuchen in einer Erzählung wie »Das Urteil«. Am Anfang plagt sich Georg Bendemann mit Gedanken an einen Freund (der vielleicht aber gar keiner ist), der »in der Fremde« wohnt (die gleichfalls schwierig zu übertragen ist). Entfremdung äußert sich in ihrem Briefwechsel, der Georg ungebührlich zu schaffen macht. Man konnte ihm, dem fernen Bekannten, »wenn man noch überhaupt die briefliche Verbindung aufrecht erhalten wollte« (was verändert ein solches »noch überhaupt« in einem Nebensatz, der auch ohne die beiden Wörter bestehen könnte? Die Übersetzer verzichten zum Teil darauf ganz); man konnte ihm also:

> keine eigentlichen Mitteilungen machen, wie man sie ohne Scheu noch den entferntesten Bekannten machen würde.[34]

Impliziert wird hier eine offenbar wesenseigene Unterscheidung in »eigentliche« Mitteilungen und alle andern, vermutlich unechten, die gar keine sind. Wie sagt man dem auf französisch?

> ... impossible de lui faire aucune communication sérieuse (Vialatte).[35]

Hier verläuft die Klassifikation anders: ernsthaft oder nicht. Im Englischen wird das Problem nicht einfacher, es sei denn, man läßt »eigentlich« ganz aus:

> let him know of details (Jolas).[36]

Möglich ist eine Stufung von Wirklichkeit:

> one could not send him any real news (Muir),[37]

oder ein adverbialer Einschub:

> it was not possible ... actually to tell him things (Underwood),[38]

doch bezieht sich dann »actually« mehr auf das »to tell« als auf das Mitgeteilte. In all dem ist weniger Ungewißheit in etwas, worüber man sich offenbar Gewißheit verschaffen möchte und was Georg Bendemann möglicherweise selber nicht genau zu sagen wüßte. Natürlich verleiten »tell things ... news ... details« auch weniger zu Neugier auf innere Beschaffenheit als die viel persönlicheren »Mitteilungen«. Gleichwohl vielleicht kein allzu großer Verlust, aber sicher strahlt »real news« oder »communication sérieuse« weniger Unbehagen aus als »eigentliche Mitteilungen«.

Nicht mitzuteilen vermag Bendemann dem Bekannten in der Fremde seine Verlobung; das verletzt seine Braut, die sich beschwert, er beschwichtigt sie, und nach einigem Hin und Her sagt sie schließlich:

> Eigentlich kränkt es mich doch.[39]

»Eigentlich doch!« – idiomatisch und nicht leicht faßbar. Ein vereinfachtes

> It really hurts me (Jolas)[40]

läßt nicht auf eine vorangehende Schwankung, ein Urteil nach längerem Abwägen, schließen.

> All the same, I do feel upset (Muir)[41]

enthält etwas vom »doch« und dazu etwas Nachträgliches, aber gleichwohl nicht die ergründen wollende Eigentlichkeit, die im Französischen versucht wird mit einem wohl zu endgültigen:

> Au fond, cela me vexe quand-même. (Vialatte)[42]

Auch eine spätere englische Übersetzung ist angemessen:

> No, I'm hurt, I really am. (Underwood)[43]

Im dreifachen Ansetzen schlägt sich die vorhergehende Grübelei nieder, ein Versuch, den eigenen Gefühlen auf den Grund zu kommen. Offenbar kann jede Umgangssprache derartige Windungen einigermaßen wiedergeben.

Doch alles wirkt beinahe wie ein Kinderspiel gegenüber einem Höhepunkt vor dem raschen Ende, wo der strenge Vater zu seinem Schlag ausholt, zuerst mit einer abschließenden Beurteilung des Sohns, dann in einem gerichtlichen Urteil: »Und darum wisse: ich verurteile dich jetzt zum Tode des Ertrinkens!«, das dann auch unverzüglich selbst ausgeführt wird. Doch die vorherige stufenweise Einschätzung ist besonders tückisch; sie hebt an mit dem gewundenen Gedanken:

> Ein unschuldiges Kind warst du ja eigentlich ...[44]

Ein zögerndes, nachgefügtes, wie versuchsweise resümierendes »ja eigentlich«, mit Einräumungen und einem Wegwischen möglicher Gegenansichten, das mit:

> You really were an innocent child (Jolas)[45]

nicht ganz abgedeckt ist, eher mit einem meditativen, verlangsamten, stufenweisen:

An innocent child, yes, that you were, truly (Muir)[46]

mit einem eingefügten, nachdenklich erwägenden »yes«.

Eine spätere Fassung versucht es über die Wahrheit:

You were an innocent child, to tell the truth (Underwood)[47]

doch scheint unterstellt, die Wahrheit wäre schon immer erkannt, aber halt erst jetzt preisgegeben worden. Die französische Version geht, auch wieder ein wenig forsch, auf den Grund:

Tu étais, au fond, un enfant innocent (Vialatte)[48]

Unsere Reaktionen auf die Übertragungen fallen natürlich ganz verschieden aus; und die eben versuchten persönlichen Umschreibungen sollen vor allem auch zeigen, wie unzulänglich etwa meine Bemühungen sind, subjektive Eindrücke gültig zu verbalisieren. Verbalisierte Zensuren der Übersetzungen, hier der Anschaulichkeit halber übertrieben, wären weniger erheblich, wenn Kafka der ganzen dubiosen Eigentlichkeit nicht noch einen letzten perfiden Dreh versetzte, der erst noch gegen sprachliche Logik verstößt; er fährt fort:

... aber noch eigentlicher warst du ein teuflischer Mensch!

Nicht nur ein Gegensatz »unschuldiges Kind – teuflischer Mensch«, sondern noch ein höhnischer Widersinn: »ja eigentlich – aber noch eigentlicher«. Es brauchte einiges Geschick, die absurde Steigerung in interpretierende Worte zu fassen. Mit entsprechend apodiktischen Verdrehungen können die Übersetzer nicht aufwarten. In der Not kann eine Wirklichkeit gegen eine leicht verstärkte ausgespielt werden:

> You really were an innocent child, but in reality diabolical! (Jolas)

Es mag auch Stufen der Wahrheit geben:

> An innocent child, yes, that you were, truly, but still more truly you have been a devilish human being. (Muir)

Oder in ähnlichem Verfahren, mit quantitativ gesteigerter Wahrheit:

> You were an innocent child, to tell the truth – though to tell the whole truth you were the devil incarnate. (Underwood)

Das Französische bringt mehr Absurdität auf:

> Tu étais, au fond, en enfant innocent, mais, plus au fond encore, un être diabolique! (Vialatte)

»Plus au fond encore«! daran ist etwas Beunruhigendes. Gleichwohl verbleibt allgemein doch eher ein mengenmäßiger Eindruck, während »aber noch eigentlicher« auch Metaphysisches oder Numinöses anzusprechen scheint. Jedem Leser, einmal auf die Schwingungen aufmerksam gemacht, mögen nun Verbesserungen einfallen; und doch wird sich die vernunftwidrige Gegenüberstellung kaum gleich in andere Sprachen hinüberretten lassen, so wenig wie eine fast quintessentielle Verhaftung der paar Wörter mit der ganzen Erzählung. Abgesehen von der bloßen Tönung eines Gedankens sind wir auch verstrickt in den Prozeß der Urteilsfindung schlechthin. Die Sprache ist miteinbezogen, ihre Möglichkeiten, etwas Endgültiges festzuhalten. »Aber noch eigentlicher« kommentiert nebenher auch noch, wie auf deutsch gedacht werden kann, was der deutschen Sprache gelingt oder nicht gelingen kann: Wörter und Urteile, das Verhältnis von Erkennen, Sprechen und Wahrheit scheint quälend einbezogen.

Daß eine befriedigende Übersetzung nicht möglich ist, wäre als These natürlich ebenso vermessen wie alle absoluten Behauptungen. Übersetzerische Erfahrung zeigt gerade auch, wie oft scheinbar Unmögliches dann eigentlich doch bewältigt werden kann – auch wenn sich im vorliegenden Fall den versammelten Einsichten gerade nichts Stimmiges anbietet.

Eine alte Streitfrage in der deutschen Übersetzung ist übrigens, wie weit all die »ja, schon, doch, allerdings, noch« usw. aus den Sprachen, wo sie nicht amtskundig sind und *so* natürlich nicht vorkommen, in die Zielsprache einzuführen sind. Dabei reagiert unser Sprachgefühl eigenartig. Ich habe mich – und andere auch – bei der Durchsicht von Übersetzungen dabei ertappt, fast zwangsläufig dort ein »doch« einzusetzen, wo keines stand, oder es herauszustreichen, wenn es da war. Es sieht ganz so aus, als wären auch Übersetzungskritiker von diesem »doch«-Reflex nicht ganz frei.

Bemerkenswert bleibt immerhin, daß die deutsche Denkweise ein solches Arsenal von einpassenden, bereinigenden, hinter sich greifenden oder emotiven oder auch nur lubrifizierenden Wortgeräuschen braucht, wie in einem ständigen Bedürfnis nach Absicherung. Das mag ein Grund sein, weshalb sie uns bei Kafka so quälend richtig vorkommen. Was Kafka durch Ballung qualifizierender Signale zustandebringt, wird selbstverständlich in seiner Prosa auch anderswie, auf viele Weise, ausgedrückt, so daß wir den Verlust an Abtönung auch nicht überschätzen sollten. Auch ohne äquivalente Steuerungen sind in ihren Kulturbereichen »The Sentence«, »The Judgment« oder »Le verdict« zu Klassikern von beklemmender Unruhe geworden.

Kein Wunder jedoch, daß *Finnegans Wake*, das weltoffene und polyglotte Werk von Joyce, sich die deutsch auf einen Urgrund zielende Formel »Was denn eigentlich« einverleibt und mit der Frage nach dem agierenden Urheber verbindet:

> What then agentlike brought about that tragoady thundersday this municipal sin business?
>
> *(Finnegans Wake)*[49]

Worauf geht letztlich die tragische Verfehlung zurück, die auf eine Stadt, Dublin, bezogen ist, aber natürlich »original sin« heraufbeschwört? Ein entrüsteter Gott (Zeus, Thor) donnert an diesem Tag. Die Tragödie enthält einen Stachel oder eine Anstachelung (»goad«); »Tragoidia« wird aber auch etymologisch illustriert als Gesang der Ziegenböcke (»goat«). Solcherlei kulturelle Überlagerungen transponieren sich – auch weil sie selber schon Transpositionen *sind* – kaum je befriedigend. Das Geflecht vereinfacht sich naturgemäß auf wenige Fäden:

> Quelle fut alors la cause de cette tragodie tonnedi dernier, vrai pêché municipal? (du Bouchet)[50]

> Quelle fut donc alors la sorte d'agent qui occasionna en ce trajeudique Zeudi dernier l'affaire de notre péché municipial? (Lavergne)[51]

Übertragungen werden länger und weniger dicht und neigen zu selektiven Inhaltsangaben. Am redlichsten versucht der italienische Übersetzer, möglichst viel zu registrieren, wodurch der Text dann um so sperriger ausfällt:

> Che cosa quindi eigentemente fece accadere quel tuonedì di tragendia quest'affare del peccato muniginale? (Schenoni)[52]

Was immer nur geschwächt herüberkommt, ist das nach den ersten Anfängen forschende »eigentlich«. Verwandt mit »eigen«, »Eigentum«, »eigentümlich« oder »Eigenheit«, die Eigentlichkeit, die gerade beim Übersetzen Ideal bleibt, meist unausgesprochen, scheint sich uns zu entziehen.

Die vordringliche Bestimmung, wie *eigentlich* zu übersetzen ist, führt zu Weltanschauungen, dekretierten Vorurteilen oder einem Streit um Wörter. Andererseits bleibt auch ein resigniertes Schulterzucken so unbefriedigend wie relativierende, vage Verallgemeinerungen. Die großen Probleme, gerade sie, bleiben ungelöst und werden dennoch, empirisch und opportunistisch, oft erstaunlich geschickt bewältigt in vielen Einzelfällen und immer anderen Kompromissen.

Aber etwas bessere Hilfe würden sie schon verdienen, die Übersetzer (die meisten wohl unterdes Übersetzerinnen, wenn auch nicht bei Homer, Shakespeare, Kafka, Joyce). Wieviel wäre etwa den deutschsprachigen schon nur durch ein umfassendes, brauchbares, vernünftiges Synonymwörterbuch unter die Arme gegriffen. Was Fachleute praktisch beitragen könnten, wäre ganz schlicht einmal eine Zusammenstellung *aller* erkannten Gesichtspunkte (ein paar wenige wurden hier veranschaulichend herausgegriffen). Die Liste müßte offen bleiben und ständig ergänzt werden. Sie ließe sich allenfalls übersichtlich gliedern, möglicherweise in ein System passen. Damit würde immerhin umrissen, worauf alles es bei der idealen Übersetzung (was wohl auf eine Wiedergabe sämtlicher der gebündelten Wirkungen hinausliefe) ankäme, worauf außerdem immer *auch noch* zu achten wäre. Das vermöchte einige Augen zu öffnen, und nur ein wenig Einsicht in die bloße Vielfalt von Kriterien im Widerstreit könnte sogar das dogmatisch arrogante Gepluster von (einigen von uns) Rezensenten leicht eindämmen. Kein Übersetzer – die weiterhin auf Routine und Eingebung vertrauen können – *müßte* sich eine derartige Auflistung vergegenwärtigen, jeder *könnte*. Jeder könnte checklistig Prioritäten abwägen, die für das vorliegende Werk, seinen Zweck, seine Zeit, bei der eigenen Begabung, zur Optimierung beitragen könnten, und dies nicht durch Zufälligkeit des Anpackens oder Gespür, sondern wissentlich.

Dies könnte es uns erleichtern, vom Übersetzen überhaupt zu reden. Es wäre von Vorteil, wenn Übersetzer für jedes Werk ihre Programmierungsabsichten bekanntgäben und deutlich machten, was sie vorgezogen haben, wie sie mit Laut, Fremdartigkeit, Idiomatik, Form, Ablauf, Sprachschichtung usw. umgegangen sind, was für Kunstgriffe angebracht schienen, ob sie eher archaisieren oder modernisieren, und was es an Anhaltspunkten alles noch geben kann. Damit wäre natürlich auch eingestanden, was hintanzustellen war und darum vernachlässigt werden mußte. Hier könnte man sich gelinden Widerstand von Verlegern vorstellen, deren Werbung die Tatsache der Übersetzung manchmal unterschlägt oder aber so tut, als wären Übertragungen mit dem Original identisch. Zu sehen, was jede Übersetzung versucht und, reziprok, was sie nicht leisten kann, würde auch das Bewußtsein der Leser dafür verfeinern, daß Übersetzungen Übersetzungen sind, nicht wundersame geniale Identitäten, sondern vielfältige sprachliche, kulturelle, strukturelle, lautliche Veränderungen und Kompromisse – verändert durch Vorgänge, die Kenntnis, Einfühlung, Gewissenhaftigkeit, Geduld, Selbstverleugnung, Spürsinn und sehr sehr viel Handwerk verlangen, ohne daß ihnen eine Wissenschaft vom Übersetzen bis jetzt, leider, sehr viel helfen konnte.

(1986)

DER GLEICHWOHLIGKEITSEFFEKT
Laudatio auf Christa Schuenke

Es gibt schöne Rituale. Unseres ist eines davon. Es braucht einen Festredner, der die festliche Gemeinde allmählich auf den Höhepunkt einstimmt. So stehe ich, etwas befangen auf einem ungewohnten Parkett, als erfahrener Besserwisser und Schlechterkönner auf dem Feld der Übersetzung, um mit gepflegter Brillanz gepflegte Weisheiten neu aufzutragen und zu begründen, warum wir heute Christa Schuenke für eine Neuübertragung der Sonette Shakespeares den Wieland-Preis zusprechen und in der Tat auch überreichen werden. Ich will mich nach besten Kräften so gebärden, als könnte ich einem der ältesten Berufe dieser vielsprachigen Erde neue Gesichtspunkte abgewinnen und als käme ich dem Geheimnis des Gelingens unserer gefeierten Übersetzung auf die Spur.

Die Tücke des Unternehmens »Übersetzen« (dies im engeren, sprachlichen Sinn) ermißt sich schon daran, daß wir den Vorgang nicht genau bestimmen, sondern nur verbildlichen oder vergleichen können. Den Vergleichen gemeinsam bleibt, daß sie veranschaulichen, aber allesamt zu kurz greifen.

Zunächst ist der Begriff »übersetzen« (übersetzen / traducere/meta-pherein) selber eine Metapher: Sie reduziert die Aufgabe auf eine Ortsverschiebung, einen Transport unter meist ungünstigen Umständen, etwa über einen Fluß. Das täuscht vor, als ginge es lediglich um eine Art erschwerten Postzustelldienstes. Beim *Über*setzen und Hinbringen bleiben die Inhalte unverändert, beim Über*setzen* vorerst einmal gar keiner. Das Paradoxe zeigt sich am besten daran, daß in einer Übersetzung alles anders wird und dennoch alles gleich bleiben sollte.

Weiterhin nehmen wir Zuflucht zu geometrischen Verdeutlichungen, wenn es etwa darum gehen soll, möglichst »nahe an einen Text zu kommen«. Aber Übersetzen ist kein Bocciaspiel; es gibt nie einen einzigen genau zu erreichenden Punkt, sondern immer eine Verstrickung von Bezügen und Schattierungen, die kaum alle auf Anhieb zu erkennen sind. Rein quantitativ gehen wir vor, wenn wir von Verlusten oder unvermeidlichen Abstrichen reden. Der Erfolg läßt sich nicht in Prozentzahlen wiedergeben, es gibt keine eindimensionale Erfolgsquote.

Die moderne Elektronik, die ihrerseits großen Bedarf an Veranschaulichung hat, bietet uns eine Vorstellung an, die auf Literatur so anwendbar ist wie auf deren Übersetzung – Hypertext. Damit ist eine vielfache Verknüpfbarkeit gemeint, die es erlaubt, vom immer linearen Verlauf des sprachlichen Hintereinander abzuweichen und zu verwandten Themen hinüberzuwechseln. Übersetzer wissen, wovon die Rede ist, vom Verzicht auf Nebentöne, Assoziationen, kulturelle Resonanzen. Literarische Texte sind buchstäblich hyper, überaktiv, aufgedreht, auf Hochspannung: sie weisen mehr Verbindungen, Querverweise, Anklänge, Erinnerungen, Bedeutungen und Deutungen auf als andere, »gewöhnliche«. Die sogenannten »Wortspiele«, die mehrere Bedeutungen zusammendrängen – und denen wir irrtümlicherweise Ausnahmestatus zuweisen –, zeigen es am offenkundigsten, oft unübersehbar. Literarische Hypertexte geben sich her zur fruchtbaren Vertiefung und schaffen akademische Arbeitsplätze. Die übersetzten können nicht ganz so viele, nie ganz dieselben passenden Assoziationen aufrufen, Übersetzungen sind naturgemäß weniger hyper und schon daher Anlaß billiger, unerfüllbarer Forderungen.

Die Metaphern oder Vergleiche treffen schon deshalb nicht zu, weil Vergleiche selber Übersetzungen sind, Übersetzungen komplexer Sachverhalte in trügerische Anschaulichkeit, die immer etwas ausläßt und Störendes mit sich führt. Umgekehrt sind im Grunde – doch mit dem großspurig tiefschürfenden »im Grunde« wird nur weitere hinkende Metaphorik eingespannt – Übersetzungen ihrerseits Vergleiche: Hier ist ein Text, etwas sprachlich Gewobenes, und dort, vergleichbar, dessen Umsetzung.

Mit dem eigentlichen Vergleichen befaßt sich eine Wissenschaft oder (selten genug mit dem notwendigen Verständnis) eine Kritik, oder jeder von uns im Zeitvertreib. Sprachliche Übertragungen wären idealerweise Gleichsetzungen, doch es gesellt sich die Vorsilbe *ver-* dazu, die je nachdem sicherlich eine Verschiebung, qualitativ eine Verbesserung, neutral eine Veränderung, leider abträglich auch ein Versehen, ein Vergreifen, also eine Fehlleistung, mit sich bringen kann. Übersetzungen sind gleich mit ihrem Ausgang, aber ein wenig *ver-*: daneben, verzogen.

Zum Glück sind diese Verlegungen nicht durchweg Mängel, sondern können zu kreativen Zugaben ausarten. Die deutsche Sprache etwa verdankt Luthers schöpferischen Veränderungen aus dem Hebräischen recht viel. Es entstanden deutsche Shakespeare-Stücke und mindestens ein deutscher Homer, und nun, weswegen wir hier zusammensitzen, neue deutsche, lebendige Shakespeare-Sonette.

Die geschilderten Rahmenbedingungen erleichtern mein Geständnis, daß ich als bekennender Skeptiker – vielleicht aus konstitutionellen, jedenfalls subjektiven Gründen – nicht an die Möglichkeit glaube, daß Literatur, Dichtung in allen ihren Sinnen, und mit allen unsrigen, ideal, d.h. in allen potentiellen Schattierungen, zu übertragen ist. Vielleicht sage ich hier nur, daß mich immer gerade das angezogen hat, was sich der kulturellen Umwandlung entzieht. Wenn Übersetzung möglich wäre, brauchten wir dafür wohl keine Preise.

Diese platte Einsicht ist weder neu noch besonders einsichtig. Zudem ist sie eingebettet in einen umfassenden Zusammenhang, ins allgemein Menschliche. Der Mensch ist das denkende, verkündende, empfangende, lesende, verstehen-wollende, deutende und damit das übersetzende Wesen: es übersetzt – von Gedanken zum Ausdruck, vom Laut zum Sinn, von Buchstaben zu Bedeutungen, von Einsichten zu Taten. Jeder geistige Vorgang setzt um. Auch alle diese Umsetzungen gelingen nie ganz, wenn denn überhaupt; nichts kommt genau so an, wie es in die Welt gesetzt worden ist, was mindestens teilweise den Zustand eben dieser Welt erklärt.

Im engeren Sinn der sprachlichen Übersetzbarkeit gilt selbstverständlich wiederum das Gegenteil, daß in der Tat das Geschriebene übersetzt wird, und dies mit dem Erfolg, den wir auch Kultur nennen. Denn alle sprachliche Kultur beruht auch auf Übersetzungen, die ihrem Wesen nach nie vollkommen sind, aber ausgleichend dafür über den Ursprung hinaus anderes hervorbringen: Falsches, Notdürftiges, Unvollständiges, Angepaßtes, Unvorhergesehenes und noch nie dagewesen Neues.

Schließlich beruht auch die Sprache, in der wir uns gerade unterhalten, letztlich auf phonetischen Fehlleistungen indogermanischer Stämme und ihrer Nachkommen. Wo, mit anderen Worten, wären wir ohne die falschen Übersetzungen, die uns geprägt haben? Übertragungen von Sprache zu Sprache sind Sonderfälle. Weiterhin ist jede Übersetzung immer noch besser als gar nichts, die oft einzige praktische Alternative.

Bisher ist die Ausgangslage recht negativ dargestellt worden, wenn auch mit etwas hohlem Trost verbrämt. Einige von uns kennen die kollegialen Treffen, wo wir uns an ganz besonders vertrackten Problemen inspiriert hochschaukeln und dann am Ende doch resigniert bekennen: »Es geht halt nicht« oder uns auf einen Notbehelf zurückziehen.

Dann aber geschieht mitunter ein Wunder. Gegen alle Wahrscheinlichkeit ergibt sich hin und wieder, daß »es« (was immer es ist, das unmöglich Scheinende) doch geht. D. h. es »geht« natürlich nicht, sondern ein suchender, findiger Geist muß erst darauf stoßen, auf welche oft unerforschliche Weise auch immer. Meine Artikulationsversuche sind somit eine Lobrede auf diesen findigen Geist, der zufälligerweise meist auch ein sehr fleißiger, ausdauernder, besessener ist.

Es gelingt also, immer wieder, doch. »Doch« ist ein starkes, trotziges, oft mißbrauchtes, tröstendes Wort (übrigens seinerseits oft kaum zu übersetzen). Übersetzung ist eben doch, zwar nicht immer, möglich, sie ist es *gleichwohl.* Eben diese Gleichwohligkeit ist die Rechtfertigung einer so wichtigen und mit soviel Selbstverleugnung gepaarten Berufung. Der Gleichwohligkeitseffekt, ein kleines Wunder, ist Ausgleich für viele Versagungen, ein Aufputschmittel gegen lähmende Skepsis.

Allerdings – auf »gleichwohl« folgt ja meistens ein Einwand – ist voreilige Euphorie sofort wieder einzudämmen. Auch die gelungenste, genialste Übersetzung kann vollkommen nicht sein, sie übergeht oder eckt an. Um die Gleichwohligkeit noch etwas zu strapazieren: auch gelungene Übertragungen sind nicht gleich wohl gelungen. Es ist uns dabei auch bestenfalls nie gleich wohl.

Nehmen wir an, es hätte mir jemand jetzt noch immer zugehört und würde versuchen, nun die so bezeichnete »Gleichwohligkeit« in einer anderen Sprache aufzubauen.

Vermutlich ließe die Zielsprache die Zufälligkeit von »gleichwohl« doch, und »gleich wohl« (wie sie etwa eine neue Rechtschreibung zu beschäftigen wüßte) nicht zu. Was ebenfalls nicht gelänge, wäre die exakte Tonlage der aufgesetzten, gezwungenen, doch etwas matten Pointe, denn auch die Forciertheit des nicht sonderlich originellen Originals müßte sich wiederfinden. Man könnte sich leicht vorstellen, daß eine passende Übersetzung in der Tat besser wäre als ihr Ausgangspunkt. Übersetzungen können in der Tat ihre Vorlagen übertreffen. Nur sind leider die Spielregeln so angelegt, daß bei der Kanonisierung des Originals selbst eine Verbesserung als Abweichung zu gelten hätte und damit einen Punktabzug mit sich brächte.

Was zeichnen wir heute eigentlich aus? Ausgezeichnet wird vorerst einmal – wie ich mit einem Anflug von gut kaschiertem Neid gestehe – eine außergewöhnliche Begabung. Christa Schuenke, »sie kann es eben«. Gedichte, Sonette im besonderen, scheinen ihr fast wie von selbst von der Hand zu gehen. Es ist somit nicht purer Masochismus, daß sich Frau Schuenke immer wieder an englischen Dichtern versucht, die in der ersten Reihe sitzen, John Donne oder John Keats. Eine Art Affinität scheint im Spiel. Die launischen, metaphorischen Musen haben mitgeholfen.

William Shakespeare befaßt sich in seinen Sonetten ausgiebig mit diesen Musen und ihren gütigen oder ausbleibenden Einflüsterungen:

> So oft beschwor ich dich als Muse schon
> So schön geriet, dank dir, mir manch Sonett.

Er wußte aber auch, daß sie nicht abrufbar sind, und verläßlich schon gar nicht: eine »kranke Muse räumt das Feld«, eine »zungenlahme schweigt«. Es ist denkbar, daß unsere Übersetzerin beim Anruf der »pflichtvergessnen« oder »trägen«, oder gar der »müßigen Muse« (die noch etwas über Shakespeares »truant muse« hinausspielt) kollegial auf ihre Tastatur geseufzt und mit Shakespeare gemahnt hat: »Versieh dein Amt.« Das Musendezernat hat sein Amt denn auch nicht vernachlässigt.

Gleichwohl! Die hier rhetorisch bemühten, altbackenen Musen lassen sich nicht tariflich in den übersetzerischen Alltag einspannen. Der besteht aus Handwerk (ohne goldenen Boden, allenfalls hier und dort mit Versilberungen). Nichts kommt von selbst. Die Sekundärtugenden Fleiß, Arbeit, Disziplin, Beharrlichkeit drängen sich konkret primär in den Vordergrund.

Über die Plackerei, die Grundlagenforschung und all das hinaus, was nicht weiter ausgeführt zu werden braucht, hat sich Christa Schuenke zusätzliche Hürden aufgebaut. Sie versagt sich, als wären der Erschwernisse nicht schon genug, z. B. notbehelfsmäßige Enjambements, also unerlaubte Ausläufe in die nächste Zeile. Sie achtet vor allem im Anklang ans englische Vorbild darauf, möglichst starke Reime zu verwenden, also sogenannte »männliche«, und versucht mit möglichst wenigen schwachen, also »weiblichen«, auszukommen. Beim Lesen wird uns das kaum bewußt auffallen, und im Grunde kümmert uns als Konsumenten ein Reimsexismus so wenig wie metrische Reglementierung. Doch eben die selbstauferlegte Disziplinierung trägt bei zu der Stimmigkeit dieser Sonette, zu deren Trittfestigkeit und Balance.

Übersetzer haben ihr Können ganz bestimmten Bedingungen zu unterwerfen. Das starre Gerüst der Sonette und deren zyklische Verkettung engen den Spielraum weiterhin ein. Innerhalb solcher Bandbreite hat sich die Eingebung frei zu entfalten. In vier Jahrhunderten hat sich der lyrische Grundwortschatz, wie er nicht nur von Shakespeare verwendet worden ist, durch rege Wiederverwertung spürbar abgeschliffen. Ein Recycling von »Liebe, Tod, blau, schön«, sogar von »Herz« oder der eben noch aus dem Estrich hervorgeholten Musen ist nicht zu umgehen. Die altvertrauten Wörter sind einzusetzen und scheinen ohne impliziertes Augenzwinkern oder ironische Brechung kaum mehr verwendbar. Und gerade hier hat sich wiederum gegen alle Erwartungen der Gleichwohligkeitseffekt eingestellt, als hätte sich die Übersetzerin auf eine perverse Wette eingelassen.

Vermutlich verfährt auch sie, wie alle andern, nach eigenen, strengen Richtlinien, aber gleichwohl von Fall zu Fall – von Zufall zu Einfall. Mitunter neigen die Sonette zu einer abgewogenen Annäherung an den Satzablauf. Sie gibt »How like a winter hath my absence been« als »Wie Winter kam mir unsre Trennung vor« wieder, fast selbstverständlich. So etwa, mindestens ein Eindruck, muß es heißen. (Es muß nicht.)

Manch andere Stelle entfaltet einen eigenen, analogen Schwung, sinngemäß, entsprechend, nicht wortidentisch. Wo Shakespeare den Tag, oder den Wagen des Helios, sanft niedersteigen läßt,

> But when from highmost pitch with weary car,
> Like feeble age he reeleth from the day,

wechselt Christa Gang und Tonart:

> Doch rollt vom höchsten Punkt sein Wagen nieder,
> Tagauswärts polternd, klapprig und beschwert.

Auf diesem Glatteis schwingt sich eine mutige Kür über die pedantische Pflicht: »rollt ... polternd« klingt nicht wie »pitch, feeble, reeleth«; der Lärmpegel ist aufgedreht, das Subjekt gleitet vom schwächlichen Lenker zum klapprigen Gefährt. Aber wie urgewaltig kommt, auf seine Weise, der Wagen daher: »Tagauswärts polternd, klapprig und beschwert.« Das prägt sich ein und (als weiteres Kriterium): es klingt gewiß nicht nach Übersetzung.

Ein Motiv wird gelegentlich sinnvoll überzogen: »Music to hear, why hear'st thou music sadly?« beginnt ein Sonett. Daraus wird: »Du hörst Musik, und doch bist du verstimmt?« Im »verstimmt« wird »sadly« aufgehoben und musikalisch abgewandelt.

Beim phrasenhaften Begriff »Nachdichtung« erfaßt mich ein gewisses Unbehagen, aber er evoziert eine Qualität, die über bloßes Regelwerk hinausgeht. Unsere Sonette sind, bei feinstmöglicher Einstimmung, auf Wirkung angelegt. Der Auftrag verlangt, die Zielsprache verhindert eine identische Wirkung. Aber sie wird erzeugt, nachhaltig. Wir stoßen auf einprägsame Verdichtungen: »wie'n Greis, mehr wortgewandt als wahrheitstreu« darf sich durchaus sehen lassen neben »like old men, of less truth than tongue«.

Es gibt gewisse Dichtungen, die im Augenblick des Lesens oder Hörens jedes einzelne Element, jedes Wort, in seiner ganzen Anmut oder Wucht zur Geltung bringen. Bei Shakespeare ist es vorausgesetzt:

> What potions have I drunk of Siren tears
> Distilled from limbecks foul as hell within
> Applying fears to hopes, and hopes to fears,
> Still losing when I saw my self to win
> (cxix: 1/127)

Bei Übertragungen anerkennen wir es mit Staunen:

Ich trank Sirenentränen ohne Zahl,
In Hexenkesseln höllenscharf gegoren,
Tat Qual auf Hoffnung, Hoffnung auf die Qual.
Und hab doch stets, wenn ich gewann, verloren.

In der elisabethanischen Ära verankert, bleiben Shakespeares Sonette zeitlos und auf deutsch dennoch auch in unsere Epoche verwoben. Das mag selbst die Wortwahl erfassen. Wenn durch das Ich der Sonette Shakespeare auch selber spricht

Why is my verse so barren of new pride?
So far from variation or quick change?
Why with the time I do not glance aside
To new-found methods, und to compounds
strange?

dann könnte Christa Schuenke ohne weiteres im gegebenen Rahmen verharren. Sie bricht jedoch aus:

Warum fehlt meinem Vers moderner Schick,
Erfindungsreichtum, Spannung, frischer Schwung?
Was schreib ich nicht, wie jeder heut, mit Blick
Auf rare Wörter, Stilerneuerung?

Hier wäre ein erster Reflex, auch meiner, der eines Vertreters kongenialer Wörtlichkeit, ein Griff nach der gelben Karte. Um in der Sportsprache zu verbleiben: hier wird volles Risiko gespielt. Gleichwohl – oder gerade deshalb: die zeitgemäße Versetzung paßt, wenngleich Einspruch denkbar ist (wie immer bei diesem Beruf). Wenn sich hier Shakespeare, ein wenig kokett, nebenher zu seinen Gedichten selber äußert und seine Leserinnen anspricht (vielleicht noch ein paar Hiebe an Zeitgenossen austeilt), darf sich die Übersetzerin ihrerseits auf eine eigene Metaebene begeben, ihr Tun kommentieren und das damalige »heute« zum heutigen auffrischen. Was ebenfalls paßt, ist, daß beide Aussagen nicht zutreffen, zum »Doch doch!« herausfordern: in den Sonetten finden sich »variations«, »compounds strange«; aber noch mehr widerspricht sich der moderne Anflug der Fassung, die im Rahmen des Zyklus selber eben den in Abrede gestellten »modernen Schick«, »frischen Schwung« oder »Stilerneuerung« hervorhebt. Gerade in diesem Sonett erlaubt sich Frau Schuenke sogar das neudeutsche vorangesetzte »Weil«, das keinen Nebensatz einleitet. Das hat seinen Reiz und reizt vielleicht zu Einwänden.

Ich bin immer eingetreten für die, wie ich sie nennen würde, veranstaltende Übersetzung, d. h. eine, die nicht einfach etwas hinstellt, sondern etwas in Gang setzt, Schwingungen, die nicht gleich abklingen, die vom Original abweichen und über es hinausgehen, aber mit sich übereinstimmen. So lange sie nur wirken – und klingen: It don't mean a thing, if it ain't got that swing. So sind manche Verse von in sich selber ruhender Eingängigkeit, was mindestens die Umschreibung einer Form von Dichtung wäre. Da schlägt viel, da hängt wenig, durch.

Die hier wiedergegebenen Empfindungen entsprechen wohl kaum den Absichten der Übersetzerin selber. Schriftsteller haben wenig Verfügungsgewalt über ihre Erzeugnisse, Übersetzerinnen noch weniger. Sie können Wirkungen steuern, nicht aber bestimmen. Doch wenn ich falsch lesen sollte, und vermutlich lesen wir alle auch Shakespeare falsch oder verzerrt, so bin ich dankbar für den Anstoß zu solch ergiebigem Danebengreifen und Mißverstehen.

Hier ist nur zu Protokoll gegeben, wie oft die Übertragungen wie von selbst in eine gleichwertige Eigenständigkeit rutschen. Es freut mich ohne großes Erstaunen, daß die Jury ähnlichen Erfahrungen stattgegeben hat.

Beschreibungen sind bestenfalls vorläufige Ansätze, etwas schlüssig vorzuführen, was sich der Charakterisierung entzieht. Übersetzungswissenschaftler haben genauere Werkzeuge und Kategorien. Sie bezeichnen Translate als »äquivalent« oder »adäquat« und wissen genau, wovon sie reden. Ist nun ein »Greis, mehr wortgewandt als wahrheitstreu« eine adäquate Wiedergabe von »old men, of less truth than tongue«? Unbedingt, ja, wie gezeigt werden sollte. Aber dann, bei der Vielzahl möglicher Betrachtungsweisen, auch wieder nicht. Findet »Like feeble age he reeleth from the day« seine Äquivalenz in »Tagauswärts polternd, klapprig und beschwert«? Sind die beiden Fassungen gleichwertig, gleicherweise gültig, oder entzieht sich ihr Wert unserer präzisen Wertung?

Zum Glück brauchen wir uns, wenn wir nicht gerade eine Preisrede halten, mit Klassifizierungen nicht abzugeben, sondern mit dem Ergebnis, einem Glücksfall. Eine Qualität der Übersetzung ist daran zu messen, wie sie die unvermeidliche Andersartigkeit zu einem Vorteil ummünzt.

Fast wie von selber klingt meine Aufwärmung für den festlichen Akt aus in ein Zitat, worin Shakespeare das Thema zusammenfaßt, das auch seine Übersetzerin in Beschlag nahm:

> Den alten Wörtern leih ich neue Zier
> Verwende neu, was schon so oft verwandt.

Shakespeare wußte es und tat es, Christa Schuenke führt es aus, wir erleben es neu. Christoph Martin Wieland aus Biberach wußte es ebenfalls. Er wäre bestimmt zufrieden mit der diesjährigen adäquaten, gelungenen Kür.

(1997)

Es kommt niemand je zu Schaden – leider

»Auch einer«

WAS DENKT PENELOPE?

Man soll, so hört man, in München die Odyssee noch immer frei über dem Ladentisch erwerben können. Deswegen nun gleich über die Polizei loszuziehen wäre übertrieben, denn die hat, weiß Gott, genug anderes zu tun. Gleichwohl sollte sie sich, und sollten sich auch die Vollzugsorgane in Zürich – ebenfalls überlastet und fachkundig vor allem in kinematographischen Belangen – einmal die SEX SHOW IM OLYMP vornehmen. Das liest sich wie eine Kinoreklame, ist aber in Wahrheit eine noch nicht verfilmte homerische Herrengeschichte von der Aphrodite. Sie betrügt ihren Gatten Hephästos und vergnügt sich, wenn er weg ist, mit dem Ares (das macht wohl die Uniform), um, wie es Voß freiheraus offenbart, »der süßen Ruhe zu pflegen«. Aber natürlich verfangen sich die beiden im feingesponnenen Netz des Ehemanns, so daß sie »kein Glied zu bewegen oder zu heben« vermögen. Doch – alle Götter (die weiblichen allerdings bleiben fern, »aus Scham«) kommen her und schauen zu, echte Voyeure. Ein öffentliches Ärgernis in höchsten Kreisen und, erst noch, Pornographie (im ureigenen Sinn, denn »... viel hatte er (Ares) ihr gegeben« (Odyssee 8: 269)). Es waltet Gerechtigkeit, Ehebruch kommt an den von Helios beschienenen Tag: »Bös Ding gedeiht nicht.« Die Götter lachen laut und erhaben. Nur einer schlägt aus der feinen Art, Hermes. Die Frage, ob er sich in einer solchen Lage gern sähe, behandelt er gar nicht rhetorisch, sondern gesteht keck: »... auch wenn ihr Götter und Göttinnen (!) alle zusähet, so würde ich doch gern bei der goldenen Aphrodite liegen« – bietet sich also an als ein olympischer Harry Reems. Natürlich bekommt er die Rolle nicht, und von weiteren Vorstellungen wird auch nichts berichtet. Was man von seinen Phantasien ableiten kann, ist die recht frühe Verbreitung männlicher Frustration selbst unter griechischen Göttern, und dies lange bevor andere, barbarische, ehrgeizigere Götter sie, die Frustration, erfolgreich zum Vorbild heiligten. Nachzulesen ist die Geschichte im achten Buch der Odyssee.

Odysseus, obgleich möglicherweis mit Hermes verwandt, ist da ganz anders, auch wenn er mancherlei Versuchungen ausgesetzt wird. Von jungen Dienerinnen läßt er sich, so steht zu Protokoll, gar nicht gern baden. Wenn er einmal, und dies wegen höherer Gewalt, um seine Kleider kommt und gleichwohl, aus Überlebensgründen, vor eine Schar anmutiger Mädchen treten muß, bricht er sich – Europas erster Gentleman – dezent einen Zweig vom Gebüsch, damit er sich »an seinem Leib die Scham des Mannes bedeckte« (6:129). Voss benennt es »des Mannes Blöße«; Homer selber sagte etwas direkter *»mēdea«*, eine etymologisch nicht durchsichtige Pluralform, die im Epos noch ein paarmal vorkommt. So wenn sich Odysseus zum Kampf mit dem Bettler Iros rüstet und frei macht, die Scham aber mit einem Lumpen umgürtet. Diesem selben Bettler wird gedroht, man werde seine *»mēdea«* den Hunden zum Fraß vorwerfen (18:67, 86). Genau das geschieht dann tatsächlich dem bösen Schweinehirten Melanthios nach der Tötung der Freier (22:476). So weit hat alles seine Ordnung. Gegen Bedeckung oder Verstümmelung – Vorsichtsmaßnahmen oder Strafen – hat niemand etwas einzuwenden.

Genitalische Phantasien, die allerdings sind zollfrei. Kirke, die Männer in Schweine verwandeln kann (als ob das ein Kunststück wäre), schickt den Odysseus in die Unterwelt hinab, um sich weissagen zu lassen. Dort stößt er auch auf Agamemnon, der mit Frauen seine arge Not gehabt hatte (wenn er dem Achilleus damals dessen Sklavin nicht weggenommen hätte, gäbe es keine Ilias). Während er zehn Jahre lang im Osten die Sicherheit Griechenlands garantierte und vor Troja Streitwagen, Wurfspeere und Schwerter stationierte, berückte zu Hause ein Nebenbuhler die Gattin Klytämnestra, die sich nicht auf Anhieb, aber dann doch »willig« (3:272) mit ihm einließ und keinen Finger rührte, als der heimgekehrte Hauptbuhler bei Tisch tückisch erschlagen wurde. So etwas verstimmt einen begreiflicherweise bis ins Jenseits, und kein Wunder, daß Agamemnon noch im Hades auf das ganze Geschlecht nicht gut zu sprechen ist. Er verflucht es summarisch, und nur eine nimmt er aus, aber das mag pure Höflichkeit sein: die Gattin des Odysseus, der nun lebendig vor ihm steht und sich auf *seine* Heimkehr freut. Penelope, meint Agamemnon, die ist anders, »sie ist sehr verständig« und »weiß zu gut die Gedanken in ihrem Sinn« (so, genau, Schadewaldt, Od. 11:445). Sie weiß/kennt *(»oide«)* sehr gut *(»eu«)*, sagt er arglos, *»mēdea«*.

Mēdea! So eine ist das! Natürlich kann das Agamemnon gar nicht wissen; wie sich Penelope verhält und was in ihren Gedanken vorgeht, bleibt ihm, und dem Odysseus vorerst, verborgen; eben dies herauszufinden gehört mit zum Erleben der Odyssee. Aber so einer, demnach, ist mindestens der neidische Heerführer (mißgünstig war er ja schon vor Troja), der seinem ehemaligen und nicht immer genehmen Frontgefährten nun zum Abschied in freundlicher Anerkennung noch eins auswischt, wie er sich auf den mühsamen Weg zu der sprichwörtlich treuen Gemahlin begibt. Schämen sollte er sich für seine Unterstellung, wobei man gerechterweise anrechnen muß, daß einem im Schattenreich dahinwimmernden Geist nicht viel bleibt, woran er sich aufrichten kann, außer einem bißchen lüsterner Schadenfreude. Schämen sollte sich vor allem der so unfeine, nicht noble und für das Ganze verantwortliche Homer selber, der einem verdienten Feldherrn derartige Gedanken in den Sinn gibt.

Stimmt natürlich alles gar nicht! Denn, raffiniert und kunstfertig wie Hephästos selber, haben wir der Staatsanwaltschaft eine Falle gestellt, in der sie sich jetzt nur schön verstricken soll. Es handelt sich nämlich um gar keine Unzüchtigkeit nicht, sondern es geht hochklassisch zu. Wie jeder Altphilologe – und an denen soll es doch gerade in der bayrischen Regierung nicht fehlen – leicht darlegen kann, und wie gewiß schon mancher Griechischlehrer in der Stunde dargelegt hat, heißt in dem Fall *»mēdea«* gar nicht das, was ein pubertärer Schüler seinem Nachbarn kichernd unter die Nase gehalten haben mag, sondern ist bloß ein halt gleich aussehendes, ganz anderes Wort, *»mēdea«*, abgeleitet von einem Verb für »ermessen, ersinnen, erwägen«. Übersetzer wie Voss haben das gleich gemerkt und schreiben: »Denn sie [Penelope] ist rechtschaffen und *Weisheit adelt die Seele.*« Das tut sie natürlich, wie es Homer nicht entgangen ist, der die Formel *»mēdea* (= Sinn, Klugheit) kennend/wissend« auch anderswo einsetzt. Die schmutzige Phantasie ist nicht Homers, nicht einmal Agamemnons, sondern die von unreifen, ungeadelten Knabenseelen oder von unausgewogenen Lesern. An so etwas mag allenfalls ein etymgeschädigter Schmidtianer denken (nur gut, daß Arno Schmidt nicht auch noch die Odyssee in deutsche Spalten umgesetzt hat!). Die Bücher brauchen also nicht eingesammelt zu werden. Erwachsenen dürfen sie zugänglich bleiben, in Übersetzung.

Immerhin, ein wenig nachlässig war er gleichwohl, Homer, der doch, weiß Hermes!, genug verdachtfreie Formeln zur Hand gehabt hätte, um den weisen Adel einer reinen Seele darzustellen. Muß der ausgerechnet jenes potentiell anzügliche *»mēdea«* heraufholen? Dann darf er sich freilich auch nicht beschweren, wenn spätere, nicht so sittsame Griechen der Penelope alle möglichen unkeuschen Verfehlungen angedichtet und ihre genaue Kenntnis wörtlich mißverstanden haben, so, als sollte sich der Fluch des Agamemnon, daß Klytämnestra »über sich selber wie auch über die künftig kommenden weiblichen Frauen Schande ausgegossen hat« – doch noch erfüllen.

Die Moral von dem Gedicht? Daß wir die Wörter mit Bedacht aussuchen und auch beim Lesen nicht immer gleich ans Beste denken sollten. Aber auch, daß unsere Gedanken verwickelt und von manch störender Assoziation durchsetzt sein könnten (auch wenn uns Freud darin zustimmen würde); und daß – Homer flicht es öfters ein – wir nie wissen, was in den Gedanken, zumal einer Frau, vorgehen kann.

All dies kann freilich keiner Sittenpolizei Verantwortung und Entscheidung darüber abnehmen, vor welchen Gedanken und Ratschlägen (das griechische Wort dafür, haben Sie wohl unterdessen mitgekriegt, heißt *»mēdea«*) sie uns zu schützen hat.

(1984)

EDOUARD DUJARDIN UND DIE IMMERGRÜNEN LORBEERBÄUME

Nous n'irons plus au bois, les lauriers sont coupés.
Les Amours des bassins, les Naïades en groupe
Voient reluire au soleil en cristaux découpés
Les flots silencieux qui coulaient de leur coupe.
Les lauriers sont coupés, et le cerf aux abois
Tressaille au son du cor; nous n'irons plus au bois,
Où des enfants charmants riait la folle troupe
Sous les regards des lys aux pleurs du ciel trempés,
Voici l'herbe qu'on fauche et les lauriers qu'on coupe.
Nous n'irons plus au bois, les lauriers sont coupés.
Théodore Banville, 1845

Wir werden nicht mehr in den Wald gehen, die Lorbeerbäume sind geschnitten.
Die Amoretten der Wasserbecken, die Scharen der Najaden,
Sehen die stillen Fluten, die aus ihren Schalen flossen,
In Kristalle zerstoben in der Sonne glitzern.
Die Lorbeerbäume sind geschnitten, und der umstellte Hirsch
Erzittert beim Klang des Jagdhorns; wir werden nicht mehr in den Wald gehen,
Wo die tolle Schar über die bezaubernden Kinder lachte
Unter den Blicken der Lilien, feucht von Himmelstränen,
Hier das Gras, das man mäht, und die Loorbeerbäume, die man schneidet.
Wir werden nicht mehr in den Wald gehen, die Lorbeerbäume sind geschnitten.
Prosa von Irene Riesen

Als *Les Lauriers sont coupés* 1887 herauskam, war es noch lange nicht Mode geworden, daß Romane in ihrem Titel auf etwas literarisch schon Bestehendes verwiesen, in unserem Fall auf ein Gedicht, das auch als Volkslied bekannt war. Solcherlei Umlenken eines bereits vorgegebenen Sinns auf neue Bahnen wurde erst in unserem Jahrhundert zu einem gängigen Verfahren, entstanden sicherlich auch aus einer kaum mehr zu verdrängenden Erkenntnis heraus, daß alles, fast alles, was wir sagen und denken können, wahrscheinlich früher schon gedacht und ausgedrückt worden ist. Ob es um gültige Meisterworte geht oder um Klischees – wir können gar nicht mehr anders als zitieren. Das haben ein paar Schriftsteller vor allen anderen gemerkt.

Dann aber bleibt es dem Leser überlassen, die aufgerufenen Lorbeerbäume sinnvoll zusammenzubringen mit der Erzählung, wo es sie selber nicht gibt: Lesen ist, das haben uns die besseren Autoren unterdessen beigebracht, auch tastendes In-Beziehung-Setzen. Im angeführten Gedicht könnte uns auffallen, wie eine leicht variierte Kehraussage, »die Lorbeerbäume sind geschnitten«, oder ein Motiv ein Gefühl der vergehenden Zeit vermittelt. Das Vergangene bestimmt Gegenwart (»die Lorbeerbäume sind geschnitten«) und Zukunft (»wir werden nicht mehr in den Wald gehen«). Lauter Selbstverständlichkeiten, aber dafür hat uns eine Literatur, die gegen Ende des 19. Jahrhunderts vor allem in Frankreich anhob und von den großen Modernisten verfeinert worden ist, die Sinne geschärft. Und dann ist ironischerweise die Zeit auch mit Edouard Dujardin, dem Verfasser von *Die Lorbeerbäume sind geschnitten*, seltsam umgesprungen. Seiner eigenen war er voraus, so sehr, daß der Roman trotz hochkarätiger Empfehlungen im kleinen Kreis bald in Vergessenheit geriet und dann, lange nachher, wie ein Wunder neu entdeckt und als Vorläufer des zukunftsbestimmenden Romans *Ulysses* (1922) zeitgemäß aufgewertet und der Verfasser, ein Relikt aus der Epoche der Symbolisten von einst, zu einer auferstandenen Berühmtheit wurde. James Joyce nannte Edouard Dujardin den Erfinder des »inneren Monologs«. Autor und Roman kamen zu einer unerwarteten Renaissance.

Aber man wird dem kleinen Roman nicht gerecht, wenn man ihn als bloße Vorstufe zum viel anspruchsvoller und umfassender angelegten *Ulysses* abtut. Dujardins frei assoziierende Prosa ist mehr als eine literaturgeschichtliche Assoziation zu Joyce.

Der Roman erschien erstmals in der *Revue Indépendante* 1887 und im nächsten Jahr in nur 420 Exemplaren als Büchlein. Trotz einer nochmaligen, veränderten Auflage (1897) wurde er nie zu einem Erfolg auf dem Markt. Dabei hatten die bedeutendsten damaligen Autoren bereits für künftige Ausgaben Klappentexte verfaßt, die sich sehen lassen dürfen. Remy de Gourmont bekannte (am 17. Mai 1887), »diesen kleinen Roman mit Genuß« gelesen zu haben. George Moore bemerkte zu gleicher Zeit, hier werde »das unscheinbare alltägliche Seelenleben zum ersten Mal ans Licht gebracht. Eine erstaunliche Musik von Strichpunkten; nur befürchte ich Monotonie. Wir werden sehen, jedenfalls ist das neu.«

Nach Dujardins eigener Erinnerung soll auch Stéphane Mallarmé die Möglichkeiten der neuen Darstellungsart erkannt und den Ausdruck geformt haben, hier sei »der Augenblick bei der Gurgel gepackt« worden. In einem späteren Brief (am 8. April 1888) schrieb Mallarmé an den Freund: »Sie wissen, daß ich diesen Roman bei der ersten Lektüre in der *Revue Indépendante* ganz besonders geschätzt habe; und wenn ich ihn heute durchblättere, so erkenne ich, daß Sie da eine wirbelige und flüssige Art der Notierung festgelegt haben, die, außerhalb der großen literarischen Formen – dekorativ umkränzte Verse oder Sätze –, allein Existenzberechtigung hat, wenn es darum geht, ohne mißbräuchliche Anwendung der erhabenen Mittel das Alltägliche auszudrücken, das zu erfassen so wichtig ist. Es liegt also mehr als ein zufälliger Glücksfall vor, vielmehr ist es eine dieser Trouvaillen, die wir alle auf verschiedenen Wegen anstreben.«

Das Alltägliche, der Augenblick. Ein weiterer Kritiker, Emile Hennequin, kennzeichnet das Werk als eine »Analyse, reduziert auf die bloße Aufzählung einer Reihe von Seelenregungen«. Es dauerte noch eine Weile, bis die Literatur dem Unscheinbaren, Alltäglichen, der Mikroaufnahme, dem close-up ihre Aufmerksamkeit zuwandte und, mehr und mehr, den leisen Regungen der Seele. In dieser langen Zeit beschäftigte sich Dujardin, ein Freund der Symbolisten, mit Essays, Verstechnik und besonders mit Musik. Als begeisterter Anhänger eines anderen Neuerers hatte er schon 1885 die *Revue Wagnérienne* gegründet. Er schrieb später noch einen weiteren Roman, *L'initiation au péché et à l'amour*, sonst aber mehrheitlich Gedichte, Theoretisches und religionsgeschichtliche Studien.

Vom Dezember 1902 bis April 1903 verbrachte ein zwanzigjähriger Dubliner ein paar armselige Monate in Paris, schlug sich mit Buchbesprechungen knapp durch und schrieb Bettelbriefe an seine Mutter zu Hause. Auf einem Ausflug nach Tours, so erinnerte er sich später, kaufte er an einem Bahnhofskiosk den Roman von Dujardin. Zwanzig Jahre nachher ließ der nunmehr berühmte, ja skandalöse Autor des *Ulysses* dem vergessenen Symbolisten die bereits erwähnte Ehre zukommen: Joyce hätte die Technik des inneren Monologs aus *Die Loorbeerbäume sind geschnitten*: »Der Leser findet sich dort von der ersten Zeile an in die Gedanken der Hauptperson versetzt, und durch die ununterbrochene Folge der Gedanken, die sich aus den üblichen Formen des Erzählens zusammenfügen, erfahren wir, was die Person macht und was ihr zustößt.«

Es muß seltsam sein, aus tiefer Vergessenheit sogleich in die modernste Avantgarde emporgehievt und zu Lesungen an der rue de l'Odéon eingeladen zu werden, wo Adrienne Monnier und Sylvia Beach ihre berühmten Buchläden hatten. Joyce regte später eine englische Übersetzung an, unternommen wurde sie von seinem Freund Stuart Gilbert, einem Exegeten des *Ulysses* und Berater der französischen Übertragung (*We'll To The Woods No More*, 1938). Die beiden Autoren lobten sich gegenseitig und schoben einander, nicht ohne Scherz, eine Christus-Rolle zu. Nach Dujardin hatte Joyce zu ihm das *»Lazare veni foras«* ausgesprochen, »Lazarus, komm heraus!« Joyce wiederum schrieb in Dujardins Exemplar des *Ulysses*: »An E. D., Verkünder der inneren Rede, der unbußfertige Übeltäter, J. J.« Wobei im Französischen *»le larron impénitent«* neckischerweise ein Dieb ist.

Dujardin machte sich nun auch daran, in einer Studie, *Le Monologue intérieur, son apparition, ses origines, sa place dans l'œuvre de James Joyce* (1931), die Geschichte der neu benannten Technik der Bewußtseinsdarstellung zu beschreiben.

Selbstverständlich wurde weder der innere Monolog noch irgendein anderes literarisches Verfahren so erfunden wie etwa eine Dampfmaschine und dann in der Folge einfach noch weiter verfeinert. Schon vor Dujardin und vor Arthur Schnitzler finden sich Spuren oder Entsprechungen bei Dostojewski, bei Browning, bei Dickens, ja bei Shakespeare und selbst bei Ovid und Homer. Es gibt verhältnismäßig wenig Neues unter der Sonne der Kunst, und alles ist irgendwo schon vorgeformt; gleichwohl gehen von ganz bestimmten Künstlern ganz bestimmte Impulse aus. Edouard Dujardin hatte wohl als erster den Blick auf die handelnde Person und deren innere und äußere Wahrnehmung beschränkt und sich keine erzählerischen oder auktorialen Eingriffe erlaubt. Seine Definitionen für das Verfahren sind aber wohl erst im nachhinein entstanden und dem Bedürfnis einer modischen Entwicklung angemessen. Dujardins aufschlußreiche Skizze enthält manche Vorstellung, die er bei der Niederschrift des Romans noch nicht gehabt haben konnte. Aber gerade derartige rückwirkenden begrifflichen Retouchen zeigen anachronistisch, wie sehr Dujardin 1887 seiner Epoche als Prämodernist vorausgewesen war. Seither hatte sich einiges getan. Vor allem die Psychologie hatte sich den versteckten und den unscheinbaren Regungen der Seele zugewandt und den Erinnerungen und Assoziationen großes Gewicht beigemessen. So scheute sich Dujardin auch nicht, den Begriff *»l'inconscient«* in seine Charakterisierung aufzunehmen, den es zum mindesten als Substantiv damals noch nicht gegeben hatte. Ohne das seither entstandene Werk von Marcel Proust hätte Dujardin wohl auch nicht so ohne weiteres von der Evokation des ununterbrochenen Fließens *(»le flux ininterrompu«)* der Gedanken gesprochen, die so festgehalten waren, wie sie entstehen und, nach nicht rationalen Gesichtspunkten, aufeinander folgen. Und natürlich wurden die *Lorbeerbäume* mit dem erstaunlich ausbaufähigen neuen Medium des Films verglichen. Auch der Film entdeckte in seiner ersten Euphorie unter anderem das alltägliche Leben der Großstadt.

Edouard Dujardin hatte dem Kreis der Symbolisten um Mallarmé angehört, mehr als Theoretiker und Katalysator denn als kreativer Schriftsteller – mit Ausnahme, eben, des Romans, der ja auch vor allem von seinen literarischen Gesinnungsgenossen gewürdigt worden war. Eines ihrer Anliegen war es, die Literatur der Musik anzunähern. Dabei vermochte Dujardin etwas von seiner Wagner-Begeisterung auf die anderen zu übertragen. Er suchte nach Entsprechungen zum Wagnerschen Leitmotiv:

»Im Reinzustand ist das Wagnersche Motiv«, schrieb er 1931, »eine isolierte Phrase, die immer eine emotionale Bedeutung aufweist, die aber mit den vorangehenden und den nachfolgenden Phrasen nicht logisch verbunden ist, und das ist es, woraus der innere Monolog entspringt. So wie eine Seite von Wagner meist eine Folge von nicht weiterentwickelten Motiven ist, von denen jedes eine Seelenregung ausdrückt, so ist der innere Monolog eine Folge von kurzen Sätzen, von denen ebenfalls jeder eine Seelenregung ausdrückt; vergleichbar ist auch, daß diese Sätze nicht einer rationalen, sondern einer rein emotionalen Ordnung gemäß miteinander verbunden sind, ohne jedes intellektualisierte Arrangement.«

Doch noch vorher hatte Schopenhauer der Musik das Vermögen zuerkannt, am besten seinen »Willen« auszudrücken, und das Bindeglied war Richard Wagner. Nach Dujardin ist »Wagner zunächst der Dolmetscher gewesen, über den die meisten von uns Schopenhauer ergründet haben: und dieses prächtige Beispiel, das alles, was der alte Philosoph aus Frankfurt sich vorstellen konnte, überstieg und bewies, wie die Musik Wille *(Volonté de Vivre)* sein konnte. Und das ist gemeint, wenn man sagt, der Symbolismus habe der Dichtung ihren musikalischen Wert wiedergegeben und sie von der Knechtschaft des Intellektuellen befreit.«

Die Ursprünge des Romans, so konnte man bestätigt finden, sind nicht nur literarische Vorbilder, nicht nur Psychologie, Alltag und ein verändertes Zeitgefühl, sondern auch die Musik und die Poesie. Ihrer Art nach stehen sie dem inneren Monolog sehr nahe, und *Les Lauriers sont coupés* enthält ein paar Passagen von lyrischer Dichte.

Sicher – aus der Erinnerung hat sich Edouard Dujardin einiges passend zurechtgebogen – wie denn jede Zukunft die Vergangenheit mitverändert. Auf jeden Fall hatte er in den achtziger Jahren bereits etwas von jenem Pulsschlag gespürt, den wahrzunehmen seine Zeitgenossen erst noch lernen mußten. Er gehört zu denen, die mithalfen, unser Gehör zu schärfen. Vielleicht ohne es zu ahnen, hinterließ er ein Prosastück, nicht nur als Wegbereiter zu Zukünftigem und Nachhaltigerem, sondern an sich eine Momentaufnahme von dem Paris der achtziger Jahre – und das zeitlose Erleben des fast nicht erhöhten Alltags.

Den Anfang des Romans könnte man leicht in einen Film umsetzen: eine Totale, ein noch allgemeiner Eindruck der Stadt, die Sonne, Luft, Himmel, Lärm, Schatten, Gedränge – und all dies entsteht fast ohne Verben, nur mit den typischen kurzen impressionistischen Wortgruppen. Und eine bewußte Wahrnehmung der Zeit: »unter dem Dauern und den Stätten« *(»parmi les durées et les sites«)*, heißt es, bevor sich, bald darauf, »die Zeit und der Ort präzisieren«. Seltsam, daß auch Henri Bergson – aber um einiges später – in einflußreichen Betrachtungen die Dauer *(durée)* von Raum und Zeit *(temps)* unterschieden hatte. So setzt Dujardin an, fast als wollte er dem Ganzen, ehe wir uns in den Einzelheiten zurechtfinden, eine Art umfassende Schau voranstellen, immer noch im Allgemeinen: »es ist das Heute; es ist das Hier« – und erst daraus taucht dann ein denkendes und monologisierendes Ich auf. Es scheint fast, als wäre auch James Joyce von einem *aujourd'hui* und einem *ici* ausgegangen in der unmittelbaren, spezifischen Gegenwärtigkeit des *Ulysses*. »Halt dich ans Jetzt, ans Hier, durch das alle Zukunft in die Vergangenheit stürzt«, denkt ein angehender Schriftsteller, Stephen Dedalus, in *seinem* inneren Monolog, und dies während einer Diskussion, die sich um Literatur dreht und in der gleich Mallarmé zitiert werden wird.

Dann aber finden wir uns bald, aber vorerst noch unmerklich, in oder neben oder gleich hinter den Gedanken der erlebenden Person, eines Mannes, dessen Namen wir erst viel später und – den Spielregeln der Darstellungsweise gemäß – fast beiläufig erfahren. Wir verbringen mit ihm einen Abend, nicht selten mit dem Problem des neuzeitlichen Menschen befaßt, *wie* eine bestimmte Zeit des Wartens zu vertreiben ist. Nur ein paar Stunden werden geschildert, aus gutem Grund. Denn wie schon George Moore gewarnt hatte, läßt sich die radikale Beschränkung auf innere Wahrnehmung nicht ausdehnen. Wir begleiten Daniel Prince in den Straßen, und zwar immer konkret benannten, beim Abendessen in einem Restaurant, zu Hause, und schließlich auf dem Gang zu seiner Freundin Léa, einer koketten Schauspielerin, mit der er ein eigenartiges Verhältnis hat mit vielen Verzögerungen und wenig Erfüllung. Es gelingt ihm immerhin, sich den ganzen Abend lang über ihre Motive und seine eigenen Aussichten nie ganz klarzuwerden.

In der Tat erlaubt die Einengung auf den subjektiv bestimmten Blickpunkt dem Leser gerade auch Beobachtungen, die über das hinausgehen, was sich der Charakter selbst eingesteht: die Selbsttäuschungen, die überlebenswichtigen Verdrängungen. Und da ist sie denn schon, die Figur des kleinen, unheldischen, nicht unliebenswürdigen, etwas förmlichen, eingenommenen und – wir merken es allmählich – im Umgang unsäglich langweiligen Liebhabers und gehobenen Spießers, der sich gelegentlich einreden kann, seine Absichten seien platonisch oder, wenn doch nicht, sie könnten eines Abends erfüllt werden. Und so nehmen wir Anteil an einer der verbreitetsten aller männlichen Erfahrungen: wieder einmal ist, natürlich, nichts geworden, außer, selbstverständlich, Spesen. Aber das muß nicht gleich zur Verzweiflung oder Selbstquälerei führen, irgendwie wird sich alles fortsetzen, mit ähnlichen Begegnungen, Hoffnungen und Illusionen.

Aus der heutigen Sicht, mit Proust, Virginia Woolf, Döblin, Faulkner, Dos Passos und vielen Gelegenheitsepigonen in unserem Büchergestell (gelesen oder nicht), können wir einem Autor, der 1861 zur Welt gekommen ist, ohne Mühe vorrechnen, daß er seine Methode einerseits viel zu pedantisch durchgehalten – und dann wiederum doch viel zu wenig ausgeschöpft hat.

Alles nur aus psychologischer Sicht darzustellen, das kann schon ein paar Schwerfälligkeiten mit sich bringen, und die bleiben offenbar. Doch wenn es um das assoziative Schwanken geht, die Zufälligkeiten des Denkens oder Erlebens, dann ergeben sich Szenen von frischer Unmittelbarkeit. Für fast ekstatische Impressionen, wie sie Prince beim Anblick der vielversprechenden Nacht im vierten Kapitel erlebt, ist der innere Monolog gerade prädestiniert und steigert sich mitunter zum getragenen Prosagedicht.

Meist verfährt Dujardin noch recht zaghaft. Aber einmal läßt er seinen Nichthelden – der gerade am Planen seines bevorstehenden, vermeintlichen Abenteuers ist – über die Methoden selbst nachsinnen: »Das ist sehr lästig, wenn ich überlegen will, schweife ich sogleich ab.« Dieses beständige Abschweifen (*»divagations«* – 1897 sollte ein Prosaband Mallarmés auch *Divagations* heißen) ist das typische Markenzeichen, die scheinbar ungeordnete, wie willkürliche Bewegung der Psyche. Des Dichters Aufgabe ist es nun, die Unredigiertheit der Gedanken unauffällig für uns zu redigieren. So erleben wir in dem einen Duktus zugleich die Außenwelt und was im Innern hervorgerufen und weitergesponnen wird, ganz wie es Dujardin auch in seinem Essay später hervorhob: »die vollständige Vermengung der Dinge draußen und der Dinge drinnen« – dies auch, unter anderem, eine Verfeinerung des Realismus.

Beschwerlicher wird es allerdings bei Routinehandlungen, die ohne unsere bewußte Aufmerksamkeit ablaufen.

Geschickt läßt Dujardin seinen Mann am Anfang eine Treppe hochsteigen, und wir sehen uns mit ihm um, wie wenn wir zum ersten Mal in einem neuen Haus sind (Treppensteigen ist, nebenbei, eine filmisch dankbare Handlung); bei der Rückkehr in die eigene Wohnung kann das schon leicht gekünstelt wirken, weil sich der Charakter ständig überlegt, was er gerade tut, um es auch dem Leser mitzuteilen. Durch die vorgeschriebene Ausschaltung der dritten Erzählperson kann schon ein Gang durch die Straßen den Autor vor Probleme stellen, oder das Eintreten in ein Lokal. So hat Dujardin mit Umsicht einen befangenen Menschen ins Zentrum gerückt, einen, der sich über seine Wirkung auf die Umgebung unnötige, aber doch sehr hemmende Gedanken macht. Doch ist diese introspektive Verlegenheit einigen von uns vielleicht nur allzu vertraut.

Fast alle späteren Romanschriftsteller haben die reine Form des inneren Monologs deswegen meist auf verhältnismäßig kurze Passagen beschränkt oder besondere, handlungsarme Situationen ausgewählt (Molly Bloom vor dem Einschlafen im Bett) oder aber eine Mischform vorgezogen, die den inneren Monolog oder den »Bewußtseinsstrom« einbettet in Schilderungen der dritten Person (Vergangenheit) und mit Variationen der erlebten Rede abwechseln läßt.

Natürlich wußte oder spürte Dujardin die wesentliche Begrenztheit seines Verfahrens. Und im Grunde ist sein Roman durchaus nicht eine systematisch durchgehaltene tour de force des inneren Monologs, sondern wohlerwogene Abstufung. Zum einen lösen sich immer wieder Stellen heraus, wo sich der Monolog fast von selber auf kurze Gedanken zwischen einem Gespräch bescheidet, und dann greift Dujardin genau in der Mitte zu einem Rückblick auf die ganze bisherige Affäre, einem Rückblick, der sich immer noch als Bewußtseinsdarstellung auffassen läßt, aber die Form gleichwohl durchbricht: Daniel Prince nimmt sich seine Aufzeichnungen und Léas Briefe vor und läßt die Vorgeschichte schön der Reihe nach Revue passieren, zu unserer Information. So spielt sich alles noch in Gedanken – und *durch* seine Gedanken – ab, aber zugleich können wir alles als einen legitimen Rückgriff sogar auf eine Frühform der Gattung ansehen – den Briefroman. An einer Stelle bedauert Prince, daß seine Tagebuchnotizen abbrechen. Er nennt sie »Protokolle« *(»procès-verbaux«)*, und er liefert damit unwissentlich ein zutreffendes Etikett für vieles, was die zukünftige Literatur beschäftigen sollte, die Protokollierung (die französische Wendung scheint sogar von zu verbalisierenden Vorgängen zu sprechen) von Mißerfolgen – im Gegensatz zu den einst vorherrschenden Geschichten von Happy-End, heroischem Scheitern oder tragischen Ausgängen.

Auf jeden Fall hat Dujardin seine Protokollierungen des Alltags doch mit viel Abwechslung und mit feinen Dosierungen eingesetzt.

Es steht allen Pionieren zu, auch einige der von ihnen geschaffenen oder entdeckten Möglichkeiten zu verschenken und deren Ausweitung den Nachfolgern zu überlassen. In mancher Hinsicht ist Dujardins innerer Monolog dann auch wieder nicht psychologisch genug, zu wenig ausschweifend, noch zu sehr geordnet und auf ein bestimmtes Ziel ausgerichtet, noch behutsam frei von den wirklichen, belanglosen, aber aufschlußreichen Zufälligkeiten und Sprüngen und Blockierungen unserer Psyche. Er bewegt sich oft in einer etwas neutralen Mittellage, ohne Abstieg in wuchtige oder auch nur unappetitliche Tiefen. Was aber wiederum auch zur Charakterisierung einer halt eben an sich nicht ausnehmend faszinierenden Gestalt von bemühender Förmlichkeit beitragen kann. Der biedere Daniel Prince hat noch viele, nach realistischen Maßstäben unwahrscheinliche Tabus aus seiner Gesellschaft in seine privatesten Selbstgespräche verinnerlicht, die eben deshalb dann gar so privat nicht wirken. Nur in einer Szene, wo der Liebhaber in einem Anflug von Hoffnung auf einen möglichen Erfolg verstohlen die Toilette aufsucht und sich propädeutisch die Blase entleert, hat Dujardin viel von dem vorweggenommen, was im zwanzigsten Jahrhundert möglicherweise auch wieder über Gebühr ausgeschlachtet worden ist. Die eigentliche Körperlichkeit literaturfähig zu machen, blieb einer späteren Generation vorbehalten.

Die Lorbeerbäume sind geschnitten. Ein heute fast nostalgisch anmutendes Paris aus einer vergangenen Epoche ist heraufbeschworen, mit Pferdefuhrwerken und Kokotten; ein etwas selbstgefälliger, leicht verunsicherter Bürger von einst, aber wie du und ich (das »du«, geneigte Leserin, steht hier aus rein repräsentativen und rhetorischen Gründen), hat Anliegen und Probleme, die noch heute nachzuvollziehen sind. Das Bewußtsein, mit dem dies alles ausgestattet ist, hat auch uns mitgeprägt. Ein Symbolist, Anhänger eines elitären Kreises, hat dazu beigetragen, auch unseren heutigen Alltag darstellbar zu machen.

Dujardins Roman wurde bereits 1966 deutsch aufgelegt als *Geschnittener Lorbeer*, übersetzt von Günter Herburger; er ist heute vergriffen. Uns schien eine von Grund auf neue Übersetzung, die die frühere ergänzen soll und nicht ersetzen muß, angebracht, eine Übertragung, die sich mit Absicht in Wortwahl und Ablauf dem Original nahe anschließen will, um auf diese Art vielleicht die Leitmotive, die Wiederholungen, die Regungen der Seele herauszuholen und das, was vor bald hundert Jahren George

Moore bereits »eine erstaunliche Musik von Strichpunkten« nannte, James Joyce aber die *»evergreen ›Lauriers‹«*.

(1984)

SAKI ODER VON WITZ UND WAHREN WERTEN

Saki – und damit sind hier seine Geschichten gemeint, die Anfang des Jahrhunderts geschrieben worden sind, und nicht ihr Urheber – ist ein schönes Beispiel dafür, worauf es nicht ankommt oder zum mindesten nicht ankommen muß. Auf Gesinnung, innere Werte, Absichten, Betroffenheit, Menschenliebe usw., obwohl das alles natürlich lauter vorzügliche Anliegen sind, die denen, die sie gern im Mund führen, auch recht gut anstehen würden. Aber die Musen, die nicht auf Parteiprogramme hören, kümmern sich darum wenig. Sie schlagen zu oder küssen ganz nach Lust und Laune, *ihrer* Lust und *ihrer* Laune, und streuen mit Willkür und Geschmack den Staub des Vergessens über so vieles, was reinsten Motiven entsprungen und mit edler Absicht verkündet worden ist, während anderes, Seltenes, aus welchen Quellen und Trieben auch immer entstanden, als schwereloses Entzücken weiterlebt. Wie eben die Erzählungen von Saki, die bei allem Zeitkolorit nach siebzig Jahren noch so taufrisch und heiter frech wirken wie eh und je, selbst wenn sie schon zu ihrer Zeit etwas überholt und künstlich dahergekommen sein müssen und fast nostalgisch noch eine Welt bewahrten, die bereits am Verschwinden war. Eine Welt von Landparties, Jagden, Unruhen auf dem Balkan und von einer stets eleganten, wortgewandten Gesellschaft.

Warum dies alles so ist, so vergnüglich frisch, läßt sich nicht genau feststellen. Es hat, wie alle Kunst, etwas mit Können zu tun, mit Begabung, mit einem angeborenen Witz. Unsere Freude am Gutgefertigten, an der vollkommenen Bewegung, ist elementar, läßt sich allenfalls etikettieren (das Adjektiv »taufrisch« ist so sinnvoll und nutzlos wie »brillant« oder »genial« und alle derartigen Bezeichnungen), aber nicht erklären. Saki hatte eine Begabung, eine enge, und war darin zeitlos hervorragend. Offensichtlich konnte er keinen langweiligen Satz schreiben – oder, wer weiß, er arbeitete im stillen so lange daran, bis jedes Wort saß; aber Fleiß allein bringt das nicht zustande. Saki schrieb nichts Überflüssiges, nichts, was ein Redakteur oder Lektor weglassen wollte. Das allein setzt ihn schon ab von vielen seiner Zeitgenossen und von den meisten unserer. Er geht souverän um mit unseren Erwartungen und erzeugt Spannungen, hält uns auf Trab mit kleinen Widerhaken und jähen semantischen Schwenkern. Wie all das vor sich geht, können wir leicht nachvollziehen – *hinterher.* Es sind die ältesten rhetorischen Tricks, aber können muß man's halt. Auch wenn wir das Rezept verstehen, können wir es nicht einfach willentlich anwenden. Es gibt Saki in unzähligen Verdünnungen, aber kaum Nachahmungen.

Ein paar Angelsachsen scheinen das zu beherrschen, aus einer Tradition heraus, die abstrakten Tiefgang oder gewichtige Aussage nicht über alles wertet. Auch der Zeitgeschmack spielt mit, die dekadenten neunziger Jahre, die Umbruchstimmung der Jahrhundertwende, eine Auflokkerung der Lebenshaltung. Einer der großen Vorläufer war Oscar Wilde, der Saki gegenüber noch eigenartig milde wirkt. Gute Gesinnung ist eine Tugend, aber noch besser ist ein vollkommenes Epigramm, nicht triefsinnig, doch sinntreffend; es mag anfechtbar sein, frivol, unvertretbar und flüchtig: aber die großen wegweisenden Langeweiler haben die Bühne schon zu lange eingenommen und sich gültig etabliert. Ein wenig witzige Opposition – man stelle sich das mal politisch vor: *witzige* Opposition! – kann da ganz gut ankommen. Und so erweist es sich dann, daß Sakis Verantwortungslosigkeiten viele der ernsten, notwendigen Belehrungen der gewichtigen Viktorianer, aber auch die echten Anliegen von H. G. Wells, Galsworthy oder G. B. Shaw wenn nicht aufwiegen, so doch überdauern. Von Chesterton etwa lebt gerade nicht seine Weltanschauung weiter, sondern das, worin er einem Saki am humorvoll nächsten kommt.

Die ersten Geschichten von Saki bestanden zumeist aus Konversationen, voll von klugen, unterhaltsamen Aussprüchen, deren mancher noch auf der Zunge zergeht. »Der Christ, der zuerst aufsteht«, mochte etwa eine Saki-Figur beiläufig bemerken, »der bekommt auch den fettesten Löwen.« Die Beiläufigkeit ist natürlich gekünstelt, der ganze Satz auf verzögerte Wirksamkeit angelegt. Es dauert eine Weile, eine kurze, bis wir wahrnehmen, was nicht dasteht. Saki war einer der Meister des nachhaltig Nichtgesagten. Und ein Meister des zeitlichen Leseablaufs. Wenn unser Lehrsatz gleich mit dem frühstückenden Löwen anfinge, wäre er belanglos, nicht erwähnenswert. Doch, wie das Gleichnis dartut, ist es mit der sprachlichen Form allein nicht getan, als ob es jemals so etwas wie *»nur«* Form gegeben hätte. Saki spricht auch unser Gemüt an, die Psyche, mit gezielten Schlägen unter die Kruste der Zivilisation. Bei all den deutlich konservativen Ausrichtungen Sakis ist er durchaus nicht klassenbewußt auf der Seite der Höhergestellten. Es herrscht eine herzerwärmende Fairness. Oft siegt ein Kind über die Erwachsenen, die Natur über menschliche Ordnung, das Tier, wie Figura zeigt, über die Krone der Schöpfung. Saki hat viel Sympathie, die heutzutage geradezu zeitgemäß anrühren muß, für das durch Domestizierung oder Entwicklung bedrohte Tier, das gelegentlich zurückbeißt: Katzen, Fischotter, Frettchen, sogar Hyänen ziehen sich, anders als im richtigen Leben, außergewöhnlich gut aus ihren Affären.

So gelingen ihm, Saki, als einem der wenigen, noch Happy-End-Geschichten, die keinen faden Geschmack hinterlassen. Die erwähnte Kurzfassung vom frühen Christen ist eine Bestätigung, aber da müßte man wohl, genaugenommen, noch den Löwen fragen. Happy-End ist nicht ganz der richtige Ausdruck, es handelt sich eher um Ausgänge der Wunscherfüllung, Akte der Vergeltung, der mitunter etwas nachgeholfen werden muß, wenn sich das Schicksal diskret zurückhält. Das rückt viele Geschichten in die Nähe von Jugendstreichen. Es ist viel pubertäre Wunscherfüllung mit im Spiel, *Max und Moritz* ohne die abschließende moralische Mühle. Saki ist als Schriftsteller jung geblieben, nie erwachsen, und hat gleichwohl viel von der Weisheit des Predigers Salomo an sich, mit einem halt viel keckeren Vokabular. Er hat ein recht begrenztes Gebiet immer neu beackert in liebevoller Vollendung.

Saki lotet das große Leben aus in all seiner Seichtheit und präsentiert die feine Gesellschaft von ihrer schönsten Seite, der Oberfläche, mit ihrem Hang zur Eleganz und ihrem Bedarf an Unterhaltung; er zeigt ihre wahren Motive gar nicht weit darunter. Dabei hat die vollkommene böse englische Art nicht einmal ein eigenes Wort für »Schadenfreude«, des Himmels freudigste Gabe. Wo schon das Lebenswerte sonst nie zu seinem Recht kommt im Lauf der Dinge, so kommen hier doch wenigstens mit Genuß (unserem) diejenigen zu Schaden, die in der Praxis der Welt mit verläßlicher Zielstrebigkeit in einem beständigen Akt ausbleibender Gerechtigkeit nach oben promoviert werden – in die Verantwortung, als Erzieher, Politiker – alle die obligat auftauchenden alltäglichen Aufdringlichen, dominierenden Tanten, die Geschäftigen und die Festredner. Alle jene, die stets unaufgefordert die Geschicke anderer, zu deren eigenem Vorteil, in ihre resolute Hand nehmen.

Die sechs *Almanach*-Geschichten sind nachgelassene; sie waren jahrzehntelang in keiner Buchausgabe zugänglich und treten hier erstmals, zu unserem Vorteil, deutsch auf, in welcher Form sie auch notwendig sind. Gedacht sind sie als Kostproben und die Vorhut einer geplanten Gesamtausgabe, für die sie recht repräsentativ sind. Eine von ihnen, »Der heilige Krieg«, hat fast zufällig oder aber durch den unabwendbaren Fortgang des Weltlaufs eine ökologische Aktualität erhalten. Die Umwelt schlägt, zur Abwechslung, einmal zurück. Das natürlich Gewachsene setzt sich wider alle Erwartungen gegen den Fortschritt durch, den eine etablierte Perversität von heute wohl Wachstum nennen würde. In diesem heiligen Krieg ist die aktive, zivilisatorische Heldin Thirza Yealmton eine brauchbare Inkarnation der Eigenschaften all jener Tüchtigen, die es stets zu etwas bringen. Sie gehört zu jener »Sorte, die niemals begreift, daß die Natur, insonderheit die menschliche, bisweilen darauf angelegt ... ist, sich zu ihrem eigenen Glück ... jeglicher ordnenden Hand zu entziehen«. Ihre Anwesenheit bringt »unausweichlich ein nervtötendes Begleitprogramm aus Organisieren, Kontrollieren und allgemeiner Umkehrung des anerkannten Laufs der Dinge« mit sich.

Noch aber ist, so wenigstens in Sakis fiktiver Wunscherfüllung, die Umwelt (die damals noch gar nicht ahnte, daß sie eine war) nicht verloren. Dabei darf man Saki nicht zur Last legen, er hätte uns nun belehren wollen oder bekehren. Man kann sich nur ausdenken, was er von irgendwelchen wohlmeinenden, erst gar noch demonstrierenden Volksmeinungen, gleich welcher Prägung, gehalten hätte. Es gibt in seinen Geschichten zeitgemäße Belege. Saki kannte ein paar der Weltverbesserer. Er wollte die Welt nicht verbessern. Sie war ihm schon so schlecht genug.

Die Rede ist von Saki, doch es gibt hinter diesem Pseudonym (entnommen einer englischen Übersetzung von Omar Khayyams *Rubaiyat*) noch einen Hector Hugh Munro, der am 18. Dezember 1870 in Akyab zur Welt gekommen war. Das lag in Burma und gehörte damals noch zum umfassenden britischen Weltreich. Aufgezogen wurde Hector Munro aber in England von zwei rührigen, herrschenden, traumatischen Tanten, die wohl sein Bedürfnis erregten, fortan mit gleichermaßen aufdringlichen Spielarten von Autorität literarisch abzurechnen. Viele seiner Geschichten schildern denn auch mannigfaltige Fertigkeiten des bloßen Überlebens. Munro wurde Journalist und Korrespondent in Paris, in St.Petersburg und auf dem Balkan. Er schrieb Berichte, Erzählungen, Parodien, ein paar Theaterstücke und einen Roman, *The Unbearable Bassington.* Seinem Biographen zufolge hatte er homosexuelle Neigungen, die unerheblich sind, aber möglicherweise in seinen (im übrigen reichlich prüden) Geschichten eine deutliche Abneigung gegen zugriffige Frauen mitgefärbt haben, eine Abneigung, die lediglich durch einen ähnlichen, im Grunde nicht geschlechtsspezifischen Abscheu vor dominierenden oder durchgreifenden oder langweilenden Männern aufgewogen wird.

Niemand ist vollkommen. Munro verkörperte vielleicht das Beste am Konservativen britischen Zuschnitts mit seinem Anspruch darauf, in Ruhe gelassen zu werden, und seinem exzentrischen Hang zu wohlartikulierter Respektlosigkeit. Gut unterhalten, könnte man schließen, ist allemal bekömmlicher als ernst gemeintes Dreinfahren. Die frühen Epigramme über das Empire, die Gesellschaft, die Moral, die Religion, die Gesellschaft, den Sozialismus, die Suffragetten, den Patriotismus waren vermutlich nicht ganz ernst gemeint, wirkten aber damals und wirken weiter als wohltuende Kompensation für eben diesen Ernst des Lebens.

Aber allmählich wurde es doch ringsum ernst. Der Krieg, der nicht heilige, zog herauf. Munro geriet in eine andere konservative Rolle, die vaterländische. Er schrieb mahnende Artikel, nicht mehr leichthin elegante, zur inneren Einstellung. Sein Biograph sieht auch Anzeichen einer möglichen Wende zum Religiösen. Als der Krieg ausbrach, meldete sich Hector Munro freiwillig zum Dienst, keine leichte Sache mit über vierzig Jahren und nicht der besten Gesundheit. Er wurde angenommen und brachte es schnell bis zum Korporal der Königlichen Füsiliere. In seiner neuen, selbstgewählten Rolle fand er sich – und wies er die ihm Untergebenen – zurecht mit, wie es schien, sichtlichem Behagen. Das Leben sagte ihm zu; er hatte Freude an seiner Khakiuniform. Er war Reif geworden, Erwachsen, Verantwortungsvoll. Der Krieg, Schule der Männlichkeit, hat das so an sich.

Es gibt wohl kaum einen Aufgabenbereich mit so viel Notwendigkeit für das, was Saki noch vor einigen Jahren seiner Thirza Yealmton zugeschrieben hatte, wie den eines Unteroffiziers. Seine Pflicht umschließt geradezu ein »nervtötendes Begleitprogramm aus Organisieren, Kontrollieren und allgemeiner Umkehrung des anerkannten Laufs der Dinge« – das ist sein Beruf und wurde offensichtlich auch Hector Munros Berufung (Saki, der seinen Figuren so treffende Namen zu verleihen wußte, hieß nicht umsonst Hector). »Organisieren, Eingreifen und Kontrollieren bildeten die unerläßliche Voraussetzung ihres Wohlbefindens«, hatte es noch von Thirza geheißen, der Fiktion. Hätte Korporal Munro überlebt, wäre er wohl als Kriegsheld ausgezeichnet worden und hätte in der unruhigen Nachkriegszeit möglicherweise die hergebrachten, bedrohten Werte verteidigt, ohne Zweifel mit dem gewohnten sprachlichen Geschick. Das traf nicht ein. Das Leben verhielt sich ausnahmsweise untypisch. Am 14. November 1916 in den Schützengräben von Beaumont-Hamel wies Munro einen gemeinen Soldaten, der sich im Dunkeln unerlaubterweise eine Zigarette angezündet hatte, laut zurecht und wurde von einer Kugel getroffen. Das Schicksal war mit Hector Hugh Munro so umgesprungen wie einst Saki in seiner besten Zeit mit seinen fiktiven Gestalten. Das Leben, so hatte schon Oscar Wilde gemeint, versucht die Kunst nachzuahmen. Es gelingt ihm selten genug.

(1986)

AUCH EINER: P. G. WODEHOUSE

»Mr. Wodehouse, was, wo und wann, vor allem aber wie schreiben Sie?«
»Ich sitze vor meiner Schreibmaschine und fluche ein bißchen.«

»P. G. Wodehouse« – das ist ein Markenzeichen geworden für einen unverkennbaren Ton, für Handlungen, deren schematische Abläufe immer von neuem überraschen, und vor allem für eine Einladung zu reiner, von keinerlei Relevanz getrübter Unterhaltung, und, natürlich, für Humor.

Wodehouse hatte Erfolg. Schon recht früh wechselte er aus dem Bankberuf zur Schriftstellerei hinüber, die ihn nicht nur redlich, sondern üppig ernährte. Er fing an mit Geschichten über die englischen Public schools und wandte sich dann den übrigen heiteren Bereichen der englischen Gesellschaft zu – mit gelegentlichen Ausblicken auf New York und Hollywood. Mit unzähligen Geschichten und beinahe hundert Romanen, ganz abgesehen von Theaterstücken, hat sich Wodehouse reich geschrieben. Man weiß, daß ihm amerikanische Verleger bald jedes seiner Wörter mit einem Dollar aufwogen. Grund genug, daß man, als Gebildeter, seine Nase in kultivierte Rümpfungen legt und sie auf Höheres, Bedeutenderes, richtet. Gerade das haben nun aber angelsächsische Intellektuelle, die weniger ausschließlich auf profunde Aussagen gedrillt sind, nicht getan. Unter den Bewunderern von Wodehouse finden sich Schriftsteller von Rang, Schriftsteller, die sogar manchmal etwas Mühe haben, seinem nachhaltigen Einfluß nicht allzusehr zu verfallen.

Von allen Suchtmitteln ist Wodehouse eines der wohltuendsten und harmlosesten. Er hat aus recht wenig sehr viel machen können. Weil er etwas viel besser konnte als alle andern, ist er ein Klassiker des zweiten Rangs. Dieses Etwas, worin er sich auszeichnete, ist, gemessen an der Bandbreite der gesamten Literatur – und aller menschlichen oder gar kosmischen Probleme –, verschwindend gering. Aber es reichte zu immer neuen Inszenierungen; und vielleicht hat es Wodehouse selber am meisten erstaunt, daß sich seine Art Humor zu lebenslanger Verarbeitung so gut eignete.

Es ist, als hätte ihm für seine Produktivität eine einzige Formel gereicht, eine Formel, die beliebig viele Abwandlungen zuläßt und die wir recht bald zu erkennen glauben – und doch wohl nicht in den Griff bekommen. Da sind die ewig gleichen Situationen und Verwicklungen, die viel gemein haben mit dem Schwank auf der Bühne; fast alles ist bühnenhaft, Tricks liegen offen zutage, die Charaktere verfügen über ein paar voraussehbare Verhaltensweisen und jonglieren ihre Klischees mit urkomischer Behendigkeit. Das Wodehousesche Werk besteht in herrlicher Unverfrorenheit aus Klischees, die sich ebenso unverhüllt unverfroren auf die Füße treten und in die Quere kommen. Wodehouse ist ein Schriftsteller, der sich nicht hinter die Kulissen blicken läßt, weil hinter diesen Kulissen nichts ist, gar nichts. Aber sie sind so herrlich gefertigt, von natürlichster Künstlichkeit.

Die Kunst der köstlichen Eleganz hat in der englischen Literatur ihre ehrwürdige Geschichte. Auf die von allen harmloseste Art führt Wodehouse eine Tradition fort, deren Höhepunkte etwa bei Oscar Wilde und dem genial bösen Saki sind; doch Wodehouse bleibt am spielerischsten an der Oberfläche, sucht keinerlei Tiefsinn und will die Welt nicht verbessern. Wozu auch eine Welt verbessern, die man ob der künstlich gefertigten so leicht für ein paar Stunden vergessen kann? Wodehouse liefert uns Eskapismus reinsten Wassers. Seine Welt, schrieb Evelyn Waugh, »wird nie von ihrem Glanz verlieren. Wodehouse wird weiterhin künftige Generationen aus einer Gebundenheit erlösen, die womöglich noch lästiger sein wird als unsere eigene. Er hat für uns eine Welt geschaffen – zu unserem Verweilen und zu unserem Ergötzen.«

Diese idyllische Welt ist naturgemäß recht beschränkt. Es gibt darin keine Krisen, nur Verwicklungen. Armut, Reichtum, Politik, Religion, Gesetz sind nur insofern erheblich, als sich ihnen etwas Komik abgewinnen läßt. Es kommt niemand je zu Schaden – leider: manche Gestalten wünscht man sich doch ein bißchen mehr vom Schicksal gepiesackt. Und dann herrscht eine rührende, fast viktorianische Prüderie; es fehlt jegliche Sinnlich- oder Körperlichkeit. Schon ein Kuß, meist flüchtig hinter Rosenhecken appliziert, (und mehr ist es nie) kann Eifersuchtsstürme auslösen.

Diese Welt ist auch gleichermaßen zeitlos und doch eigentümlich verhaftet in einer bestimmten Periode, in der Verewigung von Gesellschaftsformen, die am ehesten im edwardischen England anzusiedeln sind, also etwa im ersten Dezennium des Jahrhunderts – mit vielen Überbleibseln der neunziger Jahre. Schon als die ersten Geschichten entstanden, hielten sie Phasen einer Zeit fest, die gerade am Verschwinden war. Da gab es die schrulligen Adeligen, die reichen Exzentriker, die jungen Tunichtgute, die in den Clubs um Piccadilly ein- und ausgehen, wenn sie das Geld ihrer Vorfahren nicht gerade auf dem Rennplatz investieren, die anekdotischen Golfspieler, die kolonialen Eroberer, die einfältig-gutmütigen Bobbies und, als Krone des Ganzen, den würdig-gelassenen Butler, der keine Miene verzieht und der auch die niederschmetterndsten

Widerwärtigkeiten einer höheren Gewalt in distinguierte Umschreibungen zu fassen weiß. Eine Vielzahl solcher Rollen hat Wodehouse unbekümmert durch zwei Weltkriege hindurchgerettet, Kriege, die Umwelt und Literatur sonst wesentlich verändert haben. Solche Veränderungen konnte Wodehouse zwar zur Kenntnis nehmen, aber wo dies geschah, dienten sie als ulkige Störelemente ebendieser unversehrten anachronistischen Welt, gegen die auch der resoluteste Zahn der Zeit vergeblich anknirscht.

Vielleicht wurde Wodehouse auch deswegen so gut in Amerika aufgenommen, weil er das unverfälschte England-Klischee so maßgerecht konfektionierte, dieses nostalgische Kunstgebilde, das dort immer gut angekommen ist und für das auch Hollywood immer Verwendung fand. Auch Wodehouse läßt einige seiner Briten Hollywood erleben; und selbstverständlich liegt ihm auch die ähnlich beschaffene Filmwelt.

Wodehouse *nicht* zu mögen ist kein Vergehen, nur ein Unglück; doch man kann auch gute Gründe gegen einen Schriftsteller von so brillanter Oberflächlichkeit vorbringen. Als Wodehouse 1939 von der Universität Oxford durch die Verleihung der Würde eines Ehrendoktors akademisch anerkannt wurde, teilte Sean O'Casey, der an der Welt anteilnehmende, aber vernachlässigte Dramatiker, seinem älteren Landsmann, dem ebenfalls nicht nach Gebühr gewürdigten James Joyce, unmutig den grotesken Umstand mit, daß »Oxford Wodehouse die bunte Robe eines Dr. h. c. der Literatur um die Schultern lege«. Er kam auf denselben Skandal verschiedene Male zu sprechen und bemerkte zwei Jahre später, fast im Ton eines hebräischen Propheten, der nicht den besten Tag erwischt hat, daß »eine Kultur, die Joyce in Armut sterben ließ, aber so etwas wie Wodehouse mit einem Titel krönt, vom Himmel Feuer und Schwefel herabgeregnet verdiente« – und das bekam sie denn auch im Augenblick, denn es war die Zeit der Bombardierungen Englands, und Wodehouse stand wegen seiner – wie man fand – beschämend dummen oder sogar pro-nazistischen und englandfeindlichen Äußerungen aus der deutschen Gefangenschaft schlecht im Kurs. O'Caseys politisches und humanitäres Gewissen hatte sich zu Recht geregt. Sicher machte ihm auch der Gegensatz zwischen dem genialen verkannten Iren und dem billigen englischen Spaßmacher zu schaffen. Die Empörung darüber wurde in einem Brief an den *Daily Telegraph* vom 1. Juli 1941 öffentlich ausgedrückt: Wodehouse war akzeptiert worden »von einem kindischen Teil der Leute und der akademischen Regierung in Oxford«, akzeptiert »als eine Person von irgendwelcher Bedeutung überhaupt in der englischen humoristischen Literatur, oder in irgendeiner«. Daß er zur Zeit als Verräter galt, war »eine ironische Fügung oder Vergeltung an jenen, die Joyce verbannt und Wodehouse geehrt« hatten. »Wenn England noch etwas Würde übrig hat, wird es die erbärmlichen Possen des Zirkusflohs der englischen Literatur für immer vergessen« (entnommen den *Letters of Sean O'Casey*, hg. von David Krause, Macmillan, New York, 1975, deutsch auszugsweise im *Tintenfaß*, detebe 122).

Es gibt zwei Entgegnungen auf O'Caseys Einschätzung. Eine kam von Wodehouse selbst und zeigt seine arglose, umgängliche, ganz unpolemische Art. Die Beschimpfung »Zirkusfloh« nahm er hin und machte sie zum Titel seiner Autobiographie – *The Performing Flea*. Denn er *war* ein ausgezeichneter Ausführender, Auftretender, Vollender (daß gerade unser Jahrhundert immer mehr Wert auf *performance* legen würde, konnte er vielleicht noch nicht ahnen). Und den Hieb von O'Casey legte er sich so zurecht: »Was ich mit Sean O'Caseys Aussage, ich sei der Zirkusfloh (»performing flea«) der englischen Literatur, anfangen soll, weiß ich nicht so recht, doch wenn ich sie mir überdenke, war sie, glaube ich, doch als Anerkennung gemeint, denn alle Zirkusflöhe, denen ich je begegnet bin, beeindruckten mich durch ihre echte Artistik und durch das undefinierbare Etwas, das den alten, kampferprobten Routinier ausmacht.«

In seinem berechtigten Eintreten für Joyce (der übrigens, strenggenommen, nicht »in Armut starb«) hatte O'Casey auch übersehen, daß Wodehouses Umgang mit der Sprache, bei all seinem konsequenten Unernst, doch einiges mit Joyce gemein hat. Da ist eine ähnliche Begabung, eine Lust am Parodieren, eine Perfektion im Umgang mit Wörtern, dasselbe Gespür für die Phrasen, die erstarrten Formeln, welche Charakterisierung ersetzen können, für das Gespreizte. Sie beide sahen ähnliche Möglichkeiten der Komik durch Stilbrüche und Umkippen der Sprechlage. Beide hatten gemerkt, wie schablonenhaft Sprache und Verhalten ablaufen können, wie sehr Vorgeprägtes Vorbild und Muster wird. Nur daß natürlich Wodehouses Spektrum viel enger bleibt und daß er wohl kaum, über den Spaß hinaus, die Gesellschaft kommentieren wollte. Er war nicht auf *ein* bleibendes Meisterwerk aus. Er hat sich bestimmt nicht dagegen gesträubt, daß seine Schriftstellerei zu einer prosperierenden Unterhaltungsindustrie wurde, und es gibt keine Anzeichen dafür, daß er sich der Rolle schämte, in der ihn so viele dankbare Konsumenten bestätigten.

An irgendeiner Wirklichkeit gemessen, läßt sich die Leistung von Wodehouse sicher nicht beurteilen. Und dann ist Wodehouse auch nur mit Einschränkungen exportierbar. In andere Sprachen so wenig wie in andere Medien, wenngleich Wodehouse-Geschehen auch ins Fernsehen übertragen worden ist. Zu sehr vollzieht sich alles im Sprachlichen, in den Möglichkeiten eben, die die englische Sprache, eingeschlossen die nicht mehr ganz so englische jenseits des Atlantik, bereithält. Wodehouse verfügt souverän über alle Spielarten, von der dezent gehobenen Diktion derer, die sich zu den oberen Schichten zählen, bis zum Cockney, den Dialekten und dem vielfältigen, so blumenreichen Slang. Wodehouse tut sich gerade auf dem Tummelplatz um, den zu beschreiben und zu verstehen heute die Linguisten soviel Mühe, Scharfsinn und dogmatischen Eigensinn aufbringen. Wodehouse ist ein Leckerbissen für Linguisten, und Linguisten sind hier alle, die eine Zunge haben, um zu lallen, und ein Ohr, um zu hören auf die herrlich diskrepante Mischung von Bildern, auf die schiefen Zitate. Kühn und geschmacksicher reiht Wodehouse Phrasen aneinander, die sich nicht ausstehen können. Auf einzigartige Weise paßt jeder Satz nie ganz zusammen. Wo Vergleiche die Schwerarbeit von hochgezüchteten Zirkusflöhen leisten, muß der Übersetzung einiges abgehen, weil sich in der andern Sprache die Metaphern nicht ganz so belasten lassen, daß sich die Balken gleicherweise biegen und dem Leser der gleiche semantische Staub die Suppe versalzt.

Wie erwähnt, war Wodehouse eigenartigerweise liebenswürdig und naiv. In den dreißiger Jahren zählte er zu den berühmten Schriftstellern, die von Hollywood zum Verfassen von Drehbüchern oder Dialogen angestellt waren. So lebte er in Hollywood und bekam ein üppiges Salär, aber keine Drehbücher zu schreiben, was ihn nicht störte, doch wunderte. So fragte er in einem Interview etwas belustigt, warum er wohl für so viel Nichtstun noch mehr Geld bekam – und das setzte dem Zustand auch bald ein Ende.

Weniger glimpflich lief es ab im zweiten Weltkrieg, als sich Wodehouse 1940 in seiner Villa in Frankreich von der Besetzungsmacht als feindlicher Ausländer gefangennehmen ließ. Man steckte ihn mit andern, meist älteren Briten, in verschiedene Lager in Frankreich, Belgien und dann in Oberschlesien, ohne genau zu wissen, was mit ihnen anzufangen war. Das war für den bisher reichlich verwöhnten Schriftsteller eine erhebliche Umstellung. Gemessen an den wirklichen Nazigreueln war die Internierung verhältnismäßig harmlos, bedeutete aber immerhin Gefangenschaft, Hunger, Entbehrungen und die ganze Ungewißheit des Ausgangs. Wodehouse schickte sich offenbar gelassen ins Unvermeidliche und widmete sich, soweit es die Umstände zuließen, ganz seiner Schreiberei und schrieb an einem seiner so urenglisch wirkenden Romane. Kurz vor seinem 60. Geburtstag wurde er entlassen und eingeladen, am deutschen Rundfunk zu sprechen. Das hörte sich dann in England so an, als hätte sich Wodehouse für deutsche Propaganda einspannen lassen, und dem Vernehmen nach sollte er ausgesagt haben, man habe ihn ganz anständig behandelt, und im übrigen sei er nicht sehr kriegerisch gestimmt (was zutraf) und es bleibe ihm eigentlich ziemlich gleichgültig, wer den gegenwärtigen Krieg gewinne (was nicht stimmte). Mit einem Schlag wurde ihm, begreiflicherweise, die Lustigkeit entzogen, Empörung brach aus. Auch nach dem Krieg ist Wodehouse nie wieder nach England zurückgekehrt. Es brauchte in der öffentlichen Meinung Leute wie George Orwell, einen ebenso engagierten und politisch wacheren Schriftsteller als O'Casey, um die Ahnungslosigkeit von Wodehouse klarzustellen, seine selbst vom Krieg nicht versehrte Wirklichkeitsfremdheit.

Aber wie alle andern hatte auch Orwell die Ansprachen weder gehört noch gesehen. Veröffentlicht wurden sie erst später, und da zeigt es sich, daß Wodehouse in der gewohnten Manier das Treiben der Lagerhierarchien in genau demselben Ton beschreibt, der auch seine Fiktionen auszeichnet. Und wenn man die widrigen Umstände (und das waren die Nazilager im Krieg allemal) vor Augen hält, so wird das souveräne Festhalten am gleichen Blickpunkt ganz erstaunlich. Es gelang ihm wohl, das Nazilager als Schwank tatsächlich zu *erleben*, mit der stets fairen Unterstellung, das militärische Gehaben könnte doch letztlich einen Sinn haben, der bloß dem Uneingeweihten noch nicht aufgegangen war. So sind diese Lagerberichte auch ein Triumph der Bewältigung durch Sprache über Widerwärtigkeiten der Wirklichkeit, eine Umsetzungsleistung. Wodehouse hatte nichts als seine Anschauung, seinen ganz individuellen Stil, die ihm eigene Brillanz in all ihrer Beschränkung. Er war eingesperrt, unterdrückt, aber überlegen durch seinen Humor, der nur noch übertroffen war von der Humorlosigkeit der Machthaber, die offenbar den Erinnerungen aus dem Lagerleben einen Propagandaeffekt abzugewinnen hofften. Und vielleicht liegt dort, in der Humorlosigkeit aller Mächtigen und aller Diktatoren, doch noch eine Chance. Dabei wollte Wodehouse seine Wächter und Aufseher gar nicht einmal angreifen, so versöhnlich war er – die archetypische Lächerlichkeit des Militärischen hat er doch festgehalten, möglicherweise unbeabsichtigt.

Es läßt sich nicht ausschließen, daß doch einmal jemand Tiefsinn oder gesellschaftliches Bewußtsein in die Wodehouse-Bücher interpretiert. Es sieht immerhin nicht so aus, als ob dies seine Absicht gewesen wäre. Auch die Feststellung, daß Wodehouse ein im Grunde herzensguter Mann war, ist unerheblich. Er war es wohl, doch das tut der Wirkung seiner Geschichten keinen Abbruch.

(1981)

ERHEBLICH, NICHT ÜBERHEBLICH: ORWELL

Einer Auswahl von Orwells essayistischem Werk ließe sich eines entgegenhalten: was er schrieb, sollte man, dreißig Jahre nach seinem Tod, nicht nochmals auflegen müssen. Seine Verbindung von Erfahrung, humanem Denken, Gerechtigkeit und common sense hätte – nach Hitler, Stalin, Hiroshima, Vietnam, Nixon – Allgemeingut werden und sich von selbst verstehen müssen. Sie versteht sich nicht von selbst, ja, wir wenden uns offenkundig wieder mehr davon ab. Die Mächtigen dieser Welt, wie auch die Massen, versteifen sich darauf, Orwells Aktualität neu zu bestätigen. Eine Gesellschaft, wie sie Orwell sich wünschte, wäre eine, die ihn nicht mehr nötig hätte.

Wir haben ihn noch nötig, leider. Es täte gut, seine leidenschaftlich unterkühlte Stimme zu den Fragen zu vernehmen, die er nicht vorausahnen konnte. Noch immer würde er überall anstoßen. Bei den Herrschenden ohnehin, den Etablierten, den Bewahrern der ererbten Ungleichheiten. Mit denen setzte er sich gar nicht so sehr auseinander. Daß der Kolonialismus ausgespielt hatte, daß allzu krasse Standesunterschiede verschwinden müßten, daß kirchliche Bevormundung überholt sei, all dies war gelegentlich wieder zu erwähnen, mußte aber nicht mehr im einzelnen nachgewiesen werden. Vielleicht hat sich Orwell gerade da, in der Unterschätzung herkömmlicher Despotien, am meisten getäuscht (in unberechtigtem Optimismus hielt er etwa den antisozialen und lebensfeindlichen Katholizismus für einen beinahe possierlichen, fast harmlosen Anachronismus). Orwells Stoßrichtung galt vor allem denen, die ihm näherstanden, die wie er Welt und Gesellschaft verändern, menschenwürdig machen wollten, sich aber dabei in sture Ideologien verrannten, zu Selbstzwecksekten isolierten, alte Übel mit neuen austreiben wollten, galt denen, die Vernunft hinter Parteiräson abstellten, und besonders allen, die an der Wirklichkeit vorbeidekretierten, das Durchführbare aus den Augen verloren oder Programme für wichtiger hielten als tatsächliche Verbesserungen. Als Sozialist wußte er, daß vor allem den Sozialisten auf die Finger zu sehen war, daß deren Fehler die folgenschwersten sein würden. Wie ein im Ansatz notwendiger Impuls in der Sowjetunion ins Gegenteil verkehrt wurde, ging ihm schon auf, als viele seiner aufgeweckten Zeitgenossen noch gläubig scheuklappernd den aufgehenden Stern im Osten anbeteten.

In der besten britischen Art war Orwell empirisch, ging aus von dem, was er erlebt und erfahren hatte, in der Beamtenzeit in Burma, in den Kohlengruben Nordenglands, in den Niederungen von Paris und London, im Spanischen Probekrieg. Und er ging aus von seinen persönlichsten Reaktionen, von dem, was er in sich erkannte, auch an Schwächen, an Grausamkeiten, an Vorurteilen. Es kann Fälle geben, wo man, als kolonialer Polizeioffizier, gegen jede Vernunft, gegen seinen Willen, einen Elefanten erschießen muß oder zu müssen glaubt und wo man sich darüber schämt. Orwell beschönigt das nicht, er versteht. Er versteht auch den Faschismus in jedem von uns, gibt ihn zu und kann ihn deswegen viel überzeugender aufs Korn nehmen als die, die ihn nur bei andern suchen.

Es war Orwell klar – was Politiker noch immer nicht gemerkt haben –, daß Beschwörungen, Appelle, Predigten, Anklagen recht wenig ausrichten. Und Beschimpfungen schon gar nichts. Es nützt kaum etwas, seinen Gegner als Bösewicht darzustellen und zu beteuern, daß man über ähnliche Anfechtungen selbst erhaben ist. Es nützt nicht einmal sonderlich, erwiesene Greueltaten ausführlich zu dokumentieren. Viel erreichen läßt sich mit Schreiben sowieso nicht, nicht mit Pamphleten, Essays, Kolumnen, nicht einmal mit Bestsellern. Millionenauflagen von *Farm der Tiere* und *1984* verhindern Aufrüstung, Zensur, Rassenhaß, Schauprozesse, Mauern, Datenerfassung, Folterung nicht, weder Terrorismus noch Terroristenhysterie. Es braucht schon viel, um nur ein paar Denkende umzustimmen.

Aufklärerische Prosa ist Macht-los, die Bandbreite menschlicher Entwicklungsmöglichkeit schmal, unsere Überlebenschance nicht übertrieben groß. Gleichwohl ist Orwell noch ein Residuum an Zuversicht erhalten geblieben. Vielleicht lernt die Menschheit nach Auschwitz doch, sich vernünftig zu verhalten. Wir haben keine Wahl, als die noch so geringen Möglichkeiten auszunützen.

Orwell versucht es mit leiser Würde und Bescheidenheit. Ihm ging der Dünkel ab, der sonst Kultur- und Zeitkritiker auszeichnet, das angebliche Über-der-Sache-Stehen. Er versucht alles einzubeziehen, fair zu argumentieren, nicht zu verharmlosen oder zu vereinfachen, und er geht – ganz im Gegenteil zu der damals aufkommenden, im großen Stil betriebenen Propaganda – auf die Argumente eines Gegners ein. Er unterstellt, daß auch der Gegner Gründe haben könnte, vielleicht sogar recht hat, ja sogar irgendwie recht haben muß, um überhaupt zum gewichtigen Gegner geworden zu sein. So kann Orwell Hitlers *Mein Kampf* besprechen, ohne seinen Abscheu noch überlaut zu beteuern. Er ist aufgeschlossen genug, um etwas zu erkennen, womit Hitler die Massen tatsächlich anspricht, und um daraus abzuleiten, daß die bloße Erfüllung materieller Bedürfnisse und hedonistischer Wohlstand uns *allein* nicht ausreichen oder erfüllen.

So umgibt Orwell ein berechtigter Ruf von Redlichkeit, von Integrität, von einer Fairness, einem urdemokratischen Anstand. Dabei braucht er gar nicht immer recht zu haben, gerade er zeigt uns, daß es letztlich so etwas gar nicht gibt – aber sein Bemühen bleibt vorbildlich. »Ein Zitat aus Orwell«, schreibt Richard Schmid zutreffend im *Merkur,* »ist heute in England die wirksamste Waffe in jeder Diskussion. Es hat sich eine einzigartige Autorität um ihn gebildet.« So ist also einem Autor, etwas spät, Gerechtigkeit widerfahren. Doch daß ausgerechnet George Orwell zu einer Autorität verkehrt worden ist, hat auch etwas tief Beunruhigendes: so wäre er also ohne sein Zutun durch eine Ironie des Schicksals selbst verneunzehnhundertvierundachtzigt worden. Dagegen hätte er sich gewehrt. Eine Orwell-Orthodoxie darf es nicht geben, nicht um ihn, der so konsequent gegen »all die kleinen miefigen Orthodoxien«, wie er's nannte, ins Feld gezogen ist.

Gerade die Schule könnte Orwell gut gebrauchen, nicht nur den Verfasser von *Farm der Tiere* und *1984*, sondern gerade die Aufsätze. Es ließe sich daraus verschiedenes lernen: unbequemen Differenzierungen nicht aus dem Weg zu gehen; vor missionarischem Eifer die Wirklichkeit nicht zu vergessen; sich in klarer Sachlichkeit auszudrükken. Aber vor allem das Diskutieren selbst: die Technik, die Gegenargumente wirklich ernst zu nehmen, sie einmal durchzuspielen und *dann,* wenn's geht, zu widerlegen. Die Anlässe, an denen Orwell dies durchexerziert, sind zum Teil – zum kleinen Teil – überholt, das Verfahren selbst nicht.

Fast alles, was Orwell schrieb, war persönlich, oft eigenste Erfahrung, und fast alles war im weitesten und besten Sinn politisch, aus der Sicht des überzeugten Sozialisten, der um die Gefährdung des Sozialismus weiß. Er war auch einer der ersten, die betonten, daß sich niemand aus der

Politik heraushalten kann. Die Politik »... ist eine Masse von Lügen, Ausflüchten, Wahnsinn, Haß und Schizophrenie«, meint Orwell, und das schlägt sich auf die Sprache nieder, besonders die geschriebene, und wird auch wiederum durch die Sprache gefestigt. Er zeigt an Beispielen, daß »politische Rede weitgehend die Rechtfertigung des nicht zu Rechtfertigenden« ist. Die Bombardierung ungeschützter Dörfer kann als »Pazifikation« vertuscht werden, die Vertreibung von Millionen »Grenzbereinigung« heißen, Hinrichtungen oder Arbeitslager sind die »Eliminierung unzuverlässiger Elemente«, usw. Auch hier hat die jüngere Geschichte in gewohnt sarkastischer Weise reichlich neue Exempel beigesteuert.

Von diesen Beobachtungen ist heute viel zum Gemeinplatz geworden, und doch ist Orwells Schilderung so aktuell wie je. Nur bleibt der Aufsatz allzusehr aufs Englische ausgerichtet, ist zu sehr in der Nachkriegszeit verhaftet, als daß er ohne Verluste ins Deutsche herübergeholt werden könnte, wo die Verweise zwar noch viel eher angebracht wären. Orwell führt ein paar Paradebeispiele von schwammiger Prosa, schiefer Metaphorik und klischeehafter Ausdrucksweise an, die, wenn sie adäquat deutsch wiedergegeben wären, im Vergleich zu gegenwärtiger politischer, wirtschaftlicher oder geisteswissenschaftlicher Prosa sich gar nicht so schlecht ausnähmen und eigentlich recht lesbar und verständlich wirken würden.

Angesichts des politischen Klimas braucht man sich über den sprachlichen Niedergang nicht zu wundern; doch Orwell hat eingesehen, daß der übliche puritanische Rückzug auf die gesicherten Normen von einst keine Besserung brächte. Mit seinem praktischen Sinn bietet er ein paar ganz konkrete Richtlinien an (durchaus nicht neue) zur Vermeidung der gröbsten Umständlichkeiten und Phrasen. So rät er, »nie eine Metapher, ein Bild oder eine

Redewendung zu gebrauchen, die man häufig gedruckt vorfindet«, nie ein längeres Wort einem kürzeren vorzuziehen, nicht unnötigerweise fremde Wendungen, Fachjargon usw. zu benützen und jedes Wort, das ausgelassen werden kann, auch auszulassen. Die paar Ratschläge werden niemand zum großen Stilisten erheben und auch die Gesellschaft nicht verändern; einen kleinen Gesinnungswandel aber könnten sie bereits herbeiführen: gewisse Aussagen wären schon nicht mehr möglich – etwa die meisten Ausführungen von Verbandsvertretern oder Außenministern. Doch dann stellt Orwell typisch entwaffnend seine eigenen Vorschriften mit der letzten Regel in Frage: »Brich lieber eine dieser Regeln, als etwas völlig Plumpes hervorzubringen.«

Natürlich hat hier Orwell auch seine eigene Sprache dargestellt, diesen so erfrischend sparsamen, unaufdringlichen Ausdruck, die lebendige Illustration, eine zeitlos ansprechende Prosa ohne Mätzchen, ohne Anmaßung. Eine Sprache, die so klar ist, daß ihre Klarheit nicht mehr auffällt.

Sie macht Orwell zum großen Schriftsteller; sie erhält *Farm der Tiere* und *1984* lebendig. Als Literaturkritiker war sich Orwell auch bewußt, daß die richtige Auffassung in der Kunst nicht den Ausschlag gibt, daß das Wie und die Form mindestens so wichtig sind. Mehr als die meisten Engagierten bewahrte er einen Sinn für Qualitäten, er spürte und anerkannte fairerweise auch bei der ihm vorangehenden Generation von Schriftstellern – mit Lawrence, Eliot und Joyce – einen zeitgemäßen Ton, neue Darstellungsmöglichkeiten, eine Sensibilität, wie sie den programmatischen Weltverbesserern der dreißiger Jahre oft fehlten. So war er einer der ganz wenigen Engländer, die den damals noch fast ganz abgelehnten Joyce würdigten. Ähnlich hat Orwell Verständnis für ihm gar nicht so fernliegende, möglicherweise berechtigte Einwände, die der Moralist Tolstoi gegen Shakespeare vorgebracht hatte. Aber er zeigt, daß derart moralische oder politische Einwände unerheblich bleiben und dem Erlebnis Shakespearescher Dramen keinen Abbruch tun. Totalitarismus, selbst der einer politischen Relevanz, hat in der Literatur nichts zu suchen.

Auch als Kritiker bleibt Orwell frei von brancheneigener Überheblichkeit. Er sieht sich selbst nicht als Ausnahme über den Dingen. In einer Rezension bespricht er etwa einen Band mit späten, unbedeutenden, reichlich biederen Essays von John Galsworthy. Galsworthy gehörte einer Richtung an, die Orwell nicht lag und nicht liegen konnte; gegen sie mußten Leute seines Schlags rebellieren. Und doch gesteht er ein, daß auch Galsworthy die Engländer einmal sozial aufgerüttelt hatte, und er faßt zusammen: »Galsworthy war ein schlechter Schriftsteller, und ein paar innere Probleme, die seine Sensibilität schärften, machten ihn beinahe zu einem guten; sein Mißvergnügen heilte aus, und er fiel zurück in seine ureigene Kategorie.«

Damit ist eine Meinung auf die kürzeste, prägnanteste, etwas bösartige Formel gebracht. Orwell könnte sich zufrieden arrogant im Sessel zurücklehnen. Doch er fügt einen Satz nach: »Es lohnt sich, darüber nachzudenken, in welcher Form dies auch mit einem selber geschieht.«

(1981)

Zu seinem ewigen Ruhm ist das Buch vor Mißbrauch nicht zu schützen

»Wer liest, ist immer selber schuld«

WER LIEST, IST IMMER SELBER SCHULD

Es war einmal eine Zeit – sie heißt oft die gute alte, aus ganz anderen Gründen, und sie war älter als gut, denn sie dauerte Jahrhunderte –, da wußten die Leser eines Buches gar nicht, daß sie es mit einem Medium zu tun hatten. Das Buch war ein Buch und zum Medium wurde es erst – oder vielleicht auch die Lektüre –, als sich neu erfundene Ausdrucksarten breitmachten und sich, wie alle Neureichen, so aufführten, als gehöre die Welt ganz ihnen und als hätten die alten Buchstaben und Bilder nun ausgedient. Unsere Anschauung und die Welt haben sie damit verändert, das Buch geriet in der Tat in eine Darwinsche Existenzkrise, auch schon deshalb, weil die Gescheiten, die Kritiker (wir alle sind Kultur- und Gesellschaftskritiker) sich gerne apokalyptisch gebärden und man sich mit Nekrologen auf ganze Bereiche schön in Szene setzen kann. Über den Untergang der Buchdruckerkunst hörte man sehr viel, und oft *in* Büchern, und während so Gutenbergs allmählich ausgeartete Erfindung arg in Bedrängnis geriet und aus galaktischer Perspektive erledigt wurde, nahmen die Zahl der Bücher und die Höhe der Auflagen zu, zumal die der Taschenbücher, zu deutsch ›paperbacks‹, die, wie wir es mit unseren Metaphern so friedfertig ausdrücken, geradezu explodierten.

Das Buch wird nicht mehr hergestellt wie früher und wird, durch technische Verbesserungen, immer mehr zur Fabrikware, kann aber eine seiner Eigenheiten, daß es im Grunde nie ganz fertig ist, nicht verleugnen. Aber es überlebt. Das überrascht eigentlich gar nicht. Man guckt fern, nimmt auf Video auf, hält auf Tonband fest, photographiert, filmt, geht ins Kino und ins Museum, rezitiert und diskutiert, hat Hearings, Performances, Talkshows, und dabei bleibt nichts mehr ganz wie früher – aber man liest auch. Sogar die zum Aussterben verdammten Untergattungen bestehen weiter. Eine Zeitlang war es nicht mehr möglich, oder verantwortbar, oder relevant, noch Gedichte zu schreiben; aber die Gedichte wußten das nicht. Dem Roman ging es genauso. Er erschien einfach nicht zu seiner Beerdigung. Und so stirbt er munter weiter. Die Menschheit wendet sich zwar mit kecker Neugier allen Novitäten zu, will sich aber ihre bewährten Spielzeuge gleichwohl nicht wegnehmen lassen, ja, die bekommen obendrein noch einen nostalgischen Hauch.

Zudem sind die neuen Medien gar nicht so rücksichtslos, wie sie zunächst auftraten, sie besinnen sich mit der Zeit auf sich selbst und teilen sich untereinander in ihre vielfältigen Aufgaben. Ein bißchen freier Konkurrenzkampf schadet dabei nicht. Es gibt viele Überlappungen. Ein Mythos konnte schon immer zur Oper werden, ein Erfolgsroman *muß* zum Film werden oder eine wöchentliche Fernsehfolge abgeben, und selbst Dokumente eignen sich heute für die Bühne.

Das Buch ist überholt an allen Fronten. Es gibt bessere Dokumentationen. Brehms *Tierleben* war nie so anschaulich und lebendig wie Grzimeks *Platz für Tiere* am Bildschirm (aber der medial gewandte Zoologe schreibt eine Menge Bücher, und für eine zeitgemäße Neuauflage eines zoologischen Nachschlagewerks ist auch schon wieder Bedarf). Telefonnummern, Adressen oder Bibliographien lassen sich vom Computer schneller abrufen. Ein Bild sagt mehr als tausend Worte. Jedes Medium ist allen anderen überlegen und weist ein paar Tricks auf, die ihm ein anderes nicht nachmacht. So bleibt auch das Buch unüberholbar, etwa in Nachschlagewerken. Vor allem eignet es sich zur systematisch ausholenden, auch abschweifenden, Gesamtdarstellung. Kants Kritik der Vernunft ist in ihrem Wesen nur schwer denkbar als Fernsehserie oder als Comic strip, und ein Gedicht ist seiner ganzen Art nach etwas so sehr Geschriebenes und Buchbezogenes, daß es in jeder medialen Übersetzung noch mehr verliert als in eine andere Sprache. Das viertelhundert Buchstaben, zusammen mit ein paar Dutzend anderer Zeichen, in den vielen möglichen Permutationen auf Papier gedruckt und gebunden, gibt doch allerhand her und ist wundervoll anpassungsfähig. Was nicht heißt, daß jedes in die Welt gesetzte Buch seinen Platz darin auch verdient. Mancher Baum wäre uns da lieber.

Da viele der neuen Mediengeräte mit so verlockenden Knöpfen und Möglichkeiten und Programmen versehen sind, vergessen wir leicht, wie viele Vorteile auch das Buch noch hat, und zwar technische, Vorzüge in der Handhabung selbst. Einmal ganz abgesehen davon, daß es sich von allen Medien als Wurfgeschoß noch am besten eignet (wobei darauf zu achten ist, daß man es mit dem Rücken nach vorne gerichtet aus der Hand fliegen läßt, andernfalls flattert es, ballistisch wirkungslos, zu Boden). Es ist leicht aufzubewahren, einzureihen und zu handhaben. Alles ist jederzeit verfügbar. Was mir darin gefällt oder was ich brauche, kann ich ohne Mühe vornehmen, wann und sooft ich will. Das Tonband leistet ähnliches, der Film schon nicht mehr – einen Film nochmals sehen zu wollen, etwa nach Jahren, kann bereits unmöglich oder im günstigsten Fall recht aufwendig werden: dieselbe Stelle zwanzigmal anzusehen wird schon im Normalfall äußerst schwierig. Dereinst mag es Videotheken geben, aber umfangreiche eigene werden sehr teuer zu stehen kommen. Und um das, was im Buch das Blättern ausmacht, anderswie nachzuahmen, braucht es technische Einrichtungen und Fremd-

Energie. Das Buch zwingt uns keine Reihenfolge auf (außer der seinem Inhalt gemäßen, und an die brauche ich mich auch nicht zu halten), alles ist verhältnismäßig rasch abrufbar. Ich kann überspringen, was mir nicht paßt. Andere Medien erlauben das Auslassen überhaupt nicht (wer hat nicht schon im Theater, im Konzert, im Kino ...?), das Fernsehen läßt nur Abschalten zu oder geduldiges Warten.

Vor allem aber ist nichts anderes so leicht zu verändern wie ein Buch. Ich kann Seiten nicht nur auslassen, sondern herausreißen, verbrennen oder an die Wand hängen, den Bildern die Köpfe grün anmalen oder Schnurrbärte austeilen, kann unterstreichen oder tilgen oder verbessern. Ich kann am Rande alles besser wissen und sagen.

Die Vorzüge erstrecken sich also bis zum physisch Äußeren, und sie sind uns so vertraut, daß wir sie kaum mehr wahrnehmen. Die Buchhändler werben nicht einmal damit, so wenig wie mit der großen Freiheit, daß uns niemand vorschreiben kann, *wie* man ein Buch angeht, was man damit anfängt. Zu seinem ewigen Ruhm ist das Buch vor Mißbrauch nicht zu schützen. Der Autor hat nicht die geringste Autorität. Wir können heulen oder lächeln, ganz wo uns danach zumute ist. Souverän können wir aus dem Vers

> Und sprach die Dame: »Mach dir's leicht!«
> Da wurd' ihm gleich das Auge feucht.

etwas anderes herauslesen, als was sich Schiller gedacht haben mag in seiner Unschuld; das ist im Preis des Buches inbegriffen. Fast jede noch so abstrakte Aussage ist umfunktionierbar in eine Analyse ihres Verfassers: und der Analytiker ist dem Analysand nachgewiesenermaßen überlegen. Selbst das Buch der Bücher, angelegt als Offenbarung und vielfach gedeutet, kann der Erbauung dienen oder der Lebenshilfe, es kann als Information über die Entstehung der Welt aufgefaßt werden, als Geschichte, als Grundstücksverzeichnis, als Lebensmittelgesetz, als Droge oder (stellenweise wenigstens) Aphrodisiakum, es kann gelesen werden als Literatur, Sprachschöpfung oder Unterhaltung, als anthropologisches Zeugnis oder Rezeptbuch für die Mitwelt, die ohnehin nie so recht weiß, wo ihre eigentliche Bestimmung liegt.

Diese Unbeherrschbarkeit ist mit ein Grund, warum die nie zu unterdrückenden Unterdrücker, zur Zeit wieder überall so sehr im Aufwind, ihr Mißtrauen dem Buch gegenüber nicht aufgeben. Wenn niemand mehr ein Buch ernst nimmt, so bleibt immer noch der Zensor von seiner Gefährlichkeit überzeugt, von der Wirkung, die eigenartigerweise bei schlechten Büchern so viel eindringlicher ist als bei den guten, die uns ein Leben lang umgeben haben. Dem Teufel traut man immer ein wenig mehr zu.

Die selektive Verweigerung, die Möglichkeit des Mißbrauchs, vor allem der Entzug der Aufmerksamkeit ist wohl heute, wo es uns an Oberflächlichkeit nicht fehlt, nicht bloß ein Segen. Doch haben wir hier einfach die Kehrseite davon, daß Lesen zu den vergleichsweise aktiven Tätigkeiten gehört, die sich aufs bloße Konsumieren nicht einschränken lassen. Das Lesen ist zu wichtig, als daß man es auf alles Gedruckte gleichermaßen verschwenden sollte. Da fließt nicht einfach etwas ein, sondern da wird reagiert, inter-manipuliert, da ist eine Wechselwirkung. Die in eine bestimmte Reihenfolge gebrachten Zeichen lösen etwas aus, von dem wir recht wenig wissen, außer daß der Prozeß bei allen etwas anders verläuft, je nach Eignung, Vorbildung, Vorurteilen, Motiven und Stimmung. Unterdessen haben wir Theorien des Lesevorgangs, meist exemplifiziert an den »schwierigen« Texten der hohen Literatur, und sie zeigen zum mindesten, daß hier etwas höchst Kompliziertes vorgeht, an das wir uns nur gewöhnt haben, aber das wir kaum verstehen. Vermutlich auch deshalb, weil wir nicht gleichzeitig etwas lesen *und* beobachten können, was dabei geschieht.

Ein Vers von Wilhelm Busch, ein Zweizeiler, der ganz fürs Lesen, oder natürlich Vorlesen, geschaffen ist, gibt ein gutes Beispiel für etwas, was in ein anderes Medium nicht übertragbar ist:

> Ein großer Geist, wie Bählamm seiner,
> Ist nicht so ratlos wie ein kleiner.

Was hier an Beobachtung und Erfahrung, an ironischer Einstellung alles steckt, würde sonst keine Darstellung *so* zum Ausdruck bringen. Wer der genannte Bählamm ist, brauchen wir eigentlich gar nicht zu wissen, sein Name genügt schon. Die Vignette sagt etwas aus über Prätentionen des Bürgertums im 19. Jahrhundert, aber nicht nur darüber – nur läßt sich das vor keinem Gericht beweisen. Im Grunde weiß ich auch gar nicht, was mich (und andere) am Vers so nachhaltig vergnügt – irgendwie hängt es ab vom Gegensatz zwischen dem zur Phrase gewordenen großen Geist und dem umgänglichen »wie Bählamm seiner«, doch was sich da bei der Umsetzung der Buchstaben und Wörter in uns abspielt, bleibt gleichwohl ein Rätsel. Was hier bewirkt wird, könnte ich nicht artikulieren, und wenn es auch mit viel größerem Geschick (oder Geist) gelänge, kann immer noch jemand daherkommen und sagen: »na und?«

Wir wissen nicht, was in und mit uns geschieht, wenn wir lesen, und verbindliche Angaben darüber, warum wir es überhaupt tun, würden uns schwerfallen. Nicht alle tun's, und wir haben eigentlich wenig Argumente dafür außer der Darstellung unseres eigenen Geschmacks und der Propagierung unserer wie immer gewachsenen Vorurteile. Und warum lesen wir gerade das, was wir lesen, und nicht sonst etwas? Auch über unsere Motive wissen wir nicht viel Bescheid. Natürlich gibt es ein Verlangen nach Information und Unterhaltung, und schon dabei wird's schwierig, wie jeder feststellt, der sich eine Sendung ansieht, die als Unterhaltung angekündigt ist – nicht bloß, weil das Niveau zu niedrig ist (Niveau ist seiner Art nach etwas, was unter unserem liegt), sondern weil wir nicht einmal unterhalten werden. Nach einer oft zitierten und zum Motto erhobenen Selbstverständlichkeit ist jede Art zu schreiben erlaubt, nur nicht die langweilige. Nur ist des einen Langeweile des andern Sucht. Langeweile hat etwas mit dem subjektiven Erleben zu tun und mit der Zeit, die sich entweder unerträglich dahinzuquälen scheint oder sinnvollerweise auf etwas anderes verwendet würde. Kurz stellt sich die Weile dann dar, wenn wir sie gar nicht wahrnehmen, weil die Aufmerksamkeit ganz der Sache gilt: wenn etwas angesprochen wird, unsere Neugier, Schadenfreude, Betroffenheit, wenn unsere Ansichten bestätigt oder, gelegentlich, in Frage gestellt werden, wenn wir etwas wiedererkennen oder uns identifizieren oder aber überlegen fühlen ... Die Liste wäre lang (und langweilig). Die Tiefenpsychologie würde alles wiederum etwas anders, und nicht sehr schmeichelhaft, ausdrücken – aber erklärt ist die Faszination des Lesens noch immer nicht.

Ohne Zweifel spielt immer noch das Wie eine bestimmende Rolle, die Form, ohne die es einen Inhalt nicht einmal gibt. Höchstens in Ausnahmefällen, wo es lediglich um Mitteilungen oder Rezepte geht: doch selbst die Botschaft des Evangeliums verdankt ihr Fortleben auch dem Umstand, daß hier eine Überzeugung eingängige, nachhallende Worte gefunden hat, was sich von vielen späteren

Aufgüssen nicht mehr behaupten läßt. Wenn uns jemand die sichere Lösung für den Weltfrieden zu Papier brächte, würde sich niemand an ein paar Ungeschicklichkeiten des Ausdrucks stoßen: aber für alles andere gilt, daß unsere Mißerfolge Stil haben müssen, um ein wenig zu überdauern. Kein Mensch würde sich noch um Bählamms Geist kümmern, oder Hamlets Zögern, wenn da nicht in einer knappen, widersprüchlichen, anregenden Form alles stimmte.

Die Form könnten wir notfalls beschreiben, dem Geheimnis kommen wir nicht auf die Spur, wenn es auch nicht an Versuchen fehlt. Es gibt keine erste Prämisse, die verbindlich und klar aussagen könnte, was Kunst ist, oder Unterhaltung, auch wenn sich auf die Länge so etwas wie ein Konsens bildet.

Hier geht es natürlich um das freiwillige Lesen, also nicht die Schulaufgabe, die Examensvorbereitung, den Geschäftsbericht, die Rezension. Es gibt im Grunde nur ein einziges Gesetz der Rhetorik, nämlich gleich zu Anfang, und dann immer wieder, die Illusion zu erwecken, daß es sich lohnt, weiterzulesen oder mitzuhören. Wie man's anstellt, ist gleichgültig. Wenn es gelingt, kann man uns jede Fälschung unterjubeln, vor allem die Art von Erdichtung, die man *Fiction* nennt, was mit Figuren und Fingieren und etymologisch auch mit »Teig« zusammenhängt, der geformt wird (auch hier wiederum Busch über den Dichter: »Kaum mißfällt / Ihm diese altgebackne Welt, / So knetet er aus weicher Kleie / Für sich privatim eine neue.«). Schon von der Vorstellung her ist Form hier alles, auch wenn natürlich eine Rückkopplung mit der Wirklichkeit bestehen muß, einer Wirklichkeit, die wir nach Belieben wiedererkennen, verschönern oder verdrängen. Dieses Umgehen mit Teigen aller denkbaren Beschaffenheit (Wort, Farbe, Töne, Technik etc.) ist zu einer unserer wertvollsten Ersatzbefriedigungen geworden: für viele wird das Dasein dadurch gerade noch erträglich.

Allen andern Medien zum Trotz haben heute mehr Leute mehr zu sagen und schreiben als je zuvor und ergreifen das Wort. Das ergriffene Wort erreicht, als Roman Kurzgeschichte Satire Gedicht Hörspiel Zeitkritisches Gutgemeintes, den Schreibtisch eines Verlegers und will zu Buch gemacht werden: das ist teuer, aber immer noch viel billiger als etwa ein Film oder eine Oper. In ihrer Kurzsichtigkeit und programmatischen Verbohrtheit finden die Verleger, daß bereits zu viel Belangloses die Welt überschwemmt (in ihrem Antwortbrief formulieren sie das allerdings ein wenig behutsamer). Zu viele versuchen, zu wenige können, ganz wenige schaffen es, und die erst noch, wie dann die Kritik gleich zu verstehen gibt, meist zu Unrecht oder aus falschen Gründen.

(1981)

NASCHEREIEN AUF DEN TISCH ODER: VERLAGSPRAKTIKEN

dargetan an einer punktuellen Besprechung von Guy de Maupassant, Erzählungen, übersetzt von Georg von der Vring und Walter Widmer, Diogenes Verlag, Zürich.

Verlage dienen der Literatur – den Autoren und den Lesern. Auch verdienen sollen sie dabei, das ist richtig und kommt den Autoren zugute und letztlich wiederum auch den Lesern. Zu den verlegerischen Aufgaben gehören die Klassiker, die stets angemessen verfügbar gemacht werden müssen. Wie dies etwa geschehen kann, exemplifiziert eine neue Ausgabe der Erzählungen von Maupassant, herausgekommen mit vielen, zum Teil schönen, vor allem aber zeitgenössischen Illustrationen. Fünf preiswerte Bände.

Nun, neu ist die Ausgabe eigentlich nicht. Nur steht das nirgendwo drin. Kein Vermerk, daß hier eine etwa 30 Jahre alte Ausgabe des Phaidon-Verlags abgedruckt, abgefilmt und mit neuen (alten) Bildern versehen wurde. Vielleicht wiederauferweckt auf Grund einer vorzüglichen Übersetzung?

Mit dem Übersetzen ist das so eine Sache. Es gibt die verschiedensten Auffassungen davon, und die wandeln sich mit der Zeit. Wir vergewissern uns am besten selber und schlagen irgendwo auf, zum Beispiel bei der Geschichte »Die Schmucksachen« (»Les bijoux«). Unsere Probe beschränkt sich auf die erste Seite, wo M. Lantin und eine junge Frau eingeführt werden, wie sie sich kennenlernen und heiraten. Maupassant ist bekannt für seine kühle, knappe Charakterisierung. Er weiß mit der Sprache umzugehen. Da ist es nun seltsam, wie oft ein einziger Satz auf deutsch gern in mehrere, noch kürzere, aufgespalten wird oder aber umgekehrt aus verschiedenen originalen ein einziger wird. Das ist vielleicht weiter nicht so schlimm, und es gibt Wichtigeres. Freiheiten finden sich die verschiedenartigsten. Es kommt vor, daß eine Mitteilung, »... mort depuis plusieurs années« (gesagt vom Vater der jungen Frau), auch einmal dahinfällt. Zum Ausgleich stehen verdeutlichende Zusätze. Wo es heißt, daß Mutter und Tochter nach Paris ziehen, »dans l'espoir de marier la jeune personne«, wird interpretierend ausgeholt: »... doch hatte das Mädchen nicht viel Aussicht, sich einmal zu verheiraten.« Das ist reichlich überflüssig, und falsch obendrein: denn sechs Sätze später *ist* die junge Dame verheiratet. Na ja, das ist vielleicht weiter alles gar nicht so schlimm, die Gepflogenheiten der Übersetzer waren halt früher ein wenig andere.

Heutzutage sind wir allergisch geworden gegen Klischees; und Maupassant war es schon zu seiner Zeit. Doch wo der Autor im Original nichts Derartiges schreibt, hat unsere Übersetzung »ein *makelloses* Herz«, wird »*rückhaltlos* anvertraut« und »*glühend* geliebt«, und ein Lächeln – Sie ahnen es schon – »*umspielt*« natürlich die Lippen. Vielleicht alles nicht so bedeutsam und halt eine Frage des Zeitgeschmacks. Wofür uns aber die französischen Klassiker und die Modernisten den Sinn geschärft haben, sind die bewußten Wiederholungen. In den ersten paar Abschnitten steht gleich dreimal »semblait/semblaient«, aber von diesem Scheinen ist alles in eleganten Umschreibungen verlorengegangen. Doch die Geschichte handelt eben von Schein und Wirklichkeit, von Echt und Unecht.

Auch in der deutschen Fassung stoßen wir auf Wiederholungen, auf vier Zeilen gleich viermal dieselbe Vorsilbe – »überaus ... Überblick ... Überfluß ... Überraschungen« –, und darin könnte eines Autors Absicht stekken. Maupassant hat aber nichts Entsprechendes; der Übersetzer war bloß frei und ungeschickt. Ist ja möglicherweise auch nicht so schlimm, und deswegen geht die Welt noch nicht unter.

Einen nicht unerheblichen Unterschied könnte man darin sehen, daß Maupassant von M. Lantin im allerersten Satz sagt: »l'amour l'enveloppa comme un filet«, und der Übersetzer ein mattes »seither liebte er sie« daraus macht. Das ist nicht dasselbe, und es wirkt auch ganz anders, zudem ist in einer Erzählung von Schmuck und Kleidern, also dem äußeren Anschein, das Umhüllen (»l'enveloppa«) nicht ganz nebensächlich. Andererseits wird aus einer schlichten Aussage, »On ne pourrait trouver mieux« (wie die Leute sagen), ein aufgemöbeltes Bild: »Mit ihr zieht er das Große Los.«

All dies, wie gesagt, ist womöglich nicht gravierend; aber man könnte mit Staunen und Wundern noch viel ähnliches zusammentragen. Der hier ausgewählten Pedanterien kurzer Sinn ist, daß ungefähr alles sprachlich danebengeht. Es mag pingelig sein zu verlangen, daß aus einem Aussagesatz nicht ein Ausruf gemacht wird, wie es hier geschieht:

> Wieviel kleine Überraschungen an Leckereien und Naschwerk brachte sie ihrem Gatten auf den Tisch!

Aber – Stil hin, Syntax her – es mag nicht unwichtig sein, daß der Autor der Ehefrau »Aufmerksamkeit« bezeugt, »attentions«, nicht Überraschungen. Und schon gar nicht Überraschungen von a) Leckereien und b) Naschereien, sondern so etwas wie a) und b) und c); also eine Aufreihung, und zwar:

> Il n'était point d'attentions, de délicatesses, de chatteries qu'elle n'eût pour son mari; ...

Aufmerksamkeiten, also, *und* »Delikatessen« (daher »Leckereien«) *und* erst noch »Naschwerk« = »chatteries« (?). Maupassant meint, die Frau bringe so etwas auf wie Zärtlichkeit und Schmeichelei (Katzen, *chats*, verhalten sich so). Der Übersetzer aber ist unvermutet in ein Delikatessengeschäft geraten und führt nun die ganze Liebe ausschließlich durch den Magen. Für die Leckereien braucht er dann auch einen Tisch, den er der Erzählung freizügig beisteuert.

Nun kann jeder mal danebengreifen. Übersetzen ist menschlich. Immerhin würde man einem Maupassant-Übersetzer etwas mehr Kenntnisse der delikaten Feinheiten der französischen Sprache wünschen. Der Schluß ist eindeutig. Hier liegt eine unsorgfältige Arbeit, ein Pfusch, vor, erledigt vielleicht in Hast und bei schlechter Bezahlung, wer weiß; und offenbar hat sich niemand das Zeug je angesehen. Und das wird jetzt neu verkauft, in grünem Umschlag, ohne Quellen- oder Zeitangabe. Ist denn niemand zuständig? Hat ein Lektorat geschlafen? Lektoren müßten doch so etwas bemerken; allerdings können die ja auch nicht alles, was mechanisch abgeklatscht wird, bis in die letzte Einzelheit nachprüfen.

Doch Moment! Ist denn das nicht gerade der Verlag, wo vor einem guten Jahr in zwei Blitzaktionen das ganze Lektorat gekappt wurde? Aha. Da zeigt sich eben nur, daß solche »Konzentrationen« der Sache nicht dienen, selbst wenn versichert wird, daß (Originalton Verleger) »die Redimensionierung des Verlags gerade der Qualität der einzelnen Edition zugute kommen« soll (*Tages-Anzeiger* Zürich, 3.3.1983). Die Qualität ist nun für alle öffentlich einsichtig.

Nur lief dies alles gar nicht so. Die Maupassant-Edition ist nicht eine Panne der lektorenlosen Zeit, sondern wurde noch im unwirksamen Beisein des alten Lektorats programmiert. Und die Lektoren haben nicht geschlafen, sondern waren, im Gegenteil, stichprobenartig wach und haben ausgerechnet die oben erwähnten Fälle – wie ich bezeugen kann – dem Verleger vorgehalten, mehrmals, einzeln und gemeinsam, mündlich und schriftlich. Und er hat sich mit Autorität und Gespür *für* diese Ausgabe entschieden. (Und daß man dann ein Lektorat, auf das man ohnehin nicht zu hören gedenkt, auch gleich entläßt, ist nur sinnvoll und rationell.) Nun wäre es ja möglich, daß die ausgewählte abgefilmte Übertragung ganz *andere* Qualitäten aufweist, vielleicht in Stil und Ton (z. B.: »überaus … Überblick … Überfluß … Überraschungen«) so großartig ist, daß ein paar Dutzend Mängel pro Seite leicht aufgewogen werden. Kann sein. Ich glaube es selber nicht, kann mich aber täuschen. Mir scheint die Übersetzung ein grausliches Beispiel zu sein von Nacherzählung in kreativer Unbekümmertheit. Zu dick aufgetragen? Bitte: »Un rayon de soleil le réveilla, et il se levait lentement pour aller à son ministère.« Daraus wird: »Ein Sonnenstrahl weckte ihn. Er erhob sich und *war unentschlossen*. Das Ministerium *fiel ihm ein*.« Ein anderes Drehbuch.

Es gibt natürlich einen einsehbaren Grund für diese Ausgabe. Sie war billig zu haben und billig zu reproduzieren. Denn man hätte ja auch, im Dienst der Literatur, einen neuen, zeitgemäßen, irgendwie adäquaten Maupassant schaffen können, mit Übersetzern, die das Original ernst genommen hätten. Das hätte Geld gekostet und Zeit gebraucht – und man hätte erst noch alles wieder durchsehen lassen müssen, eben von einem Lektor (und *das* Wort wollen wir jetzt nicht mehr hören!). Dann doch lieber die billigste aller Lösungen.

Hier geht es nicht um die Schlamperei eines der beiden Übersetzer (von dem anderen, Walter Widmer, ist hier nicht die Rede). Es geht um die oft berufene Verantwortung des Verlegers. Um die beinahe ethische Frage der Achtung, die ein Verleger vor dem Klassiker und Stilisten Maupassant hat, wenn er wissentlich die mieseste Übersetzung neu verpackt. Und um die Achtung vor dem Leser, dem hier in managerialer Entscheidung ein weiterer Packen Kulturramsch auf den Markt gekippt worden ist. Es fragt sich, ob die kaufmännische Mißachtung des Worts den eigenen guten Klassikerausgaben, die der Verlag *auch* hat, nicht schaden wird. Die verlegerische Annahme ist natürlich, daß der Leser das alles eh nicht merkt. Und die Bilder sind wirklich hübsch. Etwas clevere Aufmachung, noch ein bißchen Werbung, und die Sache läuft.

Es gibt eine deutsche Redensart, die auf unser Lehrstück gut paßt; und selbst Guy de Maupassant hätte nur mit Mühe das Ganze so knapp auf französisch zusammenfassen können. Sie heißt: »für dumm verkaufen«. *Caveat lector!* Oder: Tote, vernaschte Autoren können sich nicht mehr wehren. Kaufende, kritische Leser schon.

(1984)

DENKMAL DES UNBEKANNTEN LEKTORS

Ein Forum der Kultur sollte einmal des Lektors gedenken, während vermutlich gerade eines der noch existierenden Exemplare für das Abendländische Museum hergerichtet wird. Auf freier Wildbahn werden sie seltener (und so frei war die Wildbahn auch nie gewesen). Lektoren – Ältere unter uns erinnern sich noch genau – waren nie im Gerede, waren ihrer Art nach unbekannt, vor allem unsichtbar, man nahm sie nur an ihren Verfehlungen wahr. Es gab einmal eine Zeit, da gehörten sie zu den Verlagen. Verlage waren Unternehmen, die in ihren Anfängen meist mit individuellem Spürsinn Bücher ins Leben brachten, sich damit einen Namen schufen und sich dann allmählich zu Unterabteilungen von Großkonzernen hochrationalisierten. Deren leitende und vorausblickende Direktoren wissen genau, was ein Bestseller ist, und brauchen sich darum, was ein Buch sein sollte, weiter nicht zu kümmern. Gleichwohl überleben aus der alten Schule, antiquiert oder trotzig, noch ein paar Verlage. Seltsamerweise und in willkommener Auflockerung schießen immer wieder neue, inspiriert von Naivität und Glauben an ein überholtes Medium, aus dem kargen Boden. In diesem Boden war (ist) der Lektor eine Art Regenwurm.

Der Lektor, die Lektorin, Leser von Berufs wegen, bringt ein entstehendes Buch von der Stufe, die man in veralteter Etymologie noch »Manuskript« nennt, in eine »druckfertige« Form. Der Vorgang ist – abgesehen von Neuaufgüssen von schon Bestehendem (aber auch ein Neuaufguß ist nie einfach) – lang und beschwerlich und unvorhersehbar, weil ein Buch seinem Wesen nach kaum je fertig ist. Schon weil der Autor immer noch einen besseren (mindestens einen anderen) Einfall haben könnte oder weil die Wirklichkeit ihrem geschriebenen Abbild stets davonrennt. In diesem nach oben hin offenen Prozeß war der Lektor ein eingeschobener Filter, ein mitdenkendes Software-Programm, ein Aufpasser eben, dem keine Unstimmigkeit und Lücke entgehen durfte, ein bißchen Schulmeister und dann auch wieder Anreger, der zwischen Schnitzern, Schlampereien von Autoren und deren Genialität zu unterscheiden hatte. Wenn es hoch kam, waren Lektoren Entdecker und mitunter anonyme Ghostwriter. Dieses, mhm, Berufsbild scheint trotz allem noch so verlockend, daß German(Angl-, Roman-)isten ohne akademische Aussichten in Verlage drängen und für die Tätigkeit gleich auf Anhieb qualifiziert sind.

Im weniger glorreichen Alltag prüften Lektoren vor allem Übersetzungen. Auch das ist leichter gesagt als praktiziert. Eine Übersetzung ist ebenfalls ihrem Wesen nach nie abgeschlossen. Das Elend der Übersetzerei wäre ein anderes, langes Kapitel; sie ist der am wenigsten gewürdigte Teil aller Kultur, die am schlechtesten entlöhnte geistige Arbeit, eine fortwährende Quadratur des Kreises. Als Leidensgenosse wird der Lektor des Übersetzers Freund und Helfer; und genausowenig beliebt war er denn auch wegen seiner überheblichen Besserwisserei oder, je nachdem, geistigen Stumpfheit; gleichwohl ergab sich oft eine fruchtbare Gemeinschaft. Gelegentlich merkte der Lektor etwas und langte verbessernd zu, um das prekäre Gebilde Buch, bestehend aus Hunderttausenden irrender Buchstaben und Gedanken, dem Idealzustand ein wenig näherzubringen. All dies vollzog sich nicht in notwendiger Muße, sondern inmitten von Anrufen, Unterbrechungen, Terminen, Gerangel mit der Herstellung (die bemüht sich um die Gestalt des Buchs), ständigem Drängen und betrieblichen Zwängen; das Buch kostet ja in seinen langanhaltenden Geburtswehen vorerst nur Geld und soll einmal, und immer zu spät, endlich etwas einbringen, sonst läuft der Laden nicht.

Zu seinem Untergang beigetragen hat des Lektors eingebaute Lästigkeit: er schafft Komplikationen, prüft nach, entdeckt Mängel, verzögert. Zudem weiß niemand genau, was er nun wirklich tut; er sitzt da und starrt auf ein Stück Papier, und wenn er aus dem Fenster guckt, denkt er vielleicht über ein Synonym oder einen überfälligen Klappentext nach – oder eben nicht. Dem Ergebnis sieht man nichts an: seiner Stirne Schweiß darf daran nicht herunterrinnen. Nur verständlich also, wenn auf Vordermanager gebrachte Verlage diesen hinderlichen, nie ganz kontrollierbaren Kostenfaktor nicht mehr mitschleppen wollen. Zumal ja, so die Chef-Etage, kein Leser je vom Ganzen etwas merken wird. Von Zeit zu Zeit stößt möglicherweise ein Rezensent einen nostalgischen Seufzer in die trübe Luft; die Welt geht ihren Gang, immer mehr schnell produzierte Bücher werden immer weniger gelesen.

Doch, doch, es gibt noch Lektoren, gerade kleine Verlage halten sie sich (Kleinverleger sind sie oft selber). Aber die Gattung stirbt aus. In Großbetrieben ist kein pedantischer Manuskriptbearbeiter mehr sicher auf seinem Sessel, einem Pulverfaß, das nie explodiert, aber eines Tages still verpufft sein wird. Und immer weniger Hähne krähen danach, denn auch die Hähne sind müde geworden und resigniert (und sorgen sich um ihre Stellen). Ein Gedenkstein wäre also langsam fällig, ohne Sockel.

(1987)

VON »AFTERSENKUNG« BIS »ZUNGENKUSS«

Ärger mit der Duden-Sinnverwandtschaft

Die passenden Wörter sind die, die uns nicht einfallen, vor allem nicht auf Anhieb. Wenn wir sprechen, sind wir ohnehin ganz auf uns selber angewiesen, und so verheddern wir uns halt – die meisten – in unseren paar ewig denselben Ausdrücken, ohne die wir nicht durchkämen. Beim Schreiben hat man, meint man, mehr Gelegenheit zum Nachdenken und, wenn das zu nichts führt, Nachschlagen in den Büchern, die Wörter nach Sinn zusammenstellen. Aus Gründen nun, die einer Untersuchung wert wären, sind derartige Handbücher im Deutschen viel weniger handlich als anderswo, wie im Englischen, wo uns Synonymbücher die Wortwahl sinnvoll und übersichtlich erleichtern. Bei uns geht das alles nicht so flott; dies ist leicht darzustellen anhand vom hellblauen Band 8 des Dudens, der sich etwas vorschnell als *Die sinn- und sachverwandten Wörter* anpreist und »treffende Ausdrücke« verspricht und uns – so nicht nur meine Erfahrung – mit pedantischer Systematik im Stich läßt. Wobei ich im übrigen finde, daß *sonst* die Duden-Wörterbücher selber lange nicht so stur sind wie die aufsässigeren ihrer Benützer.

Natürlich gibt es oft einfach keine Synonyme, strenggenommen vielleicht überhaupt nie. Mancher Übersetzer hat wohl schon in Gedanken einmal ein Lexikon der Wörter, die es in der eigenen Sprache nicht gibt, verfaßt. Aber ganz so wenige treffende Wörter kann unsere Sprache nicht haben. Da suche ich etwa nach einem Ausdruck für etwas, das nicht einheitlich beschaffen ist, und ich gehe aus von »heterogen«, das eine Spur zu wissenschaftlich daherkommt und sich in gewissen Lagen nicht eignet. Der Synonym-Duden führt das Wort nicht auf, so daß mir der Weg zu (z. B.) »uneinheitlich, gemischt, kunterbunt, Kraut und Rüben ...« versperrt bleibt. Nun kann ja kein Wörterbuch gleich alle (zumal fremden) Wörter sich gleich als Stichwörter leisten, und vielleicht galt »heterogen« als zu selten, praxisfremd. Ich würde es zwar immer noch für erwähnenswerter halten als das in der Nähe der Lücke auffällige »Heterotransplantation« (das zudem wenig einbringt und lediglich das allgemeinere »Transplantation« in Erinnerung ruft). In einer amerikanischen Fortführung des bewährten *Roget's Thesaurus* hingegen finde ich »heterogeneous« mit Verweisen auf drei verschiedene Wortfelder: »different – diversified – mixed« mit jeweils beachtlicher Ernte. Solche Beispiele für wesentliche Lücken sind nicht vereinzelt.

Im übrigen führt der Duden immerhin das Gegenstück »homogen«, beschränkt sich aber auf die Bedeutung »→ übereinstimmend« (wo Roget wiederum drei Wortfelder anbietet). Vieles kann homogen sein, was bei »übereinstimmend« nicht untergebracht ist. Die Wörter tun hier so, als zielten sie nur je in *eine* Richtung. Seltsam bei einem Unternehmen, das sein Dasein auch dem eigenen detaillierten Wissen von Mehrdeutigkeit verdankt.

Wenn ich einer modischen Wendung wie »im akademischen Ghetto« aus dem Weg gehen will, weiß der Duden nichts als »Ghetto → Stadtteil«, trifft also selbst von der ursprünglichen Bedeutung nur einen Teil. Mit »Viertel« oder »Innenstadt« (unter »Stadtteil«) ist mir aber wenig gedient, denn gerade das Besondere an Ghetto bleibt unverknüpft. Möglicherweise gibt es kein Synonym in meinem gesuchten Anwendungsbereich, aber ich wäre dankbar gewesen für einen Rat, mich in der Gegend von »Gehege« oder auch »Quarantäne« zuerst umzusehen.

Bei »konform« gibt es eine Verbindung zu »übereinstimmend«, nicht aber eine zu »angepaßt«. »Ungeschliffen« führt einspurig gesellschaftlich zu »unhöflich«, nicht zu »unfertig, roh, stillos«. Wer von »tragisch« oder »Tragödie« ausgeht, braucht vielleicht keine Belehrung darüber, daß es sich hier um das Theater handelt, sondern möchte allenfalls bequem ausgebreitet wissen, ob in der Nähe von »Unheil« oder »Schicksalsschlag« etwas weniger Klischeehaftes zur Verfügung steht. »Feudal« wird nur mit »üppig« gleichgesetzt, was für ein feudales Mahl paßt, nicht aber für ein Gebaren oder eine Einstellung. (Ein weiterer Mangel des Dudens ist, daß nur auf dieselbe Wortart verwiesen wird, von Adjektiv auf Adjektiv, wodurch Einengungen erst recht programmiert sind.) Unter »Feudalität« hätte ich immerhin »Lebensweise«, dort allerdings dann kaum etwas für diesen Fall Brauchbares, gefunden. Die Duden-Redaktion hat sonst viele Belege dafür, daß Wörter keine Einbahnstraßen sind. Wenn ich diesem letztgenannten Bild mißtraue, verhilft mir der Synonym-Duden nicht zu »Routine, Sturheit, Verengung, Geleise, Mechanik« oder dergleichen, sondern teilt mir einfach mit, daß eine Einbahnstraße eine Straße ist. Das hätte ich zur Not noch selber gemerkt.

Der Schritt zum Oberbegriff wird nie ausgelassen. Eine Sanduhr ist eine Uhr, eine Sonnenuhr gleichfalls. Und da ist auch was dran, nur hätte sich das billiger anstellen lassen: eine Vorbemerkung, daß bei Zusammensetzungen auch immer das Grundwort zu konsultieren ist, hätte Platz und Mühe gespart. Wir erfahren, daß eine »Heterotransplantation« eine Transplantation ist, eine »Geißblattlaube« eine Laube, ein »Flottenarzt« ein Arzt (ein »Flottillenarzt«, erfahre ich, übrigens auch), eine »Armleuchteralge« eine Alge. Als Schriftsteller sind Sie natürlich froh zu wissen, daß damit der etwas monotonen Algenlandschaft ein wenig stilistisches Leben eingehaucht wird. Ein »Mansardwalmdach« ist ein Dach (doch keiner klärt mich auf über »Mansardwalm«). Der umgekehrte Weg ist natürlich sinnvoll, eine Aufzählung aller Dacharten. Niemand hat etwas dagegen, daß auf einer ganzen Seite zahlreiche Vogelarten zusammengestellt sind; deswegen brauchten das »Tüpfelsumpfhuhn« und die »Gryllteiste« nicht eigens als Stichwörter aufzutauchen. Wer in aller Welt sucht nach einem sachverwandten Wort zu Gryllteiste? Aber natürlich sind Ringelgans und Albatros irgendwie sachverwandt, ein Kolibri in der Hand ist besser als eine Schnepfe auf dem Mansardwalmdach, und wer weiß, vielleicht will uns das Buch in erster Linie Fachwörter beibringen, nicht so sehr Synonyme?

Das Vorwort betont es aber anders und sagt irreführend, der Band sei »... für die Praxis bestimmt, für Schreibende und Sprechende, für alle die, die aussagekräftig, differenziert und lebendig formulieren wollen«. Aber gerade der Praxis bietet das Tüpfelsumpfhuhn wenig, und wer über »Lienohepatographie« zu schreiben hat, der muß die Lebendigkeit und Differenziertheit wohl auf die anderen Satzteile verlegen. Vermutlich ist jede Eintragung irgendwie berechtigt und begründbar, für alles findet sich bestimmt einmal Verwendung. Nur eignet sich das Buch wenig zum praktischen Gebrauch. Bezeichnend vielleicht, daß »Praxis« auf »Erfahrung, Kunstfertigkeit und Sprechzimmer« zeigt, nicht aber auf ein einfaches Tun. Sicher kann jede Auswahl bemängelt werden, aber wenn man mir von »bepudern« zu »pudern« hilft, hat man synonymisch nicht viel zustandegebracht und einfach Papier verschwendet: auch sollte »Dynamik« etwas mehr hergeben als nur »→ Lautstärke«.

Wenn man einmal vom Gebrauch absieht, bekommt man ein Hausbuch deutschsprachigen Humors. Man muß sich nur vorstellen, wie jemand am Schreibtisch ein anderes Wort für »Zwischenwirbelscheibenvorfall« sucht und sich zu »Bandscheibenschaden« hinarbeitet. Oder wie sagt man doch gleich für »krabkrällig«? Ein Wort von Goethe offenbar, das unter den Synonymen für »schwanger« seinen Lebensunterhalt möglicherweise verdienen kann, nicht aber als selbständiges Stichwort. Dorthin gelangt ist es wohl durch pedantische, beamtenhafte Umschichtung, durch mechanische Alphabetisierung. Niemand, der »Gwirkst« nicht kennt, benutzt es als Ausgangspunkt; es könnte aber durchaus gelegen kommen, wenn ich nicht »Umstände« sagen will.

Das Prinzip ist simpel. Durch permutierende Umordnung wird aus jedem Wort einmal ein Haupteintrag. Daß jedes Wort zu seinem Stich kommt, mag ein Akt der Gerechtigkeit sein. Doch sind leider nicht alle Wörter gleich: die einen eignen sich, andere weniger. Diese anderen nun, Tausende von Stichwörtern, die nur Pfeile bieten, verhelfen dem Buch zu seinem Umfang und dem Benützer zu Aggression, Bitterkeit, Cholezystopathie (»→ Gallenerkrankung«), Delirium tremens, Unlust, Verdrossenheit, Weltschmerz, Xenophobie, Yankeefeindlichkeit und Zorn – und recht viel Adrenalin. Das eben meine ich: auch »Adrenalin« kann einmal für all die obengenannten Reaktionen Dienste tun (wie »Sanduhr« einmal für Tod, »Sonnenuhr« für Heiterkeit eintreten kann), aber all dies verrät mir das Blaubuch der Leerläufe nicht. Adrenalin weiht mich ein in das Feld »Hormon ... Oestrogen, Oxytozin«; das ist durchaus richtig, nur halt auch von begnadeter Beschränktheit, und so was geht mitunter an die Nebennieren.

Wie sachfremd das Ganze abspult, offenbart sich schon in der Reihenfolge. Von »Fliege« kommen wir zu »→ Bart, → Insekt, → Krawatte, → Sternbild«. Das hat schon seine Ordnung, nur keine sprachlich begründete. Natürlich (der

Natur der Sprache angemessen, dem Wesen nach, entwicklungsmäßig, semantisch) sollte *zuerst* das Insekt kommen, etwas, das fliegt und summt, und *dann* alle sekundären Ableitungen. Hier aber waltet das Alphabet (wie A), das sich vor Sprache (S) drängt oder Vernunft (V).

Nun war ja der englische Arzt Peter Mark Roget um die Mitte des vorigen Jahrhunderts auch nicht gerade wie ein Linguist vorgegangen. Er teilte den ihm bekannten Wortschatz einfach in genau tausend Gruppen, ein System von ausgesuchter Künstlichkeit. Und dennoch wurde aus dieser dezimalen Norm ein brauchbares Werkzeug, weil sie mit Vernunft gehandhabt wurde, mit »common sense«. Auch dieses letztere Wort finden wir in unserem Duden wieder (»→ Klugheit«). Nicht allzu klug allerdings ist die sture Mechanistik der Umarrangierung, die sich am groteskesten zeigt bei:

> *Telefongespräch*, Telephongespräch, Telefonat, Telephonat, Anruf, Telefonanruf, Telephonanruf...

Und nun raten Sie mal, was mir da an Synonymen zu »Photographie« noch einfällt. Richtig. Siehe Seite 519, wo uns neun sperrige, unparodierbare Zeilen, von »Photo →« bis »Photomodell → Fotomodell« so richtig inspirieren und auf Touren bringen.

Es werden auch Varianten für Städtenamen angeboten, wo der Bedarf an eleganter Abwechslung besonders dringlich ist. Statt Düsseldorf: »Rhein-Main-Metropole, Klein-Paris, Landeshauptstadt [von Nordrhein-Westfalen]« und – natürlich »→ Stadt«. Auch München: »Isar-Stadt, Isar-Athen, heimliche Hauptstadt, Millionendorf *(scherzh.)*, Munich *(engl.)*, Landeshauptstadt [von Bayern] Olympiastadt; → Stadt«. Damit sich niemand vergreift, zeigt man an, daß Munich *»(engl.)«* ist und Millionendorf *»scherzh.«*.

Solcherlei »Stilbewertungen« und »Anwendungshinweise«, wie sie das Vorwort nennt, können nützlich sein, ohne daß man uns deswegen gleich warnen müßte, das Wort »Ehekrüppel« (Stichwort »Ehemann«) sei *»(abwertend)«*. Manches ist auch *»(derb)«* oder *»(vulgär)«*, wurde aber dennoch aufgenommen, um »... dem Benützer die Möglichkeit zu geben, auch vom derben, anstößigen und oft nicht salonfähigen Wort zum sachlichen, medizinischen oder verhüllenden Ausdruck zu gelangen«. Denkbar wär's immerhin auch andersrum: daß einer vom Verhüllenden wegkommen möchte, hinaus aus dem Salon in den frischen Umweltsmog.

Der Appell an des Lesers nachsichtige Duldung im Hinblick auf Veredelung ist 1972 datiert: *damals* brauchte man sich doch für Derartiges nicht *schon wieder* zu rechtfertigen? Verhüllung jedenfalls gibt es die Menge, vor allem gelangen wir ausgiebig zu Medizinischem, das vorzuherrschen scheint. Zahllos sind die Stichwörter auf »Kardio-«, »Hämo-«, die man in einem Fachwörterbuch vermuten würde (dafür fehlt, wie gesagt, ein »heterogen« oder »tragisch«). Aber wer weiß, vielleicht geht wirklich einer von »Aftersenkung« aus und vertieft sich dann in »→ Eingeweidesenkung«, wo in der Tat über dreißig sinnverwandte Heimsuchungen des Unterleibs alphabetisch aufgelistet werden, ohne daß dem Laien jedoch klargemacht würde, welche Wörter einander vertreten könnten und welche halt nur zur selben Sippschaft gehören.

Vielleicht muß das alles so sein. In der Not ist ein dürftiges, bescheuertes (→ Euphemismus) Wörterbuch besser als keins. In der Not malt der Teufel Fliegen (→ oben) an die Wand. Gleichwohl möchte ich gerne wissen, warum ich mir beim Gebrauch eines modernisierten *Roget's Thesaurus* einbilde, unterstützt und angeregt zu werden, bei der Frustration mit dem Duden aber die Gewißheit bekomme, daß mir das Schreiben nicht leichter fällt.

(1983)

SYNONYME NACHBEMERKUNGEN

mea idiotissima culpa

Wer ohne Glashaus ist, soll nicht mit Sünden um sich werfen, oder so ähnlich. Meine Vergangenheit hat mich beim Wiederlesen dieser Besprechung vor fünfzehn Jahren ruppig eingeholt. Ich habe nicht weniger als dreimal (an sich schon schlampig genug, wenn nicht gar biblisch?) geschrieben »Ich gehe aus von ...« Unwiderstehlich die Versuchung, das Vergehen rückwirkend unter den Teppich zu kehren. Aber die Wahrheit muß raus, Asche aufs Haupt. Ich gebe es immerhin zu. Zerknirschung, die echte, läutert die Seele. (Nachträglich stoße ich nun auch auf »Betroffenheit«, das ich einmal durchaus ernsthaft verwendet habe, es war allerdings 1981.)

Ich habe mich vor Jahren, unwissentlich zwar, als Trottel geoutet, als Sprechblase, als Hohlkopf, mich in übelste Gesellschaft hochgehoben. Die Lizenz hätte mir entzogen werden sollen, Blitze oder rote Karten mich treffen, ein Impeachment eingeleitet werden müssen. Es kam aber noch schlimmer: Niemand hat überhaupt etwas gemerkt. Nun könnte ich beschwichtigen, daß *damals* die Wendung »Ich gehe davon aus ...« noch nicht zur automatischen Floskel geronnen war, mit der heute jeder Politiker, jeder Journalist, jeder Polizeisprecher zu einem Unfall, und natürlich inzwischen schon jeder Sportler seine kommenden Phrasen anleiert. Ich könnte als mildernden Umstand einbringen, daß ich die Wendung ja noch einigermaßen sinnvoll eingesetzt habe, beim Nachschlagen ist schließlich der Ausgangspunkt ein Stichwort, das dann zu anderem hinführt. Denn wer ausgeht von etwas, muß auch anderswohin kommen und mit etwas fortfahren, was eben bei der obligaten Schablone meist nicht zutrifft, wodurch »davon ausgehen, daß« unzählige andere Ausdrucksweisen zu aussterbenden Gattungen verdammt. Denn so penetrant ist die epidemische Eingangsformel unterdessen geworden, daß ein möglicherweise zulässiger Gebrauch noch infiziert bleibt.

Alles gut und recht, eine Last ist von meiner Seele, ein Kieselstein vom Herzen, aber es hat ja wohl doch keinen Zweck. Es muß Leute geben, denen auch beim Anhören der Formel »Leistung bringen« (Satzungen der Sportverbände schreiben sie für jedes Interview vor) oder bei »Produkt« in der Werbung nicht auf der Stelle übel wird. Vermutlich also, allem Anschein nach, ist es zu erwarten, ich nehme an, es sieht ganz so aus, es kommt mir vor, gemäß den Unterlagen, ich könnte mir vorstellen, wahrscheinlich, die Umstände zeigen, es weist vieles darauf hin, nach menschlichem Ermessen, ich verlasse mich drauf, ich würde darauf wetten, voraussichtlich, nach meinem Dafürhalten, viel deutet darauf hin, ich rechne damit, es würde mich nicht wundern, wohl, leicht möglich, ich schätze, nach meiner Ansicht, ich mutmaße, nach meiner Erfahrung, es spricht wenig dagegen, ich unterstelle, wenn nichts dazwischenkommt, es wäre ja gelacht, wir können voraussetzen, ich glaube, es ist nicht von der Hand zu weisen, usw. usw. – es wird alles dabei bleiben.

Nachträglicher Vorfall

Meine Besprechung beklagte das Fehlen eines Eintrags für »heterogen«, damit sei mir der Weg versperrt zu »(z. B.) uneinheitlich, gemischt, kunterbunt, Kraut und Rüben ...«. Der überbordend originelle Gedanke war natürlich, ein Synonymwörterbuch könnte die engen Grenzen der Wortart überschreiten. Unterdessen liegt eine zweite Auflage vor. Sie enthält nun »heterogen: siehe ›uneinheitlich‹«; dort findet sich: »heterogen, nicht homogen, gemischt, kunterbunt, wie Kraut und Rüben.« »Aftersenkung« ist ersetzt durch »Aftervorfall«.

(1999)

Alle Katzen der Welt verstehen Zürichdeutsch

»Wie ich meine Sprache finde«

GEGENPHRASEN
Eine Kolumne

Nullösung der Sprache

Die Kolumne, die mir auf der Zunge liegt (wo sie nicht hingehört), hätte sinnloserweise der *Vergenscherung der Aussage* gegolten. Das Etikett ist eher zufällig, aber auch nicht: Minister Genscher ist prominent und hörbar genug, um ein weites Elend stellvertretend zu kennzeichnen. Es geht hier nicht um seine Tätigkeit oder seine Richtung, sondern nur um seine Aussagen, wie er sie berufsmäßig in Menge (und vielleicht in bester Absicht) macht. Seinen Interviews gemeinsam ist wenig Mitteilung bei viel verpuffter Sprache. Man sagt, was selbstverständlich oder eh schon allen bekannt ist oder wogegen kaum jemand was einzuwenden hätte (»Wir sind für Frieden« – Es mag durchaus Lagen geben, wo ein Hinweis etwa auf 2 x 2 = 4 ganz heilsam wirken kann; berichtenswert ist dann aber nicht der Ausspruch, sondern allenfalls die Lage).

Offenbar läßt sich aus derlei Einsichten – der Enthüllung etwa, daß ein Gespräch, das geführt worden ist, offen und konstruktiv geführt worden ist und immerhin einen Fortschritt gegenüber einem darstellt, das nicht geführt worden ist – eine Karriere aufbauen.

Und schon habe ich hier meinen eigenen Genscherismus ausgebreitet: Denn das alles wissen wir schon längst. Aussage ist lediglich, daß *mich* diese Umweltbelastung halt immer noch ärgert – und daß meine Gegenphrasen auch nichts ausrichten. Und mich wundert, wie Journalisten, die eigentlich etwas mitteilen wollen, solche Politiker, Geschäftsleute, Sportler (die Liste ist länger als die Kolumne) dennoch immer wieder fragen, wenn voraussehbar nichts herauskommen wird.

Ist doch gut, von Vergenscherung der Aussage zu reden, nicht vom Schweizer Fernsehen. Oder von Kultur.

(1986)

Gehörigkeit

Da ging doch letzthin ein Scherz, nicht ein sonderlich guter, über den Bildschirm und rief in einem fernen Land diplomatische Reaktionen und kaum verhohlene Drohungen hervor; man fürchtete Leben und Familie des Komikers in Gefahr. Dann wird es plötzlich nicht mehr lustig, es setzt Wirbel und Kommentare ab, und eine Kolumne, sicher nicht die einzige dieser Art, resümierte: »Religiöse Gefühle gehören nicht verulkt.« Was immer man von dem Leitsatz halten mag, die staatlichen Institutionen und öffentlichen Medien richten sich religiös danach (und sind nicht zuletzt auch deswegen so hinreißend).

Nun galt diese Moral von der Geschicht nicht so sehr den religiösen Gefühlen selber als dem angedrohten Terrorismus, der – in diesem Fall – damit einhergeht. Wenn ich durch einen Witz Leib und Leben riskiere – und vielleicht noch Leben ganz anderer Leute (etwa Geiseln) –, dann hört der Spaß auf, und dann sagt schnell jemand, der Spaß hätte gar nie erst beginnen dürfen. Das wiederum liegt dem nicht, was wir Spaß – Ulk – Satire – Parodie – Witz nennen (auf den Namen soll's nicht ankommen), also dem, was mitunter das Leben, wie es uns vorgesetzt wird, gerade noch erträglich macht. Spaß wird immer dann problematisch, wenn er Ernstes berührt, was ein wenig in seiner Natur liegt. Wie wir vom Schweizer Fernsehen her wissen, ist die Satire genau so lange erlaubt, bis sie wirklich stattfindet.

Mit Gefühlen ist das so eine Sache, mit religiösen ohnehin. Wem seine sollen geschützt bleiben? Die eignen, sicher, und die des Nachbarn, wenn er stark ist, aber offenbar auch die des fernen Iran; wie aber steht es mit irgendeiner Sekte, die junge Leute gewiegt in ihre heilsamen Netze verstrickt, aber nicht auf alle Umstehenden sinnvoll wirkt? Da gibt es die Kirche, das heißt die Kirche gibt es nicht, nur ein vielseitiges Angebot von festgeschriebenen Gefühlsregelungen: die des Erzbischofs Lefevbre ist nicht die des Ian Paisley. Wir haben Ayatollahs, Bischöfe, Dalai Lamas, Derwische, Gurus, Kardinale, Oberhirten, Patriarchen, Popen, Rabbiner (die bloße Aufzählung scheint leicht ulkig) von eigener Prägung. Schon »Schiite« drückt aus, daß irgendwo ein »Sunnit« anders denkt und nicht beide nebeneinander recht haben können. Und was, wenn ich mich selber zum Propheten ernenne und der erlösungsbedürftigen Welt mitteile, wo's wirklich langgeht? (Nicht zu vergessen – so hat es ja meistens angefangen.) Die vielen herkömmlichen und die manchen neugefertigten Religionen sind heute gewaltig im Auftrieb und werden zweifellos – und meistens in der Tat zweifel*los* – nach mehr Schutz vor Verulkung schreien. Ob sich das gehört, ist eine andere Frage und bleibt zum Teil eine Frage der Macht.

Zudem kommen sich die religiösen Gefühle auch schon selber ganz gehörig ins Gehege. Das ist keine persönliche Meinung, sondern Geschichte oder, wenn im Nahen Osten oder in Nordirland, auch schon Tagespolitik. Religiöse Gefühle haben so eine Art, in das Leben derer einzugreifen, die sie gar nicht teilen. Nicht alle selbstverständlich; aber die vielen stillen, in sich gekehrten, gefühlvollen Gläubigen sind ja auch nicht das Elend, sondern die fanatischen Eingreifer im Dienst der Wahrheit oder eines Auftrags. Nur ist die Wahrheit und der Auftrag nicht immer derselbe und auch nicht immer einsichtig. Und bleibt jemand uneinsichtig, wird bald ein wenig wohlgemeinter Zwang vonnöten, ein bißchen Verbot und Gesetz, ein kleiner Scheiterhaufen oder die Verkürzung eines Arms oder halt irgendwo ein verstecktes Gefängnis mit ein wenig Tortur.

Das hat, kann man nun einwenden, mit Religion nichts mehr zu tun. Geschichtlich und praktisch gesehen doch. Wer Religion mit guter Gesinnung gleichsetzt, muß die Nebenfolgen ausscheiden. Es läßt sich nicht bestreiten, daß eben dort, wo Religionen aufeinanderprallen, oft viel Blut fließt. Die treibenden Gefühle gehen leicht in andere über, in nationale oder die eines Stammes. Etwas von religiösem Eifer hat ja auch der Sportchauvinismus, der allerorten so schön zunimmt. Da ist so leicht keine Grenze zu ziehen.

Alle religiösen Gefühle – von etabliert bis quasi – zu schützen, käme auch dem biedersten Kolumnisten nicht in den Sinn. Mit fast jeder Ansicht, jedem Versuch, auf Mitmensch oder Gesellschaft zu reagieren, treten wir jemandem auf die Füße. Und – nach Tucholsky – wer schützt denn eigentlich die Gefühle der anderen? Der anderen, die vielleicht keinen kodifizierten Glauben vorweisen, aber sich nicht nur ständig verletzt sehen durch das, was von einem der verfügbaren Himmel inspiriert verbreitet wird, sondern auf Schritt und Tritt eingeschränkt werden. Gefühle von Frauen etwa, denen eine Autorität vorschreibt, was sie mit sich selber zu tun haben. Oder die um die Natur Besorgten, wenn ein hohes Gericht verfügt, daß ein paar Wettrennen und etwas Tourismus schützenswerter sind als ein Stück Wald.

Religiöse Gefühle gehören nicht »verulkt«. Ulk deutet auf eine nicht besonders vornehme Spielart. Es gibt Scherze, die sind fad, dumm, roh, widerwärtig, ganz wie das Leben; die läßt man lieber. Nur ist es mit den Witzen wie mit allem: Sie sind von unterschiedlicher Qualität und werden oft vom Erzeuger als gelungener aufgefaßt als von den Betroffenen. Und alles hat erst noch mit dem Geschmack zu tun; der läßt sich bloß in seinen Äußerungen reglementieren. Es liegt in der Sache selber, daß öffentlich geäußerte Geschmacklosigkeit nie konsequent strafbar sein kann. So viele Regierungswechsel würde kein Land vertragen.

(1987)

Technische Hilfe

Die englische Sprache, die ich mag, greift auf eine Weise um sich, die ich nicht mag. Dabei können die Amerikaner diesmal wirklich nichts dafür.

Es gibt in jeder Sprache Wörter, die fehlen. Entweder weil niemand darauf gekommen ist, etwas zu benennen, oder weil sich eine Wortbildung verbietet. So kann das Englische vom griechischen Adjektiv »technikos« nicht so recht ein Substantiv bilden. »Technic« geht nicht; das französische »technique« hat besondere Aufgaben übernommen, die nur gerade unsere »Technik« nicht einbeziehen. So behilft man sich mit der Ableitung »technology«, eigentlich »Wissenschaft von der Technik«; das Wort muß eine Lücke ausfüllen. Viele Wörter sind Lückenbüßer.

Büßen für die Lücke, die wir nicht haben, tun wir nun. Da im Deutschen »Technik« verfügbar ist, brauchen wir nicht »Technologie« zu sagen, wenn wir das nicht auch meinen. Tun wir aber, vermutlich aufgrund ehemals gedankenloser Übersetzungen und mitunter leider aus Gewohnheit. Wenn ich mich nicht mehr zum Apparat begeben muß, sondern von meinem Stuhl aus durch bloßen Druck auf ein Gerät von einem langweiligen Programm umschalten kann auf ein noch faderes, dann ist dies eine technische Verbesserung; die Leute aber, die dazu theoretische Grundlagen geschaffen haben, verhielten sich technologisch. Mit der Seele geht das ganz ähnlich. Ihre Vorgänge sind seelisch oder, höher gestochen, psychisch; psychologisch ist, was sich damit befaßt oder wer etwas davon versteht (also wir alle). Logisch. Immer wenn wir so ein -logisch anhängen, machen wir aus dem Ganzen einen Fachbereich oder einen Wissenszweig. Die Unterscheidung von »technisch« und »technologisch« ist nützlich, aber nur dann, wenn man sie macht. Wer nur noch technologisch papageit, kann die Bedeutung nicht mehr anbringen, wenn sie einmal beabsichtigt ist.

Sorgen haben die! Als ob es in dieser Welt noch darauf ankäme, ob wir irgendwo ein überflüssiges »olog« reinhängen. Wenn das, was zuerst die Technologie und dann die Technik möglich gemacht haben, einmal zum großen Bums führt, wird es pingelig, ob wir technisch oder technologisch draufgehen (wenn's nur nicht lange dauert – sonst kommt der Zivilschutz).

Ein bißchen schade ist's gleichwohl (das Wort, nicht der Bums). Wenigstens für die paar Leute, denen an der Sprache noch etwas liegt. Da wird das unnötige Wort symptomatisch: ein längeres, komplizierteres gilt immer als vornehmer, damit ist, etwa für Politiker, mehr Staat zu machen. Und genauso sieht der Staat auch aus. Alles, was hinten logisch ist, hat einen ganz anderen, intellektuellen Anspruch. Da liegt die Versuchung. Eben diesen geistigen und gesellschaftlichen Aufstieg wollen wir uns an den Hut stecken. »Fragestellung« ist alleweil besser als »Frage«, eine Preisklasse höher. In diesen Zusammenhang gehören auch Wörter, die durch bloßes Dazukommen ihre Umwelt veredeln. Eins davon ist »strukturell«. Wird irgendwo über Arbeitslosigkeit geredet, dann dauert es nicht lange, bis einer (es ist immer einer) mit weiser Gelassenheit diese Arbeitslosigkeit als »strukturell« offenbart – das verändert die Sache von Grund auf; da ist was Metaphysisches dran, und schon ist auch niemand mehr verantwortlich. Strukturell ist natürlich alles. Kein Wunder, daß eine Weltanschauung daran geknüpft wurde, eine Möglichkeit, alte Einsichten zeitgemäß zu verdunkeln: tief durchatmen und »Strukturalismus« sagen, und schon sind wir auf einer anderen Ebene. Satiriker setzten dann der ganzen Richtung noch ein »Post« vorne drauf; und es hätte seltsam zugehen müssen, wenn nicht auch das wieder geglaubt worden wäre. Kein Wort kann dumm genug sein, um nicht weitere Verheerungen nach sich zu ziehen. Eben darum.

Trotz allem ist »technologisch« – als Einfluß zwar möglicherweise übler als McDonald – nicht so schlimm wie andere Wörter, etwa »Betroffenheit«; die freilich ist kein Wort mehr, sondern eine schicke Heuchelei, die man Statistiken zufolge auch bereits nicht mehr trägt.

Nichts ist sinnloser, als über Sprachschäden zu lamentieren. Zudem sieht sie jeder anderswo. Die Nachlässigkeit von heute wird die Regel von morgen. Nur muß man darob auch nicht jeder Immunschwäche der eigenen Sprache nachgeben.

Da sich ohnehin nichts ändern läßt, können wir der Sache auch etwas Gutes abgewinnen. Wir machen die Symptome zu Warnzeichen. Wer »Betroffenheit« sagt, disqualifiziert sich schon mal selber, klar. Wir wissen gleich, woran wir sind. Natürlich sind alle, die von technologischem Fortschritt oder technologischer Bedrohung (auf den Standpunkt soll's uns nicht ankommen) reden, ohnehin öde Langeweiler. Es gibt eine ganze Reihe von gradmessenden Ausdrücken, eine Liste mit sprachlicher Überlebenshilfe wäre leicht anzufertigen (»Persönlichkeit«, »Impuls«, »Wir gehen davon aus ...«). Wer in Rede oder Schrift mehr als zweimal auf »technologisch« oder »strukturell« (siehe Liste) stößt, weiß mit an Sicherheit grenzender Anschaulichkeit, daß er nichts verpassen wird, und kann seelenruhig abschalten.

Ist doch eine brauchbare Faustregel. Technisch einwandfrei.

(1987)

Unterdrückung

Wenige Aussagen von Marx sind bekannter geworden als die meist zu einfach rauschgiftig aufgefaßte von der Religion als Opium des Volks. Die Einbettung

> Die Religion ist der Seufzer der bedrängten Kreatur, das Gemüt einer herzlosen Welt, wie sie der Geist geistloser Zustände ist. Sie ist das Opium des Volks.

macht deutlich, daß die Bemerkung über die Religion ihr selbst entnommen ist, und zwar der christlichen. Unüberhörbar ist der Anklang an einen Paulus-Brief:

> Denn wir alle wissen, daß alle Kreatur sehnt sich mit uns [oder eigentlich: seufzt, *»omnis creatura ingemiscit«*] und ängstigt sich noch immerdar.
>
> (Römer 8,22)

Die durchaus kreatürliche Bedrängnis machte einem englischen Übersetzer offenbar zu schaffen; der darin enthaltene Drang oder Druck wurde so aufgefaßt, wie man sich das von Marx eben vorstellt. Und so heißt es in einer noch immer zitierten Version:

> Religion is the sigh of the *oppressed* creature ...

»Oppressed« ist etwas, was Menschen Menschen antun – nicht Natur oder unerlöste Schöpfung. Die durch Übersetzung entstandene gesellschaftliche Begründung mag zutreffen, ist aber nicht, was Marx damals noch gemeint hatte.

Das Verfahren an sich ist legitim. Übersetzer sind oft genötigt, ihr Gesamtverständnis des Autors auf eine bestimmte Stelle anzuwenden. In diesem Fall wurde ein früher Marx voreilig gesellschaftlich marxisiert. Was zu zeigen war, ist nur, daß sich Gedanken in einem anderen Sprach-Milieu leicht verändern und, möglicherweise, verselbständigt unter das Volk geraten.

(1984)

Böse Zeichen

Am andern Morgen schrieb David einen Brief an Joab und sandte ihn durch Uria.
Er schrieb aber in dem Brief: Stellt Uria vornehin, wo der Kampf am härtesten ist, und zieht euch hinter ihm zurück, daß er erschlagen werde und sterbe.
Als nun Joab die Stadt belagerte, stellte er Uria dorthin, wo er wußte, daß streitbare Männer standen.
Und als die Männer der Stadt einen Ausfall machten und mit Joab kämpften, fielen einige vom Volk, von den Männern Davids, und Uria, der Hethiter, starb auch.

2. Buch Samuel, 11, 14-17,
deutsch von Martin Luther

Der vorangehende Brief ist der früheste, der im Alten Testament überhaupt erwähnt wird, wenn wir die mosaischen Gesetzestafeln nicht so bezeichnen wollen. Als »Uriasbrief« ist er sprichwörtlich verwendungsfähig geworden.

Seine bekannte Entsprechung hat er in einer Begebenheit aus der griechischen Mythologie. Bellerophontes, Enkel des für seine Tücke berühmten Sisyphos, war ein vorzüglicher Held von anmutiger Männlichkeit, der die Begierde der Königin Anteia erweckte, sie aber, rechten Sinnes, nicht erwiderte; Anteia ging zu ihrem Mann, dem König, und verdrehte den Tatbestand: er habe ihr, der Unwilligen, nachgestellt und verdiene deshalb den Tod.

Wer immer nun wen berücken wollte, so etwas läßt sich, wie jedes Gericht weiß, nach den Aussagen der Beteiligten nur schwer ermitteln. Da werden leicht Behauptungen aufgestellt. In der Ilias wird die ganze Geschichte von Glaukos berichtet, einem Enkel des Bellerophontes, und zwar ausdrücklich zur größeren Ehre der Familie und der Herkunft, und daher denkbarerweise auch einseitig. Die Wahrheit ist wohl kaum mehr festzustellen – und gerade darum und um die Fährnisse der Kommunikation dreht sich die ganze lehrreiche Episode.

Der König, durch Scheu etwas zurückgehalten, wollte nicht ganz so weit gehen:

> Doch schickte er ihn nach Lykien und gab ihm verderbliche Zeichen,
> In eine zusammengelegte Tafel geritzt, todbringende, viele,
> Und befahl, sie dem Schwiegervater zu zeigen, um ihn zu verderben. *Wolfgang Schadewaldt, 1976*

oder

> Aber er sandt' ihn gen Lykia hin, und traurige Zeichen
> Gab er ihm, Todesworte geritzt auf gefaltetem Täflein;
> Daß er dem Schwäher die Schrift darreicht' und das Leben verlöre. *Johann Heinrich Voß, 1793*

Anders als das Buch Samuel verfährt die Ilias (VI, 168ff.) mit ihrem Briefträger etwas milder. Der Todesbefehl wird umgewandelt in eine Reihe von Abenteuern von sehr hohem Risiko und niedriger Lebenserwartung; der Held besteht sie bravourös und kommt zu Reichtum und Ansehen. Später verfeindet er sich doch noch mit den Göttern und irrt am unguten Ende einsam umher, den Pfad der Menschen vermeidend.

Allen Fachleuten zufolge haben wir hier den ersten Hinweis auf die Verwendung der Schrift oder von kodierten Zeichen als Möglichkeit der Fernmeldung. Ob nun die *»semata lygra«* des Originals *böse, traurige, verderbliche Zeichen, Zeichen des Unheils*, oder ein *schlimmer Brief*, ein *Schreiben des Unheils* gewesen ist (*»notas perniciosas«* sagt eine lateinische Fassung); der hinterhältige König hatte sie, *»grapsas en pinaki ptykto«*, auf *gefaltete, zusammengelegte, verschlossene* oder *gekappte Täfelchen, Tafeln* oder *Blätter geschrieben, eingegraben* oder *geritzt*, diese *»thymophthora«* (die *todbringenden, verderblichen* Worte, *tödlichen Sinns, Mordwinke, Winke des Mordes, sich selbst zum Verderben*), wie immer man es übersetzen will, es scheint, daß eine versteckte Botschaft dem Übermittler Verderben bringen sollte. Übrigens waren die verderblichen Worte oder Zeichen ausdrücklich *»polla«* – viele: offenbar bedurfte es eines erheblichen semantischen Aufwands, um die nicht ganz übliche Meldung unmißverständlich zu chiffrieren. Auf jeden Fall aber war das praktisch der erste den Griechen bekannte Brief.

Wahrscheinlich aber doch nicht der erste an sich. Bevor ein derartiges Vergehen möglich wird, muß man annehmen, daß sich ein harmloserer alltäglicher Gebrauch vertrauensbildend eingeführt hat. Seltsam bleibt gleichwohl, wie in zwei verschiedenen Kulturen, unabhängig voneinander, das jeweils erste Zeugnis einer neuen Erfindung einen mutwilligen, hinterlistigen Mißbrauch aufführt. Muß was mit der menschlichen Natur zu tun haben und auch damit, daß wir für den gewöhnlichen nicht-sensationellen Durchschnittsfall nichts übrig haben und erst hinhören wollen, wenn Sex und Crime mit im Spiel sind. Beim Alten Testament und bei der Ilias handelt es sich nicht um Boulevardblätter, sondern um ehrbare Medien von gutem Ruf (wenn auch dürftigen Quellenangaben), aber schon sie verlegen sich weniger auf die guten Nachrichten, aus denen wir soviel notwendige Erbauung schöpfen können. Etwas mehr Optimismus wäre dem Buch Samuel wohl angestanden. Wo bleibt das Positive, Herr Homer?

Gemäß den Überlieferungen jedenfalls ist von allem Anfang an die menschliche Tücke amtlich verbrieft.

(1985)

WIE ICH MEINE SPRACHE FINDE

Beim alljährlichen Treffen der deutschsprachigen Übersetzer im November in Bergneustadt, BRD, wurden ein paar Teilnehmer aufgefordert, den versammelten Fachleuten beispielhaft zu berichten, »Wie ich meine Sprache gefunden habe«. *Einer der Vortragenden ist ein Schweizer, der sich eben darüber Gedanken gemacht hat.*

Die Auswahl von uns Vortragenden beruht wohl auf unserer vermeintlichen biographischen oder provinziellen Ergiebigkeit, wir sind assortierte Sonderfälle zur Veranschaulichung von Randgruppenidiomatik. In unseren jeweiligen Fallstudien schlagen sich äußere Gegebenheiten und individuelle zufällige Entwicklung nieder und schlagen sich immer anders.

Ich selber spreche hier, anders als meine beiden Vorgängerinnen mit ihren europäischen Schicksalen, weniger als Einzelperson; ich vertrete – sicher im Sinn der Veranstaltung – vor allem auch den Typus des, naja, Deutsch sprechenden Schweizers. Ich habe dazu kein Mandat, würde auch keins annehmen. Das folgende Bekenntnis – Mahnmal des unbeholfenen Schweizers – ist subjektiv, aber doch nicht nur Einzelfall. Ich trete vor als einer, der berufsmäßig mit der Sprache umgeht, als Vermittler, Kommunikator, auch Übersetzer, nicht als verhinderter Schriftsteller. Ein Vorzug der im Titel vorgegebenen Ich-Perspektive ist von vornherein ihre Unanfechtbarkeit. Solange der Bekennende nur aufrichtig ist, wird aller Widerspruch unerheblich; gegenübergestellt werden kann höchstens andere, gleicherweise subjektive Erfahrung.

Es fällt mir schwer, und schwer ist das richtige Wort, mich mit dem im Titel implizierten Optimismus anzufreunden, der Annahme, ich hätte in der Tat, abgeschlossener Vorgang, meine Sprache gefunden. Ein Teil meiner Ausführungen befaßt sich genau mit dem Warum Nicht. Ich bin auch nicht so sicher, ob wir ganz allgemein je unsere Sprache finden, so wie Kolumbus Amerika (wo er sich erst noch getäuscht hat). Ist es nicht eher so, daß unversehens eine Sprache uns findet und dann wohl oder übel die unsere wird oder daß eher wir uns, ohne daß wir eine Wahl hätten, in einem nie ganz bewußten Augenblick in einer Sprache (einem Bündel von Sprachen) finden? Dann erst kann meinetwegen die individuelle Suche losgehen. Ich weiß nicht, wie ich meine Sprache *gefunden* habe, will aber darüber berichten, wie ich mich in meiner *Sprache* befinde. Sprache ist zunächst ein Teil des Schicksals, an das man dann natürlich, auf eigene Gefahr, selber noch Hand legen kann.

Der Deutschschweizer nun findet sich von allem Anfang an und fast ausschließlich in einem Dialekt. Der Schweizer Mund hat viele Arten. Wir alle wissen, daß es ein »Schweizerdeutsch« nicht gibt, lediglich eine Anzahl von lokalen Dialekten: Bern-, Aargauer-, Zürichdeutsch mit allen regionalen Schattierungen. Unter uns unterhalten wir uns immer in unserer Mundart, dies auf jeder Stufe, von der Hilfsarbeiterin bis hinunter zum Bankdirektor oder Universitätsprofessor: kein gesellschaftliches Stigma haftet ihr an. Kein Nachteil entsteht daraus, keine Diskrimination; hier zumindest besteht echte Demokratie. Uns umgibt in den frühen Stadien sprachlicher Festigung (von besonderen Verhältnissen natürlich abgesehen) nichts anderes als der Dialekt, und erst später, meist in der Schule, wird uns das andere Deutsch mit Mühe beigebracht, vor allem passiv. Wir erfahren es als Schulfach und nennen es denn auch HOCH- oder SCHRIFTdeutsch. Es ist umständlich zu erlernen, beschwerlich und doch wieder beinahe vertraut, nicht so andersartig oder neu, um faszinierendes, exotisches Gebiet aufzutun. Ein wenig unnütz und überflüssig, so sieht es aus. Hochdeutsch wird fortan geschrieben und bei bestimmten Anlässen, so auch im Unterricht, zum mündlichen Gebrauch ausgepackt, wenn's denn unbedingt sein muß. Es ist demnach mit bestimmten Rollen verbunden, öffentlichen Rollen, es erfordert Umstellung, eine andere Tonlage. Es ist nie ganz bequem. Hochdeutsch hat für uns etwas von einem Fest- und Sonntagskleid mit engem, steifem Kragen; der Stoff kratzt. Es ist uns nie richtig wohl darin. Dieses Unbehagen beim *mündlichen* Ausdruck ist allgegenwärtig und hat ein paar psychische Folgen.

Der Schweizer ist die Person, die sich in der Öffentlichkeit lebenslang in zwei eng verwandten Sprachen unbeholfen ausdrückt. Mündliche Fertigkeit kommt in der Praxis kaum vor; sie wäre kein Vorbild, es geht auch ohne. Etwa in der Politik, wo prägnante, gar witzige Äußerungen vom Gesetz nicht verboten sind, aber weder auftreten noch erwartet werden (schlimmstenfalls treffen wir auf eingeübte Phrasenhaftigkeit, wie sonst überall auch). *Warum* des (Deutsch)-Schweizers sprachliche Unbeholfenheit nun selbst hemmend auf den eigenen Dialekt übergreift, wäre eine andere Frage, die ich hier nicht beantworten würde, selbst wenn ich's vermöchte (Einblicke in die Volksseele würden dabei aufgetan). Wer mir nun nicht glaubt oder alles für Übertreibung hält und Beweise verlangt, drehe sich nur das Schweizer Fernsehen an und höre Parlaments- oder Sportberichte oder wende sich einer beliebigen Diskussion zu, ob sie sich nun in gequälter Mundart abspielt oder in sperrigem Schriftdeutsch. Kennzeichen ist zähe Umständlichkeit und abendfüllende Langeweile. Es gibt bestimmt Ausnahmen, und ich weiß von Leuten, die mir sicher davon berichten würden.

Nur eine Illustration. Ich erinnere mich an eine Übertragung von Skirennen vor Jahren, wo wieder einmal ein Österreicher und ein Schweizer vorneweg fuhren und somit zum obligaten Interview antraten. Der Österreicher konnte weiterhin seinen Dialekt verwenden, das war nicht erhebend, aber immerhin schmerzlos zu ertragen (zu sagen hatten die beiden ohnehin nichts, es war ja ein Interview). Der Schweizer Champion jedoch mußte auf Hochdeutsch umschalten, er tat das beherzt und mit Einsatz. Und so hörte es sich denn auch an. Wäre er – ein eleganter, stilvoller, formvollendeter Abfahrer – so gut auf seinen Skiern geglitten, wie er mit der Sprache umging, hätte er es nie über seinen heimatlichen Abhang hinausgebracht. Natürlich muß er kein Redner sein, bezeichnend ist nur, daß ich mir im weiten Rund all derer, die sich vor ein Mikrophon begeben, keinen vorstellen könnte, der sich auch nur leidlich ausdrückt und ohne Pein anzuhören wäre. Die Lage kann wohl nicht besser veranschaulicht werden als mit der Eröffnung, daß all die bundesdeutschen Fernsehredner aus Politik, Information, Sport oder Unterhaltung, die den deutschen Hörern so sehr auf den Wecker gehen, bei uns in der Schweiz geradezu *brillant* wirken.

Nicht daß es bald besser würde. Im Gegenteil, die Tendenz ist eindeutig weg von der Hochsprache und hin zum Dialekt, der seinerseits auch immer mehr zu einem *Koine*-Brei verkommt. Die vielen neuen Radios machen ihre Ansagen fast nur im zutraulichen Dialekt. Die Sportberichterstattung im Fernsehen hat eine besondere Spielart von Masochismus zur Norm entwickelt: allgemeine Ansagen sind mundartlich, Reportagen aber, in ihrer notwendigen Spontaneität, finden im holprigsten Standardhochdeutsch statt (nein, nicht nur holprig und fehlerhaft, auch voller Phrasen: »das runde Leder«; gelegentlich macht ein unnötiges »deren« darauf aufmerksam, daß Hochsprache produziert wird). Selbst im Unterricht nimmt der Dialekt überhand, Berichten zufolge sogar an Hochschulen. Solcherlei zunehmende Selbstprovinzialisierung mag Ausdrucksschwellen abbauen, hat aber gleichwohl nicht nur Vorteile und ist schon deshalb recht eigenartig, weil wir Schweizer doch sonst im Erlernen von Fremdsprachen gar nicht so schlecht dran sind. Nur nicht bei unserer Schriftsprache. Vielleicht haben einige von Ihnen als Ausländer bei uns schon die Erfahrung gemacht, daß ein Einheimischer, wenn Sie ihn nicht auf Anhieb verstehen, beim zweiten Ansatz einfach seine Mundartversion wiederholt – mit erhöhter Lautstärke und einem vorwurfsvollen Unterton.

Mir geht es um das sprachliche Unbehagen, ein von mir selber sehr stark empfundenes Unterlegenheitsgefühl. Ein Dilemma ist, daß ein Schweizer beim Deutschsprechen entweder provinziell klingt oder, wenn er anders könnte oder wollte, affektiert wirken müßte. Affektiert und arrogant wirkt die hochdeutsche Sprache auf uns: so reagieren wir recht allergisch auf das inkarnierte, aber hörbare Klischee des geschliffenen, lauten, selbstsicheren Berliners oder Hamburgers im Porzellanladen, der in der Tat vorkommt: der wirkt immer überheblich.

Wir sprechen in Helvetismen, wie könnten wir anders?, und merken es meistens nicht. Es schadet kaum, daß man uns die Herkunft anhört, es wäre halt nur schön, wenn man willentlich auch anders könnte. Ich möchte allenfalls meine heimatliche Tracht nach eigenem Belieben anziehen, dann, wenn es mir paßt, und kann sie doch nie ablegen. Da hielt ich einmal einen wissenschaftlichen, gebildeten Vortrag im anglistischen Seminar in Düsseldorf, in meinem besten Anzug. Hinterher fragte mich eine amerikanische Diplomatin, ob das nun Schweizerdeutsch gewesen wäre. Sie war freundlich und meinte es gut und hatte offenbar nur Folklore wahrgenommen.

Wie jede Sprache eignet sich der Dialekt für vieles besser, für alles Vertraute, was sich in Familie und engerem Kreis abspielt, das Familiäre. (Alle Katzen auf der Welt verstehen Zürichdeutsch.) Weniger allerdings eignen sich Mundarten für allzu Gedankliches, Abstraktes, Wissenschaftliches; dafür wurden sie nicht geschaffen. Das Schweizerische hat nur ein Relativpronomen, »wo«; bei komplizierten Verhältnissen kommt man damit nicht gut zurecht. (Andererseits sind in der Schweiz eine Vielzahl von Konjunktivformen in lebendigem Gebrauch für vielfältige Variation und Abtönung.) Eine Folge des Zustands ist eine gegenseitige Nivellierung und Abflachung von Dialekt *und* Schriftsprache: die Mundart muß stehende Formeln übernehmen, die ihr so wenig liegen, wie MacDonalds Fast food in die Alpen paßt; die Hochsprache wiederum wird schleppend und schwerfällig. Parlamentarier etwa setzen ihre vorgeschriebenen Formeln einfach wörtlich in gutturale Hemdsärmligkeit um.

Als unlängst im Schweizer Fernsehen eine Diskussion stattfand (angesagt war sie über Sexualität), erhob sich im Land herum ein großer Aufruhr, als die bundesdeutsche Theologin Frau Ranke-Heinemann ein paar längst bekannte Wahrheiten von sich gab. Da wurde nicht nur ein Tabu leicht angerührt; etwas von der Entrüstung ist sicher darauf zurückzuführen, daß sich jemand in der Öffentlichkeit kurz, prägnant und stilsicher zu einer Sache geäußert hat. Und dies bei uns! Wenn das Schule machen sollte! (Keine Angst, es wird nicht.)

Das alles heißt für den Schweizer mit Freude an der deutschen Sprache, die auf Sichtweite seine eigene ist, daß er im täglichen Umgang keine Gelegenheit hat, sich darin zu üben. Training findet nicht statt. Wie ich zu meiner Umgebung spreche, nützt mir außerhalb der Landesgrenze fast gar nichts. Aktive Kommunikation ist erschwert, man stottert, so scheint es, unter seinem Niveau (oder glaubt, eins zu haben, wenn nur die Erbprägung nicht wäre). Der Graben kann sehr tief sein; ich muß mir einen Ruck geben, ein Register anwenden, das mir sehr beschränkt und künstlich zur Verfügung steht. Beim Schreiben geht das alles natürlich viel besser vonstatten als beim improvisierten Drauflosreden (Schweizer schreiben bestimmt nicht schlechter als andere). Eine konkrete Folge ist für uns, daß der Schweizer Übersetzer in der Regel mit den Dialogen Mühe hat, mit der zeitgemäßen Umgangssprache, bei der wir uns dann bestenfalls mit dem Jargon des Fernsehkrimis behelfen. Der Übersetzer aus der Schweiz teilt mit dem aus Österreich oder Bayern noch das Ungleichgewicht der herrschenden Intoleranz: regionale Eigenheiten aus dem Norden, wo die Sprachmaßgeblichkeit zu Hause ist, werden in Verlagen, bei Lektoren und sinnverwandten Übeltätern eher hingenommen als Fremdkörper aus dem Süden.

Nun gebe ich hier, ganz im Sinn des verlangten Bekenntnisses, meine eigene subjektive Befangenheit wieder – aber nicht nur eine persönliche. Umfragen haben dies bestätigt. Die eigene Unvollkommenheit erscheint mir/uns wohl größer als den anderen draußen, die uns Schweizern das Kolorit in der Tat auch gar nicht übelnehmen. Schon lange gibt es ja landläufig (und linguistisch) zum Glück unter Sprachen und Aussprachen keine Rangordnungen mehr; alle sind gleichberechtigt (obschon man mit einigen weiter kommt als mit andern), und keine sollte aussterben müssen. So begegnet man denn im allgemeinen dem Helvetolekt mit aufrichtigem oder amüsiertem Wohlwollen. Man findet das, was unsere Zunge anstellt und unser Hirn formuliert, manchmal recht niedlich und putzig. Wir haben offenbar auch einen melodischen Tonfall, der Sprachklang scheint sich anmutig von deutschen Lauten abzuheben. Unsere Helvetismen beleben möglicherweise eine sonst großflächige Phrasenlandschaft – alles willkommene Abwechslung, nur zu unserem Vorteil. Die leicht erkennbare Herkunft entschuldigt manche Schwerfälligkeit als urwüchsigen Charme. Es läßt sich damit, wie Emil, der Komiker aus Luzern, zeigt, eine verdienstvolle Karriere aufbauen. Aber mitunter möchte man gar nicht putzig sein und nicht schon bei der ersten Silbe auf- oder abfallen müssen. So ist mein Handicap von dem meiner zwei Vorgängerinnen entgegengesetzt: ihnen machen Alternativen zu schaffen, zu viele Sprachen aufs Mal – ich habe nur diese einzige, aus der ich nie ganz ausbrechen kann.

Nun hat alles mindestens seine zwei Seiten. Klagen fällt uns immer leichter, doch jetzt ist das Positive dran. Einen Vorteil haben die kleinen europäischen Länder. Wer dort aufwächst, weiß, daß es fremde Sprachen überhaupt gibt, eine nützliche Erkenntnis, die sich nicht überall herumgesprochen hat. Die großen Nationen erringen die Einsicht oft erst langsam und notgedrungen, marktlückenweise. In Dänemark, den Niederlanden oder der Schweiz kann man nicht weit reisen, ohne auf andere Laute und Buchstabenfolgen zu stoßen. Ein fahrender Schweizer oder Däne, mit anderen Worten, muß fremdsprachlich zulegen, um anderswo zurechtzukommen. Ein Texaner nicht unbedingt.

Wer beim Stichwort Schweiz gleich an Steuerparadies oder Geldwäscherei denkt, sollte uns zugutehalten, daß wir in der Schweiz die Filme *nicht* synchronisieren. (Langanhaltender Beifall.)

Wo gewandte, knappe, sogar elegante Ausdrucksweise in der Natur nicht vorkommt, wird sie auch suspekt. (Vielleicht verhält es sich auch, wie das Ei zum Huhn sagte, gerade umgekehrt.) So besteht denn ein nicht ungesundes Mißtrauen gegenüber der geschliffenen Rede, der ein Odium bloßer Rhetorik anhaftet. Es ist nicht nur ein Nachteil und eine stilistische Zumutung, daß die Schweiz uns die Spielart des Politikers mit glatter, ölig wohlgeformter Rede (mit einer einzigen Ausnahme) erspart hat. Holprig bodenständig ist vielleicht nicht schön, aber wenigstens ehrlich und weckt Vertrauen. In Frankreich etwa käme man damit nicht sehr weit.

Und schließlich kann jede Beschränkung oder Not, auch die sprachliche, zur künstlerischen Tugend werden. Des einen Hemmschuh ist des andern Adidas (oder Puma). Schriftsteller wie Friedrich Dürrenmatt gehen einen andern Weg, nicht der Anpassung oder Nachahmung. Sie kehren gerade das mit Selbstvertrauen hervor, was andere schamhaft verbergen wollen. Sie setzen ihre Schweizer Eigenart als Stilmittel und Markenzeichen ein und bekennen sich zu dem, was sie sind. Einer von ihnen, Peter Bichsel, war vor Jahren einmal als Autor an der Übersetzertagung zu Gast und hat allen Zuhörern ungewollt veranschaulicht, welche Nuancen und Feinheiten das helvetische Idiom – und nur es – wiederzugeben imstande ist. Da gucken dann mit einmal die aus dem Norden ganz dumm aus ihrer Einheitswäsche. Weiter wäre auch noch Robert Walser zu nennen, und all die andern, die dem heimischen Idiom einzigartige Töne und Brechungen entlocken.

Schön und gut, aber die alle entlasten und befreien uns nicht, wenn wir uns aus unseren nicht-schöpferischen Niederungen aufs Hochdeutsche hinaufhieven und ohne Abstriche kommunizieren wollen. Da suchen wir immer noch nach einem besseren Werkzeug.

(1987)

WIR SIND DIE SPRACHE!

Ist Sprache überhaupt kreativ und wie? Natürlich ist sie's, sonst gäb's nicht so viel davon. Denn alles hat ja wohl in Urzeiten klein und bescheiden angefangen, und allmählich haben sich Sprechweisen ausgebreitet und durch kreative Ausweitung und Anpassung differenziert. Und gewachsen sind sie ja nicht von selber, sondern auf jeder Stufe geschaffen worden durch Fortschritt oder Fehler. Abweichungen, wenn nur genügend andere mitziehen, werden zu neuen Normen.

Sprache und Schöpfung hängen ohnehin eng zusammen, in der Genesis entsteht die Welt durch das Wort: des Schöpfers »Es werde Licht« ging dem Licht sogar voraus, Aussage und Schöpfung waren identisch. Gleich wurde das neu Entstandene wiederum benannt: »Und Gott nannte das Licht Tag.« Kaum war Adam entstanden, fing er seinerseits an, allen Lebewesen Namen zu geben.

So hätte alles munter weitergehen können, wenn da nicht die babylonische Sprachverwirrung kreativ dazwischengekommen wäre. Und die, immerhin, hat sich durch alle Geschichte hindurch bewährt. Die haben wir drauf. Was wäre unsere Wissenschaft ohne sie?

Gleichwohl und bei allen Bedenken ist es so etwas wie ein Wunder, daß wir ungefähr alles, was anliegt, in Worte fassen können (außer was wir gerade sagen wollen), und das mittels der paar Laute, die unser Mund hervorbringt, und des halben Hunderts Zeichen, mit der unsere Schrift auskommt. Nicht nur sind uns Gedanken und Geschehen aus Jahrtausenden zugänglich, sondern für jedes neue Ding oder jede neue Vorstellung ist gleich ein Ausdruck bereit. Dieser mag uns nicht passen, und viele passen uns nicht, aber sie sind zur Stelle, zum Beispiel »Hardware« und »Software« (die eine ist in der Tat hart, die andere hingegen bestimmt nicht weich). Alles, so scheint es, ist sagbar, und manches unsäglich.

Was nicht ausschließt, daß wir auf Schritt und Tritt aneinander vorbeireden und uns mißverstehen. Man nennt das, je nach Umständen, menschliche Beziehungen oder, ein paar Stufen höher, Politik. Die Meisterleistungen der Sprache und ihr Unvermögen bleiben faszinierend. Gleicherweise sind wir alle etwas gespalten angesichts des Zustands der sich wandelnden Sprache. Da mischen sich Bewunderung und Schrecken über das, was fast unbemerkt abläuft; man freut sich über das Geglückte und kann sich nicht wehren gegen alles andere, was über uns herkommt. Die meisten sind gleichzeitig Neuerer und Puristen. Hilflosigkeit macht sich breit, und es nützt mir wenig zu wissen, daß ich es bin, der die Sprache mitbestimmt als kleiner Tropfen im großen Ozean. Und wenn nur alle anderen Tropfen dieselben Vorurteile hätten, dann könnten wir zusammen schon etwas zustande bringen, und niemand würde mehr »Technologie« schreiben, wo es die »Technik« auch tut, und allgemeiner Abscheu würde alle daran hindern, eine Aussage mit »Ich gehe davon aus« zu beginnen.

Wir sind alle selber schuld und können doch nicht viel tun. Die Sprache umgibt uns, und gleichwohl sind wir sie, es verhält sich wie mit der Umwelt, deren Zerstörung ich ohnmächtig ausgesetzt bin und die ich doch mit zugrunde richte. Nun, die Sprache geht, allen Unkenrufen zum Trotz, nicht kaputt, sondern lebt weiter, wenn auch nicht ganz so, wie wir's gerne hätten. Wie wer es gerne hätte? Wer bestimmt eigentlich über die Sprache – eine Akademie, der Duden, die besten Schriftsteller, die Werbeleute, die Medien? Zu allem kommt, daß es zwar

Sprachexperten gibt, Wissenschafter mit besonderen Kenntnissen, daß wir andererseits aber alle, die wir sprechen und schreiben, mitreden wollen (und dürfen). Wir könnten alle auf die Straße gehen und rufen: »Wir sind die Sprache!« So sieht sie denn auch aus.

All die Platitüden sollen nur illustrieren, daß Sprache ein anpassungsfähiges Instrument ist, wahrscheinlich die größte Errungenschaft (mit allen dazugehörigen Kehrseiten) des Menschen. Wir haben ihr also kein Leistungszeugnis auszustellen, und selbst wenn wir es täten und dabei viel auszusetzen hätten, so brauchten wir zur Formulierung eben wieder jene Sprache, die es zu kritisieren gilt.

Hier geht es nun um die Erneuerungen: was verändert die Sprache, woher kommen ihre kreativen Impulse? Ganz nebenbei: auch »kreativ« ist nicht ganz urständig, der Sprachbrockhaus von 1959 etwa führt den Begriff noch nicht, er scheint als amerikanischer Tourist in Umlauf gekommen zu sein. Kreativität zeigt sich in der unausweichlichen lexikalischen Bevölkerungsexplosion, es braucht immer mehr Wörter, so daß sich niemand mehr zurechtfinden kann, was nicht nur Beamten in Brüssel, sondern auch Übersetzern zu schaffen macht.

Paradox ist, daß zwar viele Wörter neu entstehen, viel zu viele, aber dann doch wieder nicht genug. Viele unserer Fremdwörter bezeugen einen solchen (mitunter vermeintlichen) Mangel. Wenn wir schon etwas Eigenes hätten oder selber einrichten könnten, brauchten wir die eingeführten gar nicht, außer möglicherweise zur Angeberei (wie ein Natel-Telefon auf öffentlichen Plätzen). Meist fällt uns das Fehlen im Vergleich mit anderen Kulturen auf, und dann ergeben sich zwei Möglichkeiten: entweder wird versucht, den fremden notwendigen Begriff aus eigenen Mitteln nachzubilden. Oder aber er wird gleich übernommen, als Fremdkörper.

Vieles verdankt unser Wortgut schöpferischen Nachahmungen, oft wurden wörtliche Übertragungen versucht. Das Wort »Gewissen« zum Beispiel ist ein derartiger Ersatz. Das Christentum bezeichnete eine innere Instanz, eine auf das eigene Denken gerichtete Einsicht, mit *syneidesis* (»Mitwissen«), das wurde lateinisch wörtlich übernommen *(conscientia)*, und daraus machten die mittelalterlichen Mönche, wiederum wörtlich, eben das »Ge-Wissen«, das zum festen Bestandteil des Wortschatzes geworden ist. Niemand sieht ihm das griechische Copyright heute noch an.

Den Erfolgsmeldungen gegenüber stehen allerdings zahllose mißlungene Versuche, lebensuntaugliche Fehlgeburten oder die krampfhaften Bemühungen, sprachliche Überfremdung durch Gebilde wie »Treibling«, »kraftlich« (für »Motor« oder »dynamisch«) abzuwehren. Bedenkenswert ist, daß in früheren Phasen derartige Übertragungen selbstverständlich stattfanden. Heute liegt die zweite Methode voll im Trend (was man vor vierzig Jahren wohl nicht hätte sagen können): der fremde Ausdruck, gewöhnlich englisch, wird anstandslos übernommen. Schon immer brachten Gelehrte, Intellektuelle lateinische Begriffe im Diplomatengepäck über die Grenzen. Nur wurden in der Frühzeit Wörter wie *operari* oder *kyriake* in den lautlichen Wandel einbezogen und hoben sich als »opfern« oder »Kirche« kaum mehr fremd von der Umgebung ab. Solche Angleichungen finden heutzutage viel weniger statt, da sich Aussprache und Schrift durch Schulbildung und Normierung nicht mehr entsprechend verändern.

Es gibt viele Anleihen, ohne die wir gar nicht mehr auskämen. Ohne »Frustration« wären wir oft im Ausdruck frustriert: wir haben uns das Wort so angeeignet, daß es zu »Frust« verkürzt werden konnte, und da verrät es nicht einmal mehr seine lateinische Herkunft, im Gegensatz zu den meisten andern.

Es liegt noch nicht so lange zurück, da fehlte praktisch ein Eigenschaftswort für alles, was »bloß« mit Sprache (im Gegensatz zur Tat) zu tun hatte. Das Englische verfügte über das so handliche »verbal«, das gelegentlich mit »mündlich« oder aber »sprachlich« wiedergegeben werden konnte, dann auch wieder nicht: »verbal« im Deutschen gehörte zur Grammatik. Heute verdient »verbal« wie selbstverständlich seinen Lebensunterhalt, und man merkt ihm seine späte Einbürgerung nicht an (eben spricht jemand von »verbalen Schlachtfeldern«).

Noch empfindlicher ist die Lücke für alles, was mit Denken zu tun hat, aber auch nicht Seele ist: Körper und was? Unser hochgestochenes »Geist« eignet sich nur mit Vorbehalt. Ein Wörterbuch schlägt »Sinn, Gemüt, Herz, Seele, Verstand, Gesinnung, Meinung, Ansicht, Urteil, Neigung« usw. vor – alles gut und recht an seinem Platz, aber die neutrale Gegenüberstellung von »body and mind« ist damit nicht zu schaffen. Natürlich läßt sich alles ausdrücken, wofür im Englischen dieses »mind« steht, und wir merken den Mangel vielleicht erst wieder, wenn wir etwas zu übersetzen haben. Das im Englischen so zweckmäßige »mental« hat hierzulande Einzug gehalten, es macht in jüngster Zeit Karriere (weil offensichtlich ein Bedarf da ist). Plötzlich ist alles mental; man stelle sich nur vor, wie Sportler in Interviews ohne Verweis auf ihre mentalen Probleme dastehen würden.

Bereicherung ringsum, auch ein wenig Affektiertheit, Verarmung. Das Deutsche leidet an einer Immunschwäche. Je größer die Bereitschaft ist, alles *tel quel* zu übernehmen, desto mehr verkümmern die eigenen Mittel oder das Vertrauen, daß sie überhaupt existieren. Wenn heutzutage ein politisches Schlagwort wie »voting cattle« aus dem Amerikanischen erst aufkäme, würde sich niemand mehr getrauen, es als »Stimmvieh« herüberzuholen, aber das geschah einmal. So ändern sich die Bräuche. Wörtlich übertragen wird offenbar nur noch dort, wo es dann im Ergebnis nicht mehr stimmt: »die Schau stehlen«.

Ein wenig Sprachgefühl bei der gedankenlosen Aneignung wäre nicht zu verachten, ein bißchen Empfinden. Ein Durchbruch war das Wort »Automation«, das noch gar nicht so alt ist und als Etikett unserer Epoche gute Dienste tut. Aber das Gefüge war doch seltsam und hat einige gestört. Auf einmal und entgegen aller Tradition wird einer griechischen Endung, wie in Automat, ein lateinisches Suffix für Abstraktion aufgezwittert: Automation. Das widerspricht allem Sprachgefühl, der Untergang des lexikalischen Anstands konnte eingeläutet werden. Oder aber war es eine Befreiung vom ganzen Kram der klassischen Bildung? Denn gerade da liegt der Vorteil fremder Importe, daß sie unserem eigenen ohnehin sehr heiklen Sprachgefühl entzogen sind.

Da erfand jemand ein Gerät, mittels dessen man über Drähte auf Entfernung sprechen konnte, und das neue Ding hieß, angemessen, Telefon (ferne Stimme, ferner Laut); aber auch eine Verdeutschung, »Fernsprecher«, lag bald einmal sinngemäß vor. Nur sperrt sie sich gegen den praktischen Gebrauch. Das »Telefon« ist einerseits das Gerät wie auch das, was man damit anstellt: Fernsprecher und Ferngespräch. Ableitungen wie »telefonisch« oder das (reichlich unschöne) »Telefonat« (siehe »Automation«) ergeben sich ohne Anstrengung; doch aus »Fernsprecher« ist kaum ein Verb abzuleiten: ich habe »gefern-«?, nein, habe »ferngesprochen«? Da telefonier' ich doch lieber.

Bei »Telefon« ist der Instinkt ausgeschaltet, die Ableitungen ecken nicht an, sie sind neutral, damit läßt sich fast nach Belieben umgehen, sie bewegen sich bequem außerhalb unseres lexikalischen Gewissens und sind gerade darum pflegeleichter, weil sie ohne Pflege auskommen.

Ein Grieche, sagen wir Aristoteles, würde wohl mit ähnlichem Schaudern auf die Form »Telefonitis« reagieren wie wir auf gewisse völkische Verdeutschungen. Aber all das heißt nur, daß das Kunstwort Telefon sich dem griechischen Sprachinstinkt ebenso entzogen hat wie dem unseren und zu etwas Eigenständigem geworden ist, das erst noch unserer Bequemlichkeit zugute kommt. Bei »Telefonitis« trägt die irgendwo doch wieder spürbare morphologische Unstimmigkeit zum selbstironischen Unterton bei. Gerade das Falsche daran ist richtig am Wort.

Eine Gewinn-und-Verlust-Rechnung ist schwer aufzustellen. Nicht alles, was da hereinfließt, macht uns Freude, und es entstehen allerlei Allergien. Kreativität ist schlecht zu verwalten. Es geht wohl den meisten ähnlich, wir stoßen uns an vielen gedankenlosen oder überflüssigen Importen und wünschten unseren Zeitgenossen mehr Spürsinn bei der Akzeptanz. Das ist genauso einer, diese »Akzeptanz« – brauchen wir das Wort überhaupt? Was könnten wir sonst sagen: »Annahmebereitschaft«, sechssilbig und amtlich? Hier zeigt sich, wie ein Begriff auch für seinen Bedarf sorgt. Was einmal da ist, ist kaum mehr wegzudenken. So hat dieser französische Minister schon recht, wenn er über die Invasion englischer Wörter besorgt ist, und greift doch zu untauglichen Mitteln, wenn er den Vorgang gesetzlich unterbinden will. Das Dilemma aber bleibt ihm und uns erhalten, und Fachleute werden bald einmal darüber berichten, wie das Englische etwa der russischen Sprache zugesetzt hat.

Beschreibung der Gegenwartssprache verkommt leicht zur Wehklage, und es sähe leicht so aus, als kämen die Neuerungen nur in unsere Sprache und nicht aus ihr. Der Warenaustausch verläuft in der freien Marktwirtschaft auch umgekehrt. Den Tausenden von Einfuhren gegenüber nimmt sich die Hitliste deutscher Exportartikel

(»Weltschmerz«, »Waldsterben«, »Kindergarten«, »Gestalt«, »Zeitgeist« usw.) aber eher dürftig aus, die neueren darunter behalten noch immer ihre Anführungszeichen: made in Germany. Vielleicht haben andere Kulturen nicht dieselben Bedürfnisse. Dabei hätten wir doch auch ein paar Angebote. Weil es für den deutschen Alltag ein sprachliches Markenzeichen gibt, eben »Alltag«, reden wir viel leichter darüber als anderswo, und wir können ihn passenderweise grau färben. Gleichwohl ist er offenbar nicht ins Ausland verkauft worden.

Die Erneuerung jedenfalls kommt vornehmlich von außen, wenigstens lexikalisch. Das macht auf einen Notstand aufmerksam. Da kommt also so viel Neues, ob wir's brauchen oder nicht, oder entsteht als Eigengewächs, doch andererseits scheint keine Sprache kreativ genug, um dort, wo es weh tut, Wesentliches zu verbessern. Wie angeführt, fehlt uns so etwas wie »mind«, und da paßt kein Fremdwort hin. Weil die Sache ursprünglich ist, sollte auch etwas Ursprüngliches dafür stehen. Und derartiges bringt die Sprache nicht mehr hervor (sonst wäre es auch nicht ursprünglich).

Gleicherweise lassen sich beinahe universal verbreitete patriarchalische Ungleichheiten kaum ausbügeln. Bei Substantiven mag das noch angehen, da helfen Endungen, umständliche Doppelerwähnungen oder auch ein eingeschobenes großes I. Aber das nun einmal vom Mann abstammende kleine Pronomen »man« will und kann offenbar den Platz nicht räumen, weil passender Ersatz nicht zu finden ist (ein paar strategische »fraus« signalisieren lediglich den Notstand). Und selbst wenn ein paritätisches Komitee eine Erfindung zustande brächte und sie staatlich verordnet würde, so ließe sie sich aller Erfahrung nach nicht durchsetzen (die Franzosen brauchten dann auch ein Pronomen für eine gemischte Mehrzahl). Es wäre doch ganz praktisch, wenn wir nicht immer nur »sie/Sie« sagen müßten für ganz verschiedenartige Verhältnisse: »Sie glaubt, Sie sehen sie«, wo das letzte Wort für die erwähnte oder irgendeine andere weibliche Person oder aber eine beliebige Mehrzahl von Leuten oder Dingen stehen kann. Da wäre Abhilfe nützlich, aber die Gewerkschaft der kleinen Wörter sträubt sich vehement gegen jeden Eingriff. Pronomen, gerade weil es so wenig davon gibt und wir sie so oft brauchen, sind wichtiger als die beinahe immer ersetzbaren Substantive. Es scheint einen inneren Kern der Sprache zu geben, eine Genstruktur, die noch weniger zu mutieren ist als unsere eigene.

Als ob es nur die Wörter gäbe. Denn die sind gesellschaftliche Wesen und treten nur unter anderen auf. Und in ihren Wahlverwandtschaften liegt kreatives Potential. Wenn es neben der Evolution aber um künstlich fabrizierte Blutauffrischung der Sprache geht, kommt man um den Extremfall nicht herum, *Finnegans Wake* von James Joyce. Dort tummeln sich auf über 600 Seiten Ausdrucksweisen, die es legal größtenteils nicht gibt, darunter fast 52000 Wörter, die nur einmal auftreten, eine Orgie von Innovationen. Das Werk macht aus der Not fremder Importe die Untugend eines neuen Wirrwarrs. Doch ist nicht die Bereicherung der Sprache das Ziel, sondern der optimale Ausdruck für traumhaft verschwommen Überlagertes.

Auf die Frage, ob ihm die zahllosen Wörter der englischen Sprache nicht ausreichten, soll Joyce geantwortet haben, diese wären nicht die richtigen. Die mußte er sich selber herstellen. So entstanden denn Hunderte von Neuerungen, die sich nicht mehr als gelegentliche Wortspiele mauerblümchenhaft an der Wand herumdrücken, sondern fast allein das Sagen haben, auf Kosten der Verständlichkeit. Es sind aber keine Schöpfungen aus dem Nichts heraus. Was entstanden ist, sind zunächst keine neuen Wörter – sonst wüßten wir nicht, was damit anfangen. Es geht um Anstöße an die Erinnerung von Kulturgut und Trivialitäten, um Anklänge. Es wird also Bekanntes aufgerufen.

Bei »in the chaosmos of Alle« fällt das ungewohnte Gebilde ohne weiteres in zwei erkennbare Teile, die Gegensätze von Chaos und Kosmos, also genau das, woraus sich das seltsame Buch selber zusammensetzt, ein Durcheinander und dann so etwas wie Ordnung oder Struktur. Ganz wie unsere Welt selbst oder unsere Erkenntnis. Nicht zufällig, daß zuerst das Chaos dasteht (in dieser Reihenfolge sehen es die alten Schöpfungsmythen auch) und dann erst eine Weltordnung kommt (und die ist nicht einmal vollständig, ein wenig Chaos steckt immer noch drin). Etwas Neues ist also nicht gesagt, nur das längst Vertraute neu zusammengebracht.

Ein Ziel ist ökonomische Verdichtung, immer mit dem Beigeschmack, daß wir alles bereits kennen, da alles schon einmal dagewesen ist, und der kürzeste Hinweis genügt – allerdings unter wohlwollender Mitarbeit der geneigten Leserin, die oder der (je nach Geschlecht) eben gedanklich das hinzufügt, was der Text nur antippt. Es geht um das Zusammenfließen von Bedeutungen oder, anders gedreht, um das Ausbrechen aus der Eingleisigkeit. Joyce veranstaltet – wo jeder Satz doch nun mal irgendwohin gehen muß – semantische Trittbrettfahrten: Chaos, um es so zu sehen, springt auf den Kosmos auf. Und dann merken wir erst, daß es vielleicht immer so war.

Im übrigen gab es überlagerte Bedeutungen seit Urzeiten, schon bei Homer oder in der Genesis. Schließlich basiert selbst die katholische Kirche im Neuen Testament auf dem Felsen *(petra)*, der mit dem Namen des Jüngers Petrus zufällig oder durch weise Vorsehung vereinbar ist – was wohl auch nicht als Kalauer gedacht war, aber immerhin Jahrhunderte überdauert hat. Derartige semantische Doppelzüngigkeiten schwanken zwischen erhabenem Tiefsinn und oberflächlicher Blödelei, und dort hinunter hat man sie lange Zeit verdrängt, bis sie im 20. Jahrhundert wieder gesellschaftsfähig geworden sind, nicht zuletzt auch durch die Thesen von Freud, daß hier auch unbewußte Vorgänge mitreden.

Was Joyce der Sprache zugefügt hat, sind nicht so sehr Neologismen zur praktischen Verwertung, selbst wenn ein paar davon abfallen und wohl schon im Verkehr sind (»Chaosmos« könnte man ohne weiteres anwenden). Die meisten Neuheiten sind einmalige Begegnungen, nicht dauerhafte Bindungen, und schon gar nicht patentierte Ausdrücke. Die Erneuerung besteht im Ausbrechen aus engen Kontexten, damit das, was allenfalls stören könnte, sinnvoll einbezogen wird. Zufällige Ähnlichkeiten werden schamlos ausgenützt und damit Energien freigesetzt.

Die Bezeichnung »Wortspiel« (mit der abwertenden Unterabteilung Kalauer) ist unergiebig, weil sie unterstellt, daß Sprache im Grunde ernst, genau oder eindeutig ist, daß aber bei besonderen fasnächtlichen Gelegenheiten gewisse frivole Freiheiten dieses beruhigende Gefüge stören. Wir sind eingeladen, das umgekehrt zu sehen. Ein paar Schriftsteller zeigen, daß Eindeutigkeit die Ausnahme ist; sie ist für den präzisen Gebrauch erstrebenswert, aber schwer zu erreichen. Wenn dem nicht so und alle Bedeutung klar wäre, dann würden Vereinbarungen eher eingehalten, würden wir Computerhandbücher verstehen, und die Gerichte hätten viel weniger zu tun.

Vieldeutigkeiten, also semantische Überlagerungen, sind zurzeit sogar groß im Schwang. Es wird beinahe erwartet, daß Buchtitel – die im 19. Jahrhundert noch ziemlich bieder daherkamen – Assoziationen aufrufen, also auf Witzigkeit hin tendieren. Wo fast alles schon gesagt worden ist, läßt sich mit dem bereits Gesagten wenigstens spielen. Am eigenartigsten vielleicht, daß Techniken, wie sie bei Joyce am auffälligsten exerziert werden, gerade dort aufgenommen werden, wo es auf praktische Wirkung ankommt, nicht ästhetische. Kunstwerke (oder Künstlichkeiten wie Jandl-Gedichte oder *Finnegans Wake*) verhelfen uns kaum zu anderen Verhaltensweisen; sie sind Selbstzweck, danach zu beurteilen, wie sie unsere Gedanken allenfalls von einer zu verbessernden Wirklichkeit ablenken.

Am entgegengesetzten Ende der Skala ist die Sprache der Werbung, die uns zum konkreten Kauf verleiten will. Hier ist zu beobachten, wie die Werbung von der superlativen Anpreisung wenigstens zum Teil abgerückt ist und sich suggestiven Nebentönen zuwendet, also mit dem arbeitet, was gar nicht dasteht. »Auf und Davos« etwa ist in der Technik nicht unterschieden von dem, was Joyce vorexerziert hat, lediglich in der Absicht. »Alles ist möblich« war in Wien zu lesen (vielleicht auch anderswo), und ob man's mag oder als billigen Kalauer abtut, die Prägnanz der Aussage ist jedenfalls meisterhaft. Natürlich ist auch das bereits zur Masche verkommen, so daß es uns schon wieder zu verleiden beginnt. Doch scheint diese Mode von der Einsicht geprägt, daß alles, was wir selber geistig dazutun müssen – und wär's ein so simpler Schritt von möblich zu möglich und Möbel –, nachhaltiger wirkt als, wer weiß? weiß – weißer – am weißesten. Wir werden in den Vorgang des Bedeutens einbezogen, und Mitmachen ist besser als Zuhörenmüssen.

Vielleicht ist alles auch ein Schritt zurück in das, was vor der Sprache liegt, vor dem bewußten Formulieren. Im Unterbewußtsein, was und wo immer das ist, sind die Wörter anders untergebracht als im Lexikon. Von dort her, von früher und unten, und nicht von tausend technischen Fachausdrücken kommen wohl die kreativen Erneuerungen herauf.

(1994)

ZAGHAFTER VORSCHLAG ZUR MINIMALEN VERBESSERUNG FAST HÄTTE ICH GESAGT DER WELT

Die Welt werden wir so schnell nicht verbessern, ich selber hab's aufgegeben, aber wer's tun will, hat meinen Segen. Ein bißchen Zeit immerhin könnten wir uns schon ersparen, da Sparen überall angesagt ist. Ich meine die Zeit, die aufs Reden verwendet wird, vor allem das öffentliche, von Leuten, die so ungeheuer wichtig sind und deren Zeit drum auch so kostbar entlohnt wird.

Nun ist es natürlich hin und wieder zweckmäßig, wenn nicht sogar sinnvoll, auch längst Bekanntes strategisch abermals in Umlauf zu bringen, dies mit leichtem Unterton, wie in Klammern, als müßigen Fingerzeig auf den seichten Boden der Realität. So können Aussagen wie »Man kann nicht alles haben«, »Wir wollen nur das Beste« oder »den wirtschaftlichen Fortschritt ohne Gefährdung der Umwelt«, ja selbst »Der Ball ist rund« durchaus angebracht wirken, gewissermaßen in rhetorischer Abwehr oder auch schon mal als Übergang zum großen Knaller. Ja, man mag durchaus die »Bekämpfung der Arbeitslosigkeit erneut ins Feld führen, wenn's denn sein muß. Es muß meistens nicht. Abgesehen davon, daß sich zwei Negative (eine Losigkeit soll abgeschafft werden) durch ähnlich schwammig Positives oder gar Greifbares ersetzen ließen. Das Problem ist echt, nur bringt die Formel nicht viel, da ohnehin alle, sagen wir fast alle, gegen Arbeitslosigkeit eingestellt sind. Gelegentlich möchte man selbst als Feind jeglicher Zensur ein Moratorium für gewisse Begriffe durchsetzen, »Arbeitsplätze« wäre so einer. Die sind doch, möchte man einwenden, etwas ganz Wichtiges, das viele Menschen schmerzlich betrifft. Sicher, aber alle so Betroffenen haben das Wort zum Überdruß so vernommen und sind darob auch nicht besser dran. Zudem will kaum jemand einen Arbeitsplatz, sondern bezahlte Arbeit, der Platz ist meist inbegriffen, außerdem hat derjenige, der stellenlos seinen Garten bestellt, und hat jede Hausfrau genug Platz für die unentschädigte Arbeit.

Alle wollen bezahlte Arbeit, Stabilität, Frieden, Wohlstand, Sicherheit, möglichst für alle – oder aber, wenn sie's nicht wollen, behalten sie es für sich. Es hat also wenig Sinn, all dies vor versammeltem Publikum neu hervorzukramen – verschwendeter Aufwand. Uns helfen keine Aussagen *Daß*, sondern allenfalls *Wie* (niemand behauptet, das wäre leicht).

Hier nun die einfache Faustregel zum Gewinn von Zeit und zur Vermeidung von Aufwand, Anstrengung, Leerlauf, Verdrossenheit. Sage nichts (unaufgefordert oder unter der Flagge einer beachtenswerten Mitteilung), dessen Verneinung oder gar Gegenteil gleichfalls sinnvoll wäre.

Man stelle sich ein paar Gegenproben vor: Statt »Wir sind für die Erhaltung des Friedens!« die Beteuerung »Uns ist Krieg im Grunde lieber«. »Ich trete ein für die Freiheit von allen«; man hört selten »Wer in aller Welt will denn frei sein?«. »Wir brauchen bessere Schulen« mag als Zustandsbeschreibung angehen, als allgemeiner Grundsatz versteht es sich von selbst. Man mag ja hin und wieder zu »Fair play!« aufrufen, aber doch bitte ohne großes Aufheben, selten verlautbart jemand »Sollen die doch aufeinander loskicken oder gekonnterte Schwalben trainieren!« Und so (geht es denn in der Tat immer) weiter.

Die Werbung sei ausgenommen, sie hat Sonderstatus. Sie vertreibt Selbstverständlichkeiten im gut gestylten Brustton besonderer Errungenschaft – »Wir verdienen Ihr

Vertrauen. Wir stehen für Qualität und Leistung« – fährt damit gut und wird davon nicht ablassen.

Wie gesagt, es gibt immer Umstände, die derlei Aussagen rechtfertigen, wenn Argumente zu parieren sind, oder als Appelle an den Verstand, als unterkühlte Skizzierung von Selbstverständlichkeiten, sie enthalten impliziert meistens so etwas wie »schließlich, eigentlich, braucht man nicht eigens zu sagen, tun wir nicht so, halt mal die Luft an, bleiben wir auf dem Teppich«. Ein nicht unbedingt ausgesprochenes »doch« schwingt gewöhnlich mit, was nun wiederum keine Aufforderung ist, alle Sätze mit solchen Partikeln zu durchsetzen.

Nicht das zu proklamieren, dessen Gegenteil ohnehin nicht vertretbar wäre, würde als griffige Richtlinie nichts kosten, nur Gewinn abwerfen, manche Ansprache verkürzen oder verhüten. Man könnte einiges an Zeit und Papier (und Bäumen) für bessere Verwendung freistellen und eine gehörige Portion Langeweile aus der Welt schaffen. Sicher, die Probleme bleiben, aber das taten sie immer schon.

Mein Vorschlag selbst ist ein modellhaft schlechtes Beispiel für eben den Zustand, der zu verändern wäre.

(1999)

Der Mensch ist das pfadversperrende Tier

OCHLOKINETIK ODER WARUM DIE MENSCHEN STECKENBLEIBEN

Es ist denkbar, daß einige unter uns die exakte Wissenschaft der Ochlokinetik bisher gar nicht wahrgenommen haben (zumal das grundlegende Werk noch nicht vollendet ist), aber wir haben sie alle schon am eigenen Leid erfahren. Es verhält sich wie mit der Politik: vielleicht wollen wir davon nichts wissen, aber ihr Opfer sind wir allemal.

Es geht ganz einfach um die physische und physikalische Tatsache, daß immer dort, wo wir durchwollen, schon jemand steht. Die Rede ist nicht vom Sardinenbüchsensyndrom, dem unvermeidlichen Gedränge: wenn einfach nicht mehr Platz da ist, als eben da ist, läßt sich wenig ausrichten. Nur brauchen wir uns nicht unbedingt auch sonst beharrlich so hinzustellen, daß der Platz nicht ausreicht. Gerade das tun wir.

Schauen Sie sich nur mal an, was geschieht, wenn unser Modellfall *(homo ochlokineticus)* sich durch den Ausgang, sagen wir, einer Straßenbahn drängt und wieder festen Boden gewinnt. Was tut er (sie) dann? Richtig, er bleibt stehen oder geht so langsam, daß alle Nachdrängenden auch stehen müssen. Ein paar Schritte weiter nur, und alle könnten sich bewegen, frei, ungehemmt und zufrieden.

Unter den Naturwissenschaften befaßt sich nun die Ochlokinetik akribisch damit, wie sich Menschen im Plural – in Gruppen, Anhäufungen usw. – bewegen. Sie bewegen sich eben nicht, sondern geraten sich mit unfehlbarem Instinkt gegenseitig in den Weg. Nicht einmal absichtlich.

Die Lage ist lapidar einfach. Der Mensch ist das pfadversperrende Tier. Warum dies so ist, daran arbeiten Verhaltensbiologen noch fieberhaft. Andere Tiere regeln das viel besser, sonst wären sie längst ausgestorben. Möwen, auch wenn sie sich noch so gierig und flügelschwingend um ein in die Luft geworfenes Stück Brot streiten, putschen auf engstem Raum nie zusammen – ein Wunder, das noch geklärt werden müßte. Wenn wir fliegen könnten, wäre das Übervölkerungsproblem gelöst.

Der Mensch ist also, vielleicht durch höhere Fügung, kosmisches Gesetz als Folge der Erbsünde oder atavistischer Urängste, vielleicht auch durch genetische Fehlkonstruktion, das wegblockierende Tier. Davon läßt sich alles weitere ableiten. Jede Gruppe *(ochlos)*, ob homogen, buntgemischt oder zufällig beisammen, tendiert dazu, ihre Gesamtmobilität zu minimieren. Jeder ist des andern Bremse. Jeder blockiert alle anderen – und merkt es nicht einmal. Wer je einmal mit schweren Koffern spät und pustend auf seinen Zug sprinten wollte und sich beim eigentlich genügend breiten Bahnhofsportal halt nicht an den beiden netten Leuten, die gerade dort ihr Gespräch aufbauen, ohne Verletzung durchzwängen konnte, nickt hier verständnisvoll mitleidig – ochlokinetisch gebrannte Kinder.

In jeder Lebensmittelabteilung kann eine einzige resolute Hausfrau – so gut wie ein ratlos daherschlurfender seniorer Einkäufer (oder umgekehrt, kein geschlechtsspezifisches Verhalten wird hier unterstellt) – wirksam zwei Gänge so versperren, daß weder vor- noch seitwärts ein Durchkommen ist. Ganz leicht: man steht genau weit genug von den Regalen weg oder flaniert im Gang mittendrin (der Verkaufswagen hilft dabei). Auch auf der Rolltreppe: immer schön in der Mitte, die den politischen Parteien soviel bedeutet.

Wo stehen (Party, Empfang, Zusammenkunft) die meisten Leute? Wo es eh am engsten ist. Es gibt kein größeres Hindernis als eine offene Tür. Auf dem Weg zur Toilette stößt man auf die meisten Bekannten (»stößt« ist richtig). Dann ist da noch der Tisch mit den Getränken, wo man sich, die in den Händen gehaltenen Gläser als Gefahrenquelle im Auge, schwerfällig durchs Gewühl vorarbeitet. Schließlich hat man sich in die zweite Reihe geellbogt und versucht den Arm durch die Phalanx der Vorgänger, d. h. der Vorsteher, nach einem Glas auszustrecken. Was tun wir dann am Ziel, mit unserem Glas (wenn's gut geht, noch einem Teller schlecht balancierbarer Brötchen)? *Wir bleiben stehen!* Und stehen dabei in guter Gesellschaft unter all denen, die ihr Getränk schon längst haben und natürlich als festes Bollwerk ausgerechnet dort ihre Unterhaltung weiterführen, wo alle immer noch durstig hindrängen. Wer schon einen Platz hat, braucht keinen zu machen. So ist in einträchtiger Rumständlichkeit dafür gesorgt, daß sich nichts mehr bewegt und alle an der Entropie teilhaben.

Und da wäre noch das Flugzeug, wo ja meist die ganze Einsteigerei schon mit Verspätung anhebt. Mit schicksalhafter Unvermeidlichkeit hat die erste Person einen Sitz in einer der vordersten Reihen und ist mit reichlich Gepäck ausgestattet. Sie überlegt nun, wo es unterzubringen ist, in welchem Fach oben, nur ist das Fach möglicherweise etwas knapp, vielleicht geht's auch unter dem Sitz. Und wohin mit dem Mantel? Wesentlich bleibt, daß der exemplarische Ochlokinetiker all diese Verrichtungen mitten vom Gang aus bewerkstelligt oder überlegt, während er sich ohne weiteres gleich vor den Sitz stellen und damit alle anderen hundertunddreiundzwanzig Passagiere durchlassen könnte (damit die ihrerseits das Ritual weiter hinten vollziehen). Das schnellste aller Verkehrsmittel wird durch unsere Mitarbeit auch das langsamste. Warum können selbst Leute, die viel fliegen, nicht fliegen?

Natürlich gibt es Fälle, wo Ochlokinetik (die immer dazu drängt, Ochlo*statik* zu werden) gewollt inszeniert wird. Im Krieg: hier stehen wir, da kommen die nicht durch. Bei Demonstrationen. In der Karriere: hier stehe ich ... (siehe oben). Im Schach, im Sport, bei Ballspielen mit Mannschaften, besonders anschaulich im amerikanischen Football, wo sich die gepanzerten Kerle mit professioneller Inbrunst den anderen Brocken in den Weg werfen. Wo immer es um territorialen Besitz geht, ist das ja alles ganz prima. Wir können davon lernen. Die Eishokkeyspieler haben den Bodycheck erfunden, der sich im übrigen in gesellschaftlichen Notfällen sachte umsetzen läßt.

Da der Mensch nun mal so veranlagt ist, bleibt die Frage, ob wir das alles so resigniert hinnehmen müssen wie Übervölkerung (deren Abbild die Ochlokinetik ja ist), Keuchhusten, Erdbeben, Steuern, Waldsterben, Betroffenheit, Fernsehunterhaltungsabende, Militär, Fundamentalisten, Zensur oder Terrorismus? Wohl schon. Immerhin gibt es ein paar einfache Regeln, um das Unheil minimal zu verringern. (Der Bodycheck wurde gerade aufgeführt.) Wenn wir nur beim Gehen mitunter ein wenig nach vorne sähen, ginge einiges schon viel glatter. Die goldene Hauptregel: Hüten wir uns vor der vermeintlichen Höflichkeit, jener unterschwelligen Feindseligkeit, die sich etwa im endlosen Herumbieten von »Bitte nach Ihnen!« kundtut. Wir kennen den Reigen von obstakulärer Höflichkeit, wo nichts mehr läuft. Anstand hat etwas mit Anstehen zu tun. Nicht umsonst ist die sogenannte und der Disziplin so ungemein förderliche »Achtungsstellung« eine des starren Stillstands. Wer steigt zuerst in ein Auto, wer geht voran durch eine Tür? Zunächst einmal niemand, weil die Umstehenden durch die eigene untertänige Bescheidenheit immobilisiert werden. Dabei kommen sich verschiedenartige Hierarchien (Rang, Status, Geschlecht, Alter, Gebrechlichkeit, usw.) selber ins Gehege. Es herrscht genau das, was wir sonst so ostentativ von uns weisen: das Gesetz der Diskrimination kommt voll zum Verzug. Am klügsten für den Ablauf der Dinge wäre es natürlich, wenn die, die am nächsten sind, auch als erste durchgingen, das aber würde die Weltordnung in Frage stellen. Und so versperren wir einander arglos gegenseitig und vergeuden uns obendrein noch die Zeit, die so ungeheuer wichtig ist. Unser aller Wert wird ja definiert durch die Zeit, die wir nicht haben. Immerhin verlieren halt auch alle anderen die ihre.

Der Mensch, das pfadversperrende Tier, wie gezeigt, wird zum gewohnheitsmäßigen Gangverstopfer. Es ist allgemein bekannt, wie dieser technische Begriff – »Gangverstopfer« – in der Umgangssprache allmählich zum Wort »Gangster« abgeschliffen wurde, das nun im täglichen Gebrauch allerdings auch auf mildere Verbrechen wie Banküberfälle, Geldwäscherei, Brandstiftung oder Meuchelmorde angewandt wird.

Obgleich sich die Folgen ochlokinetischer Vergehen in Form von Bauchgrimmen, Schwindelgefühlen, psychischen Störungen, Mißgunst, zerrütteten Ehen, Delirium tremens, Nationalismus, Schlaflosigkeit, Kursschwankungen, Umstürzen, Korruption und schlechter Laune offenbaren, hat das Strafgesetzbuch den Tatbestand noch nicht zur Kenntnis genommen. Viel legislative Arbeit ist noch zu leisten. Nicht schwierig: Wenn nicht höhere Mächte es verunmöglichen und wenn Alternativen Platz bieten, hat niemand das Recht, in einem Gang zu stehen: denn Gang kommt von Gehen (sonst müßte es heißen »Stang«). Die europäische Union wird sich in Kommissionen zur Normierung des Grundsatzes »die Enge meiden, das Weite suchen« durchringen müssen. Kommissionen selbstverständlich sind eine administrative ochlokinetische Spielart, eine unter vielen.

Aus einem Ausweg wird wohl nichts. Mit dem programmierten Stillstand müssen wir leben. Die Utopie, wir Menschen könnten einmal so klug werden wie Wasser, bleibt eine. Denn wenn Wasser dort durchfließen muß, wo's enger wird, dann fließt es eben doppelt so schnell. Im gleichen Fall gehen wir dreimal so langsam, oder eben gar nicht.

Immerhin sind Sie, lieber Verhinderer, jetzt gewarnt und haben Ihre Unschuld verloren. Wenn Sie nächstes Mal, heute nachmittag zum Beispiel, steckenbleiben, so wissen Sie nun wenigstens warum. Der Kosmos – ausgerechnet der, der selber soviel Platz hat – will es vermutlich so.

Also: kein Durchkommen für die Menschheit.

(1995)

DER OCHLOKINETISCHE JOYCE

Eine Fußnote zum Beschluß

Was hat Ochlokinetik mit Joyce zu tun? Die Antwort kommt zweifach – allgemeingültig und spezifisch. Allgemein: alles hat mit Joyce zu tun und die Ochlokinetik mit allem, was da kreucht und stockt, keiner entgeht ihr.

Aber es geht noch genauer. Als Joyce 1918 in Zürich einem neuen Freund, Frank Budgen, das Buch vorstellte, von dem allenfalls ein Drittel niedergeschrieben war, fragte er nach einem »ganzheitlichen, lückenlosen Charakter« in der Weltliteratur, um dann, nach einigem Raten, das Thema auf die Gestalt des Odysseus einzuengen, der in Leopold Bloom zeitgemäß auferstehen sollte. Man sieht beide »von allen Seiten, rundum ...«. Doch Bloom sollte nicht nur facettenreich oder polytrop sein, sondern auch, wie Joyce anfügte, ein »guter Mensch« (so berichtet Frank Budgen, *James Joyce und die Entstehung des Ulysses*, übersetzt von Werner Morlang, Frankfurt, Suhrkamp, 1977, S. 22ff.). Leopold Bloom ist demnach ein guter Mensch? Warum nur? Er, der sich mit neugieriger Vorsicht einen langen Tag und ein paar Nachtstunden in der Stadt herumtreibt, beflissen, hilfreich, ängstlich, und neben manchen guten Taten auch allerlei Unappetitliches oder Unschickliches anstellt – der also soll ein Vorbild sein? Nun können sich viele von uns mit ihm identifizieren und tun es mit Nachdruck. Somit wären auch wir alle, einschließlich du, geneigte Leserin, und ich, der gedankenvolle Kommentator, gute Menschen? Das haut nicht ganz hin, und dermaßen inflationär sollte man nicht einmal mit moralischen Begriffen umgehen.

Im 8. Kapitel des *Ulysses* spricht Bloom mit einer alten Bekannten. Auf einmal sieht er eine auffällige »knochige Gestalt« mit Kneifer, Hut, einem gefalteten Staubmantel, Stock und Regenschirm am Bordstein entlanggehen, ein Dubliner Original (das Joyce nicht erfunden hat). Sofort unterbricht er das Gespräch:

> Mr. Bloom berührte leicht ihren Musikantenknochen und warnte sie.
> – Geben Sie acht! Lassen Sie den Mann vorbei. (*Ulysses*, 222)

Bloom weiß also, daß man sehr wohl weiterplaudern und gleichzeitig jemand aus dem Weg treten, also ohne Mühe ein Gedränge oder Stockungen vermeiden kann. Er hat, mit anderen Worten, das seltene Gespür für ochlokinetische Rücksicht: Ein guter Mensch. Was somit bewiesen ist.

(1999)

ANHANG

ABKÜRZUNGEN

Zitiert wird, wo nichts anderes angegeben ist, in den Joyce-Aufsätzen nach folgenden Ausgaben:

D James Joyce: *Dubliners*. Ed. A. Walton Litz. New York: Viking Press 1969

E James Joyce: *Exiles*. New York: Viking Press 1951

FW James Joyce: *Finnegans Wake*. London: Faber & Faber 1939 (alle späteren Ausgaben sind seitenidentisch)

P James Joyce: *A Portrait of the Artist as a Young Man*. Ed. Chester G. Anderson. New York: Viking Press 1968

U James Joyce: *Ulysses*. Ed. Hans Walter Gabler. New York: Garland 1984 (spätere Ausgaben der Gabler-Edition sind zeilenidentisch)

Ulysses James Joyce: *Ulysses*. Übersetzt von Hans Wollschläger. Frankfurt a.M.: Suhrkamp 1975

ANMERKUNGEN

Odysseeische Metamorphosen
(Seite 95–132)

1 Stelio Crise, *Epiphanies & Phadographs: Joyce e Trieste* (Mailand, 1967), Anhang *Album Joyciano*, S. 39. James Joyce, *Werke, Frankfurter Ausgabe*, Bd. 5, *Briefe I* (Frankfurt a. M. 1969), S. 574.

2 Auf Wanderungen deutet der Wortlaut, den Frank Budgen wiedergibt, *James Joyce and the Making of Ulysses* (Bloomington 1960): »I am now writing a book [...] based on the wanderings of *Ulysses*« (S. 15).

3 Rudolf Hentze, *Die proteische Wandlung im »Ulysses« von James Joyce und ihre Spiegelung im Stil* (Marburg 1933).

4 »There was no message evidently« (U 16.490).

5 Die dominante und aktive Mrs. Mooney in »The Boarding House« wird »a determined woman« genannt (D 61).

6 Vgl. Gary Lane (Hg.), *A Word Index to James Joyce's Dubliners* (New York 1972), wo »change« 4mal, »changed« 8mal, »changes« 3mal und »changing« 4mal vorkommen.

7 David Hayman, »Forms of Folly in Joyce: A Study of Clowning in ›Ulysses‹«, in *ELH* 34 (1967), S. 260–283.

8 Mary Parr, *James Joyce: The Poetry of Conscience* (Milwaukee 1961).

9 Dazu vor allem Ulrich Schneider, *Die Funktion der Zitate im »Ulysses«* (Bonn 1970).

10 Frank Budgen, *James Joyce and the Making of Ulysses* (Bloomington 1960), S. 54.

11 Andeutungen der Inkarnation häufen sich im vierten Kapitel, dessen Kunst oder Wissenschaft »Economics« ist. Eines der frühchristlichen Synonyme für *incarnatio* war »economy«; »The Fathers also use other words which are less plain and explicit. Most commonly they call the Incarnation the ›economy‹ *(oikonomia)*, meaning that Christ took flesh in order to *provide for* our salvation. They often substitute for the bare word ›economy‹ fuller expressions, such as ›the economy according to the flesh‹, ›according to man‹ and the like.« William E. Addis/Thomas Arnold, *A Catholic Dictionary* (London 1893), S. 479.

12 Vgl. Phillip F. Herring, *Joyce's Ulysses Notesheets in the British Museum* (Charlottesville 1972).

13 Richard Ellmann, *James Joyce* (New York 1959), gibt Joyces Zeichnung eines clownhaften Leopold Bloom neben der aus dem Gedächtnis aufgeschriebenen ersten Zeile der Odyssee wieder, die etwa *ándra mói ennepa moúsa polýtropon hōs málla pólla (sic)* transkribiert werden müßte (gegenüber S. 433). Joyce setzte dazu zwei riesige Fragezeichen.

14 W. B. Stanford, *The Ulysses Theme: A Study in the Adaptability of a Traditional Hero* (Ann Arbor 1968).

15 Frank Budgen, *James Joyce and the Making of Ulysses*, a.a.O., S. 165.

16 *Troilus and Cressida* V, IV.

17 Übersetzt nach Stanford, *The Ulysses Theme*, a.a.O., S. 169–70.

18 Z. B. »*polýkroton* v. l. antiquissima«, *Homeri Odyssea*, Editiones Helveticae 1946, zu Odyssee I, 1. »The curious variant reading *polýkroton* [...] in Od. I, 1, is best explained as an early parody«, Stanford, *The Ulysses Theme*, a.a.O., S. 261.

19 Siehe James F. Carens, »Joyce and Gogarty«, in *New Light on Joyce from the Dublin Symposium*, hg. v. Fritz Senn (Bloomington 1972), S. 29–32.

20 Frank Budgen, *James Joyce and the Making of Ulysses*, a.a.O., S. 15.

21 Murphys Imitation von Simon Dedalus enthält auch ein wörtliches *trepein*: »He turned his body half round« (U 16.395).

22 *»Outis emoí g'ónoma«* (Odyssee 9, 366).

23 Stanford, *The Ulysses Theme*, a.a.O., S. 96–99. Stanford gibt auch die Quellen an. Sie wären Joyce direkt oder indirekt zugänglich gewesen.

24 Siehe dazu die wichtige Arbeit von Eberhard Kreutzer, *Sprache und Spiel im »Ulysses« von James Joyce* (Bonn 1969), dessen kommentierter Index einen Großteil der Sprachspiele aufführt und entschlüsselt.

25 Dazu das Sonderheft *Translation* des *James Joyce Quarterly*, 4 (1967); Fritz Senn, »›Ulysses‹ in Translation«, in Thomas F. Staley/Bernard Benstock (Hg.), *Approaches to Ulysses* (Pittsburgh 1970), S. 249–286; »›Ulysses‹ in der Übersetzung«, in *Sprache im technischen Zeitalter* 28 (1968), S. 346–375; ders., »Joycean Translatitudes: Aspects of Translation«, in *Litters From Aloft*, hg. von Ronald Bates und Harry J. Pollock (Tulsa 1971), S. 26–49. Es handelt sich durchweg um Versuche, der Joyceschen Polytropie aus der frustrierten Sicht ihrer Übersetzbarkeit beizukommen.

26 Arno Schmidt, »Das Geheimnis von Finnegans Wake«, in *Die Zeit* Nr. 49, »Seines Bruders Schmäher«, ebd. Nr. 50, »Der Höllenschlüssel«, ebd. Nr. 51 (1960).

27 Adaline Glasheen, *A Second Census of Finnegans Wake* (Evanston 1963), S. XIX und *passim*.

28 Ins Deutsche übertragen von Wolfgang Hildesheimer, Hans Wollschläger und Georg Goyert (drei verschiedene, unabhängige Fassungen), *Anna Livia Plurabelle* (Frankfurt a. M. 1970).

29 Dazu vor allem James S. Atherton, »The gist of the Pantomime«, in *Accent* 15, Urbana (1955), S. 14–26, und »The World's a stage«, in *The Books at the Wake: A Study of Literary Allusions in James Joyce's Finnegans Wake* (London 1959), S. 149–165.

30 Für sich allein gesehen ist »Shopkeeper« vielleicht keine überzeugende Annäherung an Shakespeare, aber im Kontext eines als Firma getarnten Dichtertriumvirats, »that primed favourite continental poet, Daunty, Gouty and Shopkeeper, A.G.« (FW 539), leuchtet sie sofort ein.

31 Für Untersuchungen dieser Art ist Clive Harts *A Concordance to Finnegans*

Wake (Minneapolis 1963) unerläßlich. In deren dritter Abteilung, *Overtones*, werden z. B. 18 verschiedene Varianten von »perhaps« angegeben.

Umgang mit »Finnegans Wake«
(Seite 171–187)

1 Anthony Burgess, *Here Comes Everybody* (London 1965).
2 *A Shorter Finnegans Wake* by James Joyce, edited by Anthony Burgess (London 1966).
3 Anthony Burgess, *Ein Mann in Dublin namens Joyce* (Bad Homburg, Berlin 1969). – Inzwischen existiert eine Neuübersetzung unter dem Titel *Joyce für Jedermann: Eine Einführung in das Werk von James Joyce für den einfachen Leser* (Frankfurt a. M. 1994).
4 Arno Schmidt, *Der Triton mit dem Sonnenschirm: Großbritannische Gemütsergetzungen* (Karlsruhe 1969).

Literarische Übertragungen – empirisches Bedenken
(Seite 205–244)

1 »Die Absicht, das Original Zeile für Zeile und bis an die Grenzen der Möglichkeit mit sklavischer Treue zu übersetzen, hat den alten Voss und seine Nachfolger, soweit ich sie kenne, gezwungen, der Sprache auf Schritt und Tritt Gewalt anzutun, sich unklar und nicht selten unverständlich auszudrücken, die Wörter willkürlich zu kürzen und zu dehnen und eine unnatürliche Wortstellung zuzulassen.« *Homers Odyssee*, Deutsch von Hans Georg Meyer (Berlin 1910), Vorwort, S. V–VI.
Ähnlich: »Voss hat sich von dem Bestreben, Inhalt und Form des Urtextes auf das Allertreueste nachzubilden, zu weit führen lassen; er kam, je länger je mehr, dahin, auf Äußerlichkeiten ungebührlichen Werth zu legen, und die Muttersprache in Fesseln zu zwängen, die sie nicht erträgt«. *Homer's Odyssee,* übersetzt von F. W. Ehrental (Hildburghausen 1865), Vorwort, S. 7.
»... bis es ihm zuletzt zur anderen Natur geworden war, nur noch griechisch und lateinisch mit deutschen Worten zu schreiben.« *Homers Odyssee*, übersetzt von Wilhelm Jordan (Frankfurt a. M. 1875), Einleitung, S. XI.
2 *Homers Odyssee*, übersetzt von Johann Heinrich Voss, hrsg. von P. von der Mühll, nach der Ausgabe von 1781 (Basel 1943), 357–8. (Bei Übersetzungen, die die klassische Buch- und Zeilenzählung übernehmen, erübrigt sich die Angabe der Seitenzahl.)
In den folgenden Überarbeitungen hatte Voss die Stelle geändert:

Stehe denn auf, und wasche, du redliche Eurykleia,
Ihn, der mit deinem Herrn gleich alt ist.

Homer's Odyssee (Stuttgart und Augsburg 1858).
3 Homer, *Odyssee*, Übertragung von Anton Weiher (München 1955).

4 Homer, *Die Odyssee*, deutsch von Wolfgang Schadewaldt (Zürich 1966).

5 Homère, *L'Odyssée*, traduction de Philippe Jaccottet (Paris 1982).

6 Omero, *Odissea*, Versione di Rosa Calzecchi Onesti (Torino 1961).

7 *Homers Odyssee* in neuer Übersetzung von Oskar Hubatsch (Bielefeld und Leipzig 1892).

8 *Homers Odyssee*, deutsch von Hans Georg Meyer, S. 198.

9 *The Odyssey of Homer*, translated by Ennis Rees (New York 1960), S. 323.

10 *The Odyssey of Homer*, translated by Ph. S. Worseley (Edinburgh and London 1895), S. 332.

11 Homère, *L'Odyssée* (Paris o.J.), 300. Leicht verändert: »... rends cet office à cet homme qui, par l'âge, est l'image de ton maître«, *L'Odyssée*, texte français établi par Emile Ripert d'après la traduction de Madame Dacier, Amis du club du livre de mois (Loos-lez-Lille 1959), Band II, S. 172.

12 Samuele Clarke, *Homeri Odyssea* Graece et Latine (London 1828), Bd. II.

13 Homers *Odyssee*, übersetzt von W. Jordan.

14 *The Story of Odysseus*, a new translation by W.H.D. Rouse (New York 1937), S. 236.

15 Homer, *The Odyssey*, translated by Robert Fitzgerald (New York 1963), S. 364. »Postscript« S. 501–2.

16 *Homers Odyssee* erklärt von J. U. Faesi (Leipzig 1849/1850), Band II, S. 168.

17 Franz Kafka, *Der Prozeß* (New York 1953), S. 246.

18 Franz Kafka, *The Trial*, translated by Willa and Edwin Muir (New York 1968), S. 205.

19 Franz Kafka, *Le procès*, traduit d'Alexandre Vialette (Paris, folio no. 101, o.J.), S. 297.

20 Franz Kafka, *Le procès*, traduction de Bernard Lortholary (Paris 1983), S. 248; »Note sur la traduction« S. 25.

21 Franz Kafka, *The Trial*, a new translation by Douglas Scott and Chris Waller (London 1977), S. 230; »Introduction« S. 16.

22 Franz Kafka, *Il processo*, traduzione di Claudio Magris (Milano 1982), S. 214.

23 Die Übertragungen des 3. Sonetts von William Shakespeare wurden einer Zusammenstellung aus dem *Raben*, »Magazin für jede Art von Literatur«, entnommen, No. VI (Zürich 1984), S. 139–42.

24 William Shakespeare, *Sonette*, Deutsch von Walter Freund (Bern 1948), III.

25 James Joyce, *Ulysses* (New York 1961), S. 202.

26 James Joyce, *Ulises*, traducción por J. Salas Subirat (Buenos Aires 1966), S. 229.

27 James Joyce, *Ulysses*, vom Verfasser autorisierte Übersetzung von Georg Goyert (Zürich 1956), S. 230.

28 James Joyce, *Ulysses*, übersetzt von Hans Wollschläger (Frankfurt 1975), S. 283.

29 James Joyce, *Ulisse*, traduzione integrale di Giulio de Angelis (Milano 1960), S. 274.

30 James Joyce, *Ulysses*, Vertaling John Vandenbergh (Amsterdam 1969), S. 236.

31 James Joyce, *Ulises*, traducción por José Maria Valverde (Barcelona 1976), S. 337.

32 James Joyce, *Ulysse*, traduction intégrale d'Auguste Morel, revue par Valery Larbaud, Stuart Gilbert et l'auteur (Paris 1948), S. 198.

33 James Joyce, *Ulysses: A Critical and Synoptic Edition*, prepared by Hans Walter Gabler with Wolfhard Steppe and Claus Melchior (New York & London 1984), S. 401.

34 Franz Kafka, »Das Urteil«, zitiert nach *Das Franz Kafka Buch* (Frankfurt 1983), S. 114.

35 Franz Kafka, »Le verdict«, in *La métamorphose*, traduit par Alexandre Vialatte (Paris 1955), S. 98.

36 Franz Kafka, »The Sentence«, in *transition* no. 11, translated by Eugene Jolas (Paris, Februar, 1928), S. 36.

37 Franz Kafka, »The Judgment«, in *The Penal Colony*: Stories and Short Pieces, translated by Willa and Edwin Muir (New York 1961), S. 50–1.

38 Franz Kafka, »The Judgement«, in *Stories 1904–1924*, translated by J. A. Underwood (London & Sydney 1981), S. 46.

39 »Das Urteil«, S. 116.

40 Jolas, »The Sentence«, S. 38.

41 Muir, »The Judgment«, S. 53.

42 Vialatte, »Le verdict«, S. 101.

43 Underwood, »The Judgement«, S. 48.

44 Kafka, »Das Urteil«, S. 123.

45 Jolas, »The Sentence«, S. 46.

46 Muir, »The Judgment«, S. 62.

47 Underwood, »The Judgement«, S. 56.

48 Vialatte, »Le verdict«, S. 114.

49 James Joyce, *Finnegans Wake* (London 1939), S. 5.

50 James Joyce, *Finnegans Wake*, fragments adaptés par André du Bouchet (Paris 1962), S. 58.

51 James Joyce, *Finnegans Wake*, traduit par Philippe Lavergne, (Paris 1982), S. 12.

52 James Joyce, *Finnegans Wake H.C.E.*, traduzione di Luigi Schenoni (Milano 1982), S. 5 bis.

NACHWEISE

(E = Erstdruck)

Ein Preis hat seinen Preis
Dankrede, Stadthaus Zürich, 8. 1. 1998; unveröffentlicht.

Gestaltung, Umgestaltung
E: *Neue Zürcher Zeitung*, 12. 1. 1991.

James Joyce mit seinem Anspruch
E: Jürgen Schneider u. Ralf Sotscheck (Hg.), *Irland: Eine Bibliographie selbständiger deutschsprachiger Publikationen: 16. Jahrhundert bis 1989*, Darmstadt 1988.

James Joyce, Briefsteller
E: *Kulturmagazin*, Februar – März 1989.

Die erlesene Stadt
E: *DU*, Nr. 3, März 1995.

Joyce in Triest
E: *Neue Zürcher Zeitung*, 1. 12. 1988.

James Joyce und Zürich
E: *Turiculum*, Nr. 4, Winter 1980.

Joyce, alors!
E: *Der Rabe*, Nr. 2, März 1983.

Die kecke Frau des großen Mannes
E: *SonntagsZeitung*, 16. 9. 1990.

Odysseeische Metamorphosen
E: u.d.T. »Book of Many Turns«, *James Joyce Quarterly* 10, 1, Fall 1972. Stark bearbeitete deutsche Fassung zuerst in: Therese Fischer-Seidel (Hg.), *James Joyces ›Ulysses‹: Neuere deutsche Aufsätze*, Frankfurt a. M. 1977.

Die Modernität der Rücksicht
E: *Protokolle*, Nr. 1/1985.

Molly Bloom und Penelope
E: *Griffel*, Nr. 6, Dezember 1997.

Umgang mit »Finnegans Wake«
E: *Neue Zürcher Zeitung*, 7. 12. 1969.

»Wehg« zu Finnegan?
E: *Neue Zürcher Zeitung*, 10. 7. 1993.

Literarische Übertragungen – empirisches Bedenken
E: Mary Snell-Hornby (Hg.), *Übersetzungswissenschaft – eine Neuorientierung: Zur Integrierung von Theorie und Praxis*, Tübingen 1986.

Der Gleichwohligkeitseffekt
E: *Übersetzen*, Nr. 4/1997.

Was denkt Penelope?
E: *Der Rabe*, Nr. 6, Frühling 1984.

Edouard Dujardin und die immergrünen Lorbeerbäume
E: u.d.T. »Die immergrünen Lorbeerbäume« als Nachwort von Edouard Dujardin, *Die Lorbeerbäume sind geschnitten*, Zürich 1984.

Saki oder Von Witz und wahren Werten
E: u.d.T. »Von Witz und wahren Werten« als Nachwort von Saki, *Der Almanach: Die sechs letzten Geschichten*, Zürich 1986.

Auch einer: P. G. Wodehouse
E: u.d.T. »Auch einer: Einem Klassiker zum 100. Geburtstag«, *Tintenfaß*, Nr. 3, 1981.

Erheblich, nicht überheblich: Orwell
E: Nachwort zu *Das George Orwell Lesebuch: Essays, Reportagen, Betrachtungen*, Zürich 1981.

Wer liest, ist immer selber schuld
E: *Tintenfaß*, Nr. 3, 1981.

Naschereien auf den Tisch oder: Verlagspraktiken
E: *WochenZeitung*, 6. 1. 1984.

Denkmal des unbekannten Lektors
E: *Berner Zeitung*, 12. 12. 1987.

Von »Aftersenkung« bis »Zungenkuß«
E: *Der Rabe*, Nr. 4, September 1983. Ergänzte Fassung zuerst in: *Der Übersetzer*, Nr. 11/12, November – Dezember 1983. *Synonyme Nachbemerkungen;* unveröffentlicht. 1999.

Gegenphrasen
E: die ersten drei Texte entstammen der Kolumne »Kulturforum« der *Berner Zeitung*, 27. 12. 1986 (»Nullösung der Sprache«), 7. 3. 1987 (»Gehörigkeit«), 23.5.1987 (»Technische Hilfe«); »Unterdrückung« aus *Der Rabe*, Nr. 5, Januar 1984; »Böse Zeichen« aus *Der Rabe*, Nr. 10, Sommer 1985.

Wie ich meine Sprache finde
E: u.d.T. »Wie finde ich meine Sprache?«, *Der Übersetzer*, Nr. 11 – 12, November – Dezember 1987.
Wir sind die Sprache
E: *NZZ-Folio*, Nr. 10, Oktober 1994.

Zaghafter Vorschlag zur minimalen Verbesserung fast hätte ich gesagt der Welt
unveröffentlicht. 1999.

Ochlokinetik oder Warum die Menschen steckenbleiben
E: ›Q‹ *Zeitung Aarauer Kultur*, Nr. 4, April 1995.

Der ochlokinetische Joyce
unveröffentlicht. 1999.

BIBLIOGRAPHIE

Diese Veröffentlichungsliste schließt an diejenige an, die Franz Cavigelli für den Band *Nichts gegen Joyce* zusammengestellt hat, und fußt zu weiten Teilen auf Ruth Frehners ausführlicher »Bibliography of the Writings of Fritz Senn (1958–97)« aus dem Band *A Collideorscape of Joyce: Festschrift for Fritz Senn*, ed. Ruth Frehner/Ursula Zeller (Dublin: The Lilliput Press 1998).

Nichts gegen Joyce: Joyce Versus Nothing: Aufsätze 1959–1983, hg. v. Franz Cavigelli, Zürich: Haffmans 1983; Taschenbuchnachdruck 1991.

»*James Joyce: A Guide to Research*, by Thomas Jackson Rice«, *James Joyce Broadsheet* 11 (June 1983), 3.

»Von ›Aftersenkung‹ bis ›Zungenkuß‹: Ärger mit der Duden-Sinnverwandtschaft«, *Der Übersetzer* 19.11-12 (November – Dezember 1983), 2–4.

»Naschereien auf den Tisch oder: Verlagspraktiken«, *WochenZeitung*, 6. Januar 1984, 19.

»Unterdrückung«, *Der Rabe* 5 (Januar 1984), 130–131.

James Abbott McNeill, *Die feine Art sich Feinde zu machen*, üb. v. Fritz Senn, Zürich: Haffmans 1984.

»Der ewige Appell an die biederen Instinkte«, *Der Rabe* 6 (Frühling 1984), 21–29.

»Kontaktschwierigkeiten«, *Der Rabe* 6 (Frühling 1984), 35.

»Was denkt Penelope?«, *Der Rabe* 6 (Frühling 1984), 205–208.

»Erlene Stetson: *Black Sister*«, *Der Rabe* 6 (Frühling 1984), 236–237.

»Die immergrünen Lorbeerbäume«, Edouard Dujardin, *Die Lorbeerbäume sind geschnitten*, Zürich: Haffmans 1984, 149–164.

Joyce's Dislocutions: Essays on Reading as Translation, ed. John Paul Riquelme, Baltimore/London: Johns Hopkins University Press 1984.

»*Ulysses* – neu, genauer, kritisch«, *Neue Zürcher Zeitung*, 26. August 1984, 67.

»Die Modernität der Rücksicht«, *Protokolle* 1/1985, 27–42.

»›Stately, plump‹, for example: Allusive Overlays and Widening Circles of Irrelevance«, *James Joyce Quarterly* 22.4 (Summer 1985), 347–354.

»Böse Zeichen«, *Der Rabe* 10 (Sommer 1985), 121–123.

»Oscar Wildes Briefe im Kreuzverhör«, *Der Rabe* 10 (Sommer 1985), 156–158.

James Joyce, ed. Fritz Senn/Jacques Aubert, Paris: Editions de l'Herne 1985.

»Tasting the Pléiade«, *James Joyce Broadsheet* 18 (October 1985), 1.

»Piling Big Tedium on Little Sources«, *Irish Literary Supplement* 5.1 (Spring 1986), 29.

»Anthony Burgess: *Der Fürst der Phantome*«, *Der Rabe* 13 (Frühling 1986), 190.

»Niklaus Meienberg: *Der wissenschaftliche Spazierstock*«, *Der Rabe* 13 (Frühling 1986), 196.

»Von Witz und wahren Werten«, Saki, *Der Almanach: Die sechs letzten Geschichten*, Zürich: Haffmans 1986, 87–95; Nachdruck im Rahmen der Ausgabe in einem Band, *Sämtliche Erzählungen*, 1998, 1415–1423.
»*Ulysses* between Corruption and Correction«, *Assessing the 1984 Ulysses*, ed. C. G. Sandulescu/Clive Hart, Gerrards Cross: Colin Smythe 1986, 188–206.
»Blooms anderes Leid« (Leserbrief), *Der Spiegel* 10/1986.
»The Narrative Dissimulation of Time«, *Myriadminded Man: Jottings on Joyce*, ed. Rosa Maria Bosinelli/Paola Pugliatti/Romana Zacchi, Bologna: Cooperativa Libraria Universitaria Editrice 1986, 147–165.
»Mean Cosy Turns«, *Myriadminded Man: Jottings on Joyce*, ed. Rosa Maria Bosinelli/Paola Pugliatti/Romana Zacchi, Bologna: Cooperativa Libraria Universitaria Editrice 1986, 263–267.
»Parachronic Wakeing«, *A Finnegans Wake Circular* 1.4 (Summer 1986), 69–78.
»›The Boarding House‹ Seen as a Tale of Misdirection«, *James Joyce Quarterly* 23.4 (Summer 1986), 405–415; Nachdruck in *The Bedford Introduction to Literature*, ed. Michael Meyer, Boston: St Martin's Press 1993, 359.
»Literarische Übertragungen – empirisches Bedenken«, *Übersetzungswissenschaft – eine Neuorientierung: Zur Integrierung von Theorie und Praxis*, hg. v. Mary Snell-Hornby, Tübingen: Franke 1986, 54–84.
»›All errears and erroriboose‹: Joyce's Misconducting Universe«, *International Perspectives on James Joyce*, ed. Gottlieb Gaiser, Troy, NY: Whitston 1986, 161–170; Nachdruck u.d.T. »Joyce's Misconducting Universe«, *James Joyce: A Collection of Critical Essays*, ed. Mary T. Reynolds, Englewood Cliffs: Prentice Hall 1993, 48–55.
»Miswriting of our Tongue«, *A Finnegans Wake Circular* 2.1 (Autumn 1986), 19–20.
»Morbide Selbstquetschung«, *WochenZeitung*, 10. Oktober 1986, 32.
»Poststructuralist Joyce« (Leserbrief), *James Joyce Quarterly* 24.1 (Fall 1986), 115–116.
»Collisions«, *A Finnegans Wake Circular* 2.2 (Winter 1986), 32.
»Nullösung der Sprache«, *Berner Zeitung*, 27. Dezember 1986.
»Carey Was His Name«, *James Joyce Quarterly* 24.2 (Winter 1987), 214–216.
»Gehörigkeit«, *Berner Zeitung*, 7. März 1987.
»Backprocessing«, *A Finnegans Wake Circular* 2.3 (Spring 1987), 46–48.
Saki, *Gesammelte Geschichten*, vier Bände, hg. v. Fritz Senn, Zürich: Haffmans 1987–93; Nachdruck in einem Band 1998.
»Es gibt bei Joyce kein Müssen, es gibt nur ein Dürfen: Eine neue Taschenbuch-Ausgabe ermöglicht jeder und jedem, sich mit Geduld auf den großen Iren einzulassen«, *Berner Zeitung*, 10. April 1987, 19.
»Editorial Joyces«, *James Joyce Literary Supplement* 1.1 (Spring 1987), 16.
»Jan Philipp Reemtsma: *Antifüsiek*«, Der Rabe 16 (1987), 201.
»*Ulysses:* Book of Dislocation«, *Il Confronto Letterario* 4.7 (Mai 1987), 66–92.
»Technische Hilfe«, *Berner Zeitung*, 23. Mai 1987.
»Naming in *Dubliners* (a first methermeneutic fumbling)«, *James Joyce Quarterly* 24.4 (Summer 1987), 465–468.

Leserbrief, *James Joyce Quarterly* 24.4 (Summer 1987), 495.
»Eumaean Titbits: As Someone Somewhere Sings«, *Lingua e Stile* 22.3 (Sept. 1987), 397–417.
Homer, »Telemachos kommt zu Menelaos«, üb. v. Fritz Senn, *Der Rabe* 18 (Herbst 1987), 169.
»Alison Armstrong: *The Joyce of Cooking*«, *Der Rabe* 18 (Herbst 1987), 225.
»Joyce und Huston: Die Innenwelt und ihre Illustration«, *Tages-Anzeiger*, 21. Oktober 1987, 11.
»Righting *Ulysses*«, *Modern Critical Interpretations: James Joyce's Ulysses*, ed. Harold Bloom, New York: Chelsea House Publishers 1987, 99–121. (Nachdruck)
»In Classical Idiom: *Anthologia intertextualis*«, *James Joyce Quarterly* 25.1 (Fall 1987), 31–48.
»Wie finde ich meine Sprache?«, *Der Übersetzer* 23.11-12 (November – Dezember 1987), 6–8; Nachdruck in *Der Rabe* 32 (1992), 14–20 und als Nachwort im *Wörterbuch Schweizerdeutsch – Deutsch*, Zürich: Haffmans 1998, 49–58.
»*A Portrait:* Temporal Foreplay«, *Etudes Irlandaises* 12 (Dec. 1987), 65–73.
»Denkmal des unbekannten Lektors«, *Berner Zeitung*, 12. Dezember 1987; Nachdruck in *Der Übersetzer* 24.1-2 (Januar – Februar 1990), 8.
»Distancing in ›A Painful Case‹«, *James Joyce 1: ›Scribble‹ 1: genèse des textes*, ed. Claude Jacquet, *La Revue des lettres modernes*, Paris: Minard 1988, 25–38.
»Vorwort«, Thomas Faerber/Markus Luchsinger (Hg.), *Joyce in Zürich*, Zürich: Unionsverlag 1988, 7–9.
»Anagnostic Probes«, *Dutch Quarterly Review* 18.2 (1988), 117–43; Nachdruck in *Joyce, Modernity and its Mediation*, ed. Christine van Boheemen, *European Joyce Studies* 1, Amsterdam: Rodopi 1989, 37–61.
»Charles Peake: An Appreciation«, *James Joyce Literary Supplement* 2.1 (June 1988), 11–12.
»The New Edition of *Ulysses*: An Assessment of its Usefulness One Year Later«, *New Alliances in Joyce Studies*, ed. Bonnie Kime Scott, Newark: University of Delaware Press 1988, 226–229.
»*Ulysses* auf dem Prüfstand«, *Tageszeitung*, 1. Oktober 1988, 17–20.
»Joyce in Triest«, *Neue Zürcher Zeitung* 1. Oktober 1988, 72.
»James Joyce mit seinem Anspruch«, *Irland: Eine Bibliographie selbständiger deutschsprachiger Publikationen: 16. Jahrhundert bis 1989*, hg. v. Jürgen Schneider/Ralf Sotscheck, Darmstadt: Verlag der Georg Büchner Buchhandlung 1988, 71–76.
»Unbeholfen sagt's der Schweizer«, *Die Weltwoche* 3 (19. Januar 1989), 73.
»James Joyce, Briefsteller«, *Kulturmagazin*, Februar – März 1989, 22–25.
»Nausicaa«, *Critical Essays on James Joyce's Ulysses*, ed. Bernard Benstock, Boston: G.K. Hall 1989, 186–214. (Nachdruck)
»James Joyce und Tzvetan Todorov, oder: Es ist immer auch anders«, *Lettre International* (Berlin) 4 (1989), 95.

»Beyond the Lexicographer's Reach: Literary Overdetermination«, *Translation and Lexicography: Papers read at the EURALEX Colloquium held at Innsbruck 2–5 July 1987*, ed. Mary Snell-Hornby, A Paintbrush Monograph XVI, August 1989, 79–87.

»*Ulysses:* The Text: The Debates of the Miami J'yce Conference«, *James Joyce Literary Supplement* 3 (Fall 1989), 10–11, 19.

»A rump and a dozen«, *Notes on Modern Irish Literature* 1 (1989), 4–6.

»Cold Comfort«, *James Joyce Quarterly* 27.1 (Fall 1989), 126–129.

»Bucolic Strands in ›Aeolus‹«, *James Joyce Quarterly* 27.1 (Fall 1989), 129–132.

»Habent sua fata«, *James Joyce Quarterly* 27.1 (Fall 1989), 132–134.

»Micro-Cycloptics«, *James Joyce Quarterly* 27.1 (Fall 1989), 134–136.

»Joyce the Verb«, *Coping with Joyce: Essays from the Copenhagen Symposium*, ed. Morris Beja/Shari Benstock, Columbus: Ohio State University Press 1989, 25–54.

»Synopsis«, James Joyce, *Finnegans Wake Deutsch: Gesammelte Annäherungen*, hg. v. Klaus Reichert/Fritz Senn, Frankfurt a. M.: Suhrkamp 1989, 21–24.

»Dublin, Zürich, James Joyce«, *Pat Liddy: Irish Perceptions of Dublin and Zürich*, Zürich: SBG Werd-Pavillon 1989, 13–17, 41–45.

»›There's a Medium in All Things‹: Joycean Readings«, *Omnium Gatherum: Essays for Richard Ellmann*, ed. Susan Dick/Declan Kiberd/Dougald McMillan/Joseph Ronsley, Gerrards Cross: Colin Smythe 1989, 333–350, 466–468.

»Protean Inglossabilities: ›To No End Gathered‹«, *Joyce, Modernity and its Mediation*, ed. Christine van Boheemen, *European Joyce Studies* 1, Amsterdam: Rodopi 1989, 151–176.

»A Cerebration of the Fiftyfication of the Publication of *Finnegans Wake* at Berkeley«, *James Joyce Quarterly* 27.2 (Winter 1990), 407–409.

»Ulysses *Annotated: Notes for James Joyce's* Ulysses, by Don Gifford with Robert J. Seidman«, *James Joyce Quarterly* 27.3 (Spring 1990), 653–662; Nachdruck in *James Joyce Literary Supplement* 4.2 (Fall 1990), 5–6.

»Vexations of Group Reading: ›transluding from the otherman‹«, *Finnegans Wake: Fifty Years*, ed. Geert Lernout, *European Joyce Studies* 2, Amsterdam: Rodopi 1990, 61–78.

»Sequential Close-Ups in Joyce's *Ulysses*«, *Modes of Narrative: Approaches to American, Canadian and British Fiction: Presented to Helmut Bonheim*, ed. Reingold M. Nischik/Barbara Korte, Würzburg: Königshausen & Neumann 1990, 252–264.

»Inherent Delicacy: Eumaean Questions«, *Studies in the Novel* 22.2 (Summer 1990), 179–186.

»Critical Sensitivity: Or, Minding the Stones«, *Studies in the Novel* 22.2 (Summer 1990), 189–191.

»Ovidian Roots of Gigantism in Joyce's *Ulysses*«, *Journal of Modern Litrature* 15.4 (Spring 1990), 561–577.

»In Quest of a *nisus formativus Joyceanus*«, *Joyce Studies Annual* 1, ed. Thomas F. Staley (Austin: University of Texas Press 1990), 27–42.

»Intellectual Nodality of the Lisible: *genus omne*«, *James Joyce ›Scribble‹ 2: Joyce et Flaubert*, ed. Claude Jacquet/André Topia, Paris: Minard 1990, 173–188.

»Die kecke Frau des großen Mannes«, *SonntagsZeitung*, 16. September 1990, 43.

»Wir sind alle meist nur Schreibtischtäter«, *Ü wie Übersetzen* 1.3-4 (Dezember 1990), 53–63.

»Satisfaction?« *The Abiko Quarterly Literary Rag* 2.4 (Winter 1990–91), 35–44.

»Gestaltung, Umgestaltung: Zum 50. Todestag von James Joyce«, *Neue Zürcher Zeitung*, 12. Januar 1991, 23.

»Rereading *The Books at the Wake*«, *Re-Viewing the Classics of Joyce Criticism*, ed. Janet E. Dunleavy, Urbana: University of Illinois Press 1991, 82–89.

»Disjected Comments on Transformative Circe«, *De Joyce à Stoppard: Ecritures de la modernité*, ed. Adolphe Haberer, Lyon: Presses Universitaires de Lyon 1991, 133–145.

»Joycean Provections«, *Joycean Occasions: Essays from the Milwaukee James Joyce Conference*, ed. Janet E. Dunleavy/Melvin J. Friedman/Michael Patrick Gillespie, Newark: University of Delaware Press 1991, 171–194.

»James Joyce: 50 Jahr nachher«, *Junifestwochen Zürich »James Joyce/John Cage«*, Zürich: Kulturamt 1991, 7.

»Vom filmischen Joyce zum verfilmten: Zu einem Programm des Filmpodiums der Stadt Zürich«, *Neue Zürcher Zeitung*, 21. Juni 1991, 65.

»*Ulysses* in neuer Färbung«, Vorwort zu Hannes Vogel, *Die Farben im Ulysses: gespiegelt im Zufall*, Zürich: Helmhaus 1991, 7–9.

»History as Text in Reverse«, *James Joyce Quarterly* 28.4 (Summer 1991), 765–775; Nachdruck in *Joyce and the Subject of History*, ed. Mark A. Wollaeger/Victor Luftig/Robert Spoo, Ann Arbor: Michigan University Press 1996, 47–58.

»May I Trespass On Your Valuable Space? *The Scandal of* Ulysses, by Bruce Arnold: A Postscript«, *James Joyce Literary Supplement* 5.2 (Fall 1991), 5.

»On Not Finding Places«, *James Joyce Quarterly* 29.2 (Winter 1992), 397–401.

»Ovid's Not-yet-icity«, *James Joyce Quarterly* 29.2 (Winter 1992), 401–403.

»How We Natives Speak«, *New Roots* 4.1 (March 1992), 1.

»Scrivendo il libro di se stesso«, üb. v. Angelo Canavesi, *Il Segno dell'Io: Romanza e Autobiographia nella Tradizione Moderne*, ed. Elena Agazzi/Angelo Canavesi, Udine: Campanotto Editore 1992, 109–122.

James Joyce, *Hades*, hg. v. Fritz Senn (Mainz: Dieterich'sche Verlagsbuchhandlung 1992).

»Linguistic Dissatisfaction in the *Wake*«, *The Language of Joyce: Selected Papers from the 11th International James Joyce Symposium, Venice, 12–18 June 1988*, ed. Rosa Maria Bollettieri Bosinelli/Carla Marengo Vaglio/Christine van Boheemen, Philadelphia: John Benjamins 1992, 211–222.

»Joyce i Trieste«, *Joyce i Trieste*, ed. Johannes Hedberg, Lund: The James Joyce Society of Sweden and Finland 1992, 12–22.

»Entering the lists: sampling early catalogues«, *Joyce in Context*, ed. Vincent J. Cheng/Timothy Martin, Cambridge: University of Cambridge Press 1992, 241–258.

»Leituras de Estrangeiro«, *riverrun: Ensaios sobre James Joyce*, ed. Arthur Nestrovski, Rio de Janeiro: Imago Editore 1992, 239–263.
Leserbrief zur neuen Penguin-Ausgabe des *Ulysses*, *James Joyce Literary Supplement* 6.2 (Fall 1992), 38; auch in *James Joyce Quarterly* 30.1 (Fall 1992), 146–149.
»AnaCalypso«, *Ulysses à l'article: Joyce aux marges du roman*, ed. Daniel Ferrer/Claude Jacquet/André Topia, Tusson (Charente): Du Lérot 1992, 83–108.
»›in the original‹: Buck Mulligan and Stephen Dedalus«, *Arion: A Journal of Humanities and the Classics* 3rd series 2.1 (Winter 1992), 215–217.
»A Reading Exercise in *Finnegans Wake*«, *Critical Essays on Finnegans Wake*, ed. Patrick McCarthy, New York: G. K. Hall 1992, 48–58. (Nachdruck)
»Perspectives on the Symposium«, *James Joyce Quarterly* 30.1 (Fall 1992), 15–17.
»Met Whom What?«, *James Joyce Quarterly* 30.1 (Fall 1992), 109–31.
»Transmedial Stereotypes in the ›Aeolus‹ Chapter of Joyce's *Ulysses*«, *Word & Image Interactions: A Selection of Papers Given at the Second International Conference on Word and Image*, ed. Martin Heusser, Basel: Wiese 1993, 61–68.
»Wer hat Angst vor dem Ulysses?« (Interview), *Kanalpost* 12 (Juni 1993), 3.
»›Wehg‹ zu Finnegan? Dieter Stündels Übertragung von *Finnegans Wake*«, *Neue Zürcher Zeitung*, 10. Juli 1993, 59–60; Nachdruck in *Der Übersetzer* 28.3 (Juli – September 1994), 1–4.
»Invisible Strandentwining«, *James Joyce Quarterly* 31.2 (Winter 1994), 101–103.
»›The Same Renew‹: *Finnegans Wake* as a Chamber of Echoes«, *Repetition: SPELL: Swiss Papers in English Language and Literature* 7, ed. Andreas Fischer, Tübingen: Gunter Narr 1994, 189–206.
»Von Hüten und vom Pflaumer-Effekt«, *Der Übersetzer* 28.3 (Juli – September 1994), 4–5.
»Falsches richtig falsch«, *Ü wie Übersetzen* 4.12 (Oktober 1994), 29–39.
»›Mit naturgegebener Fähigkeit und disziplinierter Anstrengung‹: Laudatio für Utta Roy-Seifert, Österreichischer Staatspreis 1992«, *Ü wie Übersetzen* 4.12 (Oktober 1994), 66–72.
»Wir sind die Sprache!«, *NZZ-Folio* 10 (Oktober 1994), 7–12.
»Walking Dublin Streets – Hamlet in Hades – Split – By Your Lady – Brian Boru – Past«, *James Joyce Literary Supplement* 8.2 (Fall 1994), 13–14.
»One Whiff of ›Goner/Doner‹«, *James Joyce Quarterly* 32.1 (Fall 1994), 104–105.
»The Seville Symposium«, *James Joyce Quarterly* 32.2 (Winter 1995), 189–191.
»*Ulysses*, by James Joyce, ed. Jeri Johnson«, *James Joyce Quarterly* 32.2 (Winter 1995), 461–464.
»*Finnegans Wehg:* Dieter Stündel's German translation of *Finnegans Wake*«, *James Joyce Broadsheet* 40 (Februar 1995), 3.
»Remembering Berni«, *James Joyce Broadsheet* 40 (February 1995), 5; Nachdruck in *Abiko Quarterly* 7.15 (Fall 1996), 254–256.
»Erlesene Stadt«, *DU* 3 (März 1995), 90–91; Nachdruck in *Was nun, Herr*

Bloom? »Ulysses« zum 75. Geburtstag: Ein Almanach, hg. v. Jörg W. Rademacher, Münster: Daedalus Verlag 1996, 184–188.
»Ochlokinetik oder Warum die Menschen stecken bleiben«, *›Q‹ Zeitung Aarauer Kultur* 4 (April 1995), 20; Nachdruck u.d.T. »Warum der Mensch sich selber im Wege steht«, *Die Weltwoche*, 18. Mai 1995, 73; u.d.T. »Jeder ist des anderen Bremse«, *VCÖ-Zeitung*, 5. August 1995, 3; u.d.T. »Ochlokinetik oder Warum die Menschen steckenbleiben«, *Zeit-Magazin* 34 (18. August 1995), 4–5, und *Der Rabe* 44 (1995), 87–91.
Inductive Scrutinies: Focus on Joyce, ed. Christine O'Neill, Dublin: The Lilliput Press 1995.
»B-woorden in vertaling«, *Deus ex Machina* 18 (1995), 438–442.
»*Urbis inventio:* Joyce i la seva ciutat«, »*Urbis inventio:* Joyce y su ciudad«, »*Urbis inventio:* Joyce and His City«, *El Dublín de James Joyce*, Barcelona: Centre de Cultura Contemporània de Barcelona/Edicions Destino 1995, 160–168, 220–226, 249–254.
»El Dublín de James Joyce: Eine Ausstellung in Barcelona«, *Neue Zürcher Zeitung*, 17. Mai 1995, 45.
»Report on the XVIe Colloque James Joyce«, *Hyper Joyce Studies* 1995.
»A Note on Burlesque Bloom«, *James Joyce Quarterly* 32.3-4 (Spring-Summer 1995), 728–736.
»Hawklike Man«, *Papers on Joyce* 1 (1995), 61–66.
»Sambal Makes the World Go Round«, *element* 3 (Winter 1995 – Spring 1996), 78–79.
»*Names and Naming in Joyce*, by Claire A. Culleton«, *James Joyce Quarterly* 33.2 (Winter 1996), 293–299.
»›Ithaca‹: Portrait of the Chapter as a Long List«, *Joyce's »Ithaca«*. ed. Andrew Gibson, *European Joyce Studies* 6, Amsterdam: Rodopi 1996, 31–76.
»Die Zürcher James-Joyce-Stiftung«, *Kultur als Verpflichtung*, hg. v. Martin Meyer, Zürich: Verlag Neue Zürcher Zeitung 1996, 109–111.
Programme for the XV International James Joyce Symposium 16–22 June 1996, mit Ruth Frehner und Ursula Zeller, Zürich: James Joyce Foundation 1996.
»Ulrich Schneider«, *James Joyce Broadsheet* 44 (June 1996), 3.
»Die Joyceaner kommen: Eine Vorrede zum 15. Internationalen James Joyce Symposium Mitte Juni in Zürich«, *Schweizer Monatshefte* 76.6 (Juni 1996), 12–14.
»Ein Fest für rastlose Geister: Zum 15. James-Joyce-Symposium in Zürich«, *Neue Zürcher Zeitung*, 15. Juni 1996, 65.
»Off the Mark: The Thematic Dispersion of ›Hamarte‹«, *Papers on Joyce* 2 (1996), 105–115.
»Fidus Achates«, New Odyssey 3.1 (Spring-Summer 1996), 6–7.
»Zu Besuch bei Fritz Senn, dem Leiter der Zürcher James-Joyce-Stiftung: Die Relaisstation in Zürich« (Interview), *Der Schweizer Buchhandel*, 16. September 1996, 10–11.
»Formeln des Chaos«, *Facts*, 26. September 1996, 147–149.
»Lieber James Joyce«, *Cash*, 27. September 1996, 65.

»Das Land, wo die Geschichten blühen«, mit Ruth Frehner, *St. Galler Tagblatt*, 2. Oktober 1996, Anhang »Irland – Insel der Dichter«.

»Stem or Stone«, *Abiko Quarterly* 8.16 (Fall-Winter 1996), 253.

»The Zurich James Joyce Foundation«, *Newsletter* 2 (Dublin: James Joyce Centre 1997), 3.

»A Piece Which Passeth All Misunderstanding«, *James Joyce Literary Supplement* 11.1 (Spring 1987), 10–11.

»›Came, Bearing‹: Grammatical Transmutations in Joyce's *Ulysses*«, *Aspects of Modernism: Studies in Honour of Max Nänny*, ed. Andreas Fischer/Martin Heusser/Thomas Hermann, Tübingen: Gunter Narr 1997, 233–249.

»*Ulysses* – neu und eigensinnig: Die umstrittene Neuedition von Danis Rose«, *Neue Zürcher Zeitung*, 26. Juni 1997, 45.

»Prodding Nodding Joyce: The ›Reader's Edition‹ of *Ulysses* edited by Danis Rose: Some First Impressions«, *James Joyce Quarterly* 34.4 (Summer 1997), 573–583.

»Der Gleichwohligkeitseffekt«, *Übersetzen* 4 (Oktober – November 1997), 4–7.

»*Ulysses*, Reader's Edition: First Reactions«, *Dictionary of National Biography: Yearbook 1997*, Detroit: Bruccoli Clark Layman Book 1997, 203–205.

»Molly Bloom und Penelope: Das letzte Kapitel des *Ulysses*«, *Griffel* 6 (Dezember 1997), 15–19.

»Dynamic Adjustments in *Dubliners*«, *New Perspectives on Dubliners*, ed. Mary Power/Ulrich Schneider, *European Joyce Studies* 7, Amsterdam: Rodopi 1997, 1–18.

»*Dubliners:* ›Renewed Time After Time‹«, *New Perspectives on Dubliners*, ed. Mary Power/Ulrich Schneider, *European Joyce Studies* 7, Amsterdam: Rodopi 1997, 19–43.

»Das Porträt an sich und überhaupt«, *Lawrence LEE Khui Fatt: Project 31.12.2000 Work in Progress*, Moutier: Musée jurassien des Arts 1998, n.p.

»Ulysses«, Aldo Bachmayer, *120 Interpretationen des ›Ulysses‹ von James Joyce*, Balgach: Rheintaler Druckerei und Verlag 1998, 23–26. (Nachdruck)

»Der Schmutz: Aus der Zensurgeschichte des ›Ulysses‹«, *Frankfurter Allgemeine Zeitung*, 3. Juni 1998, 43.

»Gnomon Inverted«, *ReJoycing: New Readings of Dubliners*, ed. Rosa M. Bollettieri Bosinelli/Harold F. Kosher Jr., Lexington: University Press of Kentucky 1998, 249–257.

»Linguistic Dissatisfaction at the *Wake*«, japanische Übersetzung von Masayoshi O'sawa, *Eureka* 406 (July 1998), 108–114.

»ALP Deutsch: ›Ob uberhaupt möglich?‹«, *Transcultural Joyce*, ed. Karen R. Lawrence, Cambridge 1998, 187–192.